Christian Peter Hansen

Sagen und Erzählungen der Sylter Friesen

Christian Peter Hansen

Sagen und Erzählungen der Sylter Friesen

ISBN/EAN: 9783741169885

Hergestellt in Europa, USA, Kanada, Australien, Japan

Cover: Foto ©Andreas Hilbeck / pixelio.de

Manufactured and distributed by brebook publishing software
(www.brebook.com)

Christian Peter Hansen

Sagen und Erzählungen der Sylter Friesen

Sagen und Erzählungen

der

Sylter Friesen

mit Beschreibung und Karte der Insel Sylt

von

C. P. Hansen.

Dritte Auflage.

Bearbeitet von Christian Jensen.

Garding.

Verlag von H. Lühr & Dircks.

1895.

Aus dem Vorwort des Verfassers.

Wenn ein Volk auf der Höhe der Kultur und Macht steht, so bedarf es zu seiner Bildung und Veredelung ohne Zweifel nicht der gemütlichen Sagen des Altertums: es hat eine Geschichte und macht eine Geschichte. Wenn aber ein kleines, zersplittertes, einem wahrscheinlichen Untergange entgegen gehendes Volk ohne eine selbständige Stellung und Geschichte lebt, so darf es nach meinem Dafürhalten kein Mittel zu seiner geistigen und gemütlichen Erhebung und Vereinigung, und wäre es ein noch so geringes, wenn es ihm zu Gebote steht, verschmähen. Wir Friesen und namentlich wir Inselfriesen sind aber, wie mir scheint, eben in einer solchen Lage. In Ermangelung einer wirklich eigenen, ins Altertum hinein reichenden Geschichte kann und muß die Sage die Geheimnisse, die Heiligtümer unserer Heimat und unserer Vorfahren aufbewahren und uns aufschließen; sie muß das Bewußtsein unserer Abkunft und Nationalität erhalten und stärken helfen; sie hilft die Getrennten mindestens geistig verbinden und sie erfrischt und erheitert so oft die Gemüter der wirklich Verbundenen in den sonst so langweiligen Winterabenden; sie bringt uns Stoff zu weisen Gedanken, spornt uns vielleicht zu edlen Vorsätzen und Thaten an oder erfüll uns mit poetischen und religiösen Bildern. — Solchen Wert hat die heimatliche Sage in meinen Gedanken.

Ich habe denn versucht, eine Sammlung der besten, einigermaßen historisch begründeten Sagen meiner Heimat zu machen und lege sie hiermit den Landsleuten und andern Lesern vor. Ich habe mich im Geiste zurückversetzt in jene glücklichen Tage meiner Kindheit, in jene trauten Kreise, in welchen mir die Geheimnisse, ich möchte sagen, die Heiligtümer meiner Vorfahren, meiner Insel und meines Volksstammes zuerst offenbart wurden; habe noch einmal sie selber erzählen lassen, die schlichten Heide- und Dünenbewohner, die echtfriesischen, treuherzigen, kindlich gemütlichen Sagenerzähler und Erzählerinnen meiner lieben Heimatsinsel. Denn dort in den einsamen, westlichen, dem Untergange geweihten und vielleicht schon nahen Gegenden Sylts, unter den Menschen, die einfach nach alter Weise, aber unter den Einflüssen großer Natur-Ereignisse fast beständig leben, findet man die Sage noch oft rein und ungetrübt erhalten. — Ich halte überdies mich verpflichtet, einer mir von meiner Jugend her besonders lieben und interessanten, aber ohne Zweifel im Meere bald untergehenden Halbinsel, nebst deren fast noch interessanteren einstmaligen Bevölkerung eine Erinnerungstafel zu setzen und zur Erfüllung dieser Pflicht ist die vorliegende Schrift zunächst bestimmt. — Die Halbinsel, welche ich aber meine, ist das sand- und hügelreiche Hörnum, die südliche schmale, aber 2½ Meilen lange Ede der Insel Sylt, und unter den Bewohnern dieser Halbinsel, denen ich hierdurch ein Andenken stiften und bewahren möchte, verstehe ich die Alt-Rantumer und Eidumer oder die Hörnumer.*)

Es gewährt mir diese Arbeit freilich zugleich eine wehmütige Erinnerung an das fortwährende Zerbröckeln und an den endlichen völligen Untergang aller friesischen Inseln oder Uthlande, vielleicht mit deren Bewohnern, und nicht bloß an jene wohl aber- gläubigen und rohen, aber sonst geistig begabten und unverfälschten Hörnumer, die nun fast alle dahin sind und deren Heimatsdorf und Land, aller Wahrscheinlichkeit nach, sie nicht lange überdauern werden. Denn jede Flutwelle der Nordsee, welche an die langen Sandufer Hörnums schlägt, nagt auch daran und reißt Teile davon ab, und eine Sturmflut spült oft ganze Berge Sand in den weiten Schoß der Nordsee. Von den einstmaligen Dörfern und Wohnstätten Hörnums sind nur noch 6 Hütten übrig und die einstmaligen Be- wohner schlummern den Todesschlaf mehrenteils schon lange — nach der Sage in den Netzen und Armen der beutegierigen Meeresgöttin Ran.**) — Nach 50 Jahren wird das einzige kleine noch übrige Dorf auf Hörnum (ich meine Neu-Rantum) verschwunden und nach 100 Jahren vielleicht die ganze Halbinsel Hörnum nicht mehr sein. Dann würde man nach abermals 100 Jahren vielleicht ver- geblich fragen: „Wo hat das Land Hörnum, das einst so seltsame an Dünen und Sagen reiche Land gelegen? Wo haben die helden- mütigen aber rätselhaften Hörnumer gewohnt? — wie man ver- geblich nach dem versunkenen Thule und andern verschwundenen Ländern forscht — wenn nicht diese Blätter oder andere davon Kunde gäben. —

Die Mythen der Altsylter Heiden erzählen nun, wie die Ele- mentar-Götter oder Geister besonders auf dem wüsten Hörnum

---

*) „Hörn" ist friesisch, heißt auf Deutsch „Ede." Die Endung „um" bei so vielen Ortsnamen im Friesischen hat gleiche Bedeutung mit dem deutschen „heim" und mit der englischen Endung „h a m."

**) Rantum möchte seinen Namen nach der heidnischen Göttin Raa, sowie das einstmalige benachbarte Eidum seinen Namen nach dem Meeresgotte Eiger, Ägir oder Ogis haben.

ihre Herrschaft hatten. So wie die Menschen weichen oder aussterben in einer Gegend, so wird das Land, wie man spricht, ein Wohnplatz der Geister und Unholde der Nacht; von Hörnum aber scheinen die Phantasiewesen der Heiden eigentlich niemals gewichen zu sein. In diesem wilden Dünenlande wimmelt es der Sage nach von Hexen und Wiedergängern, von spukenden Lichtern und gespenstigen Tieren, doch scheinen die Wassergeister dort die Oberherrschaft zu haben. Die unterirdischen Erdgeister (Önnereersken) lassen zwar in den Dünengegenden Hörnums kein Wasser in den Grund sinken, sondern treten es immer wieder hervor und veranlassen dort Quellen und Sümpfe; der Mann im Monde gießt überdies alle 12 Stunden Wasser vom Himmel herab und veranlaßt die Fluten; allein die Meeresgöttin Ran, die gebärende Gattin des Eigir oder Ekke (Ögis) erregt die Stürme im Meere, veranlaßt die Ueberschwemmungen und Schiffbrüche, zieht die Schiffbrüchigen in ihre Netze und wirft die Schiffstrümmer, die sie selber verschmäht, bei Hörnum an den Strand. Der Meeresgott selber scheint aber vor allers Hörnum zu einem Lieblingsaufenthalt auserzehen zu haben.

Was nun speziell das ältere Geschlecht der Hörnumer betrifft, so war dasselbe, abgesehen von dessen lobenswerten Eigenschaften, doch in anderer Hinsicht unbezweifelt, ähnlich seiner versandeten Halbinsel, seit lange zum Untergange reif, d. h. insofern es in seiner Heimat blieb, war gleichsam versteinert in alten, zum Teil rohen Sitten, z. B. den Gewohnheiten der Strandbiebe, war verstumpft in Ansichten und Grundsätzen des Aberglaubens; versank, wie es schien, immer mehr in Trägheit, Dummheit und Armut — wäre mithin ohne Zweifel dem moralischen Verderben, dem geistigen Tode verfallen gewesen, wenn nicht der Weltenlenker den Kindern dieses Geschlechts andre und beßre Wege und Wohnstätten gewiesen, die Alten aber von der Erde genommen hätte. —

So ist es bisher mit Rantum auf Hörnum gegangen und so möchte es dereinst mit meiner ganzen Heimat gehen. Alle friesischen Uthlande werden ohne Zweifel dereinst eine Beute des Meeres werden. Das ist wahrlich ein trauriger Gedanke, der mich oft beschäftigt und quält.

Jedoch, ich bin vielleicht zu befangen, zu kurzsichtig, zu engherzig bei dem Gedanken, daß mein teures Friesenland, sowie dessen Voll und und Name, dessen Güter, Rechte und Eigenschaften fortdauern müssen, wenn ich (als patriotischer Friese) in dem Weltall noch Ordnung, noch die Weisheit und Güte des Weltregierers erkennen und verehren soll. — Ich sollte — ich sehe es ein, eine höhere Weltanschauung gewinnen, wie schwer mir das auch, von dem Standpunkte eines ungelehrten Inselfriesen aus, fallen mag. Ich sollte bedenken, daß ein Volk zu jeder Zeit nur in einer Uebergangsperiode seiner Geschichte lebt, nie aber eine Stufe der Vollendung erreichen, nie in einen Zustand der Vollkommenheit gelangen wird, also auch mein Volk nicht. Ich sollte mich erinnern dessen, was die Geschichte der Menschheit und der Natur überall so eindringlich predigt: Reichtum vergeht, Schiffe zertrümmern, Menschen sterben, Gesetze und Begriffe wechseln, Dörfer, Städte, ja ganze Länder werden zerstört, Verfassungen, Staaten, Sprachen, Religionen, ja ganze Völker verschwinden von dem Erdboden — und ich wollte in dieser Welt voll Verwüstung auf etwas Dauerndes, auf etwas Ewiges rechnen? — wollte für die kleinen, schwachen Land- und Volkstrümmer meiner Heimat mitten in dem gewaltigen, sturmreichen Weltmeere Bestand erwarten? — wollte gar für meine und meines — freilich sich nie recht einigen — Volkes Ideen, Wünsche und Hoffnungen, wenn sie vielleicht, wie so oft der Fall, denen der umwohnenden, viel mächtigeren, sich viel einigeren Völker widersprechen, etwas fordern, was die ganze Welt nicht hat und nicht geben kann!? — Ich sollte lehren und nicht lernen wollen? — Nein, ich will mich erheben, will mich trösten und beruhigen bei dem Gedanken: Es liegt eben das Wandelbare, das wechselseitige Entstehen und Vergehen der Dinge und Erscheinungen in dem Plane des Schöpfers, damit nichts veralte und hindere, damit die Welt sich stets verjünge und verschöne, damit die Menschheit nie in träge Ruhe und in ein Uebermaß der Genüsse versinke, sondern immer zu neuem Streben gezwungen werde. Gewiß wird dennoch die Vorsehung das Wahre und Gute, auch das, was die Menschen gedacht, gethan und erstrebt haben, nicht untergehen lassen in der allgemeinen Verwüstung, sondern in immer neuen Formen auftauchen und fortwirken lassen im Raume und in der Zeit, und das soll mir genügen.

Tritt nun mein friesisches Volk oder mein inselfriesischer Volksstamm über kurz oder lang als eine von andern sich unterscheidende Nation von dem Schauplatz der Welt ab, so möchte dieser Stamm den Keim des Verderbens, des Veraltens, der Zwiespalt schon lange in seinem Innern geborgen haben.

Möchten nur jedenfalls die Reste meines Volksstammes, wie wenig Zusammenhang sie auch haben, wie vereinzelt sie auch auftreten, die Tüchtigkeit und Treue, den Fleiß und die Sparsamkeit, durch welche so viele Friesen sich ausgezeichnet haben, niemals aufgeben.

Vorwort zur dritten Auflage.

In neuem Gewande und in veränderter Gestalt erscheint dies Buch C. P. Hansens. Als er sich am 9. Dezember 1879 schlafen legte, war es bereits zweimal erschienen: 1857 in Altona unter dem Titel „Friesische Sagen und Erzählungen" und 1875 mit dem gegenwärtigen Titel, aber in erweiterter Gestalt, um eine Beschreibung und eine Karte der Insel vermehrt und mit Sagen reicher ausgestattet. Besonders sah sich Hansen veranlaßt, den Erzählungen Maiten Ritz Talens von dem langen Peter einige später gesammelte Nachrichten hinzuzufügen, die er hauptsächlich der 1871 in Leeuwarden gedruckten Chronik Frieslands von Worp van Thabor entnahm.

Inzwischen ist durch neuere historische Forschungen in Westfriesland festgestellt, daß „Groote Pier," wie nach Hansens Annahme Pibber Lüng daselbst genannt wurde, und dieser Held der Sylter Sage nicht dieselbe Person sein können. So war ich berechtigt, die Geschichte des langen Peter nach der ersten Auflage der Sagen zu bringen; ich darf annehmen, damit ganz im Sinne des verewigten Hansen gehandelt zu haben, der seines Sylter Volkes schönste Sagen nach des Dichters Ausspruch „mit kunstgeübter Hand" zu pflücken verstanden hat. „Die Sagen und Erzählungen der Heidebewohner auf Sylt," die bisher teilweise als „Szenen aus den Kriegen der Sylter mit den Zwergen auf der Heide" und teilweise im Vorwort gegeben waren, fügte ich in Anlehnung an die erste Auflage zusammen.

Die Beschreibung der Insel erforderte eine dem gesteigerten Fremdenverkehr der Nordseebäder auf Sylt Rechnung tragende Umgestaltung. Dieselbe wird hoffentlich wie die berichtigte Karte, welche nach dem übereinstimmenden Urteile aller Freunde der Insel als die genaueste und beste Spezialkarte Sylts gilt, den Beifall der Leser finden.

Die Herren Verleger haben keine Kosten gescheut, das Buch auf seinem neuen Gange würdig auszustatten.

So möge dasselbe auch ferner freundliche Aufnahme finden und zu den alten Freunden neue gewinnen.

Devenum bei Wyk (Föhr), den 15. Mai 1895.

Christian Jensen.

Beschreibung der Insel Sylt

als

Einleitung.

I.

Die Insel Sylt, auf welcher ich Sie umher zu führen
gedenke, gehört zu der nordfriesischen Inselgruppe,
welche an der Westküste des Herzogtums Schleswig in
der West- oder Nordsee liegt und welche ehemals mit dem
Namen der friesischen Uthlande bezeichnet wurde. Sylt
ist, obgleich selber nur ein Rest eines durch Erd- und Meeres-
umwälzungen untergegangenen größern Insellandes, für die
niedrigen Küstengegenden Westschleswigs ein äußeres, höheres,
gegen die Stürme und Wellen der Nordsee schützendes Vor-
land und unter den spezifisch friesischen Inseln die größte
und nördlichste, deren, meistens seemännische Bevölkerung noch
ihre friesische Sprache, Sitte und Nationalität ziemlich un-
vermischt bewahrt hat. Wohl meinen einige Forscher, daß
auch die Bewohner der nördlicher liegenden Inseln Fanöe,
Manböe und Röm friesischer Abkunft sind; allein es sind
nach meiner Meinung keine sichere Anhaltspunkte für diese
Annahme. Die friesische Nationalität ist aber ohne Zweifel
auf keiner Insel unter deren Bewohnern bestimmter aus-
geprägt, als unter den Einwohnern Sylts.

Doch abgesehen davon: ich möchte Sie besonders auf die
Natur, die natürliche Beschaffenheit und die Bestandteile

1

meiner Heimatsinfel Sylt aufmerkfam machen. — Es ift
fchon fo manchem benfenden Reifenden aufgefallen, wie die
Infel Sylt aus fo verfchiedenartigen Landflächen befteht
und es möchte vielleicht faum eine zweite fo fleine Infel
geben, die aus fo verfchiedenartigen Beftandteilen zufammen-
gefeßt wäre wie diefe Infel.

Das Mittelftücf derfelben von dem öftlichen Ufer
Keitums bis zum Badeftrande bei Wefterland und bis
zu den Abhängen der Kamperhöhen im Norden, ift ein
in der Vorzeit durch vulfanifche Kräfte aus dem Meere ge-
hobenes Diluvialland von 30 bis 100 Fuß *) Höhe über dem
Niveau des Meeres, von 1 Meile Länge und ¼ bis ½ Meile
Breite. Die füdliche Hälfte diefer Landfläche, zwifchen Keitum und Wefterland, hat die größere Breite, die nördliche aber die größere Höhe. Diefes Mittelftücf der Infel
fann übrigens jeßt wie ein vom Meere, befonders an der
Weftfeite ftarf abgenagtes und im Often und Süden hin und
wieder durch ehemalige, jeßt vertrocfnete Flußbetten und Thal-
fchluchten unterbrochenes Bergplateau und mit den auf dem
weftlichen Rande diefer Landhöhe bis zu 160 Fuß über das
Meer fich erhebenden Dünen wie ein fleines Gebirgsland im
Meere angefehen werden. Die Dünen beftehen aus bloßem
Flugfande und find ein Erzeugnis des offenen Meeres und
des Windes; fie gehören zu den allerneueften Bildungen auf
der Erdoberfläche und find ihres locferen Inhalts wegen faft
fortwährend Wandelungen und Wanderungen ausgefeßt. Sie
find mit See- und Sumpfvögeln, Hafen und weidenden
Schafen und Lämmern bevölfert und außerdem durch ihre
langen fchilfartigen Pflanzen befonders nußbringend; find
wegen ihrer malerifchen Formen und Schattierungen, wegen
ihrer Pflanzen — wozu nicht bloß der Sandroggen und
Sandhafer, fondern auch die Heide und die Sandweide und
verfchiedene eigentümliche Gras- und Moosarten gehören —
wegen ihrer ftillen, einfamen, aber oft fo niedlichen Thäler
und Seen nicht felten wahrhaft fchön; erinnern namentlich

---

1 m = 3⅓ Fuß.

dann, wenn ein leichter Nebel sie bedeckt, lebhaft an schweizerische Landschaften mit weißen Berggruppen, grünen oder violettfarbigen Abhängen, dunkeln Spalten und Schluchten, grünen Thälern und kleinen blauen Seen; sie erregen sogar durch ihre Zusammensetzung aus lauter losen Sandkörnern, wegen der Art ihrer Entstehung und Bildung durch den Wind und das Meer, sowie durch ihre Wanderung und ihr kurzes, ungewisses — ich möchte sagen rätselhaftes — Dasein gewöhnlich das Erstaunen fremder, diese Gegenden besuchender Reisenden. Allein die Dünen haben auch ihre sehr ernste Seite, haben ihre Geschichte und tiefere Bedeutung und vor allen auch ihren größern, als bisher erwähnten Nutzen, sowie freilich auch ihre oft so schlimmen Wirkungen; ja sie bedürfen selbst, wie jede andere der Kultur unterworfene Gegend, ihrer sorgfältigen Pflege, Leitung und Bepflanzung. Man erkennt daher überall in den Dünen, und namentlich in der Gegend des Kirchspiels Westerland auf Sylt, die fleißige, pflanzende, aber auch schneidende Hand der Menschen, der Bewohner und Bewohnerinnen dieser Gegend. Unter Millionen Pflanzen, namentlich des Sandroggens, die man an den Dünenabhängen und in den Dünenschluchten erblickt, möchte mindestens der zehnte Teil von den Bewohnern des Kirchspiels mit großer Mühe gepflanzt sein. Die geraden, bisweilen etwas gebogenen, mehrenteils parallel laufenden, oft auch sich durchkreuzenden Reihen der Pflanzen sind in der Regel die gepflanzten. Diese Arbeiten geschehen wahrlich nicht des weidenden Viehes oder der Hasen und Vögel oder deren Eier, noch der Heide- und Moosbeeren wegen, die hier wachsen, sondern diese große Mühe, die Dünen sorgfältig zu bepflanzen, müssen meine Landsleute und Landsmänninnen übernehmen und regelmäßig fortsetzen, wenn sie nicht dem Flugsande und den Meereswellen freien Lauf ins Land lassen, ihre Felder, ihre Gärten, ihre Häuser, sich selber samt ihrem Vieh den Verwüstungen des Meeres und des Sandes preisgeben wollen. *) — Im Sturme und

---

*) Seit 1869 läßt die Regierung auf Kosten des Staates die weitläufigen Dünen bei Rantum und nördlich von Kampen unter Aufsicht eines Düneninspektors bepflanzen. Zur Befestigung des Ufers bei Westerland läßt sie aber Steindämme anlegen.

1*

Wogenbrange aber, im Aufruhr der Natur schwindet alles
Liebliche, alle Schönheit der Dünen und des Meeres. Dann
bleibt nur das Großartige, das Wilde, das Schauerliche und
Verwüstende derselben. — Bei östlichen Stürmen ist die Oberfläche des Meeres natürlich in Bewegung nach Westen; zur
Herstellung des Gleichgewichts muß aber tief unten im Meere
alsbann eine entgegengesetzte Strömung stattfinden. Diese
löset nun Sandteile von dem Meeresboden ab und spült sie
ostwärts nach den westlichen Ufern der Insel Sylt. Bei westlichen Stürmen erfaßt aber der Wind diese Sandkörner und
jagt sie weiter landeinwärts, bis sie Widerstand finden, liegen
bleiben und zuletzt Sandhügel und ganze Dünenketten bilden.
An den westlichen Seiten und Ecken der Dünen hat jedoch,
der vorherrschenden westlichen Winde und Stürme wegen, der
Sand nicht Ruhe genug, um Festigkeit gewinnen und mit
Dünenpflanzen bewachsen zu können; daher werden bei jeder
Sturmflut Massen desselben teils von den Wellen wieder in
den Schoß der Nordsee zurückgeführt, teils von dem Sturme
fortgerissen und nach den östlichen Abhängen der Dünen geführt. Diese Abhänge sind daher in der Regel sanft abge-
rundet und wohl bepflanzt oder bewachsen, während die westlichen Dünenabhänge kahl, schroff, oft schaufelartig ausgehöhlt
erscheinen. Diese Dünenbildung ist die gewöhnliche in unsern
Gegenden; solcher Dünen, die der Länge nach hauptsächlich
von Westen nach Osten gedehnt, übrigens je nach ihrem Alter,
ihrer Lage oder wegen teilweiser Zerstörung von sehr verschiedener Größe, Form und Verbinduug unter einander sind,
gibt es eine große Menge längs der Westküste der Insel Sylt,
auch auf dem erwähnten hohen Mittelstück der Insel, wenn
gleich hier in einer geringeren Breite als weiter nach Süden
und Norden. Jedoch auch die Hörnumer- und Lister-
dünen haben, obgleich ausgedehnter als die der mittleren
Gegenden Sylts, im allgemeinen denselben Charakter wie diese.
— Abgesehen nun von den, so bedeutende Flächen der Insel
bedeckenden, Dünen besteht die obere größere Hälfte der oft
genannten ältern und festern Landhöhe, welche das Mittelstück
der Insel ausmacht, aus Lehm- und eisenhaltigem Geschiebe-
Sand mit vielen erratischen Blöcken und Feuersteinen, in welchen

letztern Versteinerungen von Muscheln, Seeigeln und Korallen häufig vorkommen. Die untere kleine Hälfte dieser Landhöhe besteht aus schierem, weißem Meeressande, doch hin und wieder mit Porzellanerde und Glimmer vermischt. Die oberste Schicht dieser Landhöhe bildet fast überall ein dichtes Lager von Rollsteinen, mit einer dünnen, 1 bis 4 Fuß dicken, schwärzlichen, doch nicht unfruchtbaren Ackerkrume, die ursprünglich Heidesand war, bedeckt. Der westliche oder richtiger nordwestliche, hohe und steile Abhang dieser Landhöhe heißt das r o t e K l i f f; die nördliche Abdachung der K a m p e r b e i c h und die östlichen vorspringenden Höhen und steilen Absätze das w e i ß e oder B r a d e r u p k l i f f und das K e i t u m k l i f f. Es scheint, daß dieser ganze mittlere Teil der Insel auf Limonitgestein oder eisenhaltigen Sandsteinriffen, vielleicht auch auf Braunkohlenlagern ruht. Es treten mindestens braune Sandsteinriffe und Blöcke am Ufer bei M u n k m a r s c h, sowie am nördlichen Ende des r o t e n K l i f f s hervor, auch ähnliche Massen in den sogenannten K l i s t e r b ä n k e n bei K e i t u m, T i n n u m und W e s t e r l a n d. Spuren von Braunkohlen sind aber am Fuße des roten Kliffs, sowohl südlich als nördlich, namentlich auch am „Riesgap" (Riesenloch, Durchfahrt im roten Kliff) bemerkt worden. Ungeachtet dieser harten und zähen Massen, auf welchen ein Teil der Insel ruhet, zerbricht das gewaltige Meer doch auch diesen, scheinbar so festen, Unterbau der Insel immer mehr, so daß die oft erwähnte mittlere Landhöhe derselben eigentlich jetzt wie ein an der Westseite bereits zur Hälfte von der See abgenagter Berg gedacht werden muß.

Von dieser mittlern Landhöhe der Insel S y l t muß man eine davon getrennte und wesentlich verschiedene ö s t l i c h e h ö h e r e L a n d f l ä c h e unterscheiden. Diese östliche Landhöhe der Insel, die M o r s u m h e i d e mit deren nördlichen, mehrenteils steilen Abhängen, das M o r s u m k l i f f, ist ohne Zweifel zu einer andern Zeit als das Mittelstück der Insel durch ein Erdbeben aus dem Meere empor gehoben worden. Es ist hier aber ein viel vollkommener Durchbruch der Erdrinde als dort zwischen K e i t u m und K a m p e n geschehen, indem viele Produkte der tertiären oder Braunkohlen-Formation im M o r s u m k l i f f zu Tage treten, die anderwärts vielleicht einige hundert

Fuß tiefer unter der Oberfläche liegen, z. B. die Braunkohle
und der Braunkohlenthon mit vielen Schnecken und Muschel-
schalen und andern Tierresten, die einer längst untergegangenen
Vorwelt angehören. Die sonst in unsern Gegenden und
auch in der oft genannten mittlern Landhöhe Sylts durchgängig horizontal auf einander ruhenden Erdschichten liegen
im Morsumkliff in Winkeln von circa 45 " gegen einander getürmt oder richtiger von Südwest nach Nordost über-
einandergestürzt. Von Westen angerechnet, folgen im Morsumkliff folgende, Hügel und Abhänge bildende, Massen wiederholt aufeinander: Porzellansand oder Kaolin, Braunkohlenthon nebst Alauuerde, Limonit oder eisen-
haltiger Lehm und Sand auch wohl Sandstein. Porzellansand enthält Feuersteine mit ähnlichen Versteinerungen wie
im roten Kliff, die wohl eigentlich zu der sekundären For-
mation gehören; in dem Braunkohlenthon und dem Limonit-
sande finden sich Konchylien ꝛc. der eigentümlichen tertiären
Bildungen des Morsumkliffs, z. B. Isocardia, Astarte,
Nucula, Cassidaria, Fusus, Conus, Cassis, Pleurotoma, Buc-
cinus, Natica ꝛc.

Ursprünglich mögen diese beiden geschilderten Landstriche
Sylts zwei getrennte kleine Inseln im Meere ausgemacht
haben, teilweise umgeben von versunkenen Wäldern, von
welchen noch jetzt in den Seetorflagern an der Südseite Sylts
bedeutende Reste übrig sind. Das Meer selber wird aber
einst in diesen Gegenden ein mehr ruhiges als jetzt, vielleicht
ein, durch westliche, etwa auf bem Meridian von Helgoland
einst vorhandene Felsriffe von dem größeren Becken der
Nordsee geschiedenes Binnenmeer gewesen sein. So viel
ist gewiß, daß nur in einem ruhigen Binnenmeere so großartige Niederschläge von Erd- und Thonteilen oder Landan-
schwemmungen durch das Wasser entstehen konnten, wie die
alten sogenannten Seemarschen dieser Gegend waren.
Diese lehnten sich mehrenteils an die höheren Landstriche und
Inseln an, verbauden sie teilweise mit einander und füllten
nach und nach das innere seichte Meeresbecken aus, so daß
nur Rinnen, Wehlen, Schloten, Tiefen, Meeresbuchten und
See-Gaaten dazwischen blieben, bis nach der Durchstechung

des britischen Kanals — welche, der Sage zufolge, die britische Königin Garhören unternahm — nunmehr an den nordfriesischen Küsten ein doppelter Flutstrom entstand, durch diesen die äußere Schutzwehr, die Felsriffe im Westen des Landes, die nach Hans Kielholl Eisen ähnlich gewesen wären, durchbrochen und das niedrige, innerhalb der Felsriffe liegende Land zum Teil wieder zerstört wurde. Es mögen auch noch später ab und zu durch vulkanische Kräfte partielle Erdsenkungen, aber auch Erdhebungen und Landversetzungen in diesen Gegenden vorgekommen sein, die Veränderungen des Landes und des Meeresbodens veranlaßt haben; so werden z. B. die jetzigen fruchtbaren Aderselber Morsums und Archsums, sowie die südlichsten bei Keitum und Tinnum, die ohne Zweifel ursprünglich Marschboden waren, ihre jetzige Höhe, die um mehrere Fuß über die Seemarschen hervorragt. erhalten haben.

Die von den einstmaligen alten sehr ausgedehnten Seemarschen Sylts übriggebliebenen Flächen liegen fast alle zwischen den beiden noch älteren Landhöhen und südlich von denselben längs dem inneren südlichen Meere oder Haff zwischen Föhr und Sylt. Sie sind nicht zu verwechseln mit den neuesten marschartigen Landansetzungen in dem innern nordöstlichen Haff oder dem sogenannten Anwachs zwischen Morsum und Keitum. Die Seemarschen sind in der Regel sandiger, höher und weniger fruchtbar als die neueren Marschbildungen.

Viel neueren Ursprungs als die alten Seemarschen Sylts sind auch die, mehrenteils auf alten Schlick- und Sandplatten, oder Moor- und Sandwiesen ruhenden, Dünenhalbinseln, Hörnum im Süden und Listland im Norden der mittlern Landhöhe Sylts. Sie sind wahrscheinlich durch Fluten und Strömungen des Meeres versetzte oder angespülte und durch Stürme und Ueberschwemmungen vielfach veränderte Landreste von untergegangenen Inseln, die wailand westlicher als Sylt lagen. J. Meier nennt in seinen Charten von 1240: Mabberum und Ostum, (oder Rüstum jetzt Rüstsand) z. B. als solche einst im Nordwest von Sylt gelegene Inseln. Die Halbinseln Hörnum und List sind mindestens durch mehrfache hauptfächlich neptunifche Prozeffe entflanden und dem Mittelftück der Infel angehängt worden; find viel loferen und leichteren Inhalts als die Keitumer und Morfumer Höhen und die kompakten und zähen Thonwiefen oder Seemarfchen der Infel; find mehrenteils ohne Fruchtbarteil und werden zweifellos vor den übrigen Teilen der Infel im Meere gänzlich untergehen oder vielleicht auf ihrer Wanderung nach Often noch vor ihrem gänzlichen Verfchwinden durch Fluten und Strömnngen wieder von der Infel losgeriffen werden. Von Hörnum befürchtet man folches bereits feit mehr als 70 Jahren. — Diefe beiden Halbinfeln find jetzt faft ganz mit Sandbergen bedeckt, weshalb die dortigen Dünen in ihren Formen, Zufammenftellungen, Schluchten und Thälern und fonftigen Abwechfelungen den Charakter eines kleinen Gebirges mehr noch als die der mittleren Gegenden Sylls angenommen haben. Sie haben ihren eigentümlichen Charakter und ihren Zufammenhang unter einander aber hauptfächlich durch die fogenannten Längendünen, das find in Süd und Nord oder richtiger in Südfüdoft und Nordnordweft gedehnte, oft meilenlange, fehr hohe und kahle Sandberge oder Dünenwälle, erhalten, deren Entftehung und Bildung ich mir folgendermaßen erkläre. Ein Teil des Meeres- oder Flugfandes findet bei weftlichen Stürmen nahe an dem Ufer keinen Widerftand, fliegt daher unaufgehalten zwifchen den Uferabfätzen und den bereits vorhandenen, vielleicht fchon durch Stürme und Meereswellen wieder halb zerftörten älteren Dünen hindurch, und pflegt um fo fchneller und weiter durch diefe Dünenfchluchten gejagt zu werden, je enger diefe und je heftiger die fie fortreißenden Stürme find. Diefe Sandteile finden in der Regel erft einige hundert Schritte innerhalb der weftlichften mehr vereinzelt ftehenden Dünen Ruhe, nachdem die Kraft des Windes fich bereits an diefen gebrochen und der fliegende Sand einen vor dem Winde mehr gefchützten Punkt gefunden hat. Hier fenken fich die Sandkörner daher und bilden, da diefer Prozeß unter gleichartigen Umftänden oft wiederholt wird, am Ende einen großen, der Länge nach in Südfüdoft und Nordnordweft ausgedehnten, nach Oft und Weft ziemlich gleichmäßig abgerundeten Sandrücken oder

Sandberg, welcher bisweilen eine Höhe von mehr als 100 Fuß erreicht. Diese Längenbünen bedecken sich selten mit den sonst stark wuchernden Dünenpflanzen, vielleicht deshalb, weil sie aus gröberem Sande als die gewöhnlich früher geschilderten Querdünen bestehen; sie sind aber eben ihrer Nachtheil wegen bei Stürmen, in deren Bereich sie, je höher sie werden, um so mehr kommen, wie rauchende Berge anzusehen, welche Massen von Sand über das ostwärts liegende Land schütten und unaufhaltbar totbringend sich ostwärts wälzen. Die Querdünen sind die Wirkungen der westlichen und südwestlichen Stürme, die Längenbünen aber die der nordwestlichen. Die Regierung hat eine Längen- oder Wanderbüne nördlich von Kampen durch Bepflanzung jetzt zum Stehen gebracht. Ob aber die Bepflanzung des Kappholttthales mit Bäumen von Erfolg sein werde, ist noch unentschieden. Baumpflanzungen haben auf Sylt nicht sonderlich gedeihen wollen. Schon 1814 wurden Versuche der Art in einem Dünenthale bei Eibuminge, ferner 1820 und 21 auf der Keilumheide, und in neuerer Zeit in der königlichen Baumschule bei Tinnum gemacht; allein alle diese Anlagen kränkeln mehr oder minder durch häufig wehende, scharfe und salzhaltige Seewinde; die Anlage bei Eibum ging durch salze Fluten zu Grunde. Lornsens Hain und Viktoria-Hain auf der Heide scheinen am besten gelungen zu sein, letzterer wird jetzt von Badegästen oft besucht. Birken, Eichen und Nadelhölzer sind dort am besten fortgekommen.

II.

Nachdem ich Sie mit der Lage und Beschaffenheit der natürlichen Teile, woraus meine Heimatsinsel besteht, bekannt gemacht habe, muß ich nunmehr auch in betreff des Namens, der Größe, der Dörfer, der Einwohner und anderer statistischen Gegenstände einige Notizen hinzufügen.

Ich bin der Meinung, daß die Insel Sylt nur ein Rest von einem untergegangenen größern sogenannten Seelande, und daß der Name Sylt oder vielleicht richtiger

Sill nur eine Abkürzung oder Zusammenziehung des alten Namens Silandi oder Seeland ist, auch, daß die Namen Seeliger, Salliger und Sölbring, welche die übrigen Friesen den Syltern beilegen, soviel als Seeleute oder, im Spott gebraucht, soviel als Seehunde bedeuten.

Die Insel Sylt liegt zwischen 54° 44' und 55° 3' Nordbreite, der größere südliche, *) zum Herzogtume Schleswig gehörige Teil derselben, die Landschaft Sylt, reicht nur bis zu 55" Nordbreite, der kleine nördlicher liegende Rest der Insel ist das Listland, er gehörte bis zum Jahre 1864 zu Jütland. Die Länge der ganzen Insel von Hörnumodde oder dem Vortrap im Süden bis zu der Nordwestecke des Listlandes, dem Ostindienfahrers-hul, beträgt demnach 4¼ Meilen, von welchen kaum 1 Meile auf Listland kommt. Die Breite der Insel ist sehr ver-schieden, sie wechselt von ⅛ bis 1½ Meilen in Ost und West; von dem Badestrande bei Westerland bis zu Nösse, der Ostspitze des Morsumfeldes, sind 1½ Meilen. Der Flächeninhalt der Insel beträgt ungefähr 1¼ ☐Meilen, von welchen ⅛ ☐Meilen auf das Listland, 1⅛ ☐Meilen aber auf die Landschaft Sylt fallen. Von dem Listlande ist ¼ ☐Meile und von der Landschaft Sylt sind ⅛ ☐Meilen mit Dünen bedeckt. Nur circa ¾ ☐Meilen der Landschaft Sylt sind Acker-, Wiesen- und Heideländereien, und zwar kann man annehmen, daß die zum Ackerbau benutzten Ländereien jetzt ¼ ☐Meile, die unter Flut liegenden (d. h. den Ueberschwemmungen ausgesetzten, nicht eingedeichten) Wiesen und ehemaligen Weiden auch ¼ ☐Meile und ebenfalls die wüstliegenden Heideländereien ¼ ☐Meile aus-machen.**) Nach den neuen preußischen Messungen hat ganz Sylt ca. 9000 Hektar Fläche.

---

*) Seit 1386.

**) Der Landmesser A. Boegens in Keitum gab um 1790 die Ackerländereien Sylts zu 2483 Demat, die Wiesen und Weiden zu 3238 Demat und die Heideländereien zu 2314 Demat an; allein die Wiesen haben seitdem verloren, die Aecker zugenommen und die Heiden waren noch nicht alle gemessen und verteilt. Nach Kleiholt wäre die Insel um 1400: 3 Meilen breit gewesen in Ost und West. Nach J. Meier um 1638 wäre sie (ohne Hörnum und Listland) 18 650

— 11 —

Im Jahre 1850 nahm ich auf eigene Hand eine
Häuser- und Volkszählung, sowie einige Messungen der
Entfernungen einzelner Punkte und Ortschaften von einander auf Sylt vor, teils sammelte ich auch ähnliche
Notizen von andern kundigen Männern. Ich maß von der
alten Schule in Keitum, dem ungefähren Mittelpunkte
des Dorfes und der Insel, aus nach verschiedenen mehrenteils geraden Richtungen und fand die Entfernung bis zur
Landvogtei, dem östlichen Hause in Tinnum ³/₁₆ Meile,
bis zur Westerländer Kirche ⁵/₈ Meile, bis zu den
Westerländer Dünen ⁷/₈ Meile und bis zur Nordsee
noch ca. 1000 Fuß weiter nach Westen. Bis zu den westlichsten Häusern Morsums, also nach Osten, fand ich ⁵/₈
Meile, bis zur Mitte desselben ¹/₂ Meile, auch bis zur Nordwestecke des Morsumkliffs ³/₄ Meile und bis zur Ostspitze
der Insel, Nösse, reichlich ⁷/₈ Meile, aber nur ca. ³/₄ Meile
nach der Südostspitze Morsumodde. (Die Meile stets zu
26 285 Fuß gerechnet). — Nach Messung und Angabe des
Landmessers und Navigationslehrers H. P. Köster in Tinnum ist die Entfernung von Nössespitze bis zur Morsumkirche 660 Ruten (à 18 Fuß); von der Morsumkirche bis zur Keitumkirche beträgt die Entfernung 1136
Ruten; von der Keitumkirche nach der Westerlandskirche sind es 596 Ruten und von der Westerlandskirche nach dem Badestrande im Westen noch 245 Ruten.
Köster fand demnach von der Morsumkirche nach der Keitumkirche ca. ⁵/₈ und von dieser nach der Westerlandskirche ca.
¹/₃ Meile Entfernung. Von der Mitte Keitums aus hat
Köster folgende Entfernungen gefunden: bis zur Südgrenze
Braderups ¹/₈ Meile, bis zum nördlichen Abhang der Kamperhöhen am Kamperdeich 1 Meile, bis zur Vogelkoje und
der Nordgrenze der Landschaft Sylt 1¹/₄ Meile, bis zum
Dorfe List 2¹/₄ Meilen. (Von Keitum nach Munkmarsch,
dem besten Lösch- und Ladeplatz der Insel nördlich von

Demat (à Demat fast ¹/₂ Hektar) groß gewesen, 1605 nach Brun nur
11 297 Demat. Die Verluste durch Fluten betrugen in 167 Jahren
an der Westseite der Insel circa 2700 Demat, an der Südseite circa
4600 Demat gemessenes Land.

Keilum, rechnet man ⅜ Meilen und ebensoviel von Munkmarsch nach Westerland.)*) — Das Listland ist in
der Gegend des Dorfes List ½ Meile breit, und der Ellenbogen, das Nordende der Insel, in Ost und West ½ Meile
lang. Der Königshafen, zwischen dem Ellenbogen und
dem Dorfe List liegend, ist 11 500 Fuß lang und 4380 Fuß
breit. — Von der Kirche in Westerland bis zur Südspitze Hörnums möchten es ca. 2½ Meilen und von
Westerland bis zum jetzigen Rantum mindestens ⅞
Meilen sein. Der Strandvogt N. P. Taken gibt die ganze
Länge des Rantumer Gebietes auf der Halbinsel Hörnum
zu 18 000 Schritten oder ca. 50 000 Fuß, d. i. ca. 1⅞
Meilen, an. — Das rote Kliff, am westlichen Strande,
ist ungefähr ½ Meile lang, es reicht von dem Riesenloch
bei Wenningstedt bis zum Kamperdeich im Norden.
Die höchste Dünenspitze auf dem roten Kliff, der Uwen-
berg, ragt 160 Fuß oder bei der niedrigsten Ebbe 166 Fuß
über das Meer hervor, die Inhockdüne, etwas südlicher,
150 Fuß. Der Leuchtturm auf dem roten Kliff ist im
Jahre 1855 am Fuße des großen Brönshügels, des
Grabmals des friesischen Königs Bröns gebaut, ist 113 Fuß
hoch, ragt jedoch 57 m über das Niveau des Meeres hervor,
leuchtet bei wechselndem Licht 5 bis 6 Meilen über die See
hinaus und steht auf 54° 56′ 51″ N. B. und 8° 20′ 30″
O. L. von Greenwich.

Die Insel Sylt besteht aus den drei Kirchspielen
Morsum, Keilum und Westerland. Um 1800 gab
es außerdem noch das Kirchspiel Rantum mit einer kleinen
Kirche, die aber 1801 abgebrochen wurde, weil der Flugsand
sie zu verschütten angefangen hatte. Rantum gehört seitdem zum Kirchspiele Westerland. Westerland ist ein

---

*) Von Munkmarsch oder Keitum sind es 3 Meilen bis Hoyer,
4 Meilen bis Wyk auf Föhr und 9 Meilen bis Husum. Rechnet
man aber die Buchten der Wattströme hinzu, in welchen die Schiffe
gewöhnlich segeln, so sind es bis Wyk 5 Meilen und bis Husum
11 Meilen von Keitum. Die von Hoyer kommenden Post- und Fähr-
schiffe landen bei Munkmarsch. Mehrere Dampfschiffe vermitteln im
Sommer die Verbindung zwischen Insel und Festland.

Neubau des um 1436 durch Ueberschwemmung untergegangenen Kirchspiels Eidum. Vor 1436 sollen nach H. Kielholt 6 Kirchen auf Sylt gewesen sein mit 10 Predigern. Bereits um 1300 und 1362 waren viele Kirchen und Kirchspiele ringsum das jetzige Eiland verschwunden. Zu den im offenen Meere untergegangenen Kirchspielen rechne ich: Alt-Rantum mit der Westerseekirche, Alt-Eidum und Alt-Wenningstedt (an dem Friesenhafen oder dem Riesenloch, dem Abfahrtsorte der Angelsachsen nach Britannien, wailand gelegen) und Alt-Liſt. Ein späteres Listum scheint durch Sandflug untergegangen zu sein, da man die Kirchstätte und mehrere dazu gehörige Dorfstätten, z. B. Bildsum und Bargsum, noch heutigen Tages in den Listerdünen nachzuweisen vermag. Aehnliches möchte von dem einstmaligen Kirchlein und Kirchspiel Wardum oder Wardyn auf Hörnum gelten. Es scheint im Dünensande begraben zu sein, da man die Stätte, wo es ehemals gelegen, in dem Wardynthal bezeichnet. Durch Sturmfluten sind überdies in dem jetzigen südlichen Haff bei Sylt das Kirchspiel Stebum oder Sleibum und in dem nördlichen Haff das freilich etwas ungewisse Kirchspiel Lägum oder Leghörn zerstört worden. Nur eine Sandbank heißt noch Leghörn; eine Wiese, Sleibum-Inge, erinnert an das alte Sleibum. Die noch jetzt stehenden Kirchen zu Morsum und Keitum sind sehr alt, aber solide gebaut und wohl unterhalten; sie waren früher beide mit Blei gedeckt, die Mauern derselben bestehen zum Teil aus behauenen Granitblöcken. Sie liegen wie die Kirchen auf Föhr etwas entfernt von den Dörfern, doch fast in der Mitte der Dörfer, die zu einem Kirchspiel gehören. Die Keitumkirche ist die größte, sie hat einen 90 Fuß hohen, aber stumpfen Turm. Die Kirche zu Westerland ist kleiner als die beiden andern; sie war bis 1875 mit Schilf gedeckt und ohne Turm. Nach dem Abbruch der letzten Eidumkirche wurde sie 1635 an die Ostgrenze des Kirchspiels versetzt und 1789 und 1875 vergrößert und umgebaut. Alle drei Kirchen haben Orgeln. Der Altar dieser Kirche soll aber schon in der Eidumkirche gestanden haben und ursprünglich aus der Listerkirche stammen.

Im Juli 1892 wurden die weiter unten in der Sage berührten Figuren desselben durch ein Bild „Jesus und der sinkende Petrus", Kopie von Richters Gemälde, ersetzt und an der Nordermauer der Kirche aufgestellt. Auch der Altar der Keitumkirche stammt aus katholischer Zeit, hat Bilder von Gott dem Vater und dem Sohne, von der Mutter Maria, dem Papst oder Bischof St. Severin, nach welchem die Kirche genannt ist, und den Aposteln, alle aus Holz kunstreich geschnitzt und wohl erhalten. — Der Turm der Keitumkirche ist neuer als die Kirche und der Sage nach auf Kosten zweier mit der Welt zerfallenen alten Sylter Jungfrauen, die Ing und Dung geheißen, gebauet worden. Es wäre aber dabei der Wunsch oder die Prophezeihung ausgesprochen worden: Die Glocke im Turme solle einst niederstürzen und den schönsten und mutwilligsten Jüngling erschlagen; der Turm selber aber einst zusammenstürzen und die schönste und eitelste Jungfrau zerschmettern. Als nun um Weihnachten 1739, durch mutwilliges und unvorsichtiges Läuten veranlaßt, die Glocke wirklich niederstürzte und einen schönen Jüngling aus Keitum erschlug, schien die erste Hälfte der Prophezeihung in Erfüllung zu gehen, und es heißt, daß seit der Zeit manche eitle Jungfrau nur mit Zögern und geheimer Angst sich dem Kirchturme zu Keitum genaht habe. — In der Morsumkirche sagt die Inschrift einer Tafel, daß diese Kirche im Jahre 1627 mit Schanz und Graben umgeben und zu einer Festung eingerichtet wurde. Die Sage fügt hinzu, es sei dabei der ganze Kirchhof umgewühlt und alle Gräber geöffnet worden. Ein witziger Morsumer habe aber, zur allgemeinen Beruhigung der Gemüter über diese Entweihungen, ein Bild malen lassen, auf welchem er alle Morsumer, Tote sowohl als Lebende, bis auf einen, nämlich seinen Nachbar, der ihm viel Schabernack zugefügt, in den Himmel fahren, den bösen Nachbar aber durch den Teufel in die Hölle schleppen ließ. Dieses Bild soll noch in der Kirche zu Morsum vorhanden sein.

Doch ich wollte Ihnen den Erfolg meiner Volkszählung 2c. mitteilen; verzeihen Sie, daß ich zu voreilig in die alten Sagen hineingeraten bin. Das ist so meine Passion.

Im Jahre 1850 fand ich auf der Insel Sylt 613 Wohnhäuser, von welchen nur 594 wirklich bewohnt wurden.*) Das Kirchspiel Morsum liegt mit seinen 175 Häusern in den Dorfschaften: Groß Morsum, Lülje Morsum, Osterende, Wall und Schellinghörn, in einem großen Kreise rings um seine Kirche, Schule, Acker-felder und 2 Mühlen auf der östlichen fruchtbaren Halb-insel Sylts. In dem Kirchspiele Keitum, dem mittelsten und größten auf der Insel, waren damals 331 Wohnhäuser, nämlich in Archsum 44, in Keitum 160, in Tinnum 62, in Braderup 21, in Wenningstedt 11, in Kampen 23 und auf List 10. Das Dorf Archsum hat das frucht-barste Ackerland auf der Insel, liegt aber niedrig und ist, wie alle südlich gelegenen Dörfer der Insel, oft den Ueber-schwemmungen des Meeres ausgesetzt. In Tinnum ist noch ein vollständiger ringförmiger Erdwall einer von dem wahr-scheinlich friesischen Edelmanne Claes Limbeck um 1370 er-bauten Burg. Tinnum ist, mindestens seit 1600, der Wohn-sitz der Sylter Landvögte gewesen. Auch die alte Thing-stätte der Sylter war nördlich von Tinnum auf den soge-nannten Thinghügeln. Das Dorf Keitum liegt fast auf der Mitte der Insel, auf dem hohen Ufer einer Bucht des nordöstlichen Haffs, hat Ziegelei, treibt Schiffahrt, Austern-fischerei und Handel neben dem Ackerbau und der Viehzucht, hat viele stattliche Häuser und chausseeähnliche Straßen. Keitum hat eine königliche Zollstätte, eine Post- und Tele-graphenstation, ein landschaftliches Versammlungshaus, eine dreiklassige Schule, 1 Arzt, 1 Museum, 2 Mühlen. Nördlich vom Dorfe liegt die Kirche; der zu Keitum gehörige kleine Ort Munkmarsch mit 1 Graupenmühle und 9 Häusern ist weiter nach Norden belegen, er ist ein bequemer, seit 1888 durch Spurbahn mit Westerland verbundener und viel be-suchter Landungsplatz. Braderup, Wenningstedt und Kampen

*) Die Häuser sind fast alle einstöckig gebaut und mit Schilf gedeckt, ruhen auf soliden Mauern oder Ständern, sind luftig und reinlich, mit Brunnen und Gärten versehen. Die Viehställe sind mehrenteils in den Scheunen. (Vergleiche C. Jensen, die nordfrie-sischen Inseln, Hamburg 1891, Seite 194 ff. über Häuserbau und Hauseinrichtung.)

liegen auf einer hohen Heidegegend. Die beiden erstgenannten Orte waren bereits längere Jahre beliebter Aufenthalt zahlreicher Fremden; sie werden in Zukunft nach Aufführung des prachtvoll belegenen Kurhauses „Kampen" und verschiedener Neubauten bei Wenningstedt ohne Zweifel verdientermaßen noch mehr besucht werden. Fast in der Mitte zwischen diesen Dörfern steht der hohe, schöne Leuchtturm mit einem vortrefflichen Leuchtfeuer. Zwischen Kampen und List liegt am Ostfuße der Dünen eine sogenannte Vogelkoje, eine Anstalt zum Fange wilder Enten, 1767 angelegt. 1874 ist eine ähnliche Vogelkoje zwischen Westerland und Rantum und 1880 eine solche im Burgthale südlich von Rantum angelegt worden. List liegt auf dem nördlichen Teile der Insel fast mit Dünen umgeben an einer tiefen und geschützten Reede, die mehr noch als jetzt in alten Zeiten von Schiffen und selbst Kriegsflotten benutzt wurde. Christian IV., der König von Dänemark, schlug hier 1644 eine schwedische Flotte. Die Listertiefe ist durch Tonnen und 2 Leuchttürme, die auf dem Ellenbogen stehen, kenntlich gemacht. Einige Einwohner auf List sprechen dänisch, sonst spricht man auf ganz Sylt friesisch; die Kirchen- und Schulsprache ist aber überall, auch auf List, stets deutsch gewesen. Westerland, Hauptort und Name des britten Kirchspiels der Insel, bestand 1850 als ein kleines Dorf von 101 Häusern, es war durch Seefahrt, Arbeitsamkeit und Sparsamkeit seiner Bewohner wohlhabend geworden. In der Nähe der Dünen und des westlichen Strandes belegen, hat es von allers her oft durch Sandflug und Ueberschwemmungen gelitten. Sein vortreffliches Seebad bietet ihm jetzt eine Art Ersatz früherer Verlüste. Seit Einrichtung des Bades wuchs die Häuserzahl auf ca. 280, welche mehr als 4000 Wohnungen enthalten, 11 große Hotels sind entstanden, 18 Gastwirtschaften, unter denen ein Weinhaus, ein Münchener Bierhaus, ein Altdeutscher Keller, ein Wiener Café und 7 Strandwirtschaften zu nennen sind. Ein drittes Warmbadehaus wurde 1888 erbaut, den Ansprüchen und Prinzipien der Neuzeit Rechnung tragend. Zweckmäßig sind ebenfalls die Einrichtungen für Massage und Heilgymnastik. Eine Reihe tüchtiger Badeärzte (wenigstens 5) sind bemüht, die Heilwirkungen des Bades zu erhöhen. Apotheke ist vorhanden. Im Jahre 1890 wurde ein kohlensäurehaltiger Stahlbrunnen erbohrt, der den Ruf heilkräftiger Wirkung des Sylter Bade-aufenthalts erhöhte. Ueberall sind gerade, an den Seiten abgepflasterte Straßen entstanden. Ein Elektrizitätswerk, das 180000 Mark kostete, sorgt für Beleuchtung, eine chemische Waschanstalt für Desinfektion und Reinigung. Das Abfuhr-wesen ist verbessert. Die Brunnen enthalten überall schönes Trinkwasser. Wie sehr sich der Postverkehr gehoben und wie bedeutende Aufwendungen die Reichspostverwaltung hier ge-macht, mögen einige Angaben zeigen. Westerland hatte seit 1882 Postagentur, im Sommer Postamt III., seit 1889 dieses Postamt während des ganzen Jahres, seit 1892 ein Post-amt II. in der Stephanstraße; 1893 gingen 501632 Brief-sendungen, 23214 gewöhnliche Pakete, 11861 Telegramme ein; 430040 Briefsendnngen wurden aufgegeben, 7715 Pakete, 1027531 Mark auf Postanweisung eingezahlt, 15323 Tele-gramme aufgegeben, 370432 Mark nach Postanweisung aus-gezahlt. Ganz Sylt hat gegen früher 1 Postschreiber, zur Badezeit 19 Beamte, 20 Unterbeamte. im Winter 11 Beamte und 7 Unterbeamte; außer den 2 Postämtern sind 3 Post-agenturen und 5 Posthülfstellen eingerichtet. (Nach Mitteilung des „Sylter Intelligenzblatt," Nr. 82—84. 1894.) Im Jahre 1863 zählte Westerland 566 Badegäste, 1874: 1460, 1884: 2901, 1894: 8365. Das kleine Annekirchspiel oder das Dorf Rantum liegt weit südlich von Westerland an dem Fuße der Hörnumer Dünen, zählte 1850 nur noch 6 Häuser und ist jetzt als ein letzter Rest einer untergehen-ben Ortschaft anzusehen. 1725 hatte Rantum 40 Häuser, 1777 noch 26, 1810 noch 13 Häuser, 1858 nur noch 5, von Sand und Wasser bedrängte Hütten. Um 1700 steuerten die Rantumer noch für 2¼ Pflüge zu den 52 Pflügen der Landschaft Sylt; um 1800 hatten sie bereits allen Ackerbau aufgeben müssen. Jetzt nähren sich die Einwohner dort von der Viehzucht, der Seefahrt, dem Fischfange und dem Stricke-drehen aus dem Dünengrase.

Im Jahre 1850 zählte ich auf der ganzen Insel Sylt 2764 Einwohner. (1890: 3860.) Das Kirchspiel

Morfum hatte 767 Ew. (1890: 680), nämlich: in Groß Morfum 149, in Lülje Morfum 240, in Ofterenbe 135, auf Wall 124 und auf Schellingbörn 119 Ew. — In dem Kirchfpiel Keitum waren 1311 Ew. (1890: 1878), nämlich: in Archfum 200, in Keitum 772, in Tinnum 260, in Braberup 98, in Wenningftebt 39, in Kampen 92 und auf Lift 50 Ew. — In dem Kirch-fpiele Wefterland famt Rantum waren 486 Ew., nämlich: in Wefterland allein 450 (1890: 1264) und in Rantum 36 Ew. (1890: 34). — Unter der Bevölkerung der ganzen Infel waren: 1209 männliche und 1555 weibliche Bewohner (1890: refp. 1786 und 2074), 729 Kinder, 437 Ehepaare, 56 Wilwer, 172 Witwen, 300 See-fahrer (barunter 136 Schiffer und Steuerleute ober Schiffsoffiziere, mehrenteils auf größern beulschen Handels-schiffen fahrend), ferner 148 Handwerker und 209 Dienft-boten (mehrenteils Jütländer und Norbschlewiger, Fanöer und Römöerinnen). — Die große Zahl der Witwen im Vergleich zu den Wittwern, sowie die der weib-lichen Bevölkerung überhaupt zu der männlichen, kommt von dem frühen Tode so vieler Sylter Seefahrer in ihrem gefahrvollen Berufe her. In der erften Hälfte des 19. Jahr-hunderts haben bereits mehr als 600 berfelben ihr Grab im Meere ober in der Frembe gefunden. — Mit der Auftern-fifcherei waren bis 1882 gewöhnlich 5—10 Fahrzeuge auf 20 Aufterbäuken im füblichen, öftlichen und norböftlichen Haff bei Sylt beschäftigt, die circa 2000 Tonnen Auftern im Jahre fifchten (à Tonne 1000 Stück).

Nach den gefammelten Notizen des Ratmannes und Landmannes Uwe Peterfen in Keitum wären auf Sylt (ohne Lift) im Jahre 1847: 226 Pferde, 790 Milchkühe, 603 St. sonftiges Hornvieh, 675 St. Schweine und Ferkel, 6563 St. Schafe und Lämmer gehalten worden. (Das Liftland ge-hört 2 bortigen Feftebauern, die ihre Sanb- und Sumpfländereien faft nur zur Viehweide und hauptfächlich zur Schafweide, circa 600 Stück, benutzen.) — Nach U. Peterfen hätte die Ernte im Jahre 1847 auf Sylt (ohne Lift) geliefert: 58 Tonnen Weizen, 3693 Tonnen Roggen, 7189 Tonnen Gerfte, 1673

Tonnen Hafer, 99 Tonnen Buchweizen, 133 Tonnen Erbsen, 4203 Tonnen Kartoffeln, 4213 Fuder Stroh, 5169 kleine Inselfuder Heu und 676 Fuder Heide (zur Feuerung). — Zur Ausfuhr haben die Sylter vorzugsweise Gerste (die sehr gerühmt wird), ferner gestrickte Wollenwaren (z. B. Jacken und Strümpfe, oft 10—11000 St.), Austern*) und Kridenten. An Kridenten wurden z. B. im Jahre 1848: 22916 in einer Koje gefangen, seitdem in allen drei Anstalten zusammen weniger, namentlich in den letzten Jahren. — An Eigentumsschiffen hatten die Sylter 1874: 18 Segelschiffe, groß zusammen 113³/₄ Pr. Lasten, ferner 2 Dampfschiffe. Drei große Dampfer: „Nordsee,“ „Sylt“ und „Westerland“ vermitteln jetzt den Verkehr mit dem Festlande. — 1861 hatte die Insel (ohne List) 229 Pferde, 1401 St. Hornvieh (darunter 825 Milchkühe), 8043 St. Wollvieh (darunter 5234 Mutterschafe) und 485 Bienenstöcke. — Die Sylter Austernfischerei beschäftigte 1874 11 Fahrzeuge und 23 Mann auf circa 16 Austernbänken in den Wintermonaten vom 1. September bis 1. Mai.

III.

Obgleich in den letzten Jahren die Zahl der Sylter Seefahrer sehr abgenommen hat, so ist es doch nicht abzuleugnen, daß noch immer die männliche Bevölkerung Keitums und Westerlands zum Teil aus Seefahrern besteht, und zwar nicht etwa aus sogenannten Kleinschiffern und Küstenfahrern, wie die Mehrzahl der Fanöer und Blankeneser, oder aus Grönlandsfahrern und Robbenschlägern, wie früher die meisten Föhrer und Römöer waren, sondern aus weithin, auf großen Hamburger Schiffen segelnden Kauffahrern, die ihre Navigation theoretisch gelernt haben. — In alten heidnischen Zeiten trieben die Sylter und andere Friesen aber vorzugsweise Seeraub und Seekrieg, indem sie nicht bloß an den Zügen der Dänen und Normänner nach Britannien, Irland und Frankreich Teil nahmen, und bereits früher bei der Eroberung Englands durch die Angelsachsen

*) Der Fang wurde 1. September 1882 eingestellt.

2*

eine nicht unbedeutende Rolle gespielt hatten, sondern indem sie auch nicht selten auf eigene Faust die westlichen Küsten- länder Europas beunruhigten, plünderten und verheerten.

Als Hauptsammelplätze und Abfahrtsörter der Nordfriesen galten während dieser Seezüge und auch noch später die Insel Helgoland, der Friesenhafen oder das sogenannte Riesenloch bei Wenningstedt und die Reede am Rüst in der Listertiefe. Es sind noch — der Sage nach — Spuren alter Wege in den friesischen Uthlanden sichtbar, die ehemals nach Helgoland, nach Alt-Wenningstedt und Alt-List, ja sogar nach Ripen geführt haben sollen. Mindestens sind auf der Keitumer und Tinnumer Heide noch hin und wieder die Spuren eines alten Weges kenntlich, der von Keilum aus nach dem „Riesgab" oder dem Friesen- hafen geführt habeu soll. Eine alte Trinkstelle (Cisterne) namens Klenlerkühl liegt an diesem alten Wege auf der Heide. Ein anderer alter Weg, der von Westerhever in Eiderstedt aus über Pellworm, Föhr oder Amrum, Hörnum, Alt-Rantum und Eibum (Alt-Westerland) nach Alt-Wenningstedt am Friesenhafen führte, wird selbst in alten Chroniken als ein allgemeiner friesischer Heerweg bezeichnet. Von Wenningstedt aus soll derselbe weiter nach Norden über List nach Ripen geführt haben, und man bezeichnet noch eine Strecke dieses Weges längs einer Niederung auf der Heide im Nordwest von Kampen als sogenannten Riperstigh. Ein Wall, den die Wester- landföhrer, mit ihren Waren und Schatzungen über Sylt nach Ripen Reisenden, über diese Niederung anlegten, um das laufende Wasser aufzuhalten und eine Trinkstelle für sich und ihr Zugvieh zu gewinnen, ist ebenfalls noch kenntlich und wird noch heutigen Tages Föhringwall genannt. — An der Ostseite Keitums führt ein Hohlweg nach dem Haff, der noch jetzt Hoyerstigh heißt, also einst nach Hoyer geführt haben mag.

Die Sylterfriesen pflegten in alter heidnischer Zeit gleich den Dänen ihre Toten zu verbrennen und ihren Helden ansehnliche Grabhügel mehrenteils auf den Heidehöhen ihrer Insel zu errichten, die zum Teil noch erhalten und selbst aus weiter Ferne oft kenntlich sind. Auf den Heidehöhen und Flächen ringsum den alten Friesenhafen lagen weiland ganze Kirchhöfe voll heidnischer Grabstätten aus alter Zeit. Zu solchen, in neuerer Zeit abgetragenen, ehemaligen Gräbern und Hügelgruppen unweit des alten Friesenhafens gehörten die Kats- und die Barminghügel im jetzigen Wester-land. Es lag nämlich Alt-Westerland oder Eibum an der Südseite des alten Friesenhafens, sowie Alt-Wenningstedt an der Nordseite desselben.*) Die Gegend des jetzigen Badestrandes bei Westerland möchte aber in alter Zeit eben ein Haupttummelplatz der Alt-Eibumer im Leben und später ein Hauptruheplatz derselben im Tode ge-wesen sein. Südöstlich von dem Riesenloch, der inneren engen Schlucht, welche das Wasser des Wenningstedter Teichs durch das rote Kliff nach dem Friesenhafen abführte, liegen noch die hoch hervorragenden Ringhügel, die Gräber des einst berühmten Seekönigs Ring und seiner Familie, und etwas nördlicher die kleinen aber zahlreichen Slippelstien-hügel. Noch weiter nördlich auf der hohen Braberup-Kamperheide liegen auch viele Hügel und Hügelgruppen, die teils Wohnstätten eines zwergartigen Urvolks gewesen sein sollen, teils Begräbnisse einzelner Friesen oder Friesenhäupt-linge sein möchten, teils auch als gemeinschaftliche Grabstätten vieler in Schlachten Gefallener bezeichnet werden. Als einst-malige Wohnstätten eines Urvolks gelten unter andern der Ennenhoog und der Denghoog, als Residenz des Zwerg-königs Finn aber der Reisehoog nördlich von Braberup. Als gemeinschaftliche Grabstätten vieler im Kampfe gegen das Urvolk gefallener Friesen bezeichnet man die Börder bei Kampen, und als Grabhügel des friesischen Königs Bröns, und seines Sohnes, der ebenfalls in diesem Kampfe gebliebenen Anführer der übrigens am Ende siegenden Friesen, nennt man die Brönshügel bei dem großen Syller Leuchtturm auf dem roten Kliff. — Es heißt in der Sage: Die Syllerfriesen hätten den Leichnam ihres Königs auf seinem goldenen Wagen

---

*) Die jetzigen Dörfer Westerland und Wenningstedt sind nord-östlich von den älteren Dörfern, von welchen sie stammen, gebaut worden, ersteres um 1450, und letzteres nach 1362.

sitzend hingestellt, da wo er gefallen war und einen großen Hügel ringsum aufgeworfen; ähnlich dem Könige wären auch dessen Sohn und der Seekönig Ring, letzterer samt seinem goldenen Schiffe, begraben worden. Die Sylter hätten aber erst nach diesem Kriege da, wo der Hauptkampfplatz gewesen war, das Dorf Kampen und in der Gegend, wo sie gewonnen hatten, den Ort Wonstadt oder Wenningstedt angelegt. — Auch auf der Tinnumer und Keitumer Heide sind noch viele heidnische Grabhügel und Hügelgruppen; zu den letzteren gehören z. B. die Korshügel, die Panderhügel und die Jerk Neghelshügel. Selbst auf den Ackerfeldern in der Nähe dieser Dörfer liegen noch manche Grabhügel, z. B. unweit Keitum die Bramhügel, die Boikenhügel, der Tiptenhügel und der Klöwenhügel, und in der Keitumer Marsch ebenfalls einzelne, z. B. der Oewenhügel und der Jeethügel. Nicht zu gedenken vieler in neuerer Zeit abgetragener Hügel. Zu den in der Nähe von Keitum errichteten, noch vorhandenen Grabhügeln altsylter Kriegshelden gehört im Osten des Dorfes der hoch und schön auf dem Ufer liegende Tiptenhügel mit einer herrlichen Aussicht über Keitum, das innere Meer und die nördlichen, östlichen und südlichen Ecken der Insel Sylt. Der Hügel soll das Grab des Wächters der Sylter Kämper im Kampfe gegen die Dänen sein.*) Tipten, der Heidunner Hahn, hatte an der äußersten südöstlichen Spitze der Keilumer Landhöhe einen sogenannten Wachtturm, dessen auch Kielholt zur Zeit Waldemar IV. gedenkt und dessen Stätte man noch jetzt mit dem Namen Tiptenturm bezeichnet. An dem Fuße dieser Feste und dieser Landspitze war früher ein Hafen, von welchem noch Spuren vorhanden sind, und der noch jetzt unter dem Namen „Ualbhagen" oft erwähnt wird. — Zu den Gräbern altsylter Seehelden rechne ich ferner den Oewenhügel und Klöwenhügel, südwestlich von Keitum belegen.**) Der

---

*) Bei der Eröffnung des Tiptenhügels im Jahre 1870 fand man in dem Hügel einen großen Steinhaufen aber kein Begräbnis. Der Hügel scheint bloß ein Schutz- oder Beobachtungspunkt gewesen zu sein.
**) Professor Handelmann fand keine Spuren von Begräbnissen in denselben.

Oewenhügel liegt an dem süblichen Marschufer Keitums und der Klöwenhügel an der Grenze zwischen der Keitumer Marsch und Geest. Die in denselben ruhenden Seehelden sollen Ow und Klow geheißen haben. Sie scheinen beide in großem Ansehen bei ihrem Volke, auch in gutem Andenken bei der weiblichen Bevölkerung der friesischen Inseln und der nordbeutschen Küsten gestanden zu haben; denn die Unholde der Nacht, namentlich die Hexen Frieslands hielten — der Sage nach — später oft ihre nächtlichen Tänze auf den Gräbern des Ow und Klow. — „Sleit Oewenhoog, sleit Klöwenhoog, sleit Stippelstien nogh?" — pflegten sie zu fragen, wenn sie einander begegneten oder Sylter Seefahrer fern von deren Heimat trafen, und sie rühmten alsdann diese Oerter, indem sie hinzufügten: „Da hebben wi so mannige blieve Naghi gehat." — Der Sage nach wurde mit dem berühmten Klow auch sein goldenes Schiff in dem Klöwenhügel an der Grenze der Keitumer Geest begraben; die golbenen Anler des Schiffes ruhen aber, derselben Sage nach, in der nahen Marsch.

Die heibnischen Sylterfriesen errichteten aber auch in alter Zeit ihren Droghten oder Göttern zu Ehren so-genannte heilige Hügel, auf denen sie bei gewissen Ver-anlassungen ihren Göttern Opfer brachten. Ja sie warfen sogar zum Andenken an merkwürdige Begebenheiten bisweilen kleine Hügel auf. Das Dorf Heibum oder Alt-Keitum war gleichsam von einem Kranze heidnischer Opfer- oder Götzenhügel umgeben. Die Keitumer der allen Zeit scheinen in der That sehr eifrige Verehrer der altnorbischen Gottheilen gewesen zu sein. Sie opferten auf heiligen Hügeln dem Webn und Thor, sowie der Todesgöttin Hel. Im Nord-west auf einer Anhöhe nahe am Dorfe liegt noch ein Rest des alten Opfer- oder Bütenhügels „Winjshoog" oder Webnshügel. Er war dem Webn, Weba oder Woban (vielleicht identisch mit dem dänischen Obin) geweiht. Die Friesen dachten sich den Weba als den obersten Kriegsgott, der den Seekriegern nicht allein Glück in Schlachten, sondern auch guten Wind auf ihren Fahrten gab. Sie opferten ihm, ehe sie im Frühjahre ihre Seezüge antraten, auf den Webns- oder Winjshügeln Teertonnen, zündeten ein großes Stroh-

feuer am Abende vor dem 22. Februar auf diesen Hügeln
an, tanzten ringsum das Feuer und riefen oder sangen:
„Wille tare!" (Lieber Weda zehre, nimm unser Opfer an!)
Nach Arnkiels Cimbrischer Heyden Religion hätten die Dänen
im April dem Kriegsgott Othin zu Ehren ein Fest gehalten,
„welchen sie umb Sieg wider ihre Feinde angeruffen." Dem
Weda oder Winj war bei den Friesen wie dem Odin bei
den Dänen der Mittwoch im allgemeinen geheiligt; es wird
der Tag daher auf Syll Winjsbei genannt.

Südwestlich von Keitum lag früher der Törshoog,
der ohne Zweifel dem Thor, Tör oder Tönner (dem
Donnergotte), welcher in der Luft regierte, die Fruchtbarkeit
der Erde veranlaßte, gewidmet war. Man opferte ihm nach
Arnkiel zu Zeiten des Hungers und der Teuerung Menschen,
aber brachte ihm sonst im Herbste alljährlich ein Erntedankfest.
Der Donnerstag oder im friesischen Türsbei war nach
ihm genannt. — Arnkiel erzählte: „Bey den Unsrigen waren
die Altäre gemeiniglich unten, an der Wurzel des Berges,
mit großen Steinen rund umher besetzet; oben aber drei oder
mehr noch größere Steine aufgerichtet und darüber ein sehr
großer breiter Stein gelegt, darauf man geopfert; darunter
war eine Höle oder Gruft, dahin man das übrige Opfer-Blut,
welches bei den Opfer-Ceremonien nicht ist gebraucht, hin-
geschüttet. Dergleichen Altäre hat man an unterschiedlichen
Orten drei neben einander gehabt, eines dem Thor, das
andere dem Othin, das dritte der Freya geheiliget." —
Schedius erzählte aber, „daß die Altäre von grünen Soden
oder Rasen gewesen." — Beide Arten der Hügelaltäre
möchten auf Syll vorgekommen sein.

Nach Arnkiel, sowie nach Meyers Karte von 1240 über
Nordfriesland in Dankwerths Chronik, wären auf Syll einst
sechs verschiedene heidnische Tempel oder wahrscheinlicher
Hügelaltäre gewesen, worunter auch Tempel der Venus genannt werden. Die Friesen werden sich aber unter der Göttin
der Liebe und des Friedens die Freba, Freia oder Frigge
(Wedas Gattin) gedacht haben, widmeten ihr den Freitag
und nannten ihn „Friibei," redeten eine geliebte Freundin
„Fritte" an, und hatten ohne Zweifel heilige Oerter, die ihr

geweiht waren, z. B. das Küssethal, „Taatjemglaal," auf Hörnum und den Taubenhügel, „Düfhoog," etwas nördlich von dem Winjshoog bei Keitum. Es scheint, daß die Keitum-kirche auf oder dicht bei einem ihr ehemals geweihten Plaße gebaut worden ist. — Ihr Fest wurde im Dezember gegen das Ende des Jahres gefeiert. Es begann mit Freien und Hochzeitgeben der Verliebten. Die Seefahrer waren dann heimgekehrt; die Halfjuukengänger fingen wieder an, abend-liche Freiervisiten zu machen und Tänze zu halten; Schweine wurden geschlachtet und teilweise geopfert; Gastereien wurden angestellt. Tage, ja oft mehrere Wochen dauerte unter Tänzen, Schmausereien und mutwilligen Spielen dieses Fest. Es wurde von den Friesen das Jöölfest genannt. Die Dänen nannten es Juulfest. Arnkiel schrieb darüber: „Das Fest ist im December um Lucien Tag (den 13. December) der Göttin Freya zu Ehren sieben Tage lang gehalten und Juul geheißen, von dem Umblauff der Sonnen, welche zu der Zeit ihren sogenannten Stillstand hält, und beginnet ihr lauffendes Juel oder Rabt näher zu uns zu lenken. Das ist ihr Neu-Jahrs-Fest gewesen, an dem sie das Jahr angefangen und ihre Götter umb ein gutes, neues, fruchtbares Jahr gebeten und Juel-Gaben oder Neu-Jahrs-Geschenken ausgetheilett. Sie haben an diesem Fest ein gemästetes Schwein geopffert. — Man hat anneben weiblich gegessen und getrunken. — Man hat dabei gespielet und getanßet, welches Juel Spiel ist genannt. — Bei diesem Fest der Freya haben auch junge Leute gefreyet, geheyrathet und Hochzeit gegeben. Summa, alles ist zum guten Anfang des neuen Jahres voll Freuden gewesen, das war ihre Juel-Freude."

Von allen diesen drei Festen des Weda, Thor und der Freia sind noch manche Reste auf Sylt übrig; sie haben nur einen christlichen Anstrich und Sinn erhalten. Das Fest des Weda heißt jetzt Petristuhlfest, ist aber im Grunde noch ein Abschiedsfest der Seefahrer, wobei noch jetzt ein Opfer- oder Biikenfeuer auf den altheidnischen Opferhügeln gebrannt, viel Kuchen verzehrt, viel Wein und Bier getrunken, viel getanzt und gespielt, aber am wenigsten an den Apostel Petrus gedacht wird. Freilich war der Petritag bis 1867 auch ein Thingtag, an welchem Verbote, Beliebungen und Vergleiche gemacht und öffentlich verlesen und dadurch erst mit Gesetzeskraft versehen wurden.

Ein Erntefest wird jetzt alljährlich um Michaelis in den Kirchen der Insel gefeiert; außerdem werden dem Vieh an diesem Tage alle Fessel gelöst und es erfreut sich dasselbe alsdann während des ganzen Herbstes der freien Weide auf der ganzen Insel.

Das Jöölfest heißt noch jetzt wie in heidnischer Zeit, hat noch jetzt fast alle aus dem Heidentum herstammenden Kennzeichen, mit Ausnahme des der Freia zum Opfer gebrachten gemästeten Schweines; hat aber jetzt, wie überall in der Christenheit, auch auf Sylt einen christlichen Sinn, ist mithin wie überall auch hier ein christliches Weihnachtsfest geworden, welches zum Andenken an die Geburt des Welterlösers gefeiert wird.

Die altfriesischen heidnischen Festzeiten bildeten aber von alters her die bedeutendsten Abschnitte im Jahre und im Leben der Syller. Nach dem Frühlings- oder Wedafest traten die Männer ihre Seefahrten, die Weiber ihre Feldarbeiten an. Um Michaelis, oder um die Zeit des Erntefestes waren Heu und Korn heimgefahren, das Vieh losgelassen, die Weiber beschäftigten sich von nun an vorzugsweise im Hause, die Männer kehrten nach und nach von ihren Seefahrten heim. Im Dezember begannen die Jööl- und Winterfreuden, die Freierfahrten, Tänze, Hochzeiten und Gastereien, nachdem die Seefahrer heimgekehrt und die Schweine geschlachtet waren. Die Winterfreuden schlossen eigentlich erst mit dem Weda- oder Petrifest. So waren die Jahre und das Leben der Sylter eingeteilt.

In ungewöhnlichen Zeiten, Zeiten der Angst und Trauer, der pestartigen Seuchen und des häufigen Sterbens, in Zeiten großer Not und Ratlosigkeit, wandte sich das Sylter Volk mehr noch in aller heidnischer Zeit als später an Zauberer und Hexenmeister, an Wahrsagerinnen und weise Frauen (Freien, Nornen, Walkyrien), um Rat und Hilfe zu erlangen. Dann opferte man in heidnischer Zeit der Todesgöttin Hel, welcher im Osten des Dorfes Keitum ein besonderer Hügel, der Helhoog, geweiht war. Die der Todesgöttin gefallenen Opfer wurden darauf durch die Todesschlucht „Helhooggap" nördlich ins Haff geführt.

Man schrieb der Todesgöttin viele Krankheiten zu, welche in ihrem Entstehen „Helligbing" genannt wurden und gebrauchte dagegen „Helblofter" und „Helbeien" (Fliederblüte und Flieberbeeren); daher wird der Flieder- oder Hollunberstrauch auf Sylt in den Gärten häufig gesehen, für sehr nützlich, ja in alten Zeiten für heilig gehalten und stets „Helbost" oder Helboom bort genannt.

Arnkiel sagt in seiner Heyden-Religion von einem krank gewesenen, aber wieder gesund gewordenen Manne: „Er hat sich mit dem Hel versühnet; er hat dem Hel was geopfert; er hat dem Hel ein Scheffel Hafer gegeben, sein Pferd damit zu füttern." — Doch sagt er auch: „Wo die Pest an einem Orte aufhöret, spricht man: Der Hel ist da verjagt. Man will sich auf Exempel beziehen, daß der Hel aus dieser oder jener Stadt oder Dorffschaft von gewissen Leuten sei vertrieben worden."

In dem Denghoog bei Wenningstedt fand Dr. Wibel aus Hamburg 1868 eine unterirdische Wohnung von 17 Fuß Länge, 10 Fuß Breite und 5 Fuß Tiefe, und in derselben eine Feuerstätte, die Knochen eines kleinen Menschen, viele schöne Urnen von Thon, mehrere Steinwaffen und Steingeräte. Es führt von diesem Kellerraum ein 27 Fuß langer Gang nach Süden hinaus, welcher, wie die Höhle selber mit großen, teilweise bearbeiteten Steinblöcken umgeben war.

Professor Handelmann aus Kiel fand 1870 und 1871 in den Krockhügeln*) nördlich von Kampen Grabkeller von 8 bis 9 Fuß Länge, 3 bis 4 Fuß Breite und in denselben Skelette von 6 bis 7 Fuß langen Menschen, ferner schöne bronzene Schwerter sowie verschiedene bronzene und goldene Schmucksachen.

*) Ueber die Gräberfunde wolle man vergleichen: H. Handelmann, Die amtlichen Ausgrabungen auf Sylt. Heft 1 und 2. Kiel 1873 und 1882.

In dem von ihm unterſuchten g r o ß e n B r ö n s h o o g, dem Grabe des Königs B r ö n s am Fuße des Leuchtturms bei Kampen, fand er 1872 nur einen 2½ Fuß im Durch- meſſer haltenden kleinen Keller, welcher nichts enthielt als den Schädel des in einer Schlacht gefallenen frieſiſchen Königs. In dem k l e i n e r e n B r ö n s h o o g fand er auch einige Menſchenknochen, zwei kleine bronzene Schwerter und einige Reſte von einem wollenen gewebten Kleidungsſtück in einem 8 Fuß langen Grabkeller. Der König B r ö n s, der im Kampfe mit dem Urvolk gefallen, möchte von den Feinden beraubt, entkleidet und enthauptet, daher ſpäter von ſeinem Volke nur ſein Kopf erkannt und mit Ehren beſtattet worden ſein.

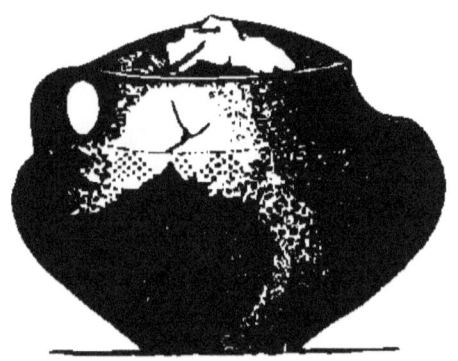

Sagen und Erzählungen der Sylter.

1. Von Wilhelm litj Ahnen und deffen Sagen.

Wir wandern jetzt von Keitum westwärts zwischen Korn-
feldern auf einem Fußsteige längs dem Landrücken, welchen
man „Wenken" nennt, dem schmalen und magern Innern der
Insel zu. Ich werde aber eben dabei Gelegenheit finden, Sie
durch ein Hauptgebiet unserer Sylter Hügel und Altertümer
und mithin meiner Sagen ꝛc. zu führen.

Ich habe ein altes Buch, voller Sagen und Geschichten,
von meinem Vater geerbt; eine Tante oder Großtante hatte
es ihm einst geschenkt; die Tante aber soll es von dem alten
Schulmeister Wilhelm litj Ahnen auf Sylt erhalten haben.
Da nun das Titelblatt des Buches, wie freilich manche
andere Blätter desselben, fehlt, ich also keinen wirklichen Ver-
fasser desselben namhaft machen kann, so habe ich mich ge-
wöhnt, dasselbe wie Wilhelm litj Ahnens Werk anzusehen.
Aus diesem Buche möchte ich Ihnen nun zuvörderst einige
alte Sagen und Geschichten mitteilen, die auch in die Sylter
Sagenwelt eingreifen.

„In Schweden war einst ein grausamer großer Riese,
der hieß Stark Otter; derselbe reisete umher und schlug alle
Tyrannen und Könige todt, die nichts taugten. Selbiger
hatte Wicar, den König in Norwegen, mit einem Strick er-
drosselt und sich aller seiner Schiffe bemächtigt. In Irland

erwürgte er den König Hugleth. Er drang mitten in Ruß-
land ein und vertrieb Floccum, den Fürsten selbigen Ortes.
Er brachte Wisin, den Tyrannen der Slaven, ums Leben.
Er erschlug in Byzanz den Riesen Tanna, und in Polen den
Helden Wilze. Auch der Sachse Hama mußte seinen Streichen
erliegen. In Dänemark regierte zu seiner Zeit ein
weibischer und wollüstiger König Namens Ingel. Zu dem
ging Stark Otter auch, filzte ihn ziemlich aus, daß er die
Laster weit mehr liebte als Tugend und Tapferkeit, daß er
seines Vaters Frobes Tod nicht an dessen Mördern rächte,
mit ihnen sogar an seiner Tafel schwelgte, daß die, so gute
Schlecker Werke zuzurichten wußten, bei ihm im größten Ansehen standen" u. s. w. Der König, heißt es weiter, wurde
gerührt und besserte von Stund an sein Leben also, daß Stark
Otter ihn nicht umbrachte. — „Viele Jahre später hatten
die Dänen einen König Namens Ole oder Oluf; der führte
ein hartes und strenges Regiment, sonderlich wider die Vornehmsten des Reichs, welche dannenhero auf Rache bedacht
waren, ihn aus dem Wege zu räumen; doch hatte keiner das
Herz ihn zu tödten, sondern sie bestellten durch große Geld-
mittel den Riesen Stark Otter hierzu, welcher die Sache so
anstellte, daß er den König im Bade erstach." — Stark Otter
empfing — wie ferner erzählt wird — 120 Pfd. Goldes
dafür, aber es gereute ihn die That bald dermaßen, daß er
darüber weinte, diejenigen, welche ihn zum Morde gedungen
hatten, auch erschlug und sogar seines eigenen Lebens über-
drüssig wurde. Er war auch schon mehr als 300 Jahre alt
und noch niemals krank geworden. Er ging zu seinem Freunde
Hather, dem Erbauer von Habersleben, und bat den, ihm den
Tod zu geben. Hather erbarmte sich seiner, schlug ihm den
Kopf vom Rumpfe und — tot war der Riese Stark Otter.

Nicht lange nach diesem geriet Hather mit seinem Bruder
Hother in Streit. Diese beiden Riesenbrüder kämpften lange
mit einander; endlich besiegte Hather den Hother und jagte
ihn von seiner Residenz fort. Hother floh westwärts durch
die Wälder und über die Heide, bis er an das Meer und
die Marsch kam. Hier ließ er sich nieder, baute einen neuen
Ort, der nach ihm Hotherby, später Hoyer genannt wurde.

Mein Gewährsmann nennt ihn sogar einen König, rühmt etwas parteiisch von ihm: „In seinen jungen Jahren übertraf er an Leibesstärke sehr weit alle anderen seiner Mitgesellen. Er hatte auch aus hohem angeborenem Verstand viele gute Künste gelernt, dannenhero ihm mit Schwimmen, Bogenschießen uub Fechten niemand zu seiner Zeit überlegen war. In der Musik that er's ben besten Künstlern bevor."

Es gab damals auch im nahen Frieslande viele große starke Riesen, Kämper genannt, aber auch viele schöne Weiber. Der weiseste und beste aller Riesen war jedoch Bolber oder Balber; er erbauete Bolbixum auf der Insel Föhr. Wilhelm Schulmeister nannte ihn „des Zauberers Othins Sohn." Die schönste aller friesischen Frauen war aber Nanna, die Tochter Gevers des Reichen. Bolber freite sie und zeugte mit ihr Forsete, welcher auf Helgoland erzogen wurde, dort zu großem Ansehen gelangte, der Insel den Namen Forsetes Land gab und ein Richter und Schlichter aller Streitigkeiten der Friesen genannt wurde.

Unterdessen hatte Hother, der ein Säufer und Wollüstling und keineswegs so lobenswert war, wie einige erzählen, die schöne Nanna zu sehen bekommen und suchte sie zu verführen. Allein nun entstand ein gewaltiger, oft wiederholter Kampf zwischen Hother und Bolber, in welchem der Sieg lange zweifelhaft schien, bis die Zauberin oder Todesgöttin Hel, deren Liebling Hother war, diesem ein hieb- und stichfreies Kleid schenkte und ihm entdeckte, wie er seinen Feind überwinden könnte. Hother überfiel nun den edlen Bolber, ermordete denselben und nahm die schöne Nanna mit Gewalt zu seiner Frau.

Nicht lange nachher kehrte der Bruder des Bolber, der gewaltige Meerriese Boh oder Buh, der lange zur See abwesend war, zurück. (Er scheint seine Heimat auf Sylt gehabt zu haben.) Als er bei dem Rüst in der Listerliefe ankam, erhielt er die Nachricht von dem schmachvollen Tode seines Bruders Bolber. Er ergrimmte dermaßen gegen den Hother, daß er, da die Ebbe eben eingetreten war, nicht wartete bis zur nächsten Flut, um zu Schiffe nach Hotherby zu fahren und den Tod seines Bruders zu rächen, sondern sofort sein Pferd bestieg und nur von seinem treuen Hunde begleitet die Reise von Lift nach Hoyer antrat. Er ritt in rasender Eile durch Dick und Dünn, über Land und Sand, durch Schlick und Wasser, so daß er unweit Lift bereits seinen Hund verlor. Das treue Tier konnte ihm nicht weiter folgen, blieb dort liegen und krepierte. Die Stelle, wo das geschah, heißt noch jetzt Höntje, und ist jetzt eine reiche Austernbank. In der Westerlei glitt ihm der Futtersack (die Tracht) von dem Rücken des Pferdes und trieb an die Sandbank, welche nach der Zeit immer die Draghl genannt wurde. Er ließ sich nicht Zeit, den Sack mit dem Futter für sein Tier wieder zu holen, sondern jagte immer weiter, bis das arme hungernde Pferd auch erlag. Das geschah auf der großen Sandbank, die noch jetzt dem Tiere zum Andenken der Hengst heißt. Jetzt war der rasende Seeriese aber ' bereits dem Festlande so nahe, daß er mit großen Schritten zu Fuß den Rest des Weges zurücklegte. Er schnaubte und fluchte, als wenn es donnerte; warf mit Hagel und Steinen um sich und fuhr wie ein Sturmwind aus Ufer. Er traf den Mörder seines Bruders auf dem Felde beim Pflügen, fiel denselben sogleich mit seinem riesigen Jeßfort (breizackige Schiffsgabel) grob an und verwundete ihn an der Lende. Jedoch Holher wehrte sich tapfer, riß seine Pflugschar aus der Erde und warf sie nach Boh. Doch der Wurf war zu weit und traf nicht. Nun durchbohrte Boh mit leichter Mühe den Hother, der, weil er unerwartet angefallen worden, sein stichfreies Kleid nicht an hatte. So rächte Boh den Tod seines Bruders Volder.

Unter den Friesen, mindestens unter den Sylterfriesen, scheint Boh noch lange als ein Rächer des Unrechts in großem Ansehen gewesen zu sein. Es scheint, daß die Sylter in dem nördlich von Keitum liegenden Boitenhügel, den Sie dort rechts von unserem Fußwege in einiger Entfernung sehen, sein Grab oder den ihm geweihten Hügel sich gedacht, und daß sie, wenn ihnen ein Unrecht widerfahren war, nicht selten ihn alsdann zur Rache aufgefordert hätten. Noch gegen das Ende des vorigen Jahrhunderts, als die Sylter sich von einem Land-vogten hintergangen zu sehen glaubten, fand man einst auf dem Boitenhügel einen Pfahl mit einer Klageschrift gegen den

derzeitigen Landvogten an ein Brett genagelt. — Der Boikenhügel liegt an der Südseite des Thales Jückersmarsch; der
Galgenhügel, das vermeintliche Grab des großen Seeräubers
und Freiheitshelden Pibber Lüng oder des langen Peters
von Hörnum liegt aber an der Nordseite des Thales. Ein
ruheloses Gespenst, der Jückersmarschmann, wandert nun, der
Sage nach, allnächtlich von dem Galgenhügel nach dem Boikenhügel hinüber; es möchte der unbefriedigte Geist des langen
Peter sein, der den unbesiegten Helden Boh zur Rache und
zur Herstellung der Freiheit und des Rechtes der Friesen
auffordert, nachdem er. Pibber Lüng, vergeblich das Seinige
gethan. — Ein schwermüthiger Mann aus Keitum, dem die
Welt und die Menschen ohne Zweifel zu wunderlich und ver-
kehrt geworden zu sein schienen, zog vor nicht vielen Jahren
während dieses Jahrhunderts einst zu dem alten Boh, richtete
sich in dessen Hügel wohnlich, freilich ziemlich wunderlich und
verrückt, ein und hauste wirklich eine Zeitlang dort von der
Welt abgeschieden.

Sie werden es schon bemerkt haben, daß nicht alles
bisher Ihnen von Boh und andern mythologischen Personen
Erzählte aus Wilhelm Schuimeisters Buch oder sonst von
diesem gelehrten Sylter der alten Zeit stammt. Es hat auch
andere Weise und namentlich früher viele alte Weiber auf
Sylt gegeben, die dergleichen zu erzählen wußten. Sie
wissen, Wilhelm lütj Ahnen hielt es mit Hother, er schimpfte
daher oft gröblich auf Boh und nannte ihn mündlich sogar
einen Teufel. Ueber den Tod seines Lieblings Hother steht
in seinem Buche nichts weiter als folgendes: „Nachdem er
sehr löblich und weislich eine geraume Zeit regieret, ward
er dannenhero von Balders Bruder, dem Riesen Boe, erschlagen im Jahre vor Christi Geburt 4×2." — Ich habe
lange darüber nachgedacht und nachgeforscht, woher diese
Parteilichkeit des sonst so gründlichen und gerechten Mannes
für den Hother gegen den Boh gekommen sein möchte, und
meine endlich den Grund dazu gefunden zu haben, will Ihnen
denselben auch keineswegs verhehlen. Wilhelm lütj Ahnen
klagte selten über seine Lebensverhältnisse und Berufsgeschäfte;
allein er machte oft Vergleichungen und sagte unter andern

3

einmal sehr witzig: „Ein Schulmeister ist wie ein lahmes,
hungerndes Pferd, daß bei knapper Kost einen schweren Last-
wagen auf einem Haidewege schleppen muß; dannenhero
werden dennoch, damit er es nicht allzu gut und zu bequem
habe, ihm Gebiß und Hemmschuhe angelegt uud der Wagen
immer mehr mit Kindern und neuen Lehren und Forderungen
bepackt, bis der Wagen umstürzt und das arme Schulpferd
krepiren oder davon laufen muß; dannenhero der Schulwagen,
der auf Rungen schleppt, für ihn zu schwer sein wird, wohl
steden bleiben muß." — Wilhelm wird aus Erfahrung gesprochen und sauer genug an seinem Schulwagen geschleppt
haben. Er war nämlich Schulmeister in den Nordbörsern
der Insel, wohnte aber sonst in Keitum, woselbst er ein
Eigentumshäuschen besaß. Er pflegte am Sonnabend nach
Hause zu gehen, um sich für die folgende Woche neuen
Speisevorrat zu holen. Am Montag-Morgen oder in der
Sonntags-Nacht kehrte er wieder zu seinen Berufsgeschäften
nach den Heidedörfern zurück, woselbst er mit großer Treue
für einen gar geringen Lohn die Jugend dreier Dörfer
unterrichtete. Nun traf es sich einst, als er mit einem Korbe
voller Speisevorräte in der Nacht von Keitum nach Braderup
gehen wollte, daß ihm bei dem Boikenhügel ein gespenstisches
Ungetüm, einige sagen der Jüdersmarschmann, in den Weg
trat. Der prosaische Schulmeister war sonst nicht so leicht
aus seinem Gleichmut gestört; allein diesmal wähnte er den
alten Boh selber oder den leibhaftigen Satan vor sich zu
sehen und zu allem Unglück war ihm eben jetzt der Spruch,
durch welchen er Gespenster zu bannen pflegte, entfallen. Er
setzte daher in dieser Anfechtung seinen Korb nieder und
kehrte eilig wieder nach Keitum zurück, um sich in seiner
Bibel Rat zu holen. Als er gefunden hatte, was er suchte,
ging er geistig gestärkt wieder dem Unholde entgegen. Jedoch
das Gespenst war verschwunden und zugleich die schöne Wurst
samt allem Sped aus seinem Korbe; nur Brot und Käse
und sein Topf mit Kohl waren unberührt geblieben. Von
der Zeit an scheint sich sein Haß gegen Boh und dessen
Freundschaft zu datieren. Er schimpfte nun den Alten einen
Teufel, einen Räuber, ein Ledermaul; sagte spottend wohl

oft: „Ich hab's erfahren; bannenhero er hat mir meinen Sped und meine Wurst gestohlen; aber Käse und Brod mag er nicht und meinen Kohl verschmähet er. Recht thut er nimmer; ich glaube nicht an ihn."

Zum Glück glaubt in Wirklichkeit jetzt auch kein Sylter oder anderer Friese mehr, daß das Recht und die Bestrafung des Unrechts auf den friesischen Inseln von den alten heidnischen, mythologischen Personen Boh oder dessen Brudersohne Forsete, noch von der Anrufung ihrer Geister oder Schatten abhängig sei. Das Sylter Volk wählte sich bereits vor vielleicht tausend Jahren, ähnlich den andern Friesen, auf jenen vor uns sich erhebenden sogenannten Thinghügeln selber seine Gesetze (Willküren und Beliebungen genannt), sowie seine Vertreter, Aufseher und Richter (die 12 Ratmänner und die sogenannten Sechsmänner), bis nach den unglücklichen Ereignissen, welche um die Mitte des 14. Jahrhunderts das Volk der Uthlande trafen, die Limbecker und andere Adelige alle Macht auf den Inseln an sich rissen und auf Sylt die Thingstätte nach der Ralsburg auf Hörnum verleglen. Später, als Landvögte eingesetzt waren, wurden die Volksthinge der Sylter gewöhnlich in Keitum gehalten. Jedoch 1867 ist das altsylter ehrwürdige Volksgericht der Ratmänner durch die preußische Regierung aufgehoben worden. Jetzt gilt hier die neue Kreisordnung.

2. Sagen der Sylter Seefahrer und Halfjunkengänger.

Wir sind auf den Bramhügeln angelangt, es trennt uns nur noch ein Thal von den oben erwähnten Thinghügeln. Lassen Sie uns hier niedersitzen auf dem weichen Rasen und einen Augenblick verweilen; denn die Gegend, die man hier übersieht, hat des Interessanten viel. Ich möchte hier den Abend und den Aufgang des Mondes erwarten; denn es lassen sich im Mondschein auf der öden Heide und den Grabhügeln der alten Seehelden besser die Sagen der Alten er-

3*

zählen und gleichsam miterleben, als sonst irgendwo und wann.
Jedoch der Rest des heutigen Tages und des von uns noch
heute zu wandernden Weges möchte etwas lang dazu sein.
Sehen Sie, dort im Süden über den grünen Wiesen und
dem hellen bläulichen Meeresarm liegen die Inseln Föhr
und Amrum und das wilde an Sagen so reiche Hörnum.
Im Südwest auf der dunstigen Ebene erblicken Sie zunächst
vor uns die Ruinen der Landvogtei,*) etwas westlicher aber,
unter den Dünen All-Ranlums und Eibums, das Dorf
Tinnum und den alten ringförmigen Erdwall der Tinnumburg, umgeben an der Nordseite von dem niedlichen Döplemsee.
Im Westen, den Dünen und dem westlichen Strande noch
näher, liegen Mühle, Kirche und bunte Häusergruppen Westerlands, des neuen Badeortes. Im Nordwest und Norden erheben sich über die nebelreiche Niederung, welche wir „Liighiib"
nennen, eine Menge Grabhügel, Heidehöhen und Dünen,
welche, samt den nahen Thinghöhen und den Bramhügeln,
auf welchen wir verweilen, ein besonders reiches Feld geschicht-
licher und sagenhafter Erinnerungen enthalten.

Denken Sie sich diesen ganzen ziemlich öden Erdfleck
voller Heidehöhen und Sandberge, voller Schluchten und
Sümpfe, voller Grabhügel und Steine, im wilden, sturm-
bewegten Nordmeere, gehüllt in das blasse Mondlicht eines
langen Herbstabends oder in die Finsternis einer stürmischen
Winternacht, bewohnt und belebt von lebensmutigen und
kräftigen, eben von ihren Seefahrten nach langer Abwesenheit
heimgekehrten Männern und Jünglingen und von lebensvollen
und frohen Frauen und Jungfrauen, die sich nach den Mühen
des Sommers gerne von ihren Männern oder ihren Freiern,
den raschen mutwilligen Söhnen des Meeres, zu den lustigen
Tänzen und Gastmählern des Winters führen lassen. Still
mögen unsere Eilande am Tage heißen und sein: wenn die
langen Herbstabende kamen, die Seefahrer heimkehrten, die

---

*) Die Landvogtei war ein ansehnliches Gebäude, 1748 erbaut,
sie brannte im Mai 1892 ab; eine ältere, 1649 erbaute, Landvogtei
steht noch jetzt fast in der Mitte Tinnums, nämlich das sogenannte
Deutscherische Haus auf Königslamp. Eine noch ältere lag in der
Nähe der Tinnumburg, ist aber längst abgebrochen.

Halbjunkengänger ihre Freierfahrten und Tänze begannen, dann gab es stets ein frohes, freies und oft wildes Leben auf den Inseln. Hier zog eine Schar schäkernder Mädchen oder tobender Jünglinge, dort schlich ein verliebtes Paar oder ein einsamer Nachtschwärmer umher.*) Alle haschten nach Freude und Genuß, waren aber auch voller abergläubischer Furcht, sobald sich in der Nacht etwas Unerwartetes oder ihnen Unerklärliches hören ließ. Bald wähnten sie, von bösen Geistern, von nedischen und verführerischen Hexen verfolgt, bald von guten Geistern, von schützenden Feen oder weißen Frauen umhergeführt und von ihren verkehrten Wegen abgelenkt zu werden. Bald wurden sie durch den sogenannten Loghtermann oder das Braderuper Licht irre geführt; bald wähnten sie einem vorspukenden, sie hindernden Leichenzuge oder einem klagenden, im Grabe keine Ruhe findenden Webbergunger zu begegnen. Rätselhafte Erscheinungen vielerlei Art wechselten fast allnächtlich mit verliebten Szenen und mutwilligen Streichen; daher war das Leben der friesischen Seefahrer daheim nicht minder mit seltsamen Dingen und Erfahrungen durchflochten wie ihr Leben auf dem Meere. Malen Sie sich diese nächtlichen Szenen, dieses Leben der Sylter Seefahrer in ihrer öden, sturm- und sagenreichen Heimat mitten im Meere recht wild und romantisch aus, nur mischen Sie keine eigentlichen Säufer und Unzüchtige, selbst nicht einmal Betrunkene in Ihr Bild hinein — und Sie können sich vorstellen, welche tief ergreifende, dem Gemüte unauslöschlich bleibende Eindrücke das Inselleben in dem weithin schiffenden Seefahrer nicht bloß, sondern selbst in dem ruhigen Beobachter zu Hause, wenn er nicht ganz für diese Welt abgestorben war, zurücklassen mußte, wie ich es in meiner Jugend noch gekannt habe.

*) Das sogenannte „Fenstern" ist nie auf Sylt wie auf Föhr in Gebrauch gewesen, hier fand das sogenannte „Thüren" oder „Bi Düürstuunen" statt. Nachdem der Freier abends in der Wohnstube seines Mädchens eine Pfeife geraucht, begleitete die Schöne ihn zur Thür.

Ueber Sitten und Bräuche der Bewohner habe ich in meinem oben angeführten Buche „Die nordfriesischen Inseln" besondere Mitteilungen gemacht. **Christian Jensen.**

Es wimmeln mithin die Sagen und Erzählungen der
Seefahrer und Haffjungengänger von Gespenstern, von Hexen
und anderen Unholden der Nacht, aber auch von guten,
warnenden und schützenden Feen, oder sie von verbotenen
Wegen ablenkenden sogenannten weißen Frauen. — Die
Bramhügel waren nun von alters her wegen der Hexentänze
und Gespenstererscheinungen, die hier vorfielen, berüchtigt,
sowie wegen der bösen Blicke und Ratschläge, die hier von
Hexen, von regier- und eifersüchtigen Weibern — gleichsam
als Gegenstücke zu den, von den Männern auf den nahen
Thinghügeln weiland beliebten, Gesetzen und Urteilen — ge-
schmiedet wurden.*) Daher heißt das Thal, welches diese
Hexenhügel von den Versammlungshügeln der Männer, den
Thinghügeln, trennt, noch jetzt „Glüüreglaat," d. i. das Thal
der bösen Blicke. Während die Männer auf den Sylter
Thinghöhen ähnlich den Ostfriesen auf dem Upstalsboom in
den sogenannten Urversammlungen sich selber z. B. folgende
„Welküaren" (Regeln oder Grundsätze) wählten: „Dreimal
im Jahre kommen alle eingesessene Sylter zusammen; zweimal (nämlich im Frühling und im Mitsommer) um Rechte
(Gesetze, Beliebungen und Verbote) zu machen und einmal
(nämlich im Herbste) um Recht zu sprechen (Gericht zu halten).
— Wenn einer derselben Not oder Unrecht leidet, sollen die
andern ihm zur Hilfe kommen oder zu seinem Rechte ver-
helfen. — Wenn einer ungehorsam wird gegen ein Gesetz
des Landes, sollen die andern ihn im Thing verurteilen und
bestrafen." — Da sollen auch die Hexen auf den Bramhügeln
sich Regeln gemacht haben, welche sie herzusagen pflegten,
wenn sie sich zu ihren nächtlichen Fahrten und Tänzen salbten,
z. B.: „Sei hier und da und überall! — Stoß hier und da
und nirgends an!" — Man kennt noch sonst manche Reime
und Sprüche der Sylter Hexen oder dieselben betreffend.**)

*) Die Thinghügel bilden eine Reihe von 15 noch vorhandenen
ehemaligen Grabhügeln. Südwestlich davon lagen früher die zwei
Bridfiarhügel, welche zum Andenken an das unter Nr. 3 besungene
sogenannte „Wunder" errichtet wurden.
**) Zu den Hexenbeliebungen oder Regeln gehörte auch folgende:
„Leg' Knoten hin vor jedermann! — Bring' jeden, nur dich nicht
zu Fall!"

Nach einer altſylter Mythe heißt es: „Es hatten ſich einſt
drei Hexen während der Nachttänze verſpätet. Eine derſelben,
Glühauge genannt, ſaß auf einem Sand- oder Steinchenberge
und ſtierte in das aufdämmernde Tagesrot. Da gewahrte
ſie zwei andere Hexen, die lahme Ente und die mannlolle
Kuh genannt; erſtere heranwatſchelnd, letztere über das Feld
eilend. Sie rief neckend der lahmen Ente zu: Lauf, lauf,
lahme Ente, zur Welle mit der Kuh, die den Rekel (großen
Kerl) aß. Aber in dem Augenblicke ſteigt die Sonne herauf,
zerreißt die Dämmerung und macht den Berg wie von Feuer-
ſchein erglänzen. — Huh! was war das? — ruft ſie erſchreckt
und — fliegt zum Henker.

Die kleine Mythe heißt in der ſyllerfrieſiſchen Mundart:
„Gleesooge seet üp Stinkenbarig
En glüüret ön de Daageruad.
Jü terret höör Seater:
Laap, laap, lam Enk,
Hur de Kü rent,
Diar Rekel eet! —
Hut wat wiar dit? —
De Daageruad spleet;
De Barig bruun önder.
Gleesooge floog naa de Hinger."

Auf einem Schiffe fuhren einſt drei auf Syll verheiratete
Seefahrer; einer derſelben war Kapitän, die anderen Steuer-
männer auf demſelben. Während ihrer Abweſenheit von der
Heimatsinſel ergaben ſich ihre Weiber der Hexerei, um ihnen
in der Nacht in allerlei Geſtalten ſtets nahe ſein zu können.
Einſt lag das Schiff in einer fernen Seeſtadt; aber die Hexen
waren ihren Männern auch dahin gefolgt, freilich ohne deren
Wiſſen.*) Da entdeckten ſie, daß ihre Eheherren auch mit
andern Weibern Umgang hielten. Das reizte ihre Eiferſucht
und ihren Zorn in ſolchem Maße, daß ſie eines Abends, als
ſie wähnten, die ganze Mannſchaft ſei ans Land gegangen,
um ſich dort zu vergnügen, auf dem Schiffe den Plan ver-
abredeten, dasſelbe auf der Rückreiſe in der Geſtalt dreier

*) Die jetzigen Syller Schiffskapitäne ſind klüger; ſie laden,
wenn ſie eine Seereiſe gemacht haben, ihre Frauen ein, ſie in Hamburg oder einer andern Seeſtadt zu beſuchen, was dieſe dann ſelbſt-
verſtändlich gern und fleißig zu thun pflegen.

Sturzwellen zu überfallen und mit Mann und Maus zu versenken. Die jüngste und unerfahrenste derselben äußerte nur noch die Besorgnis, ob sie nicht selber dabei zu Schaden kommen würden? — „Nein, nur dann, wenn ein Reiner mit reinen Waffen uns abzuwehren sucht," — belehrte sie die älteste. Es hatte aber der Schiffsjunge heimlich die Unterredung der Hexen gehört, ohne daß sie es ahnten. Ehe das Schiff nun heimwärts segelte, kaufte der Junge sich einen neuen Degen und ging oft mit demselben in der Hand zum großen Gespötte der übrigen Schiffsmannschaft auf dem Deck spazieren. Eines stürmischen Abends während der Rückreise stand er ebenfalls mit seinem Degen in der Hand an der Windseite des Schiffes auf dem Verdeck. Da nahte sich eine turmhohe, schaumbedeckte Welle dem Schiffe. Alle glaubten ihrem Untergange nahe zu sein; jedoch der Schiffsjunge stieß seine Waffe in die Welle und sie glitt unschädlich vorüber, nur eine Blutspur zurücklassend. Da kam eine zweite und endlich gar eine dritte ähnliche, gefahrdrohende Woge, sich mit großem Getöse gegen das Schiff heranwälzend. Indeß der Unschuldige wehrte mit seiner unbefleckten Waffe auch diese glücklich ab. Sie versanken wie die erste unschädlich und nur ein roter Streifen zeigte an, wo sie gewesen waren. Als das Schiff bald darauf ohne weitere Fährlichkeit die Heimreise vollendet hatte, erfuhren die drei Schiffsoffiziere, daß ihre Weiber alle in einer Nacht und zwar in derselben, in welcher der Schiffsjunge die drei Sturzwellen abgewehrt hatte, krank geworden und gestorben waren. Da gingen ihnen die Augen auf, daß ihre Weiber Hexen gewesen und welcher Gefahr sie entgangen waren.

Das ist eine der gewöhnlichen Sylter Hexen- oder Seefahrer-Sagen. Ich möchte Ihnen aber auch eine neuere, besser begründete und dennoch seltsame und sehr interessante Geschichte erzählen, deren Hauptschauplatz eben die Bramhügel, auf welchen wir verweilen, waren.

In Tinnum war einst ein junger, lebenslustiger Seefahrer, namens Jens Andersen. (Er war geboren 1716 den 30. Juni.) Es gab damals keinen schöneren Jüngling und keinen flinkeren Seefahrer auf Sylt als Jens von Tinnum. Er hatte seine Navigation leicht und gut gelernt, war schnell

als Seefahrer avanciert, war noch nicht 20 Jahre alt und
bereits Steuermann auf einem großen Handelsschiffe. Alle
ledigen, heiratslustigen Jungfrauen warfen ihre Netze aus,
um ihn zu fangen, wenn er daheim war. Alle übrigen
Freier und Nachtläufer beneideten ihn und lauerten ihm auf,
wenn er abends als Freier ausging. Die Hexen und boshaften Weiber aber, die er verschmähte, neckten und verfolgten
ihn überall und suchten ihn zu hindern, wenn er des Nachts
heimlich zu seiner Geliebten ging. Denn er hatte, noch sehr
jung, bereits seiner schönen Nachbarin Marin Mannis die
Ehe versprochen. — Jedoch er hatte ein leichtes, wankelmütiges
Herz, war durchaus nicht unempfindlich gegen andere Schön-
heiten. Einst hatte er unter andern eine schöne Jungfrau
aus Keitum gesehen und kennen gelernt und sich spornstreichs
in dieselbe verliebt. Am folgenden Abende ging er nun
heimlich von seinem Heimatsdorfe ostwärts nach Keitum, um
der neu entdeckten Schönheit seine Huldigung darzubringen.
Er war eben voller leichtsinniger Gedanken und Liebespläne,
als ihm auf halbem Wege ein Abenteuer begegnete. Hinter
einem Dornbusch unweit des Weges traten plötzlich zwei, in
weiße Gewänder gehüllte, Gestalten hervor, die sich ihm vertraulich näherten. Sie erfaßten ihn, ohne zu sprechen, unter
die Arme und zogen ihm seitwärts vom Wege ab nach Norden
zu. Der Jüngling sträubte sich anfangs gegen die unheimliche Entführung, denn das Abenteuer kam ihm sehr unge-
legen; allein er fügte sich bald den schönen, weißen Damen
und ging, wohin sie wollten. Nach mehrstündiger schweigender
Wanderung über Aecker und Heiden näherten sie sich wieder
dem, in die düstere Nachtluft deutlich hervorragenden, Kirch-
turm zu Keitum. Die Feen öffneten die Kirchhofspforte und
zogen, wie widerwillig der junge Seefahrer sich auch gebärdete, ihn mit leichter Mühe auf den Kirchhof bis zu einem
frisch geöffneten Grabe. Hier verschwanden sie plötzlich hinter
Grabsteinen, und ließen den Freier allein mit seinen Gedanken und Plänen. Jens faßte endlich den Sinn dieser
ganzen nächtlichen Führung, in der Sylter Sprache „Tralkin"
genannt; er bedachte, daß dieselbe eine Warnung für ihn sein
solle vor gänzlicher Verwilderung und Entsittlichung; beschloß

— 42 —

in Zukunft seiner ihn so innig liebenden Braut allein anzu-
hangen, ihr stets treu bleiben zu wollen, und begab sich als-
bald auf den Rückweg nach seinem Heimatsdorfe Tinnum.

Es war um die Mitternacht, als er bei den Bramhügeln,
wo der Tinnumer Kirchweg eine Biegung hat, anlangte, und
als ein zweites Abenteuer ihn traf. Jens Andersen sah sich
plötzlich umringt von einer Schar unheimlicher Wesen, von
Hexen, welche Katzengestalt angenommen hatten. Sie hüpften
und rannten in Sinne berauschendem Wirbel rings um den
armen Halbjungengänger; ja, einige sprangen ihm gar auf den
Nacken, liebkosten und kratzten ihn wechselweise, während die
andern im Chor einen infamen Katzengesang anstimmten.
Der Seemann stieß schreckliche Flüche und Verwünschungen
aus und versuchte die unheimliche Gesellschaft auf alle mög-
liche Weise zu verscheuchen, jedoch umsonst. Die höllischen
Wesen wurden immer zudringlicher. Da ergriff er die letzte
Waffe des Matrosen — sein Messer, stieß es nach den Unholden und schleuderte es in der Hitze des Kampfes mit dem
Ausruf: „Aus meinen Händen in des Teufels Lenden!"
mitten unter sie. Es entstand ein großes Jammergeschrei,
und die Katzen oder Hexen verließen ihn jetzt. Sein Messer
fand er aber, ungeachtet alles spätern Suchens und Nach-
forschens, auf Sylt nicht wieder. Seiner Braut blieb er
jedoch in der Folge stets treu.

Im nächsten Frühjahre, nicht lange nach diesen Aben-
teuern, fuhr Jens Andersen wieder zur See hinaus. Es
wurde ihm in Hamburg ein Schiff anvertraut, das er in
Zukunft als Kapitän führen sollte.*) Das Schiff hatte neun
Mann Besatzung. darunter drei Sylter, nämlich den Kapitän
Jens Andersen aus Tinnum, den Steuermann Schwenn
Peters aus Morsum und den Schiffsjungen Manne Philipps
ebenfalls aus Morsum. Das Schiff segelte mit günstigem
Winde von Hamburg ab und war nach Porto bestimmt.
Es war bereits ohne Unfälle unweit des Kaps Finis-Terre
angekommen, als es am 15. April 1737 von einem algierschen

*) Nach den Erzählungen einiger wäre das ihm anvertraute
Schiff Eckernförder Kaufleuten zugehörig gewesen.

Seeräuber überfallen und nach kurzem Widerstande der Mannschaft, wobei einer derselben umkam, gekapert wurde.
Am 13. Mai landete der Seeräuber mit seiner Beute
in Algier, und der Kapitän Jens Anderfen wurde samt dem
Steuermann Schwenn Peters und den übrigen Gefangenen
als Sklaven verkauft. Nachdem diefe Schiffsmannschaft circa
ein Jahr in der Sklaverei in Afrika gewesen war, wurde
man sich wegen ihrer Auslösung einig. Dem Kapitän wurde
für 2000 Thlr. Crt., dem Steuermann für 1970 Thlr., dem
Schiffsjungen für 1000 Thlr. und jedem der fünf Matrosen
für 700 Thlr. die Freiheit aus der Sklaverei zugesagt. Da
diese großen Summen, im ganzen 8470 Thlr. Crt., nicht sogleich herbeigeschafft werden konnten, so wurden, freilich gegen
sichere Bürgschaft, im Mai 1738 der Kapitän Anderfen sowie
die Matrosen und der Schiffsjunge wieder frei gelaffen; allein
der Steuermann Schwenn Peters mußte, bis die volle verlangte Summe aller Lösegelder bezahlt war, in Algier als
Geißel zurück bleiben, kehrte erst im Sommer 1742 wieder
heim. — Solche Lösegelder wurden gewöhnlich damals von
den Verwandten und Landsleuten der in die afrikanische
Sklaverei geratenen friesischen Seefahrer aufgebracht und bezahlt, bisweilen auch von der dänischen Regierung oder von
den Schiffsreedern in Hamburg.

Als der Kapitän Jens Anderfen auf seiner Rückreise
von Algier in Livorno (nach andern in Amsterdam) gelandet
war, begab er sich in ein Gasthaus, welches damals oft von
seinen seefahrenden Landsleuten besucht wurde, um sich dafelbst
zu erquicken. Eine alte, lahme Frau bewirtete ihn. Jedoch,
ehe er zu speisen begann, betrachtete er mit Verwunderung
das ihm vorgelegte Messer. Es war dasselbe, welches er
einst auf Sylt unter die Katzen geworfen hatte. — „Kennst
Du das Messer?" fragte ihn die mürrische Wirtin. — „Ach
ja," antwortete er, „als ich es das letzte Mal in Händen
hatte, war es mein." — „Ich wollte, daß Du es nie aus
den Händen gelaffen hätteft; dann wäre ich nicht lahm geworden," sprach die in Zorn geratene Frau und fügte hinzu:
„Ich habe so manche fröhliche Nacht auf Deiner Heimatsinfel
zugebracht; aber Du haft mir die Flügel gelähmt. Möge

es Deinen Kindern wie mir ergehen; mögen sie lahm wie ich umherhinken!" — Der Sylter Seemann beeilte sich natürlich, aus dem Hause der Hexe wegzukommen. Er setzte seine Heimreise fort und beendigte sie glücklich. — Nach einigen Jahren heiratete er seine Braut Marin Mannis und zeugete mit ihr vier Töchter, die alle, wie noch lebende Sylter bezeugen können, lahm waren. — Er selber fuhr noch viele Jahre als Kapitän zur See, lebte dann als Ratmann und als begüterter und geachteter Landwirt noch manche Jahre in seiner Heimat, und starb daselbst 1786 den 10. Dezember, reichlich 70 Jahre alt.

Zu den Sagen der Sylter Seefahrer gehört vor allen auch die Sage von dem Riesenschiff „Mannigfuald." Das Schiff wäre so groß gewesen, daß der Kapitän (der Uald genannt) beständig zu Pferde auf demselben umher gereiset wäre, um seine Befehle zu erteilen; der Koch hätte in einem Boote in der Suppenschüssel umher fahren müssen, um die Klöße heraus zu fischen; die Matrosen wären jung in die Takelage hinaufgeklettert, aber alt und grau wieder zurückgekehrt. Einst wäre das Schiff, vom atlantischen Meere kommend, in den britischen Kanal hineingesegelt, habe aber das Fahrwasser bei Dover etwas schmal gefunden. Da ließ der Kapitän die Backbordseite des Schiffes mit weißer Seife bestreichen. Das half. Das Schiff drängte sich glücklich hindurch und gelangte in die Nordsee. Die Felsen erhielten bei Dover aber von der abgescheuerten Seife ihre jetzige weiße Farbe. — Bei dem Versuche, in die Ostsee hinein zu steuern, wäre das Schiff aber der Seichtigkeit des Meeres wegen stecken geblieben, wenn nicht der Ballast ausgeworfen worden, woraus die Insel Bornholm entstanden wäre.

Gleichsam ein Gegenstück zu diesen Sagen bildet eine Geschichte, in der eine Jungfrau aus Eibum oder Westerland auf Sylt die Hauptrolle spielt. Diese Jungfrau hieß Karen Knut Teibis. Sie war seit vielen Jahren mit einem Seemanne aus Tinnum, namens Nickels Jensen, versprochen; allein obgleich derselbe in mehreren Jahren weder sie besucht, noch während seiner Abwesenheit zur See ihr eine Nachricht von sich gesendet hatte, so hing sie dennoch mit immer gleicher

Liebe an dem Manne ihrer Wahl. Ja, als ihr Ohm, bei dem sie erzogen war, sie bestürmte, einem andern unbe- scholtenen und wohlhabenden Manne, welcher ihr seine Zu- neigung erklärt hatte, ihre Hand zu geben, konnte sie sich nicht entschließen, ihr gegebenes Wort zu brechen, wie sehr sie auch von ihrem Verlobten sich vernachlässigt fühlen mochte. Endlich erklärte ihr der harte Ohm, daß er ihr nur noch eine Frist von einem viertel Jahr geben wolle, nach welcher Zeit sie entweder ihren reichen Freier heiraten oder er (der Ohm) sie aus dem Hause verstoßen werde. In dieser trüben Zeit der Prüfung schiffte eines Tages, am 21. Oktober 1686, wie das in aller Zeit auf Sylt so oft geschah, die Jungfrau mit vier Landsleuten, welche die Chronik Erk Boh Tamen, Jens Boiken, Bunde Schwennen und Bunde Fröbben nennt, auf den Schellfischfang in einem offenen Boote auf das Meer hinaus. Während die Sylter mit der Fischerei beschäftigt waren, erhob sich der Ostwind immer mehr, bis er zu einem Sturme wurde, welcher es ihnen unmöglich machte, den heimatlichen Strand wieder zu erreichen. Sie mußten sich von dem Sturme und den Wellen in ihrem schwachen, zer- brechlichen Fahrzeuge willenlos fortreiben lassen, immer weiter von ihrer Heimat weg gen Westen zu. Die Kälte war groß; der Sturm mehrere Tage anhaltend; Hunger und Durst wüteten in ihren Leibern; der Tod drohte ihnen fortwährend; das Meer hatte schon dreimal ihr Boot fast bis zum Rande mit Wasser angefüllt und keine Rettung schien möglich. Zwei volle Tage und drei Nächte verlebten sie in Todesnot und Angst. Endlich am dritten Morgen nahte sich ihnen ein Schiff. Es war ein holländisches, von Danzig kommendes, heimwärts segelndes Fregattschiff. Man warf den erschöpften, weit verschlagenen Sylter Fischern von dem Schiffe aus im Vorbeisegeln Stricke zu, welche die Fischer erfaßten und durch welche sie auf das Schiff gezogen wurden. Diese ihre Rettung geschah am 24. Oktober auf der weißen Bank, 25 Meilen westsüdwest von Sylt. Am folgenden Tage kam das Schiff glücklich zu Hinlopen in Westfriesland an. Von da fuhren die fünf Sylter sofort in ihrer Jolle nach Harlingen, woselbst sie von dem dortigen Bürgermeister mit Proviant

und mit einem Zehrpfennig verſehen wurden, und — unerwartet, aber zu ihrer und beſonders der Jungfrau größten
Freude — den lange abweſenden Landsmann und Bräutigam
Nickels Jenſen aus Tinnum mit ſeinem Schiffe fanden. *)
Auf dieſes glückliche Ereignis folgte bald die frohe Wiedervereinigung der lange Getrennten. Der Schiffer Nickels
Jenſen lud die Braut und ihre Landsleute und Leidens-
genoſſen zu ſich an Bord in neuerwachter herzlicher Liebe,
ſchiffte mit ihnen nach der Heimatsinſel zurück, woſelbſt ſie
alle wohlbehalten am 4. November 1686 wieder anlangten.
Nicht lange nachher feierte Nickels Jenſen ſeine eheliche Verbindung mit ſeiner viel geprüften, aber ſtets getreuen Braut
Karen Knut Teibis.

Noch muß ich einer ſehr merkwürdigen Sage der Sylter
Seefahrer Erwähnung thun. Dieſe Sage vergleicht den
Himmel mit dem Dach eines großen Hauſes und die Erde
mit den untern Teilen desſelben. Sie läßt an jedem Abend
die Sonne an dem weſtlichen Rande des Himmelsbaches
(„bi Weſter Otten“) niederſinken, und die verſtorbenen alten
Jungfern in der anderen Welt ſich damit beſchäftigen, aus
den alten abgenutzten Sonnen Sterne zuzuſchneiden, welche
alsdann von den verſtorbenen alten Junggeſellen, die an einer
Leiter beſtändig auf und nieder ſteigen müſſen, an dem öſtlichen
Himmelsrande („bi Uaſter Otten“) auf das Himmelsbach
hinauf geſchoben werden, um dort zu glänzen während
der Nacht.

---

*) Die Sage berichtet genauer: Während die ſchiffbrüchigen
Sylter ſich die Stadt Harlingen anſahen, ſtürzte Karen plötzlich auf
einen vor ihnen gehenden Mann zu, rufend: „Reghels aal min
Reghels aal!“ — Der Mann ſah ſich befremdet um, und mochte eher
an den Ruf des Erzengels zum Weltgericht gedacht haben, als von
ſeiner Sylter Braut auf der Straße in Harlingen angerufen zu
werden.

3. Die Breutfahrtshügel auf Sylt.*)

Eine alfsyller Sage in fyller Mundart.

In Reime gebracht von R....... J.....

De Bridfiarhoogher üp Sölth,**)
of
dit Miraakel fan Eidem.

En walthing Tial, öa Blim brangt fan Kristjan Iappen.

En Uurd fuarof.
Meenst, dat ik ek dórt
Dit, wat ik haa jert,
Fuar üthern nü skriif,
Om dat 's mi ek liif?
5. Of meenst, dat 'k ek kjen?
Alstunds wel 'k bigenu!
Da feist dü tó weeten,
Dat 'k nönt haa suriiten.
Man skriif 'k oltcfuul,
10. Da tüünk: wat en Gruul!
Siu Hingster slit Wein;
De Rest es nogh Lein.

I. Taam Earik en sin Daaghter.
On Eidem üp Sönthdik
Diar uunct Taam Earik,
15. Hed Hüs diar en Louth
Ek fir fan de Strönth.
Sin Jilth hed bl roowet,
Bi Strönth hed hi kluowet,
En Skepman de Haud,
20. On Sönth höm bekluud;
Wilth carelk dagh skiin
En biltj höm wat iin:
Hi wiar joa su rik,

---

*) In den dreißiger Jahren wurden die Hügel abgetragen.
**) Das th ist ein weiches d, wird wie das englische th ausgesprochen.

Hi bed ek sin Lik.

25. Dagh wiar hi ek lethen

Eu aaft ûntnfreethen:

„Me Unroght dit Lek,

Dit Jenthigt me Skrek!"

Sa seid sin Geweeten,

30. Diar aaft höm jens betten;

Sa waath er nk seid

Fan danen, diar skreid, —

Hi bed en litj Fanmen,

Höör Noom wiar Uas Taamen.

35. Jü wiar wel sa deilk,

Man arkjen sin Reilk.

En Miarnem da slöps,

En Injem da löps,

En Deiem da spuans,

40. Bi Naght wiar's tö Daanz

Me Dräänger sa wilj,

Sa glääd üs eu Jilth.

De Faatber hi seid:

„Bliif dü man tö Steid,

45. Dü stjüürst naa Nuuthwäast hen

Tö Pitje fan Skotlönth.

Braaf Friiers ja kjen

Di jir uk nogh finj.

De Hexen en Trööler

50. Üp Hiith haa jaar Hööler,

Kumst dü jam wat nei,

Da uust dü bulth fei."

2. De Füghelspraak.

Uas swaaret höm:

„Üp Hiith haa 'k Rüm;

55. Ithüüs es 't naar,

Diar fing de Dräänger mi ön Snaar;

Uk mei I't weet: Hat es de Saak,

Üp Hiith liir ik de Füghelspraak. —

Ik kjen al üs en Lörke sjung,

60.   En üs de Störk üp jen Biin gnng;
       Ik weet al wat de Kliire seid,
       Wan jü höör Eier beeth jest leid:
       „Kliire, kliire klötj l
       Ik warp min Eier üp rüghe Tötj;
65.   Diar kumt en Arm en geith 's fuarbi,
       Diar kumt en Rik en nemt jam me."
       En Barigenth, diar rääpt: „Guddei!"
       De swaare ik: „Dank fuar din Eil"
       Ik kjen al me de Spreenen snakke,
70.   Ik weet al wat de Kreeken krake.
       De Swaalken weske üp jaar Wiis
       Mi alle Daogen Jütter Niis.
       Ön 't Weeter sen ik uk ek dum,
       Ik kjen al me de Swnanen swum;
75.   En fan de gurt wit Möen
       Liir 'k neistens nk dit Flöen."

3. De Friier fan Nuuthen.

       Taam Earik seid:
       „Min Daaghterl min Daaghter! ik wel di wat sil:
       Dä skudt di fuol lewwer anständig befrii.
80.   Dü liirst man dit Hexin,
       Dit Wcskin en Twcskin,
       Bringst Lidden aural
       En di sallef tö Fal."

       Uas Taamen swaaret:
85.   „Sa slim es 't jit ek.
       Leest kam er en Gek,
       En Mantje fan Nuuthen
       Sa poltig ils Junden,
       Me Ausen fuar Plogh,
90.   Me Gris ön sin Skogh.
       Hi skauet üüs Haagen, hi skauet üüs Skiin,
       Da braaght hi döör Bööster sin Waref ml iin:
       „Min kjäre litj Faamen, wan dü wel mi haa,
       Saa skel dü, for Skaml min Griskin al faa."

                                                    4

95.   Skuld 'k sa jen nem?
    Ik swaaret höm:
    „Kjenst dit forstuun?
    Grip eeder de Muun,
    Eu bring mi de,
100.   Da feist dil mi."
    Me Skanth en blö Sken
    Fuar hi wether hen
    Sa mal üs en Stiir
    Bï Naght nû aurstjüür.
105.   Dagh maaket 'k tö Spaas
    Höm bang üs en Haas,
    Forfölgt höm üp Stölken
    Me muurdelik Belken.
    Fan Ungst waath hi blinj,
110.   Küth Wei ek muar finj,
    Stört dial aur de Klef:
    Sa kam hi om 't Lif."

4. De Hexendaanz ûp Almböögsbarig.

    De Wolperuaght de es sa grü;
    De Füghler en de Hexen flö,
115.   Me Hexen eu wilj Gös
    Fluog Uasken uk fau Hüs
    Tö Daanz ûp Almböögsbarig,
    Diar huppet Kreek en Sparig.
    Diar kam 's töhop fan alle Sidden
120.   De Trööler üp jaar Böösmer ridden.
    Ja slüt en brokket Kraanz
    Eu hölth en lüstig Daanz.
    Öm Medden stönth üp aghter Biin sa stram
    De Duiwel sallef üs en huureut Ram.
125.   Hi lukket wel sa bliith
    En dör ark sin Beskiith.
    Ja slekket höm om Stört,
    Sa üs 't sin Jüngers jert.
    Hi seid: „Fan juu es nemmen
130.   Üs Uasken sa welkjemmen;

Jü es de jungst en deilkst fuar mi,
Ik wiale diar fuar höör tö Brid!" —
Man nü bigent de Ualthen
Tö skempin en tö skrualin:

185. „Diar fing wü jen üp Soüt,
Nü es de Daans nogh üt."
Uk Uasken waath forfiirt,
Jü bed wat Gröghelks jert.
Jü waath sa litj alk üs en Müs.

140. Jü buad de Duiwel: „Let mi thüs!"
Hi swaaret Uas:
„Dü kumst ek Inas,
Dü best nü min
En ik sen din.

145. Dü welligst iin
Dat jer tö Stiin
Forwandelst jir
Üs tö en Ütherns Brid.
Wan dit mi lööwest,

150. Niin Falskheid weegest,
Da let 'k di desmaal gung,
Dü best mi jit wat jung.
Ik wel mi da tö Fiirens iif
En soowen Jaar fan Hüs of bliif;

155. Da kum 'k töbeck en haale di,
Da nust min Wüf en blefst bi mi."
Dit arem Uas! naa ain Bigiar
Maast jü alstunds de Satan swiar.
Jü wiar üs Guus fan Hüs of löppen

160. En kam üs Müs töbeck nü kreppen.

5. Uas Taamen höör Kemmer.

Uas bleef nü ään
Me breeken Sen.
Jü skrualet fuul
Anr sok en Gruul;

165. Sok her 's ek tangt,
Jü wiar forsaagt.

4*

De Lidden fraaget:
„Wat munth höör plaaget?"
En braagt 's bi Skorstiin
170.   Eu Pöös me Flentstiin.
Hat holp höör nönt,
Jü bleef dagh skäänt.
„Jü heeth en Sjught!" — höör Faather seld!
„Wan 't nü man jest tö Harefst geith,
175.   Da kumt er nogh en beeter Tid.
Da kumt er uk munr Leewent jir."
De Harefst kam, de Wunter ging,
Man Uasken bleef allikwel ring.
De Frilers löp
180.   Wan Uasken slöp,
En stönth 's bi Düür,
Hed Uas de Tüür.
Tö leest, da kam de Wolpernaght
Jit jens; — man nü küth Uasken saagt;
185.   Jü drämt; de Duiwel hi wiar duad,
Jü wiar nü frii fan al höör Nuad.
Jü waath aa bliith, dat 's hoog ap sproong
En üs en Lörke Triller soong.
Jü biljt et höör nü sallef ün:
190.   Jü wiar nü sünth, jü wiar nü riin.

6. De Friler fan Keldem.

De Sölthring Seelid stönth alwether
Ön Bunrd üp See en soong bi 't Röther:
„Wü siil, wü siil tö Kaagelönth,
En bring en Skep fol Roghel hen.
195.   Wan de Roghe ripet,
       Wan de Berri pipet,
Da haale wü rnad Aapler,
De Faamnen uk Waagstaapler.
En wan wü lekkelk kum surstjüür,
200.   Da stnun wü Stünthen lang bi Düür.
En da bigenn fan Nilen
Wü Drälänger om tö friien." —

Sa kam er nü tö Harefsttid
En Skep töbeck bi Sütbersid,
Me trii jung Friiers ön de Floot.
Hokken wiar de förderst?
Dit wiar Bub fan Keidem,
Hur säät hi sin Spöören?
Fuar Taam Earik's Düür.
Hokken kam tö Düür?
Uas Taamen aallef,
Me Krük en Bekker ön de jen Hanth,
Me gulde Ringer aur de üther Hunth.
Jü nööthigt höm en sin Hingst iin,
De Hingst dör 's Haawer en Bub dör 's Wiin.
Jü toog höm iin tö Kest
En wilth böm nimmer mnar mest. —
    Uk Taam seid: „Jaa;
    Dü meist höör faa;
Man earelk skel at Bröllep hualth,
Dat Nemmen spüttet ön junk Kual."
Dit wiar uk Bub en Uasken roght,
Us jat jam diar aur hed betaagt.
Jat waath jam jens, üp ualthing wiis,
De Bröllep skulth ön Keidem wiis. —
    De Bridman bliith
    Aur sin Beskiith
    Reed leet jest thüs
    Tö sin ein Hüs.
    De Hingst de sproong,
    Do Rütter soong:
„Rid, rid me Kuast bi Sid!
Miaren kumt de Brid
Me höör gulde Ringer
Aur höör Jerm en Finger;
Me höör Siist en Rokker,
En höör kraaget Smokker,
Sölwer Eier üp höör Hüif,
Sküüret Knoppen üp de Sliif,
Meesing Blalt runt om de Lif,

Guldet Kaarjel üs jung Wüf.
Miaren skel ik Bröllep haa
En min ein litj Uasken faa!
Toonk, toonk! fuar des gud Dei!
Al de Brid en Bridmaaner of Wei
Olter Buh en Uasken alliiningt"
„Alliining! alliiningt"
Rööp Wetherskal. — Hat kam höm fuar,
Diar wesket hokken höm ön 't Uar,
„Dü best omsonst dagh rüdden,
Din Brid jü es forswaaren!"
Hi lukket om — diar floog en Kreek;
Man taagt: naan en let 'k mi ek skrek;
Hat es Forgönst,
Man niin Gespenst,
Diar jir üp Warelth spooket,
En lekkelk Lidden raaket.

7. De Miaren fuar de Bröllep.

Help Gott! wat wiar er funl tö dön,
Jer alles üp ain roght Steid stönth,
Üs 't üp en Brölleg Moode wiar;
Dat 's fan jaar Lagh uk hed wat Ear!
Jung Ing en Sei
Stönd ap fuar Dei,
En bruud jaar Biir,
En slagbtct jaar Stiir.
De Piisel waanth faaget,
De Bridbaad waath maaket,
De Skilken wanth fült,
De Staaler roght stelt,
De Matbuurder leid
Al üp de roght Steid.
Jaar Moother, sa wialig
Jü maaket üp Ealig
En jölth üs en Biiken
Om Wetling tö stiikin,
Om Bruader tö baaken

En trättein Weetkaaken,
Om Skinken tö rookin,
De Briikrogh tö köökin.

280. Jaar Meid wiar ön Krükken
De bed ek sin 's Glikken.
De Keller waath lethigt,
De Frinjer waath nööthigt.
Sa wiar bi Buh Tetten
285. Dit Hüs nü üp Stötten.

8. De Bridfiar.

De Dei de kam, de Bröllepsdei,
En fuanth de Bridman leet üp Wei,
Hen om de Brid tö haalin,
Höör Lefheid tö betaalin. —
290. De Togh ging luas
Me püntjet Uas
Fan Taam sin Hüs ön Eidem
Tö Buh sin Hüs ön Keidem.
Fuarof ging Taam,
295. Da Brid en Bridman kam.
Dit wiar de hiile Ked,
Diar wilth nün Mensk muar me.
Diar weid nün Flagh
Tö Uas höör Lagh.
300. Diar fääl uk ek en Skot,
Ek jens en Blöös ofbat.
Man Hünther hüület üs tö 'n Lik.
En Katter fleeset üp de Dik;
De Kreeken kraket dial fan Hüs,
305. En aur de Wei löp Haas en Müs.
De Brid bigenut to bleeken
Aur al de Ünleks Teeken.
Üp hualef Wei
Kam gurt Geskrei:
310. „Uul wat es dit?" —
Bigennt de Brid —
„Dit diar ualth Wüf

Wei üüs tö Lif!
Jü kumt fan Duiwels weegen
815. Tö Ünlek üüs önteegen," —
De Bridman trööstet Uas:
„Ik let di nimmer luas!
Jü heeth niin Maght aur üüs,
Wü seu nü balth itthüüs."
820. Taam heeft de Swööp;
De Wüf ju rööp:
„Uu Eidemböör! Un Keidemböör!
Juu Brid, jü es en Hex!"
De Fuarman swaaret höör:
825. „Üüs Brid en Hex?
Da wilth ik wenske,
Dat wü jir dialsoonk altemaal
En wether apkam üs grä Stiin!"
Knap wiar dit seid,
830. Da soonk 's äp Steid
Diip ön de Öört,
Dat Nemmen 's spöört.
Ek lung, da wiar
Ja wether diar;
835. Man üs grä Stiin
Kam 's nü tö Sjüün. —
De Sölthring waath so röört,
Dat 's fan dit aallef Öört
Tan Bridfiarhoogher maaket,
840. Uk Geil- en Falskheid eedert wraaket.

Kurzer Inhalt der Sage.

In Eibum wohnte Tam Erichs, er war ein reicher Mann, hatte aber sein Geld durch Strandraub erworben. Er hatte eine Tochter, Ose Tamen, sie war schön, aber eitel und leichtsinnig, schwärmte nachts mit ihren Buhlen umher, jagte aber einen dänischen Freier fort, so daß er über das Kliff stürzte und den Hals brach. Zuletzt ergab sie sich der Hexerei, sagte aber ihrem Vater, daß sie die Vogelsprache erlerne.

Als Hexe flog sie mit vielen andern einst in der Walpurgis-
nacht zum Hexentanz nach dem Ellenbogensberge. Der Teufel
verliebte sich in sie, erklärte sie für die schönste und für seine
auserwählte Braut. Sie erschrak, aber mußte schließlich dem
Teufel schwören, daß sie eher zu Stein als eines andern
Braut würde. Doch die Reue blieb nicht aus. Sie schloß
sich ein und grämte sich sehr, bis ihr einst träumte, der Teufel
sei gestorben. Sie glaubte an den Traum und verlobte sich
bald darauf ihrem Freier Buh Tetten aus Keitum.

Der Hochzeitstag wurde festgesetzt. Die Gäste wurden
geladen und große Zurüstungen zum Gelage gemacht; jedoch
niemand wollte zum Feste der Hexe kommen. Der Brautzug,
aus Tam Erichs und dem Brautpaare allein bestehend, setzte
sich in Bewegung von Eidum nach Keitum. Auf halbem
Wege begegnet ihnen eine alte Frau, die ruft ihnen zu:
„Eidumer, Keitumer, eure Braut ist eine Hexe!" Der Vater
antwortet: „Ist unsere Braut eine Hexe, so wünsche ich, daß
wir alle hier nieder finken und wieder aufwachsen als graue
Steine!" — Sofort geschah, wie er gesagt hatte. — Die
Sylter warfen zum Andenken an dieses Wunder da, wo es
geschehen, zwei kleine Hügel auf, die „Bridfiarhooger," die
Schreiber dieses 1825 noch gesehen hat, samt der in graue
Steine verwandelten Hochzeitsgesellschaft. — Es heißt aber
auch, die Hügel und Steine sollten warnen vor Geilheit
und Falschheit.

---

4. Das Bröddehooggespenst.

(Eine Nordbörfer Sage.)

— · — —

Auf dem Rücken der düstern Heide, welche die drei Nord-
börfer der Insel Sylt umgibt, wohin wir uns jetzt wenden,
erheben sich eine Menge Grabhügel, die zum Teil noch in
ihrer ursprünglichen Vollkommenheit mit Kellern, Urnen, Asche,
steinernen oder bronzenen Waffen erhalten sind, und an welche
sich manche interessante Sage der Vorzeit knüpft. Einer dieser

Hügel liegt fast auf dem höchsten Punkte der Insel zwischen Kampen und Braderup und heißt der Bröbbehoog (Brüte-hügel). Seit geraumer Zeit setzte dieser Hügel sowie ein rätselhaftes, auf demselben spukendes Wesen einen großen Teil der friedlichen Bevölkerung dieser Gegend in Unruhe. Meine Nachforschungen in Betreff dieser Erscheinung haben bisher zu keinem bedeutenderen Resultat als der nachfolgenden Sage geführt.

In alten Zeiten gab es hier auf dem Lande Sylt, nach Kielholt's glaubwürdiger Aussage, sehr reiche Leute. Einer der Bewohner dieser altfriesischen Berg- oder Nordwestharbe hatte sich vorzugsweise große Schätze gesammelt, aber auf eine sehr gottlose Weise. Er hatte nämlich in vielen Jahren See-räuberei und betrügerischen Seehandel getrieben und war endlich mit seinem erbeuteten Gelde glücklich heimgekehrt. Wie alle diejenigen, welche sich durch ungerechtes Gut be-reichert haben, war er mißtrauisch gegen jedermann und suchte daher seine Schätze möglichst den Augen seiner Landsleute zu entziehen. Er entdeckte in dem erwähnten Hügel einen günstigen Ort, seinen Reichtum zu verbergen; denn als er eines Tages den Hügel ersteigen wollte, stieß sein Fuß zu-fällig an einen großen platten Stein; dieser rollte zur Seite hinunter, und eine bedeutende Oeffnung that sich vor ihm auf. Er kroch hinein, sah sich um und fand einen irdenen Topf nebst einiger Asche, einigen halbverbrannten Knochen und einem zweischneidigen Dolch in der Höhle. Uebrigens war das altertümliche Totengewölbe ungewöhnlich geräumig, und er beschloß sogleich, seine Schätze hier in Sicherheit zu bringen. Er führte seinen Vorsatz in einer finstern Nacht aus; verschloß alsdann die Oeffnung mit dem Steine und ging wieder fort. Doch die Sorge für sein Geld ließ den Geizigen auch jetzt keine Ruhe finden. Jede Nacht schlich er heimlich wieder nach seiner Schatzkammer, saß hier stunden-lang auf seinen Geldkisten und brütete über die Art, wie er seinen Reichtum noch fortwährend vermehren könnte. Endlich kam er auf den Gedanken, in der Goldmacherei und Falsch-münzerei sich zu versuchen und durch Verfertigung unechter Putzsachen und anderer betrügerischer Gegenstände seine Güter zu vervielfältigen. Er arbeitete von der Zeit an jede Nacht in seiner verborgenen Höhle, am Tage war er bei den Seinigen und ruhte aus. Schon damals sprach mancher nächtlicher Wanderer davon, daß es an jenem Hügel nicht richtig sei, indem er in demselben hämmern und lärmen gehört und einer sogar Rauch und Feuer in demselben bemerkt haben wollte; allein das damalige Zeitalter ließ den Gedanken an eine Untersuchung solcher nächtlichen Erscheinungen garnicht aufkommen, und alles wurde den unterirdischen Zwergen, die ebenfalls in den Grabhügeln hausen sollten, zur Last gelegt.

Als seine beiden Söhne herauwuchsen, wußte er nichts besseres hinsichtlich ihrer Erziehung zu thun, als daß er sie frühzeitig nach seiner geheimen Werkstätte führte, ihnen seine Schätze zeigte, sie deren Besitz als das einzige Glück kennen lehrte, und sie anleitete, seine Lebensweise dereinst fortsetzen zu können. Schon begannen die Söhne an diesem nächtlichen, abenteuerlichen Brüten auf den Goldeiern — wie es der Vater nannte — Vergnügen zu finden; schon begaben sie sich bisweilen auch ohne den Vater nach dem geheimnisvollen Orte, wenn ringsum die Nacht ihre schwarzen Fittiche über das stille Eiland ausgebreitet hatte: als ein unerwarteter Umstand der Erziehung und dem ganzen Glücksgebäude ein demselben würdiges Ende machte. Einst in einer finstern Sturmnacht waren die Söhne nämlich nach dem Goldkeller gegangen, den verborgenen Schatz zu bewachen. Ihre Rückkehr verzögerte sich jedoch diesmal ungewöhnlich lange. Es begann bereits der Morgen im Osten zu dämmern, und noch immer erschienen sie nicht. Da konnte der Vater seine Sorge und Ungeduld nicht länger zügeln. Er begab sich nach der unterirdischen Behausung; doch — wer malt seinen Schrecken! — der Hügel war eingestürzt, seine Söhne waren lebendig begraben; die Werkstätte war zerstört; die Schätze waren verschwunden.

In der Verzweiflung über das Unglück, welches er seinen eigenen Kindern bereitet hatte, und über den Verlust seines Reichtums verlor der alte Bösewicht den Verstand und endigte durch Selbstmord sein verfehltes, nutzloses Leben.

Doch auch im Grabe hatte er keine Ruhe. Es zog ihn immer wieder hin zu dem Hügel, zu seinen Kindern und seinen Schätzen, und fortwährend umschwebte die alte Grabesstätte und Geldkammer ein wunderbares Etwas, daß sich bald durch ein leises Seufzen oder Stöhnen, bald durch ein unbestimmtes Nebelgebilde, bald endlich als bleichen, bekümmerten Greis bemerkbar machen solle, wie die Sage erzählt.

Daß der Hügel dem gleichsam noch immer über den verborgenen Schätzen brütenden Gespenste den Namen Bröbbehoog oder Brütehügel zu verdanken hat, wird diesemnach dem Leser auch ohne meine Versicherung einleuchten.

Noch im Jahre 1844 erzählte man sich oft von dem vermeintlich gesehenen Bröbbehooggespenst, und das Interesse daran war so lebhaft auf der Insel, daß sich auf Verabredung am 23. November 1844 ca. 40 Personen nach dem Hügel begaben, um denselben durchzuwühlen und sorgfältig zu untersuchen. Der Erfolg dieser Bemühung entsprach freilich nicht den Erwartungen der Gräber, trug aber wesentlich dazu bei, den Aberglauben und das abergläubische Gerede auf Sylt zu vermindern.

Ungefähr 3 Fuß innerhalb des äußeren Randes oder Fußes des Hügels fand man eine kreisförmige Reihe von Feldsteinen, und ca. 6 Fuß weiter einwärts an der Südseite einen kleinen Keller von 1½ Fuß im Quadrat und 1 Fuß Tiefe, mit Erde, halbverbrannten Knochen und Holzkohlen angefüllt. Etwas nördlicher an der Ostseite des Hügels standen drei kleine Urnen, welche mit glatten Steinen umgeben waren, aber bei der geringsten Berührung auseinander fielen. In derselben Entfernung von dem äußeren Rande des Hügels, aber an dessen Südseite, fand man einen größeren Keller, welcher durch pyramidenartig auf einander gehäufte Steine gebildet war. Dieser Keller maß in NNW. und SSO. 3½ Fuß in die Länge, bei 1½ Fuß Breite und 1½ Fuß Tiefe. Der ganze Keller war ziemlich mit Erde ausgefüllt; oben auf der Erde lag jedoch, und zwar an der Ostseite, ein zweischneidiges bronzenes Schwert von 2¾ Fuß Länge und 1½ Zoll mittlerer Breite. Der Griff des Schwertes war 3 Zoll lang und 1 Zoll breit, war platt und dünn, mit 3 Löchern und etwas hervortretenden Rändern versehen, aber ohne Knopf oder irgend welche Zierraten. Es schien, als ob es ehemals in einer hölzernen aber längst vergangenen Scheibe gesteckt habe. — Auf dem Boden des Kellers an dessen Westseite fand man noch eine kleine Urne mit schwarzer heller Erde gefüllt. — Das war der Inhalt des Hügels, der so viel Unruhe auf der Insel hervorgerufen hatte.

5. Sagen und Erzählungen der Heidewohner auf Sylt.*)

1. Der Meermann Ekke Nekkepenn.

Es war einst ein Schiff, das segelte nach England. Unterwegs kam ein starker Sturm, daß die Schiffsleute ängstlich wurden und dachten, sie sollten zu Grunde gehen. In der Nacht wurde das Steuerruder unklar. Sie sahen über Bord und wurden gewahr, daß ein großer Mann seinen Kopf aufsteckte aus dem Wasser dicht bei dem Ruder. Sie fragten ihn, was er wolle. — „Ich will den Schiffer sprechen," antwortete er. — Die Schiffsleute riefen den Kapitän. Der Kapitän kam, sah auch über Bord und fragte den Mann: „Wer bist Du? Was willst Du?" — „Ich bin der Meermann, mein Weib soll ins Wochenbett und verlangt, daß Dein Weib kommt, um ihr zu helfen bei der Geburt." — „Meine Frau schläft, sie kann nicht kommen," antwortete der Schiffer. — „Sie muß kommen!" rief der Meermann, „sonst macht meine Alte noch mehr Spektakel, noch ärgeren Sturm und Seegang, und ihr geht allesamt zu Grunde." — „Ich will gleich kommen," rief des Kapitäns Frau, die alles ge-

*) Diese Sagen und Erzählungen sind eine möglichst treue Ueber-setzung der ersten Sagen aus „Uald Sölbring Tialen," die 1858 in Tondern in friesischer Sprache und 1860 in deutscher (mit deutschem und friesischem Text) bei Moje in Deezbüll in „Beiträge zu den Sagen, Sittenregeln, Rechten und der Geschichte der Nordfriesen" erschienen.

hört hatte. „Man muß niemanden in Not lassen, dem man helfen kann." — Sie sprang über Bord zu dem Meermann und ging mit ihm hinab zum Meeresgrunde. — Der Sturm war vorbei, die See ward ruhig. Unterdessen hatte der Schiffer große Sorge um seine Frau, aber es währte nicht lange, da hörte er so lieblich „Heia, heia, heil" *) tief unten in der See singen, und die Wellen gingen so eben auf dem Wasser, als wenn die ganze See wie eine Wiege geschaukelt würde. „Aha!" dachte er, „das Kind ist schon geboren, das ist gut gegangen." — Es dauerte keine Stunde, da kam die Frau des Schiffers wieder auf aus der See und glücklich zurück an Bord. Sie war kaum einmal naß geworden, hatte den Schoß (die Schürze) voll von Gold und Silber und hatte viel zu erzählen. — Das Meerweib hatte ein Kleines gehabt, ein Ding, was wir auf Sylt ein Seekalb nennen, aber die Meerfrau meinte, es wäre so schön wie ein Engel. Der Meermann war so froh geworden, daß er der Frau des Schiffers so viel Gold und Silber verehrt hatte, als sie tragen konnte.

Der Schiffer hatte nun guten Wind, machte seine Reise schnell ab, und segelte wieder heim mit seinem Weibe und Gelde nach Sylt. Allein, wenn er später wieder ausfuhr zur See, dann ließ er allezeit sein Weib zu Hause bleiben in Rantum, wo sie wohnten.

Viele Jahre nachher, als das Meerweib so alt und faltig wurde, dachte der Meermann noch oft an des Schiffers schöne und mitleidige Frau. Er beschloß, sein altes Hauskreuz zu verlassen, den Schiffer mit einem Sturm zu überfallen und zu ersäufen und dann die schöne Witwe zu freien; aber es fiel ihm nicht ein, daß die Frau des Schiffers inzwischen auch alt geworden war.

Einst sah er das Rantumer Schiff wieder über See kommen, da dachte er: nun ist es meine Zeit. Er sagte zu seinem Weibe: „Ich will hin, um Heringe zu fischen. Du mußt Salz mahlen zu der Heringslauge, bis ich wieder komme." **)

*) Den altfriesischen Wiegengesang.
**) Von dem Salzmahlen der Meeresfrau (Ran) soll die ganze See zuletzt salzig geworden sein.

— Denn er wußte, dann machte sie einen gräulichen Lärm in ihrem Hause beim Meeresgrunde. Als der Sylter Schiffer in ihre Nähe kam, so war dort ein solcher Mahlstrom in dem Wasser, daß er mit samt seinem Schiffe, mit Mann und Maus versank.

Unterdessen schwamm der Meermann nach Sylt und ging ans Land auf Hörnum. Er spazierte längs dem Strande und dachte an das Weib des Schiffers. Gegen Abend kam ihm ein Mädchen entgegen, eben beim Küsse-thal.*) Er meinte, es wäre die Frau des Schiffers, aber es war seine Tochter, die ihrer Mutter sehr ähnlich war. Er hatte sich ganz und gar verwandelt, hatte sich angetakelt wie ein Sylter Seefahrer, aber gebärdete sich wie ein Nacht-schwärmer und begann zu dem Mädchen mit eins (sofort) zu freien. — Sie wurde verlegen und bange vor ihm, aber er setzte ihr einen goldenen Ring über jeden Finger, band ihr eine goldene Kette um den Hals und sagte: „Nun habe ich Dich gebunden, nun bist Du meine Braut." — Sie weinte und bat ihn, er solle sie gehen lassen, aber sie gab ihm doch nicht seine goldenen Ringe und seine Kette zurück. Er sprach zu ihr:

„Ich mag Dich — muß Dich haben!
Magst Du mich? — Sollst mich kriegen.
Willst Du ed (nicht): — kriegst mich doch;
Mittewoch — haben wir Gelag.
Doch kannst' sagen — wie ich heiß';
Dann bist' frei — meiner los." —

Sylterfriesisch:

Il mei Di — mut Di haa!
Meißt Dü mi? — Skebt mi faa.
Webt Dü ef — feist mi bagh.
Med ön Week — haa wat Lagh,
Man tjenst fii — wat il jit,
Da best frii — best mi quit. —

Darauf ließ er die Jungfrau gehen. Sie gelobte ihm, sie wolle ihm den folgenden Abend Bescheid thun, aber sie dachte, ich bekomme wohl irgendwo zu wissen, wie der Freier heißt. Doch überall, wo sie fragte, kannte man ihn nicht.

---

*) Auf Sylterfriesisch: Taatjemglaat.

— Sie ging den folgenden Abend wieder am Strande und weinte; sie ging in Gedanken immer weiter, bis sie zu Thorsede (auf Hörnum) kam. Da kam es ihr vor, als wenn sie in dem Berge jemanden singen hörte. Sie blieb stehen und horchte. Da hörte sie deutlich ihres Freiers Stimme. Er sang:

„Heute soll ich brauen!
Morgen soll ich backen;
Uebermorgen will ich Hochzeit machen.
Ich heiße Elle Nellepenn,
Meine Braut ist Inge von Rantum,
Und das weiß niemand, als ich allein."

Sylter: „Delling skel ik bruu;
Miaren skel ik baak;
Aurmiaren wel ik Bröllep maak.
Ik jit Elle Nellepen,
Min Brid es Inge fan Raantem,
En bit weet nemmen üs ik allinning."

Als sie das hörte, da wurde sie froh. Sie kehrte sogleich zurück zum Küssethal und erwartete ihren Freier dort. Es währte nicht lange, da kam er auch. Sie rief ihm zu: „Du heißt Elle Nellepenn und ich bleib Inge zu Rantum." — Dann lief sie schnell nach Hause mit ihrer goldenen Kette und ihren Ringen, und er war genarrt.

Seit der Zeit war der Meermann böse auf alle Rantumer. Er machte ihnen Schabernack und Unglück, wo er nur konnte. Er überfiel ihre Schiffe und Seeleute mit Sturm und jagte sie in den Grund zu seinem alten Weibe, welches sie fing in ihren Netzen, aber auch noch ab und zu Kinder gebar und Salz mahlen mußte, wenn Elle eine lustige oder weitläufige Periode hatte. Er spolierte zuletzt der Rantumer Land und Häuser ganz und gar durch Sand und Flut, wie solches noch auf Hörnum zu sehen ist.

2. Der Meermann und die Zwerge auf Sylt.

Einst hatte Elle zu hören bekommen, daß ein anderer kleinerer Menschenschlag als die Rantumer auf dem Nordende von Sylt wohne. Er dachte, er wolle sein Glück 'mal bei demselben versuchen.

Als die Friesen zuerst nach Sylt gekommen waren,
hatten sie die kleinen Leute, die schon vor ihnen da gewesen,
nordwärts gejagt nach der Heide und den unfruchtbaren
Stellen, und hatten sie da wohnen lassen. Die kleinen Leute,
die wohl zu den Finnen oder Lappen gehört haben, krochen
in die Hügel und Höhlen auf der Heide und in das Gebüsch,
welches damals viele Niederungen im Norden von Braderup
füllte.*) Sie hatten rote Mützen auf dem Kopfe, lebten
mehrenteils von Beeren und Schaltieren (z. B. Heidebeeren
und Miesmuscheln), fingen auch wohl Fische und Vögel und
sammelten Eier. Sie hatten steinerne Aexte, Messer und
Streithämmer, die sie sich selber schliffen, und sie machten
auch Töpfe aus Erde oder Thon. Sie waren arm, aber
allezeit fröhlich. Sie sangen und tanzten oft beim Mondschein
auf ihren Hügeln oder Häusern, aber sie waren falsch, arbeiteten
wenig und stahlen all wo sie was bekommen konnten, sogar
Kinder und schöne Frauenzimmer. Daher mußten die Friesen,
welche nahe bei der Heide wohnten, stets wachende Augen
haben und aufpassen, daß ihre Weiber und Mädchen nicht
gestohlen, und ihre Kinder nicht verwechselt wurden von den
Unterirdischen (Onbereersten), so nannte man solche, welche
unter der Erde in den Hügeln wohnten. — Die Einzelnen,
welche sich in den Gebüschen und später in den Häusern auf-
hielten, wurden Puken genannt; eine Schlucht im Nordost
von Braderup heißt nach ihnen noch jetzt das Pukthal. Sie
waren übrigens allesamt Heiden, konnten hexen und verwandelten sich oft in Mäuse und Kröten. Sie hatten eine
besondere Sprache, aber es scheint, als wenn sie später viel
von der Sylter Sprache angenommen. Man kennt noch
einige Sprüche und Reime der ihrigen.**) Ihr Oberster hieß
Finn, er wohnte in dem Erhebungshügel mitten auf
der hohen Heide, zwischen den drei Norddörfern,***) jedoch

---

*) Diese Sage ist einer alten, sehr gescheidten und gemütlichen
Frau aus Braderup nacherzählt.
**) Jetzt bekannt aber auch verunstaltet, in allerlei Kinder-
spielen, als sogenannten Kinderreimen, deren es nicht wenige noch
auf Sylt gibt.
***) Die jetzigen Norddörfer auf Sylt heißen: Braderup, Kampen
und Wenningstedt. — Der Erhebungshügel heißt in der Sylter

damals waren diese noch nicht da, nur einige Häuser standen, wo nun Braberup steht. Es heißt, daß einst im Winter drei junge Leute vom Festlande über das Eis gekommen wären, die Jeß, Dorret und Jasper geheißen, die hatten Braberup zu bauen angefangen. Allein einige meinen, daß dieses 'mal gewesen wäre nach einer Pest, welche auf Sylt viele Menschen und alle Bewohner der Nordbörfer bis auf einen Mann weggerafft hatte. — Gleichviel, es ist doch einst in alten Zeiten geschehen.

Um diese Zeit nun hatte Elle sich in einen Unterirdischen verwandelt, hatte eine leere Höhle in einem Hügel auf dem roten Kliff gefunden und begann zu einer schönen jungen Zwergmamsell zu freien. Aber diese war so hochmütig, daß sie ihm sofort einen Korb gab. Sie sang und antwortete ihm höhnisch in der Sprache der Unterirdischen diesen Vers:

„Einer (ist) mein, (den ich) mag:
Alel Dalel Dummelbel.
Wölfe, Hunde (bleiben) oben.
Du alte Quappe,
Elle, bekommst:
Bundis Katze."

Zwergsprache:
„Ene mene mei:
Alel Dalel Dummelbel.
Ulwer, Bülwer bop.
Din ualb Luop,
Elle, fat:
Bundis Kat."

Elle wurde böse, kehrte ihr den Rücken zu und rief:
„Ehre, mehre gute Freunde;
Pid, Pack weg!"

Syllersprache:
„Järe, miare gud Frinjer;
Pit Pal weg!"

Er ging nun ostwärts nach dem weißen Kliff bei Braberup und suchte sich dort ein Loch, um darin zu wohnen. Unterwegs kehrte er ein bei dem Zwergkönige Finn in dem

Mundart: Reisehoog. Nach späteren Forschungen möchte der Dänghoog die Residenz des Finn gewesen sein.

Reise- (Erhebungs-) Hügel, um einen guten Rat bei ihm zu holen. Finn hatte gerade kurz vorher Hochzeit gehabt mit einer schönen Jungfrau aus Braberup und war wohl so vergnügt. Er erzählte Elke, er hätte einst angehört, daß ein Braberuper Mädchen, welches, wie die meisten Sylterinnen, etwas viel arbeiten mußte, gesagt hatte zu einem andern Mädchen: „Wenn man's doch auch so gut hätte, wie die Unterirdischen, sie sind stets lustig, sie tanzen und singen jeden Abend, und brauchen am Tage nicht mehr zu arbeiten, als sie auch mögen." — Einst am Morgen früh ging diese Jungfrau seinem Hügel vorbei. Er lief zu ihr hinaus und fragte sie, ob sie das gemeint, was sie neulich gesagt hatte. Sie antwortete ihm, sie meinte alles, was sie sagte. — Er sprach: „Dann bleibe Du bei mir und sei mein Weib, dann sollst Du es eben so gut bekommen, wie wir es haben." — Sie nahm ihn bei der Hand, sagte: „Ja" zu allem, was er von ihr verlangte. — Er führte sie ein in seinen Hügel und sie machten am folgenden Abend Hochzeit. Alle Zwerge waren geladen zu dem Gelage von der ganzen Norderheide und der Morsumer Heide, und sie kamen auch alle wohl so froh und geschmückt, jeder mit seiner Brautgabe. Der eine brachte einen Napf oder ein Schälchen voller Beeren oder Muscheln, der andere einen Fingerhut oder ein Töpfchen mit Milch oder Honig, der dritte eine Mausefalle oder ein Fischnetz, der vierte einen Besen oder einen Haarkamm, der fünfte einen hölzernen Löffel oder einen Schleifstein, der sechste ein Nasentuch oder ein Bettlaken, der siebente einen krummen Nagel oder einen Thürschlüssel. — Es wurde gewaltig aufgetischt vor den Gästen. Sie bekamen Heringsmilch und Rogen, geröstete Sandspierlinge, gesalzene Eier, Illisbraten und Austern mit Heide- und Moosbeeren zu essen und Met vollauf zu trinken. Der König Finn saß auf seinem Thron, auf dem großen Sesselstein, hatte einen Mantel von weißen Mausfellen über den Schultern und eine Krone, wie ein Donnerstein oder ein Seeigel, von Edelsteinen auf dem Haupte. Auf der Seite von ihm saß seine junge Frau, die nun Königin war. Sie hatte ein Kleid an so fein und durchsichtig, als wenn es aus lauter Flügeln der Wasserlibellen zusammen-

5.*

genäht wäre, einen Kranz von den schönsten Heibeblumen, voll von Diamanten oder anderen glänzenden Steinen, auf dem Kopfe und goldene Ringe über jedem Finger. Die Unterirdischen tanzten und sprangen die ganze Nacht. In ihrer Freude dichteten sie ein kleines Lied und sangen es vor dem Könige und der Königin. Es hieß also:

„Eine feine Sippschaft, seht!
Appel Dappel donnere nicht!
Isa (die Braut) sitzt;
Halt sie fest.
Wird sie Christin,
Ist sie frei."

Zwergsprache:

„Ene pene Sippe, see!
Appel Dappel, bunre neel
Iis las;
Hul de fas.
De Krestii,
De er frii."

Auf solche Weise hatte Finn seine geliebte Iis oder Isa zur Frau bekommen, und die beiden lebten glücklich mit einander seit der Zeit.

Alles dieses erzählte Finn dem Meermanne und riet ihm, er solle es auch so machen, es wären mehr solche schöne Mädchen in Braderup, die lieber sich freien (verheiraten) ließen als arbeiten möchten. Elke dachte: in Braderup soll ich mein Glück machen.

Eines Morgens früh saß Elke und sah aus seiner Höhle östlich von Braderup nach dem Morgenrot im Osten und dem Mondschein im Westen und hatte seine eigenen Gedanken darüber. Da kam ein schöner Jüngling längs dem Thale ihm vorbei gegangen, um in dem Haff sich zu baden. Es war Dorret Bundis von Braderup. Elke war so lange nicht im Wasser gewesen, daß er auch Lust bekam, sich zu baden, vielleicht wollte er auch Bekanntschaft machen oder den Knaben das Schwimmen lehren. Als Elke hinunter an das Ufer kam, wurde Dorret erschreckt und wollte die Flucht nehmen, denn Dorret war kein Knabe, sie war ein Mädchen, welches Mannskleider trug, damit die Unterirdischen

fie nicht nähmen, wie Finn sein Weib. Aber es half ihr
nichts. Elle ergriff sie und hielt sie fest, wie viel sie auch
bat, daß er sie gehen lassen und niemand es sagen solle, daß
sie ein Mädchen sei. Er versprach ihr das, wenn sie seine
Braut sein und ihn um Jahr und Tag heiraten wolle. Sie
mußte ihm das geloben, sonst hätte er sie gleich mitgenommen
nach seiner Höhle. Nun war Elle froh, aber der arme
Mughl (Teufel?), — er konnte nicht schweigen, was er
wußte, er saß wohl oft in seinem Loche oder auf den Hügeln
beim Mondschein und sang:

„Elle soll brauen,
Und Elle soll baden,
Elle, er will Hochzeit machen.
Dorte Bundis ist meine Braut;
Ich bin Elle Rekkepenn,
Und das weiß niemand als ich allein."

Sylter:

„Elle skel bruu,
En Elle skel baal,
Elle, hi wel Bröllep maal.
Dörte Bunjis es min Brid;
It sen Elle Rekkepen,
En bit weet nemmen üs it alilning."

Das hörten die Braberuper und auch andere Leute, und
so kam es aus, daß Dorrel ein Mädchen und Elles Braut
war. Dorrel, die später auch Dorte und Djüür genannt
wurde, ärgerte sich recht krank darüber. Es verdroß die
Braberuper um sie, und daß die Unterirdischen so trachteten
nach ihren schönen Mädchen und überdies ihnen oft etwas
wegnahmen und von ihnen liehen, was sie nie wieder bekamen. Sie hielten daher Wache bei ihren Weibern und
schlugen die kleinen Leute, wo sie diese sahen.

Sie waren so böse auf Elle, daß sie nachher allezeit
ihre toten Kälber und Hunde in die Schlucht dicht bei Elles
Wohnung warfen — man nennt die Stelle noch deshalb
Aasthal — und sogar einst eine tote Katze in seine Höhle
steckten ihm zum Verdruß und ihm zuriefen: „Das ist Bundis
Katze, mit der kannst Du Dich verheiraten." — Elle konnte
es zuletzt da nicht mehr aushalten vor Gestank und Schimpf

und mußte die Flucht nehmen. Er ging wieder zu Finn und klagte dem seine Not. Finn wurde recht bitter, als Elke ihm alles erzählt hatte, was ihn drückte. Finn sagte: „Der Sabrach plagt Dich! Du bist all zu dumm für einen Unterirdischen. Als Du das Mädchen hattest, da solltest Du es behalten haben, und sonst hättest Du schweigen sollen. Dein Singsang verrät Dich bei dem Pöbel und macht Dir und uns andern ein Unglück. Geh' Du wieder nach Hörnum oder zur See, bei uns auf der Heide und in den Hügeln taugst Du nichts." — Elke wurde grob, sagte, er sei eben so klug wie Finn, und er wolle ihm beweisen, daß er nicht allein auf der See Macht habe, sondern auch auf dem Lande mehr tauge als Finn. Er setzte sich nieder auf den großen Sessel- oder Sitzstein und rief Finn zu: „Kannst Du mich nun von dem Stein wegstoßen, so bist Du stärker als Elke, sonst bleibe ich bei Euch auf der Heide und will König über Euch alle sein." — Finn antwortete ihm: „Es ist nichts leichter als das." Er lief einmal gegen Elke an und gab ihm einen tüchtigen Schlag beim Kopfe. — Elke rief: „Au!" blieb aber doch sitzen. — „Warte nur!" sprach Finn, „ich will meine Axt holen." — Elke dachte: Er könnte mich wohl tot schlagen, aber er sagte: „Elke hat einen dicken Kopf und einen starken Rücken; so lange als ich auf Deinem Stuhle sitze, ist Elke König über die ganze Heide und alle Heidehügel und Unterirdischen; wer auf dem Königsstuhl sitzt, der ist König." — Dagegen konnte Finn nichts sagen, er ging nun aus um seine Axt zu holen, welche er begraben hatte.*) Es dauerte nicht lange, da kam er wieder zurück. Er sagte zu seiner Frau, die vor einigen Wochen ein Kleines (Kind) bekommen hatte: „Es ist ein Schiff auf den Strand gekommen." — „Wo?" rief Elke, der neugierig wurde. — „Hier dicht bei," antwortete Finn. „Es ist durchs Riesgap (Loch im roten Kliff) hineingetrieben; es hat Affen am Bord, die Komödie machen. Wir, ich und meine Frau, wollen heute

---

*) Man findet noch bisweilen auf der Heide in den Dünen und auf den Kliffen von ihren begrabenen oder verlorenen Äxten und Messern aus Flintsteln, auch von ihren Kochstellen mit Resten von blauen Miesmuscheln und mit Töpfen.

abend zur Komödie und dann kannst Du auf das Kind passen, welches in der Wiege liegt." — „Ich will mit!" rief Elke und sprang von dem Steine ab. „Meine Axt ist noch scharf," sagte Finn und lachte bei sich selbst. — Elke wurde bestürzt, er bedachte sich, daß er aufgestanden war, und setzte sich schnell wieder auf den Stein. Allein er wollte doch nicht zu Hause bleiben, um auf das kleine Kind zu passen, und war neugierig, die Komödie zu sehen. Er band sich den großen Sessel- oder Sabelstein auf den Rücken, leuchte mit dem Steine westwärts und dachte, daß Finn und sein Weib schon voran wären. Als er mit dem Steine eine halbe Stunde geschleppt hatte, war er so müde wie eine Made, er pustete und stöhnte und war durchnaß von Schweiß. Er konnte die Last nicht länger tragen, er mußte den Stein fallen lassen, aber er setzte sich sofort oben auf denselben. Er saß da auf dem Sesselstein die ganze Nacht und hoffte, daß Finn zu ihm kommen und die Komödie beginnen sollte, allein es wurde nichts aus all' diesem. Er glotzte hinunter in die Niederung, die nachher immer das Affenthal genannt worden ist, ob er nicht das Schiff oder die Affen gewahr werden könne, aber er sah nichts. — Am andern Morgen früh, während er da noch auf dem Königsstuhl saß, und die Zeit ihm schrecklich lang wurde, kam ein ganzer Trupp Zwerge über die Kesseldünen vom Strand herauf. Sie schleppten ein wunderlich großes Ding mit sich. Es war in der Mitte so dick wie eine Tonne, hatte einen Kopf wie ein Mensch und einen Schwanz wie ein Fisch; es heulte und weinte und wollte nicht mit. — „Oho!" rief Elke, als sie näher kamen. „Es ist mein altes Meerweib Ran. — Kommt nicht näher!" schrie er den Zwergen zu. „Bringet das alte Beest wieder ins Wasser, ich will nichts mehr von ihr wissen!" — Aber es war, als wenn sie ihn nicht gehört oder verstanden hätten, sie kamen immer näher. — „Bleibet mir vom Leibe mit ihr!" rief er. „Ich bin nun Euer König. Elke sitzt auf dem Sesselstein und dann sollt Ihr ihm gehorchen!" — Es half nichts, sie kamen immer näher. Als Elke das sah, ließ er den Stein liegen, lief westwärts über das Kliff hinunter nach dem Strande, sprang ins Wasser und schwamm südwärts und kam nimmer wieder zu den Zwergen. Sein altes Weib kam bald hinten nach und war ihm immer auf den Fersen. Aber der Sesselstein liegt noch bei dem Affenthale und Riesgap, dem Riesenloch oder Friesenhafen, von wo die Angelsachsen und Friesen einst absegelten, um Britannien zu erobern.

----

3. Die Zwerge im Kampfe mit den Riesen auf Sylt.

Als die Unterirdischen des Meermannes los waren, sammelte Finn in der folgenden Nacht all sein Volk und seine Freunde um sich bei dem Erhebungshügel. Es war ein schönes Mondschein-Wetter, aber ein dichter Nebel lag über der ganzen Heide; bloß die schwarzen Hügel ragten wie Eilande oder Klippen aus dem Nebel hervor. Die Zwerge hatten es den ganzen Tag so hild gehabt, wie die Ameisen, wenn sie einander zusagen, wo sie hinwollen oder sich sammeln sollen; sie waren gelaufen über die Heide wie die Wetterkatzen. Als es Nacht wurde, war es wie ein Bienenschwarm auf dem Reisehügel. Da waren Finn und Elfinn, Esle und Labbe, Hatje und Pilalje, die Puken und Thalmännchen, die Nissen und Klabautermänner, jeder mit seinem Haufen von ganz Sylt. Sie schnatterten und schwatzten, als wenn die Enten zu Markt sind im Reilumer Hafen, oder wenn die Rottgänse Thing halten im Wörthing (einem Waltstrom im Osten von Keilum). Und binnen in den Hügeln war es so voll von Zwergweibern wie in Jenschens Ofen, als siebenhundert Mäuse daselbst im Wochenbett lagen.

Als das Geschnatter und Gewäsche in und auf den Hügeln kein Ende kriegen konnte, da blies Finn beide Backen auf und rief mit grober Stimme: „Erhebet Euch!" „Erheben, erheben!" antwortete ihm sofort vieler Mund. — Nun wurde alles still. Finn sprach: „Der Meermann hat uns viel Verdruß gemacht, der Sabrach plaget ihn. Er war von seinem alten Weibe weggelaufen, hatte den Schiffer von Rantum tot gemacht, um dessen Witwe zu freien, aber hatte dummes Zeug geschwatzt und von der Tochter des

Schiffers ein blaues Schien (einen Korb) erhalten. — Da meinte er, sein Glück bei uns zu machen, kroch in die Haut eines Zwerges, dachte, sich in den Ennenhügel einzufreien und wollte Alel Dakel Dummeldei's Braut verführen; aber da bekam er kurzen Bescheid. Enken jagte ihn schnell von der Thür weg. Darauf fand er Dorret, eine schöne Jungfrau von den Verwandten meiner Frau in dem Haff bei dem weißen Kliff, und wollte die mit Gewalt haben. Das arme Mädchen konnte nicht loskommen von ihm, mußte ihm versprechen, daß sie seine Braut sein wolle, so lange, als er es verschweigen könne. Allein der Dummkopf verriet sich bald mit seinem Singsang, sich und uns allen zum Schaden, zum Schimpf und zur Schande, denn seit der Zeit sind die Braberuper und alle Riesen (Kämpfer) auf ganz Sylt böse auf uns. Sie wollen uns nichts mehr leihen und nichts mehr geben als tote Hunde und Katzen. Sie lassen uns nirgends in Frieden und schlagen uns überall, wo wir uns sehen lassen. Den Sesselstein haben wir verloren, den hat der Meermann weggetragen. Ich bin jetzt kein König mehr. Was sollen wir nun anfangen?" — — — „Ihr antwortet wie Bundes Böcke, die sagten: Nichts. Ich sage: Reise!" (Wir müssen uns ermannen, erheben.) — „Reise, reise!" rief nun die ganze Versammlung. — „Ich sage: Wir müssen unsere Messer und Zähne wetzen und unsere Aegte und Hämmer wieder aufgraben und dann kämpfen wie die Eesling!" — „Kämpfen wie die Eesling!" riefen alle nach. — „Wir sammeln uns morgen bei den Stapelhügeln!" wiederholte die Menge. — Nun gingen die Unterirdischen auseinander, jeder heimwärts nach seinem Hause, um sich zu rüsten zum Kriege.

In derselben Nacht hatte Dorret oder Djüür Bunbis auch keine Ruhe. Es verdroß sie, daß Unfriede über sie gekommen war. Am Morgen vor Tagesanbruch, als alle Zwerge schliefen, schlich sie sich leise in dem Nebel hinaus über die Heide nach dem Reisehügel, denn die Braberuper hatten wohl bemerkt, daß die Zwerge in der Nacht so gelaufen und laut gewesen waren auf ihren Fußsteigen draußen nach den Hügeln. Als Djüür bei dem Hügel ankam, war alles still. Sie legte sich nieder mit dem einen Ohr auf die Thürschwelle und horchte. Da hörte sie, daß Finn's Frau wachend war und ihr Kindchen wiegte. Die Zwergfrau sang über der Wiege:

„Heia hei! ·
Das Kind ist mein.
Morgen kommt sein Vater Finn
Mit eines Mannes Kopf.
Heia hei, heia hei!"

Sylter:

„Heia hei!
Dit Jungen es min.
Mueren kumt sin Faader Fin
Me en Maan sin Haud.
Heia hei, heia hei!"

Als Dorret das hörte, dachte sie, es ist hohe Zeit, daß die Sylter Kämpfer geweckt werden. Sie könnten von den Zwergen überfallen und geschlagen werden. Sie lief sogleich nach dem Friedenshügel *) südwestlich von Braberup und zündete das Braberuper Licht an. Dieses war immer in allen Zeiten, wenn es brannte, ein Biiken oder ein Zeichen für die Sylter, daß Krieg kam. — Es dauerte nicht lange, da wurde getutet (Hörner wurden geblasen) in Tinnum, in Eidum und in Keitum, und ehe der Tag kam, brannte schon ein Biiken in jedem Dorfe auf Sylt.

Gleich nach Mittag kamen die Sylter Riesen von Osten, von Süden und Westen gefahren und gegangen. Es waren zu der Zeit heftig (ungeheuer) große Leute, die Sylter Kämper oder Friesen. Sie waren ebenso derb und roh, wie sie lang waren, und Hans Kielholl schrieb, sie wären 5—6 Ellen lang gewesen. Die meisten hatten sich wunderlich angetakelt und mit wunderlichen Waffen versehen. Einige hatten wollene Kleider wie Filz so dick, einige Pieröcke von geteertem Segeltuch an, aber die meisten trugen einen Pelz von Schaf- oder Robbfell, und viele hatten bloß eine Kuh- oder Pferdehaut über die Schultern gehängt. Der Seeriese oder König Ring

---

*) Jetzt heißt der Hügel Frebben- oder Fröbbenhoog, vielleicht weil ein Freb oder Fröbbe, der als ein heidnischer Priester oder Heiliger bezeichnet wird, darin begraben ist.

hatte einen vergoldeten Hut (Schraper), ein Ding wie ein umgekehrtes kleines Boot, auf dem Kopfe, und soll, als er gestorben war, damit in dem großen Ringhügel begraben sein. Der König Bröns fuhr mit seinem Sohn, dem kleinen Bröns, auf einem vergoldeten Wagen. Piar war sein Kutscher, der fuhr ihn von Stedum (welches südlich von Tinnum in dem jetzigen Haff belegen war) hinauf nach Dewenhoog und Klöwenhoog auf seinem eigenen Lande. Der große Bröns und sein Sohn hatten vollständige Rüstung an, wie es in der Zeit Gebrauch war, z. B. ein eisernes Wams aus lauter Ringen und einen vergoldeten Hut oder Helm mit einem Adler auf dem Kopfe. Der Bramm von Keitum war von ihrer Freundschaft. Er war der, wie man sagte, welcher die Hosen anhatte und war gewaltig stolz darauf. Er war der Ratgeber des Königs und hatte vergoldete Knöpfe auf seinem Rock, so groß wie Austern. (Er und seine Familie liegen jetzt in den Brammhügeln begraben.) Der Bull von Morsum hatte ein Kuhfell mit goldenen Hörnern um sich gehängt, die Hörner steckten über seinen Kopf herauf. (Sein Grab, der Bullhügel, wurde 1842 geöffnet, als der König Christian VIII. auf Sylt war, aber die Hörner nicht gefunden.) Der große Urbig hatte einen eisernen Bügel um den Kopf und einen eisernen Flegel in der Hand. (1628 grub man noch einen Hirnschädel auf dem Morsumer Kirchhofe heraus, der mit einem eisernen Bügel versehen war.) Der Schmied von Morsum, welcher immer durstig war, hatte eine Tonne Bier auf dem Rücken, aber er wollte es nicht wissen, daß etwas darin war, und er nannte die Tonne seine Trommel. Wenn er meinte, daß die andern es nicht sahen, dann nahm er sich einen Schluck aus der Tonne; aber die andern wurden es bald gewahr und fluchten, Niß Schmied solle vorangehen und sie wollten bei der Trommel bleiben. (Es wird seit der Zeit auf Sylt noch oft geflucht: „Bei der Trommel!")*) Tjül von Archsum war ein Bauer und so breit wie ein Fuder Heu. Er war gefahren und hatte seine Scheunenthür mit auf dem

---

*) Die Sylter Riesen waren abscheulich hungrige und durstige Leute. Sie aßen viel Grütze und Fische, aber hatten auch Brot und Fleisch und Speck. Sie tranken meistens Wattig und Bier.

Wagen. Er sagte: „Die ist nützlich, wenn ich in die Schlacht komme, dann halte ich sie vor mir auf und dann können die Feinde mich nicht treffen, und kommen sie mir etwas nahe, so kann ich ein Stieg zugleich damit quetschen." (Tjüls Land und Slaven kennt man noch im Süden von Archsum.) Der große Eber von Stedum war Stallknecht bei dem Könige Bröns, er hatte einen Strick um den Hals uud einen Heubaum auf dem Nacken. Der Strick war ein Zeichen, daß er diente, und der Heubaum war sein Springstock uud seine Waffe. Haulele hatte eine große Sense und Boh und Boil hatten große Bootshaken in der Hand. Der Narn (Adler) von Keilum war von königlicher Abkunft und hatte seinen Hut mit Federn geschmückt. (Man weiß noch die Stelle, wo er begraben ist.) — Tir und Thör waren von Tinnum. Tir war der Schreiber des Königs Bröns und hatte eine vergoldete Halsbinde, aber Thör war der Narr des Königs und hatte ein Tonnenband oder einen Weidenzweig um den Hals, weil er unfrei war. —

Die Urnen (ein Geschlecht) kamen von Osten und die Mannen (ein Geschlecht) von Westen.*) Barming kam mit einem ganzen Haufen; er war weit in der Welt herum gewesen und hatte gläserne Töpfe von der mittelländischen See mitgebracht. Er wohnte in Eidum. (Vor einigen Jahren hatte Henning Rinken noch eine gläserne Urne, die aus den Barminghügeln aufgegraben war, aber er verkaufte sie 1843 an den König Christian VIII.) Riaul und sein Haufen wurden die Westerländer Katzen genannt, weil sie falscher und kleiner als die übrigen Sylter Kämpfer waren. Ihre Gräber wurden stets die Katzhügel genannt. (Es sind Töpfe, Dolche und Ringe darin gefunden.) — Sialle und Kialbing waren Fischer von Eidum. Sialle war in eine Meerschweinhaut eingekrochen, aber hatte den Kopf und Schwanz sitzen

---

*) Es gab in alter Zeit viele solche Geschlechter und Geschlechtsnamen, die genau unterschieden wurden und wahrscheinlich zu manchen Orts- und Volksnamen Veranlassung gegeben haben. Es gab z. B. in Morsum ein besonderes Geschlecht, welches vorzugsweise die Friesen genannt wurde und dessen Gräber, noch unter dem Namen Frishooger bekannt, im vorigen Jahrhundert abgetragen wurden.

laſſen. Der Meerſchweinkopf ſtedte über ſeinen Kopf herauf und der Schwanz ſchleppte hintennach wie ein Schniepel. Er roch wie ein Aas, aber er meinte, das hätte keine Not, dann liefen die Zwerge ſo viel gewiſſer vor ihm. Kialbing ſchleppte mit einem großen Walfiſch-Kinnbackenknochen und wollte die Nordbewohner damit totſchlagen. Unding und Wirk oder Widerich von Rantum hatten ſich ringsum mit getrockneten Rochen behängt und jeder eine große Glattroche auf dem Rücken. Sie ſagten: „Durch dieſe ſchießt der Feind nicht, auch brauchen wir nicht Hungers zu ſterben, wenn die Schlacht etwas lange währet." Sie hatten Fiſchergabeln in den Händen. — Die meiſten der Sylter Rieſen hatten kupferne (bronzene) oder eiſerne Schwerter und Beile oder Streithämmer, auch von Metall, mit; aber diejenigen, welche gut ſchießen konnten und leicht zu Fuß waren, hatten Flitzbogen oder Armbrüſte mit Pfeilen von Holz oder Fiſchbein und Bolzen von Kupfer oder Eiſen.

Sie zogen alleſamt nach den Thinghügeln auf der Tinnum-Heide, wo immer Thing gehalten wurde im Frühjahr und im Herbſte. Da kam das Volk mit ſeinen Ratleuten und dem Könige zuſammen, um ſich zu beratſchlagen über des Landes Beſtes, um Willküren zu machen und Recht zu ſprechen über die, welche Unrecht gethan hatten.

Als die Sylter Rieſen verſammelt waren, trat der König Bröns auf den größten der Thinghügel und rief: „Euer Heil (Wohl) alleſamt!" *) — „Euer auch!" riefen die Rieſen. — „Sind Fremde unter Euch?" fragte Bröns. — „Hier ſind Jeß und Jasper von Braderup!" antwortete der Schreiber. — „Wi ſin och Siljringer!" rief Jasper. — „Das klingt etwas däniſch," ſagte Bramm, „das müſſen wir näher unter- ſuchen. Sag' mal: Da liegen drei neugelegte Kiebitzeier in einem Neſte auf Rans-Ecke." **) — Jeß ſagte: „Dar liegen drei nü Hüüſer op aa Heed, o dem ſin alliſammen beſtjahlen von die Unberjordiſken." — „Das haſt Du klug gemacht,"

---

*) Sylterfrieſiſch: „Ju Hlal attemaal!"
**) Auf Sylter: „Diar lii trii nii worpen Wiipeter ön jen Nääſt üp Raandshörn." (Schibbolethe gebrauchten die Frieſen oft, um Fremde zu prüfen.)

sprach Bröns, „darauf kommt's eben an. Probiere Du das
auch, Jasper." — Jasper sagte: „Där liegt ein Wief i
Barfel (Wochenbett) me tree Jungen i een Huus i Brarop,
aa be sia min Wief, ä stall su Hjem, aa passe op, at be tree
lilje Siljringer nicht bliwen stjahlen, wenn J nicht will
kommen, om su hjelpen mir." *) — „Das war noch besser,"
sprach der König. „Was haben die Zwerge Euch benn gestohlen?" fragte Bröns. — „Finn han hat min Tjenstpieg
stjahlen, o su sein Wief nommen, aa Elke han wollte min
Söster Dorret vorföhr, men han sit (bekam) en Katl, ä narrte
ihm," sagte Jeß. — „Na mich haben be Rackers Pack Lammer
a Skinken nommen," antwortete Jasper. — „Da haltet Ihr
nicht mit ben Zwergen, wollt Ihr benn mit uns, um sie tot
zu schlagen?" sprach ber Ratgeber bes Königs.. — „Ja, min
Seel, be stall bekommen en pienlich Dodt!" antworteten sie
beide. — „Das ist gut," sprach ber König. — „Habt Ihr
anbern etwas zu klagen über bie Unterirbischen?" — „Ja,"
antwortete Riß Schmieb, „sie saufen mein Bier aus in meinem
Keller." — „Sie wollten mir mein Weib stehlen," rief
Tipken, ber Hahn von Keitum, „aber ich ertappte sie unb
zwang sie, mir bieselbe wieder zu geben." **) — „Schreibe
bas alles auf," sagte ber König zu Tiz. — „Stop! bas auch,
sie haben mir ein Kind verwechselt," sprach Manne von Eibum.
-- „Sie melken unsere Kühe unb machen, baß wir nur
Hexenbutter erhalten," klagten bie Tinnumer. — „Sie laufen
mir immer um bie Füße unb treten mich auf bie Fersen, wenn
ich über bie Heibe gehe," rief ber große sternblinbe Erk
Nidels von Keitum. — „Da sinb Klagen genug über bie
Unterirbischen. wir müssen sie strafen. Wir müssen fechten
mit ihnen unb sie allzumal auf unserm Lanbe ausrotten,"
sprach ber König. — „Seib Ihr Mannes genug, um Diebe
unb Bettler, um Krüppel unb Menschenreste zu schlagen?"
rief nun ber König Bröns. — Die Sylter begannen barauf

---

*) Die Brabruper wissen noch genau, wo Jeß, Dorret unb
Jasper gewohnt haben, erzählen auch, baß Jasper's Frau brei Kinber
zugleich geboren habe.
**) Tipken war ber Wächter ber Riesen, hatte einen Turm im
Besitz unb erhielt, als er tot war, einen großen Grabhügel bei Keitum.

greulich zu fluchen und zu schimpfen auf die Zwerge, ver-
sicherten, da solle nicht einer mit ganzen Knochen davon-
kommen, schwuren zu siegen oder zu sterben, und wählten zuletzt, als der Sturm sich etwas gelegt hatte, auf des Königs
Aufforderung ihre Anführer zu dem Kriege. Sie wählten
den Bull von Morsum, den Aarn von Keitum und den Ring
von Eidum zu ihren Offizieren. Niß Schmied mußte vorangehen mit der Trommel, und Jasper auch, um den Weg zu
weisen. Er bekam einen Stock mit einer toten Krähe darauf
in die Hand und trug die vor sich her hoch in der Luft, damit die andern ihn stets sehen und ihm folgen könnten. Er
wurde deshalb später gewöhnlich Jasper Krag (Krähe) genannt. — Ehe die Sylter nordwärts zogen in den Krieg,
sprach der heilige Fröbbe von Siebum: „Wir müssen zuvor
opfern, ehe wir in den Krieg gehen." — „Wir haben schon
heute morgen Biiken (Opfer) gebrannt," antwortete Hai. —
Fröbbe sagte: „Habt Ihr denn auch gerufen: O, Weda, rette
uns! O, Wedle, zehre (unser Opfer)?" — „Ja, das ist gethan oder gesagt worden auf den Windshügeln, auf Weda's
Hügel und auf dem heiligen Ort," wurde ihm geantwortet.*)
— „Wir sind fertig." -
     Nun zogen die Sylter Krieger nordwärts über die Heide.
— Als sie nach Braderup kamen, war des Schmieds Tonne
schon lange leer, und jedermann sehr durstig. Sie lagerten
sich rings um das Moor**) (den Teich), um ihren Durst zu
löschen und ein wenig zu ruhen. Sie tranken fast das ganze
Moor, welches doch ein großer Schlot ist, leer, und dann
zogen sie weiter nordwärts, der König auf seinem Wagen in
der Mitte, Niß mit der Trommel und Jasper mit der Krähe
voran. Nächst nach ihnen kam Tjül mit seiner Scheunenthür
und die zwei Rantumer mit ihren Stachelrochen und Glattrochen. Dann folgten Ring und Barming mit all' den Ei-

---

*) Die Winjs, Weens- oder Wedns-Hügel liegen nordwestlich
von Keitum und Tinnum; der hillgen Ort war zwischen Morsum
und Archsum. Alle diese Höhen waren altheidnische Opferhügel und
sind als Bilkenhügel noch bekannt. — Man rief beim Opfer: „O
Bia wulet nei! O Bilke tare!"
**) In der Sylter Mundart „Määr" genannt.

dumer Seeleuten und Katzen, die flink waren und gut schießen konnten, und den übrigen Rantumer Fischern und Strand-läufern. Nun kam des Königs Wagen mit dem großen Bröns und dem kleinen Bröns, mit ihrem Schreiber und dem Kutscher. Bei dem Wagen lief der große gefleckte Hund des Königs und gingen die übrigen Steidumer und Tinnumer. Darauf folgte der Aaru und Bramm mit allen Keitumern und hinter ihnen ging der Bull und Urbig mit den übrigen Morsumern und Archsumern. Zuletzt hinter der ganzen Armee folgten der Eber mit dem Heubaum, Kialbing mit dem Walfischknochen, Sialle mit dem Meerschwein und Thör, der Narr des Königs, mit seinen Tonnenbändern um den Hals, einer Klingelglocke auf seiner blauen Mütze, einem Weidenzweige in der einen Hand und einem Kuhhorn in der andern Hand. Er blies jeden Augenblick in das Horn und sagte, er jage seines Vaters Rinder und Schweine nach der Heide, sie könnten das grüne fette Wiesengras nicht vertragen. Er schlug mit seinem Zweige bisweilen auf das Meerschwein, allein Sialle fühlte es nicht.

Jeß war nicht so tapfer wie Jasper, er blieb immer zurück (trieb über Steuer), so wie die Sylter weiter nach Norden kamen, und blieb zuletzt stehen bei dem Reisehügel. Thör rief ihm zu: „Jüß! Jüß!" (wie man die Schweine ruft) — aber es half nichts. Jeß sagte, er wolle Wache halten bei dem Reisehügel und sehen, ob da noch seine Dienst-magd oder die Unterirdischen wären. Er riß das Heidekraut und die Erde von den Seiten des Hügels ab*) und suchte nach einem Eingang, allein die Zwerge hatten, als sie von ihren Häusern weggegangen waren, alle Löcher so dicht ver-stopft, daß nachher gar keine Thüren in den Hügeln zu finden waren, nur bisweilen ein niedriger Gang von Südost hinein zu dem Keller oder der Wohnung. — (Der Vater von Jeß und Dorret soll Bunde geheißen haben und es scheint nach den alten Sagen, daß er das Haus in Braderup, welches nachher Dorrets war, halte bauen lassen.)

---

*) Der Reisehügel steht noch mit abgerissenen Seiten. (Doch hat auch ein Nachkomme von Jeß später einen Teil des Hügels ab-getragen und weggefahren zum Behuf des Baues einer Scheune.)

Die Riesen zogen stets weiter nordwärts. Als sie ankamen auf dem Lande, wo jetzt der Syller Leuchtturm steht,
kamen die Zwerge ihnen entgegen. Wie die Kleinen die Krähe
gewahr wurden, sagten sie zu einander: „O, sind es keine
andern!“ — und waren froh, daß die Feinde kein Kreuz als
Zeichen voran trugen.*) Aber als die Zwerge alle die großen
Krieger und Tjül mit der Scheunenthür sahen, als sie die
Trommel hörten und der Gestank von dem Meerschwein, den
Stachelrochen und Glattrochen ihnen entgegen kam, da krochen
sie schnell in ihre Löcher und unter das Gestrüpp und die
Heidebüschel, wovon damals überall das Land voll war. Es
war, als ob sie auf einmal wieder verschwanden und die
Riesen hatten es schwer, um sie zu finden und zu treffen,
doch traten Tjül und Erk Nickels manche tot, ohne sie gewahr
zu werden. Zuletzt fanden die Katzen von Eidum sie in
ihren Gebüschen und Löchern, diese hetzten den großen Hund
des Bröns in die Höhlen, um sie herauszutreiben, und
schossen sie dann mit ihren Pfeilen und Bolzen, sobald sie
sich sehen ließen. Allein es dauerte nicht lange, da hatten
die Zwerge dem Hunde etwas eingegeben, woran er krepierte.
Das ärgerte den König; er befahl nun, Sialle mit dem Meerschwein solle voran, um die Unterirdischen aus ihren Löchern
zu stinken, denn er hatte bemerkt, daß die Zwerge sehr feine
Nasen hatten. — Die Puken und Zwerge flohen nun von
einem Gebüsch und Loche nach dem andern. — Die Pukleute
wurden am ersten müde und verzagt; ihr König Nißchen lief
sogar zu dem Könige Bröns und fiel ihm zu Füßen, und die
übrigen liefen ostwärts hinunter nach der Wolde (Marsch,
früher Wald) in ein Thal, welches später immer das Pulkthal
genannt wurde, und verbargen sich da in den Büschen und
Löchern.

(Lange nachdem als der Krieg vorbei war schlossen sie
Frieden mit den Friesen und wohnten sogar in den Häusern
der Sylter, in den Scheunen und auf den Böden, wachten
und trieben Unwesen in der Nacht, halfen und klüterten am
Tage, wo sie etwas konnten und mochten für ihre Herren,

*) Die Zwerge fürchteten sich überall vor dem Kreuze oder
dem Christentume.

6

folgten diesen, wie erzählt wird, selbst bisweilen auf deren Schiffe und fuhren mit denselben als Klabautermänner zur See.) Als die Unterirdischen sahen, daß die Pukleute verzagt und ihnen untreu geworden waren, wurden sie böse und tapfer. Sie krochen und sprangen, schnell wie die Flöhe, den großen langsamen Riesen hinauf unter die Kleider und längs den Beinen in die Höhe und stachen und schnitten in der Hast manche tot mit ihren Messern und Aexten von Flintstein. Sogar der König Bröns und sein Sohn, aber auch der König Nißchen, verloren das Leben in der Schlacht, denn die Zwerge waren klug und am meisten erbittert auf diese. Am allerschlimmsten ging es aber dem Teufelchen (Tewelken), dem Leibbostor des Bröns, dem Zauberer von Siebuin; die Zwerge begruben ihn lebendig in einem Hügel bei Kampen, der später Tewelkenhügel genannt wurde. (Dieser gehört zu den Brönshügeln, aber nicht der Nissenhügel.) — Doch die Riesen wehrten sich wie Löwen, schlugen und stießen und schossen wie Kerle, sodaß auch viele Zwerge fielen. Aber als sie Bröns (ihren König) und einige Hundert ihres Volkes verloren hatten, da zogen sie sich nach Südwest, nach Riesgap zurück.*) Zu allem Glück kamen ihnen hier ihre Frauen und Töchter mit den Grütztöpfen (Breitöpfen) entgegen. Die Sylter Weiber hatten viel Sorge für ihre Männer, daß dieselben vor der Nacht etwa nicht wieder kommen oder Hungers sterben würden; deßhalb hatte jede von ihnen einen Grapen voll Grütze gekocht und alle waren mit ihren Breitöpfen gegen Abend nach der Heide gegangen, um ihre Männer zu stärken. Aber als sie vernahmen, daß die Friesen auf der Flucht waren, wurden sie zornig; sie schalten und schimpften auf die Riesen und warfen mit der Grütze nach den Zwergen. Einige von diesen bekamen den Brei in die Augen und wurden blind, einige bekamen zu viel in den Hals und erstickten, und einige vergaßen zu fechten über die vielen schönen Weiber. Zuletzt kamen die Riesen auch wieder zum Stehen und zu sich selber. Sie kehrten sich um und schlugen nun so grimmig auf die Unterirdischen, daß, ehe die Nacht kam, alle Zwerge tot lagen

*) Es bedeutet der Name „Riesgab" so viel als Loch der Riesen durch das rote Kliff, wie schon erwähnt.

auf der Heide rings um das Affenthal und den Teich, welcher seinen Abfluß durch das Rießgap nach Südwest hat. Bloß der Zwergkönig Finn lebte noch, aber er saß und weinte auf dem Sesselstein, den er hier wieder gefunden, gerade als er die Schlacht verloren hatte. Er wollte nicht sein Volk und Reich überleben; er nahm sein steinernes Messer und stieß sich selber tot als die Sonne untergegangen war. — Der Seekönig Ring war verwundet worden und starb ein wenig südlicher, ehe er wieder nach seinem Hause in Eidum zurückkommen konnte, unterwegs.*) — So waren nun vier Könige an einem Tage um den Hals gekommen auf Sylt.

Als die Schlacht gewonnen war, da waren die Sylter Kriegshelden, welche noch am Leben waren, froh. Sie aßen nun die Reste von der Grütze auf samt den Stachelrochen und Glattrochen der Kantumer und eine große Menge Käse, welche ein Archsumer zum Verkauf mitgenommen hatte. Dann gingen sie mit ihren Weibern vergnügt nach Hause.

An den folgenden Tagen mußten die Sylter mit alle Mann wieder nach dem Norden, um die Toten zu begraben. Die Vornehmsten wurden beerdigt da, wo sie gefallen waren. Ihre Leichname wurden verbrannt, die Asche in Töpfe gethan, ihre Waffen dabei oder darauf gelegt, dann eine Menge großer und kleiner Steine rund um die Töpfe aufgestapelt und zuletzt ein großer Haufe Erde auf das Grab geworfen. Wer am meisten Ansehen gehabt hatte oder am besten gelitten gewesen war, erhielt das größte Grab. Das des Königs Bröns wurde ein ganzer Berg (von ca. 26 Fuß Höhe und 400 Fuß Umfang), welcher noch zu sehen ist und nach ihm der große Brönshügel heißt.**) Derselbe steht dicht bei dem Leuchtturm an dessen Südseite. Ein klein wenig westlicher wurde sein Sohn begraben in dem kleinen Brönshügel. Sogar sein Hund und der Pultkönig Niß bekamen etwas westlicher

---

*) Auch Sialle blieb eben zu Norden von Eidum liegen und wurde in einem kleinen Hügel (Stallehügel) begraben. — Ebenso soll es dem Erl Rickels gegangen sein auf der Heide im Norden von Keitum.

**) Nach einer Sage wurde der König Bröns auf seinen vergoldeten Wagen gesetzt und mit dem Wagen begraben.

jeber einen kleinen Hügel zu ihrer Erinnerung. Diese zwei Hügel werden Hundshügel und Riffenhügel genannt und stehen noch, sowie der große und kleine Brönshügel. — Ring wurde in einen großen Hügel nördlich von Eidum oder Westerland beerdigt, auch sein Grab ist noch zu sehen. — Die übrigen Sylter Kämpfer, welche in der Schlacht gefallen waren, wurden in die langen Gräber, welche man Kämper-Gräber (Riesenbetten) oder Börder nennt, viele in ein Grab gelegt. Die Börder sind nicht so hoch wie die runden Brönshügel, aber länger und mit großen Steinen ringsum eingefaßt; (einer ist länglich runb, 90 Fuß lang, 30 Fuß breit und 10 Fuß hoch, ein anderer viereckig, 135 Fuß lang, 28 Fuß breit und 4 Fuß hoch); sie lagen ehemals etwas nördlich vom Leuchtturm. — So ehrten die Sylter derzeit ihre Toten.

Im Norden der Börder, aber doch nicht weit davon, bauten die Sylter Friesen nach dem Kriege ein Dorf, welches nach dem Kampfe: Kamp oder Kampen genannt wurde. Nicht weil von der Stelle, wo sie gewonnen hatten, bauten sie später ein Dorf oder eine Stadt, welche Wonstabt oder Wenbingstebt genannt worden ist.*) — (Als das alte Wenbingstebt um 1362 durch die See untergegangen war, wurde das kleine Dorf, welches nun Wenningstebt heißt, angelegt.)

Wo Finns Leiche und sein Weib mit ihrem Kinde und wo alle die toten Zwerge geblieben sind, kann ich Euch nicht erzählen. Einige meinen, sie sind in den kleinen Hügeln, welche man Slippelsliin-Hügel und Stiinbörd nennt und welche Südost von Wenningstebt liegen, begraben.

Die Sylter waren nun der Unterirdischen los geworden und waren froh darüber. Bloß Niß Schmied in Morsum klagte noch immer, daß sie ihm sein Bier in seinem Keller aussöffen. — (Es scheint, daß, nachdem die Zwerge auf der Norderheide vertilgt worden waren, sich die Onnereersken auf

---

*) Die Braberuper, welche mir das meiste von den Zwergen und dem Kriege mit ihnen erzählt haben, sagten auch, als die Sylter von der Schlacht zurück zu ihrem Dorf gekommen wären, da hätten die Krieger zu einander gesagt: „Der Braten ist auf!" — Deshalb heiße ihr Dorf „Braberup" (?) (Diese Erklärung scheint mir aber etwas unwahrscheinlich, etwa später gemacht zu sein.)

der Morſumheide auch nicht mehr ſicher hielten, der letzte Reſt
derſelben nach dem ſtets wohl verſehenen Keller des Niß
Schmied geflohen wäre, ſich dort eingeniſtet und von den
Vorräten des Kellers genährt hätte.) — Einſt ertappte die
Frau des Schmied einen der biebiſchen Zwerge im Keller
beim Bierzapfen. Sie ſtellte ihn darüber zur Rede, jedoch
der Kleine verſprach, einen Segen in die Biertonne zu legen,
daß dieſelbe niemals leer werde, wenn nicht über die Tonne
geflucht würde und ſie dasſelbe nicht ihrem Manne verriete.
— Die Frau ſchwieg, der Zwerg legte ſeinen Segen in die
Biertonne und der durſtige Niß lief wie früher jeden Augenblick aus der Schmiede in den Keller, um ſich einen Schluck
aus der Tonne zu holen, doch ohne daß der Biervorrat ver-
mindert zu werden ſchien. Als der Schmied das Wunder
entdeckte, rief er aus: „Dit es bagh en Duivels Ten, diar
nimmer lebbig uubl" (Das iſt doch eine Teufels Tonne, die
nimmer leer wirdl) — Sofort verſchwand der Segen, die
Tonne war leer, und die Zwerge ſtahlen Brot und Bier wie
früher aus dem Keller, ohne einen Erſatz dafür zu geben. —
Die Frau erzählte nuu Niß, was ſie ihm bisher verſchwiegen
hatte und beide beratſchlagten ſich jetzt mit den Nachbarn und
Nachbarinnen, wie es anzufangen wäre, um des biebiſchen
Geſindels los zu werden. Man riet Niß, er ſolle die Onner-
eerſten fangen und totſchlagen, allein dieſe waren klüger und
flinker als er. — Zuletzt kam eine alte Frau, die in ihrer
Jugend oft mit den Zwergen geſpielt hatte, und erzählte Niß,
die Unterirdiſchen hätten ihr einſt offenbart, ſie könnten nicht
gegen das Kreuz und all' das, was dem Kreuze ähnlich oder
verwandt ſei. Sie könnten nicht über dasſelbe, nicht durch
und nicht unter dasſelbe kommen; vor dem Kreuze müßten
ſie fliehen oder — verderben. Die Frau riet deshalb dem
Schmied, er ſolle ein Wagenrad vor jede Thür ſeines Hauſes
ſtellen, ſein Haus aber in Brand ſtecken, dann würden die
Zwerge ſämtlich mit dem Hauſe verbrennen.

Niß Schmied that das. Als das Haus in Flammen
ſtand, wollten die Zwerge fliehen, aber konnten nicht fort-
kommen vor all' den Kreuzen, welche die Wagenräder machten.
Sie ſteckten die kleinen Hände hinaus bei den Speichen und

riefen um Hilfe, jedoch die Morsumer ließen sie alle verbrennen. Zuletzt gewahrten die Onnereersten in der Nähe
des brennenden Hauses die alte Frau, die den Rat zu ihrem
Untergange gegeben hatte. Da riefen sie vorwurfsvoll:
„Spölte, Spölte, wat heest bü üüs forrat!" (Gespielin,
Gespielin, wie hast du uns verraten!) — Das war das letzte,
was man auf Sylt von den Unterirdischen gehört hat. Sie
verbrannten nun sämtlich und es waren jetzt die letzten derselben ausgerottet. — Man weiß übrigens noch, wo Niß
Schmieds Haus in Morsum gestanden hat.

Die Angst der Zwerge vor dem Kreuze bedeutet, daß
sie ihre geistige Schwäche gegen das Christentum, welches
immer näher kam und das Kreuz zum Zeichen hatte, ahnten
oder anerkannten. Es hieß überall, wo das Christentum eingeführt wurde, da verschwanden die heidnischen Zwerge oder
die unterirdischen Geister. — Auf Sylt wurde das Christentum langsam und spät eingeführt, vollständig erst um 1400.
— Nach einer alten Sage hätte Efke auf Helgoland das
Christentum angenommen. Er war dort Gies, Oegis oder
Kies genannt worden, aber wurde nun ein Heiliger, welcher
St. Tynthias getauft wurde. Die Helgoländer meinten, daß
er den Fischern Segen brächte, sie brachten ihm deshalb noch
lange nach der Einführung des Christentums alle Jahre in
feierlicher Prozession ein Opfer. Die Hörnumer Fischer
lernten ihn aber ganz anders kennen, als er ihr Land und
ihre Wohnungen verwüstete. Nun, sie mögen auch lässig in
seinem Dienst gewesen sein, sollen ihm nur Rochelstacheln
geopfert haben.

Seit der Schlacht auf der Heide bei Kampen, in welcher
der große Bröns gefallen war, haben die Sylter keinen
eigenen König mehr gehabt. Sie regierten sich in der Folge
selber durch ihre 12 Ratmänner, und wenn sie in Krieg
kamen, durch ihre Helden, die sie sich dann zu ihren An-
führern wählten oder kürten.

6. Von dem Ursprung der Friesen und ihrer Auswanderung nach Nord-Europa.

Der friesische Chronist Heimreich berichtet in seiner nordfresischen Chronik über den Ursprung der Friesen nach den römischen Schriftstellern Tacitus und Plinius folgendes. „Diese (die römischen Schriftsteller) führen die Fresen her aus einer Landschaft, so in Indien am Fluß Ganges gelegen — und berichten sie, daß Freso und dessen Brüder Saxo und Bruno neben ihrer Gesellschaft aus diesem ihrem Vaterlande, wegen der Tyrannay des Agrammis — vertrieben. — Da haben sie eine Schiffsflotte von 300 Schiffen zusammengebracht, damit sie durch das Caspische Meer gefahren, in Armenien gekommen und so ferner durch das Euxinische Meer in das Mittelländische; seyn auch weiter zwischen Europa und Africa hingesegelt, um Hispanien und Frankreich geschiffet und endlich nach achtjähriger Reise und verlorenen 246 Schiffen ins Blie angekommen, alba von den übrigen 54 Schiffen 24 mit deren Führer, dem Fresone, seyn geblieben, der daselbst mit seinen Völkern zu Lande getreten, die andern aber seyn weiter fortgeschiffet. Demnach sie nun, besagtermassen vor Christi Geburt im Herbste des 313. Jahres zu Lande getreten — und sich daselbst um die Gegend des Blies 13 Jahre beyeinander aufgehalten, hernach aber sich geteilt und ist Saxo mit den Seinigen ins Osten nach dem Lande Hadelen gezogen und hat sich um Stade und Barbowick niedergelassen. Bruno aber ist an der Weser geblieben, hat Braunschweig erbauet, — und Freso an dem Orte, da er erstlich an Land getreten, und haben die Teutschen Fürsten ein sonderlich Gedinge mit ihm aufgerichtet, daß er diese Oerter ewiglich besitzen, dagegen aber die Seeküsten schützen sollte, weshalben sie ihn auch mit sonderlichen Privilegien und Herrlichkeiten haben versehen.“

Eine noch jetzt oft erzählte Sage der Friesen läßt die Stammväter derselben ebenfalls aus dem fernen Osten zu Schiffe nach den Ufern der Nordsee kommen und sich daselbst ansiedeln, wo noch jetzt zwischen der Schelde und der Riperfurt ihre Nachkommen wohnen; jedoch mit dem Unterschiede, daß der Anführer der Friesen nur schlechtweg „de Uald" (der Alte) in der Sage genannt wird und daß die Friesen nicht auf 300 Schiffen, sondern nur auf einem ungeheuer großen Schiffe, dem Welt- oder Volksschiffe „de Mannigfuald" (die Mannigfaltigkeit) hergesegelt wären.*)

Es gibt übrigens verschiedene Versionen dieser Sage, und es scheint, daß noch in neuerer Zeit mancher Friese und namentlich mancher seefahrende Friese sich bemüht hat, dieser alten Sage allerlei phantastische Ausschmückungen und Ergänzungen hinzuzufügen, weshalb es schwer ist, aus diesen verschiedenen Darstellungen den ursprünglichen Kern der Sage herauszufinden.

Eine der besten Variationen dieser altfriesischen Sage von dem Mannigfuald der Friesen scheint mir diejenige zu sein, welche ich hier mitteile; sie gibt überdies der Sage einen tieferen Sinn und eine religiöse Deutung. — „Ursprünglich wohnten die Friesen in der Lavante (d. i. Kleinasien oder Syrien); jedoch zu der Zeit einer großen Umwälzung (vielleicht zu der Zeit der Zerstörung des großen assyrischen Reiches oder der Eroberungen eines Nebucadnezar oder Alexanders des Großen) faßten sie den Entschluß, ihre bisherige Heimat zu verlassen und sich, wenn möglich, ein neues Vaterland, ein friedlicheres und weniger felsiges Küstenland als ihr bisheriges zu suchen.

Als seekundige Leute beschlossen sie, ihre Reise zu Wasser anzutreten, sammelten zu dem Ende alle ihre Schiffe und bauten aus denselben ihr Riesenschiff „Mannigfuald" (vielleicht richtiger, vereinigten dieselben zu einer engverbundenen großen Schiffsflotte).

Als alle diese Vorkehrungen getroffen waren, segelten sie eines Tages bei günstigem Wetter ab. Sie waren jedoch

---

*) Als das größte Schiff der alten Zeit wird übrigens dasjenige bezeichnet, welches der ägyptische König Ptolemäus Philopater um 200 vor Christo erbauen ließ. Es war 280 Ellen lang, 38 Ellen breit und 60 Ellen hoch, hatte 40 Ruderbänke. Das größte Schiff der Normannen, „Lang-Ormen," welches Oluf Trygesen erbauen ließ, war viel kleiner.

nur wenige Tage auf dem Meere gewesen, als sich auf dem seltsam zusammengesetzten Schiffskoloß mancherlei Mängel zeigten und unter den vielen Bewohnern desselben teils über die Entstehung und Abhilfe dieser Mängel, teils über die Führung des Schiffes (oder der Flotte) ein heftiger Streit entstand. Zum Glück erhob sich in der darauf folgenden Nacht ein heftiger Sturm und nötigte die Schiffenden, ihren Streit und ihre sonstigen kleinlichen Zänkereien aufzugeben, ihre Kräfte zur Rettung aller wieder zu vereinigen; die allerstörrigsten unter ihnen, die auch jetzt zur Zeit der allgemeinen Not keinen Frieden halten wollten, aber dem Meergott zum Opfer über Bord zu werfen und zu ersäufen. Kaum war das geschehen, da legte sich der Sturm; die Wolken zerteilten sich; am Himmel zeigte sich wieder ihr bisheriges leitendes Gestirn, der „Orion;" er senkte als Friedenszeichen seinen „Mori-Roth" über die Schiffenden und zeigte ihnen mit dem „Peri-Pilh" den Weg nach Westen.*) Das Meer beruhigte sich, und eine feierliche nächtliche Stille trat ein, die nur durch ein Plätschern an dem wie der Kopf eines riesigen Seetieres (Walfisches) gestalteten Schiffsschnabel oder Steven, und kurz darauf durch die aus dem Meere heraufsteigende Gestalt eines bleichen Mannes mit langen Haaren und nassen Kleidern unterbrochen wurde. Alle Friesen wichen scheu vor der seltsamen Erscheinung am Schiffsschnabel zurück, während der gespenstige Fremdling selber in dem ungeheueren Schiffsbauch zu verschwinden schien, ohne sie (die Friesen) anzureden oder, wie es schien, zu bemerken.

Noch stand das erschrockene Volk und erwartete das Wiedererscheinen des verschwundenen bleichen Mannes, als aus dem innersten Winkel des Schiffsraumes seltsame Töne hervorbrangen. Alle lauschten natürlich mit Furcht und Spannung denselben. Es war, als ob der Fremdling einen Geist oder Gott, der in dem Volksschiffe wohnte, um Erbarmen anflehte, um Errettung aus großer Not und Führung eines heidnischen Volkes auf Wegen des Heiles, und deutlich

---

*) Die Friesen nannten das gesenkte Schwert des Orion „Mori-Roth," die mehr horizontal gerichteten Sterne seines Gürtels aber „Peri-Pilh."

hörten sie die Antwort: „Höre meine Stimme und sei gehorsam meinem Worte: Gerechtigkeit, Einigkeit und Hoffnung
sind notwendig für das Wohl eines Volkes, so lange es auf
Erben da ist!" Die mahnenden Worte des Schiffsgeistes,
des Ualb (den sie freilich nicht sahen, aber wohl hörten)
„Gerechtigkeit, Einigkeit und Hoffnung!" tönten noch oft vom
Schiffsraume herauf, hallten gleichsam von allen Schiffswänden
wieder und prägten sich dem Volke tief ein, so daß die Friesen
dieselben auch als notwendige Grundregeln für ihr Glück
und, um ihr erwünschtes Ziel zu erreichen, erkannten und
annahmen. Die Gebete des bleichen Fremdlings im „Spintje,"
dem verborgensten Winkel des Schiffsraumes, und die bald
mahnenden, bald tröstenden, bald belehrenden Antworten des
Ualb hörten sie drei Tage und drei Nächte; dann verstummten
dieselben. Der Fremdling verschwand, wie er gekommen war,
an dem Vorderende des Schiffes, als dasselbe eben einer
Landspitze nahe kam, und die Schiffsleute sahen im Zwielicht
der Nacht die bleiche Gestalt zum letzten Male auf dem hohen
Ufer des Landes. *) Sobald der Morgen wieder graute,
stiegen die mutigsten der Schiffsleute hinunter in das Spintje
und untersuchten sorgfältig die verborgensten Winkel des
Schiffsraumes, ob der Fremdling oder der Schiffsgeist nicht
irgend ein Andenken zurückgelassen habe — bisher hatte Scheu
oder Ehrfurcht sie davon abgehalten. Sie fanden eine Ziegenhaut zusammengerollt und auf derselben Schriftzüge, aus
welchen der klügste von ihnen folgendes entzifferte: „Um ein
gerechtes, einiges und glückliches Volk zu werden, müßt ihr
euch Rechte und Ratgeber (oder Richter) führen; so lange
ihr aber auf der Reise oder in Gefahren seid, sollt ihr einen
König oder Oberherrn über euch dulden und dessen Will-
kühren gehorsam sein. — Wenn ihr an das Land kommt,
das euch bestimmt ist: so richtet euch friedlich ein; so vergeßt
nicht, daß Gerechtigkeit, Liebe und Hoffnung stets unter euch
wohnen sollen, dann lasset die Zeichen derselben euch stets
daran erinnern." — Als die Ziegenhaut gänzlich aufgerollt
und ihre Schrift völlig entziffert war, fielen drei kleine goldene

---

*) Die Sage erinnert an den Propheten Jonas.

Figuren heraus, menschliche Gestalten mit den Symbolen der genannten Tugenden darstellend. *)

Jetzt erst wählten die Friesen, wie es in der Sage heißt, den klügsten unter ihnen, den Deuter der Schrift auf der Ziegenhaut, den Freso, zu ihrem sichtbaren Könige oder Anführer auf ihrer Reise und gaben demselben, gleich dem unsichtbaren Lenker des Mannigfualb, den Namen „be llalb;" gelobten auch einstimmig, demselben unbedingt zu gehorchen, bis sie, in ihrem verheißenen Lande angekommen, sich selbst durch eigene Gesetze und Ratleute zu regieren vermochten. Nachdem die Friesen, geleitet von ihrem sichtbaren Ualb, die entdeckten Mängel an dem Mannigfualb verbessert und an der Küste von Kreton ihre Vorräte durch eine Herde Ochsen ergänzt hatten, segelten sie nunmehr in Frieden und getrosten Mutes weiter.

Sie machten jedoch keineswegs so rasche und regelmäßige Fortschritte auf ihrer ferneren Seefahrt, wie in jetziger Zeit die Schiffer zu thun pflegen. Die Unbeholfenheit ihres schwerfälligen Schiffes und ihre Unbekanntschaft mit den fernen Weltgegenden mögen daran Schuld gewesen sein; es traten ihnen auch sonst manche Hindernisse entgegen, wovon die Sage erzählt.

Als einst in der Nacht eine bunkle Wolke den Orion, ihr leitendes Gestirn, beschattete, fuhren sie irre und waren in Gefahr, in der seichten Syrte an der afrikanischen Seite des Mittelmeeres festzulaufen und stecken zu bleiben. Zum Glück blies ein heftiger, heißer Südwind sie aus dieser gefährlichen Meeresbucht wieder fort, und bald stieg vor ihnen am nordwestlichen Himmel ein Feuerstrahl aus dem Meere hervor, den sie als ein ihnen gestelltes Leitfeuer ansahen und

*) Viele hundert Jahre später fand man noch in den meisten friesischen Wohnungen sowie auf ihren Schiffen die Symbole der Gerechtigkeit (eine weibliche Figur, in der einen Hand ein Schwert, in der andern eine Wage haltend), der Liebe oder der Einigkeit (eine Mutter mit drei Kindern, eines auf dem Arme tragend) und der Hoffnung (eine Frau, mit der einen Hand einen Schiffsanker und mit der andern einen Vogel haltend) in Metall, Holz oder Elfenbein gearbeitet, als Wand- und Schrankverzierungen angebracht, am häufigsten aber als Messer- u. a. Hefte aus Elfenbein (?) kunstreich geschnitzt.

nach demselben sich zu richten beschlossen, wenn der Riese
(Orion) ihnen wieder in der Nacht untreu werden solle.

Es war die Feueresse des Vulkan, des Schmiedegottes,
aus dessen gewaltigem Schornstein, dem Aetna, nächtlicher
Weile Funken und Feuer heraus flogen, die das Mittelmeer
ringsum erleuchteten und den Friesen auf ihren Irrfahrten
noch oft den Weg zeigten. Am Tage aber ragte der Berg-
riese wie eine gewaltige, mit Wolken bedeckte Bake hervor,
welche sie ebenfalls als Wegweiser benutzten, so lange sie dieselbe sahen. — Als der Feuerberg allmählich hinter ihnen
verschwand, tauchten wieder andere Berge und Inseln vor
ihnen aus dem Meere empor, bis die hohen Ufer an beiden
Seiten des Meeres einander immer näher rückten, das Fahrwasser immer mehr beengten und ihnen den Weg zu versperren
drohten. Jedoch nach langem Zaudern und Suchen fanden
sie das enge Meeresthor zwischen den Säulen des Herkules,
welches sie später immer „dit Nau" nannten, vielleicht weil
der Mannigfualb nur mit genauer Not hindurch schlüpfte,
und sie später oft noch der Angst und Not, die sie dort gelitten, gedacht haben mögen. —

Jetzt schifften die Friesen auf dem großen atlantischen
Weltmeere, welches sie später die spanische See nannten. Sie
waren indes jetzt mehr als früher den brausenden Stürmen,
Wellen und Meeresströmungen ausgesetzt; ihre Wellkunde,
ihre Kennzeichen des Meeres, das Land selbst schienen ihnen
verloren zu sein; sie wähnten bereits das Ende der Welt
erreicht zu haben, denn sie sahen nur noch Luft und Wasser
ringsum sich, erstere freilich gewöhnlich mit Wolken bedeckt,
und letzteres sturmbewegt. Freso, der Kapitän des Mannigfualb, war daher, wie Moses weiland in der Wüste, ein ge-
plagter Mann, dessen Rat und That zur Leitung des Ganzen
wie des Einzelnen mehr als je notwendig war. Er mußte
— wie es in der Sage heißt — beständig zu Pferde auf dem
Mannigfualb umherreiten, um Ordnung zu halten, um seine
Befehle zu erteilen und selbige im Gebrause des Sturmes
und der Wellen überall vernehmbar zu machen. Doch kam
ihm sein Bruder als Steuermann (vielleicht Sago?) wesentlich
zu Hilfe, indem derselbe am nördlichen Himmel einen fast

still (stets an einem Punkte) stehenden Stern (den Polarstern an der Spitze des Deichsels vom kleinen Karlswagen) entdeckte, um welchen sich alle benachbarten Sterne und Sternbilder zu drehen schienen, so daß z. B. die beiden leicht kenntlichen Sterne, welche als die hintern Räder des sogenannten großen Himmelswagens bezeichnet wurden, immerfort eine grade Linie mit dem Polarstern bildeten. Dieser seine Stellung am wenigsten verändernde Stern wurde fortan das hauptsächlichste Leitzeichen der Friesen auf ihrer ferneren Seereise. Je weiter sie aber nach Norden vordrangen, desto öfter trafen sie dichte Nebel und fuhren irre. Einst gewahrten sie im Nebel ein weißes gespensterartiges Wesen vor sich. Es war das weiße Segel eines nordischen Schiffes. Sie beschlossen, demselben zu folgen und wurden durch dasselbe in den britischen Kanal hineingeleitet u. s. w. — Siehe Seite 44.

---

7. Von schwedischen Kriegern auf Sylt samt deren Niederlage und Flucht von List.

Aus den Papieren des Jens Schwennen zu Keitum, zugleich als Probe, wie ein ungelehrter Sylter Chronist um 1720 zu schreiben pflegte.

„Anno 1644 in Januaryus sint schwedische Völker op Sill gekamen und hebben Brantschat gefordert. De 16 Majus sint des (dänischen) Konings Schepen samt de Koning sulvest by List gekamen und hebben grurolick op de Schweden geschaten van de Klock 6 Vormiddagh tot de Klock 12 op de Middagh, wordorch ein untallick Menschen von de Schweden und Hollanders sint dot gebleven und op List am Strande begraven.*) Und bernegst ein Mannbach na Cantate, was den 20 Majus, is dar ein schwedsche Havenmeister op Silt gekamen und heft de Buren so hart angefallen umme een grote Schattinge und

---

*) Der Rest der Schweden blieb mit ihren Schiffen bei List liegen, während die schweren dänischen Schiffe sich wieder auf das offene Meer zurückzogen.

hefft se hart gebrouwet unb gespraden, eer Morgen Mibbagh
wil id bh Juw kamen mit foo veel Solbaten unb Juw alfo
schanzeren bat baar nich een Stod schal bh ben anbern bliven.
Soo hebben be arme Fruwen gejammert unb umme Gnabe
gebeben. Darop hefft he geantworbet, Jh Horen Jd warb
Juw be Obren van be Kop laten snhben. Unb hefft borch
Bientschop Boh Nidelsen gefangen genamen unb is naa Keitum
gefaren. Mibblertit sint be Buren gelopen van be een toh
ben anber mit groot Bekummernis umme Gelt tho kriegen
unb hebben ehm be Schattinge gebahn. He hefft be Scheplüben
od Brantschal affgebwongen, bat in alles ower 400 Rigbaler
belopt bat he habbe van be Buren opgebört. Awer naa
bissen hefft be Gnabige Gott borch sine grote Barmhärtigkeit
alfoo balbe ein Konings Schip bh Buhben Morsum ankamen
laten unb bat Bold sint strads an Lant gekamen unbe be
Buren hebben eer entjegen gereben bat see ilich mochten kamen
unb see hebben foo flux naa Keitum gejaget unb hebben besen
schwedsche Haumeister tho Heubrin Hansen Huuse bekamen unb
gefangen genamen, unb hebben ehm mit een Wagen naa
Morsum gebracht, unb ehm gefragt, wat Gubes he im Sinn
habbe. Unb bes Konings Solbaten hebben be Schweb boht
geschaten bh Morsum Buhber Ower unb od barsulvest begraven unb bat Gell unber sid gebelet. Kort barnaa is he
van be Hunben webber opgeschrapet unbe opgefreten bezuhben
Gobener Anbressens Huse. Disc Schwebs-Captein is geheten
Capitein Jens Hofmester. Unb kort barnaa als ben 25 Mah
hefft Gott borch wunberbahre Beschidinge verhenget unbe tho
gelaten, bat bh hellen lichten Dach een seer groten Hopen
Minschen mit Geweer, Büssen, Spalen, Helbarben unb Harnisch
bh List am Stranbe shn angegaan kamen, alfoo bat man it
ogenschinlid gefehen hefft, bat it blinderbe als be blixum unb
op sid tonbe, barover see (bie Schweben) alfoo balben ver-
schroden unbe in eer Schepen gelopen unb unber Seil gegaan
unbe nich webber gekamen." (Soweit Jens Schwennen.)

    Ein späterer Sylter Chronist, nämlich Geide Peters,
schreibt folgenbes in betreff ber Flucht ber Schweben von List:
„Anno 1644 ben 25 Mah am Tage Urbanus hat Gott burch
wunberbahre Schidunge zugelassen, baß beh hellem Sonnen-

scheinenden Licht, als die Schweden auf List gewesen und
albar geschaffet (gespeiset), worselbst sie wahren vor den
Dänischen mit ihren Schiffen eingeflüchtet, wie gesagt, doen
ist oder sind ein Gespenst von Sill ausgemarsieren kamen bei
dem Strandt von der Seelant langs, als wollten sie nach
List, gleich als ein großes Kriegsheer von etlichen tausend
Menschen mit Gewehr und Harnisch und dergleichen und ist
wie berichtet worden von etlichen hundert Menschen gesehen
worden. Dieß hat die Schweden so erschreckt, daß sie alles
verlassen, in ihre Schiffe sich begeben und nach See gegangen.
Auf Jordsand stunden 50 geharnischte (schwedische) Reuters,
die sollten nach Sylt, um das ganze Land zu verbrennen,
worauf sie auch den Muth verloren und wieder zurückgingen
auf das feste Land."

Eine mündliche Ueberlieferung fügt jedoch zur Erklärung
hinzu, daß die Sylter samt deren Weiber und zwar letztere
in ihrem dermaligen Sonntagsstaate *) — nämlich in kurzen
Röcken von Schafsfellen, festgehalten mit einem breiten roten
Bande, in roten Strümpfen und Aermeln, mit hoher schwarzer
Kopfbedeckung (Huif genannt) versehen und beladen mit allerlei
metallenen Zieraten — in Verbindung mit dänischen Soldaten,
welche bei Morsum gelandet waren, einst einen Kriegszug nach
List zur Verjagung der Schweden von der Insel mit glück-
lichem Erfolge gemacht hätten. — Der Sage nach wären die
Sylter mit ihren tapfern Weibern unter dem Gesang:

> „Dat geit na List mit Allemann,
> Mit Bössen, Schwerdt un Forken.
> De hier nich fechten will un kann,
> Dat sind wol rechte Schorken" —

auf Verabredung mit den Däuen am 25. Mai früh morgens
von ihren Heimatdörfern weggezogen, hätten aber längs dem
Strande und während ihres Marsches durch die Lister Dünenthäler sich stille verhalten, bis sie gegen den Mittag unter
großem Lärm die im Nordwest, Westen und Süden das
Dörfchen List zunächst umgebende Dünenkette erstiegen und
sich wie eine große Armee plötzlich dort aufgestellt hätten und
zwar gerade in dem Augenblick, als die Sonne eben zwischen

---

*) Abgebildet in: „Jensen, Die nordfr. Inseln. Tafel I u. II."

Wolken hindurch strahlte und die zahlreichen Sylterinnen in ihrem seltsamen Staate beglänzte. Die Schweden hätten gerade zum Mittagsmahle sich in der Nähe des Dorfes gelagert, als sie plötzlich das Kriegsgeschrei der Syller und Dänen hörten und die Höhen ringsum von Feinden in fremdartigen Kostümen bedeckt sahen. Ihr Schrecken wäre ein so großer und allgemeiner gewesen, daß sie ihr Mittagsmahl und zum teil ihre Waffen in Stich gelassen, so eilig wie möglich ihre Schiffe bestiegen hätten und auf das offene Meer hinaus geflohen wären, woselbst der dänische König (Christian IV.) ihnen noch eine Menge Kanonenkugeln nachgesandt und ihr Admiralschiff bedeutend beschädigt hätte, so daß sie nur mit genauer Not nach Holland entkommen wären.

Als die Sylter der Schweden los geworden waren, berechnete der Landvogt Peter Taken nicht etwa die Verlüste der Sylter durch die Plünderungen der Schweden, sondern die Ausgaben und Lieferungen, welche die Sylter wegen der ihnen zu Hilfe gekommenen dänischen Soldaten (ca. 400 Mann während 5 Tage) gehabt hatten, und fand die bedeutende Summe von 788 Thlr. 2 ßl. 6 Pf. — Auch eine alte derzeitige Bewohnerin Lists, namens Renlef, beklagte sich später über die dänischen Soldaten, indem sie erklärte: „Sie haben mir alle meine Gänse und Enten gestohlen und meine Würste und Käse verzehrt." Die Sage erzählt, Renlef sei zu dem Anführer der Dänen gegangen und habe den angeredet: „Herr Ambassebör, du skul holj Custos auer bin Kneit, be har stjalen me olj min Mad." (Du solltest Aufseher halten über deine Knechte, sie haben mir all mein Essen gestohlen.)

---

8. Zur Geschichte der Lister-Tiefe.

List hatte von alters her für die dänischen Könige, sowie für alle Handel und Schiffahrt treibenden Bewohner der Westküste Schleswigs und Jütlands, des tiefen, leicht zu findenden Fahrwassers bei List, der sogenannten Lister-Tiefe, sowie des weiland vortrefflichen Lister-Hafens (der Meeresbucht zwischen dem Dorfe Neu-List und dem sogenannten Ellenbogen, der nördlichsten Ecke des Listlandes) wegen, großen Wert. Nicht selten sahen deshalb die Bewohner List's selbst Kriegsflotten ihren Sandhöhen zusteuern und in den dortigen Gewässern Anker werfen. Handelsschiffe waren für sie eine gewöhnliche Erscheinung. Einige Schiffe suchten bei Sturm oder widrigem Winde Schutz bei List, andere hatten des Schollen-, Schellfisch-, Rochen- oder Austernfanges wegen dort ihre Hauptstation. Die mehrsten von und nach Röm, Ballum, Hoyer, Tondern oder Sylt segelnden Handelsschiffe mußten auf ihren Reisen bei List vorbei, legten aber auch oft daselbst aus irgend einer Ursache, namentlich um Ballast einzunehmen, an. Ja mehr als einmal war die Lister-Tiefe der Schauplatz blutiger Schlachten. Pastor Cruppius zu Keitum schreibt, daß im Jahre 1673, gegen das Ende des Juli-Monates, eine holländische und eine französische Flotte unfern List an einander geraten, in dem zwischen ihnen entstandenen Gefecht mehr als hundert Menschen umgekommen und die Leichname derselben später mehrenteils bei List angespült wären. Ferner meldet er, daß er am 24. September desselben Jahres Handelsschiffe von zwölf verschiedenen Nationen bei List gesehen habe; dann, daß im Jahre 1689 vom 30. September bis zum 8. November dort eine dänische Kriegsflotte, aus 103 Schiffen bestehend, unter welchen 4 des ersten Ranges, zur Aufnahme von 7000 Mann dänischer Truppen, welche nach England verschifft werden sollen, bestimmt, gelegen habe. — Im Jahre 1681 wurde ein Zollkontor auf List errichtet, dasselbe aber im Jahre 1694 nach Hoyer verlegt, und im Jahre 1700 durch den Traventhaler Friedensschluß den Syltern samt allen übrigen Schleswigschen Einwohnern wieder zollfreie Ein- und Ausfahrt bei List gestattet. Um diese Zeit begann aber die allmähliche Versandung des inneren Hafens bei List, des sogenannten Königshafens, bereits einen nachteiligen Einfluß auf die dortige Schiffahrt zu äußern; so daß jetzt nur noch der äußere Teil der Meeresbucht bei List, nämlich die so-genannte Lister-Reede, welche übrigens gegen alle westlichen Stürme vollkommen schützt und hinreichende Tiefe hat, den

7

größern Schiffen, die dahin kommen, als Anterplatz übrig
geblieben ist. — Die Regierung suchte in neuester Zeit durch
Tonnen und Baken, sowie durch Leuchtfeuer die Einfahrt
bei Lift zu sichern und den Strandungsfällen auf Sylt vorzubeugen. — Möchte es ihr gelingen! — Die zwei Leuchttürme auf dem Ellenbogen sind 1857 auf Kosten der dänischen
Regierung erbaut worden, erneuert durch die preußische.

Ihre größte Bedeutung und Wichtigkeit scheinen die Gewässer Lift's um 1644 gehabt zu haben, weshalb ich von den
um diese Zeit bei Lift in dessen Umgegend stattgefundenen
Kriegsvorfällen noch einiges erwähnen muß.

Nachdem Torstenson mit seinen Schweden gegen das Ende
des Jahres 1643 in Holstein und Schleswig eingedrungen
war, näherten sich zu Anfang des folgenden Jahres die Kriegs-
unruhen auch den westlichen Inseln Schleswigs. Zu Anfang
des Februar zeigten sich zuerst schwedische Kriegsschiffe in
der Lister-Tiefe und schwedische Truppen verschanzten sich auf
Röm, welche Insel an der Nordseite der genannten Tiefe
liegt. Von hier aus machten die mit den Holländern damals
alliierten Schweden Jagd auf die vorübersegelnden dänischen
Handelsschiffe, plünderten sie aus, und brachten sie bei Lift
oder Röm ein und aufs Trockene. Die Dänen blieben
natürlich bei diesen Kriegs-Demonstrationen der Schweden
nicht ruhig. Schon am 15. Februar waren zwei Galleen mit
100 Mann von Glückstadt nach Röm abgesegelt, um die
Schiffe, welche die Schweden dort den Dänen weggenommen
hatten, wieder in Besitz zu nehmen; allein der Zug war ohne
Erfolg geblieben. Am 16. März schiffte darauf der Oberst-
leutnant Friedrich von Buchwaldt mit 600 Mann nach Röm
ab, um die dortige schwedische Besatzung aufzusuchen und sie
womöglich gefangen nach Glückstadt zu führen. Am 21. März
landeten die dänischen Truppen auf Röm; sie demolierten die
zwei von den Schweden dort aufgeworfenen Schanzen, nahmen
180 Schweden daselbst gefangen und lieferten diese, samt
acht schwedischen und zwei, von den Schweden gekaperten,
dänischen Schiffen, am 9. April in Glückstadt ab. Durch
diesen glücklichen Zug hoffte man der Schweden auf Röm

los geworden zu sein und die für die Schiffahrt damals so
wichtige Lister-Tiefe von Feinden gereinigt zu haben.

Doch kaum waren die Dänen von Röm wieder weggezogen, da liefen von neuem schwedische Kriegsschiffe bei Lift
ein, und der dortige Hafen schien nunmehr eine feste Station
für diejenige Abteilung der schwedischen Flotte, welche, aus
26 Schiffen bestehend, unter dem Abmiral Thyssen in der
Nordsee kreuzte, zu werden. Außer diesen schwedischen Schiffen
liefen im April vier holländische in die Lister-Tiefe ein und
vereinigten sich mit jenen, um gemeinschaftliche Sache gegen
die Dänen zu machen. — Am 16. Mai, während die vereinigte schwedisch-holländische Flotte in der Lister-Tiefe vor
Anker lag, kam früh morgens der König Christian IV., von
Helgolander Lotsen geführt, mit neun Rangschiffen ebenfalls
in die Tiefe bei Lift herein und traf hier die von ihm ge-
suchte feindliche Flotte. Sofort, um 6 Uhr morgens, entstand
ein heftiges Gefecht zwischen den dänischen und den schwedischen
samt den holländischen Schiffen. Anfänglich neigte sich der
Vorteil auf die Seite der Schweden und Holländer; das
dänische Abmiralschiff wurde übel zerschossen; der König selbst
sank verwundet nieder; den Dänen wollte der Mut entfallen:
da trat ein Ballumer Matrose hervor und ermunterte durch
sein Beispiel und seine Reden die Verzagenden. Die Dänen
schämten sich, griffen von neuem zu den Waffen und erfochten
unter der Anführung des sich wieder erholenden heldenmütigen
Königs einen denkwürdigen Sieg. Die leichteren schwedischen
und holländischen Schiffe würden, als das Glück ihnen den
Rücken zukehrte, wahrscheinlich entkommen sein, wenn nicht
eine eingetretene Windstille sie genötigt hätte, standzuhalten.
Erst gegen den Mittag führte der eintretende Flutstrom die
jämmerlich zugerichtete vereinigte Flotte nach Lift und aus
dem Bereiche der dänischen Kugeln. — Die Zahl der in
dieser Seeschlacht gebliebenen Schweden und Holländer wird
verschieden, auf 800 und 1100, angegeben. Die Leichname
derselben trieben später zum großen Teil bei Lift und auf
Jordsand, einer Hallig im Osten von Lift, an den Strand,
woselbst sie im Sande verscharrt wurden. Die Dänen sollen
gegenteils in dieser Schlacht wenige Menschen eingebüßt

7*

haben. — Da die schwedischen und holländischen Schiffe nicht tief gingen, so flüchteten sie nach Beendigung der Schlacht in die seichten Wattströme bei Röm und im Osten von Sylt hinein, woselbst sie vor der weiteren Verfolgung von seiten der schweren und tiefer gehenden dänischen Schiffe geschützt waren. Der König segelte aber mit seiner Flotte, nachdem er eine kurze Zeit in dem Lister-Hafen sich umgesehen hatte, wieder in die Lister-Tiefe und vor deren Mündung hinaus, woselbst er, in der Erwartung, die Schweden und Holländer würden hinauszuschleichen versuchen, kreuzte, um dieselben in einem solchen Falle total schlagen zu können. Die Schweden und ihre Verbündeten lagen indes ruhig bei List, bis wohin sie sich aus ihren Schlupflöchern, den Wattströmen, zurück-gewagt hatten, pflegten ihre Verwundeten, begruben ihre Toten, suchten ihre Schiffe auszubessern und plünderten und neckten nebenbei die Einwohner der Insel Sylt. Unter den Plünderern zeichnete sich vor allem ein schwedischer Kapitän oder, wie Heimreich ihn nennt, Hafenmeister, namens Jenß, durch seine Frechheit und Grausamkeit aus. Er hatte außer einer Menge von Viktualien 400 Reichsthaler an barem Gelde von den Einwohnern der Insel zu erpressen gewußt, wurde aber in Keitum gefangen genommen und am 20. Mai am Ufer bei Morsum von dänischen Soldaten, die eben daselbst zur Vertreibung der Schweden und Holländer aus ihren Schlupfwinkeln angekommen waren, erschossen. Der Anführer dieser am Südufer Sylts gelandeten Truppen scheint, einer alten von mir aufgefundenen Rechnung wegen Proviant und Einquartierungskosten zufolge, Graf Christian von Rantzau gewesen zu sein. — Die Schweden und ihre Verbündeten hatten unterdeß von dem ihnen drohenden Ueberfalle keine Ahnung. Sie hatten freilich an dem östlichen Ufer bei List eine Schanze aufgeworfen, allein eben nicht, weil sie eine feindliche Demonstration erwarteten, sondern zur Aufnahme einiger 50 schwedischer Reiter, welche vom festen Lande nach List verlegt werden sollen. Sie sannen vielmehr darauf, den Tod des Kapitäns Jenß zu rächen, und hatten die Drohung ausgesprochen, durch Hilfe jener zu erwartenden Reiter ganz Sylt verbrennen zu wollen, hatten aber auch

durch diese Drohung die Sylter zur Selbstwehr auf das
Höchste gereizt. — Am 25. Mai, des Morgens, war ein Teil
der Mannschaft der schwedisch-holländischen Flottille bei Lift
ans Land gestiegen, hatte sich im Freien ein großes Feuer
gemacht, an demselben ein Mittagsmahl gekocht und sich gerade
gelagert, um sich die Speisen wohlschmecken zu lassen: als
plötzlich ringsum im Süden und Westen die das Dörfchen
Neu-List umgebenden Dünen mit Menschen, deren Waffen
und Kleider im Sonnenschein glänzten, bedeckt wurden. All-
gemeine Verwirrung entstand unter den Schweden und Holländern. In wilder Hast flohen sie auf ihre Schiffe, ließen
ihre Mahlzeit, ja zum Teil ihre Waffen im Stich, lichteten
sofort die Anker und segelten, da der Wind günstig war,
noch an demselben Tage in die See hinaus.

9. Sage, wie die ersten Verwüstungen Nordfrieslands entstanden.

Der friesische Chronist Heimreich erzählt um 1666:
„daß eine englische Königin, Fraw Garhören geheißen, aus
Ursachen, daß ein König aus Dänemarck sich versprochen sie
zu heirathen und sie nachmals habe sitzen lassen, die Höveden
(Sandbänke) zwischen England und Frankreich, auf 7 Meilen
sich erstreckende, durch 700 Mann, so ganzer 7 Jahren sollen
daran gearbeitet haben, lassen durchhauen, in Meinung alle
Länder, dem Könige in Dänemarck zugehörig, auf solche Weise
zu verdrenken und zu versenken. Daher durch Einstürzung
der West-See diesen Ländern ein merklicher Schade sei zu-
gewachsen, daß zwischen der Elbe und Riperföhrt in die
100 000 Menschen sollen erseuffet sein. Und schreibt Bern-
hardus Flor, daß um diese Zeit das Moor aus Island mit
dem Nordwesten Winde an dem großen, dicken und finstern
Walde, so der düstere Damswald geheißen, und darin viele
ungeheure wilde Thiere sich aufgehalten, sei angekommen, und
habe sich auf gedachtem Walde nieder gelassen.“ — Der

Damswald soll sich einst von Sylt bis in das Riesummoor erstreckt haben und bildet ohne Zweifel jetzt die ausgedehnten unterseeischen Torflager oder Tuulbänke dieser Gegend. Seit der Durchstechung oder dem Durchbruch des britischen Kanals möchte ein höherer Wasserstand und der doppelte Flutstrom, welcher jetzt die Küsten Nordfrieslands bespült, in der Nordsee entstanden sein.

10. Der Eierkönig Peter der Kleine.
Eine Lister Sage.

Ehe man an Peter den Großen dachte, lebte bereits Peter der Kleine. Er war wie jener ein Regent, nur mit dem Unterschiede, daß er ein sehr kleines Reich beherrschte. Sein Reich erstreckte sich nämlich nicht weiter als über das Lister Dünengebirge auf Sylt, und sein ihm vom Volke gegebener Titel war eigentlich Eierkönig von List, obgleich er nach der Meinung einiger dieses Eier- oder Dünengebiet nur als Pachtgut besaß. Sein Taufname war Peter Hansen.

Peter der Kleine, auch Lille Peer genannt, gehörte zu jenen kurzen, breiten, eckigen Gestalten mit eisernen Naturen, wie sie in nördlichen Küstengegenden nicht selten vorkommen, zu jenen Menschen, welche, nachdem sie jahrelang von Wind und Wellen gleichsam gepeitscht worden sind, in dem Grade rauh und abgehärtet werden, daß sie zu der Sage von den wandernden Steinblöcken am Ufer der Nordsee mögen Veranlassung gegeben haben. Er besaß überhaupt ungewöhnliche körperliche Kräfte, so daß er in seiner Jugend einst ein Schiffsboot über das eine Stunde breite Lister Dünengebirge getragen haben soll. Unter dem Birkenzepter dieses Eier- oder Dünenkönigs standen nun weiland alle Sandhügel auf dem Listlande, der nördlichen Ecke der Insel Sylt, samt deren Millionen Sandkörnern und Sandpflanzen, samt den Tausenden von Vögeln, die auf diesen Dünen nisten, und zwei Drittel aller Eier derselben, oft 40 bis 50 000 Stück im Jahre, waren seine Haupteevenüen, gleichsam Steuern, die er von seinen flüchtigen, ganz- ober halbwilben Unterthanen für die Mühen und Sorgen, die er sich ihretwegen machte, alljährlich erhob. Ueberdies war er Vater einer Schar von 22 Kindern,*) die folglich ebenfalls alle unter seiner Herrschaft standen, aber freilich auch ihm in seinen Geschäften z. B. beim Aufmachen und Ausgraben der Bergenten-Nester, beim Aufsuchen und Einsammeln der Möveneier manche Dienste leisteten; namentlich hatte er ihnen das Sammeln der kleineren Eier, der Kibitz-, Meerschwalben-, der Austernfresser-, Strandläufer- und Regenpfeifer-Eier ganz übertragen. Außerdem stellten seine Kinder den Hasen und Kaninchen Schlingen und weideten die Schafe und Lämmer der Einwohner Lists unter seiner Oberaufsicht, und dieselben erkannten in den Dünen überhaupt keine höhere Autorität an als die ihres Vaters; jedoch hatten sie, wie ich nicht unerwähnt lassen darf, auch vor einem halbwilden Stier, welcher damals in den Lister Dünen umherstreifte, einen gewaltigen Respekt. Dieser Stier spielte in der Geschichte unseres Eierkönigs übrigens eine nicht unwichtige Rolle. Peter der Kleine buldete denselben mit vieler Nachsicht in seinem Reiche, weil der bösartige Ochse manchen Eierdieb verscheuchte, indem das Tier wie wütend auf die roten Kleider der Römöer- und Sylterinnen der damaligen Zeit loszustürzen pflegte, so oft er dergleichen ansichtig wurde.**) Als aber der Stier gar zu wild und ungebärdig wurde, als auch mancher unschuldige Reisende sich über ihn beschwerte, da mußte endlich der Dünenregent einschreiten, dem Lande Ruhe zu verschaffen. Das Urteil über den Verklagten lautete auf lebenslängliche Einsperrung, und zur Vollziehung dessen zog ganz List — wie man noch heutigen Tages erzählt — der König an der Spitze eines Tages in die Dünen. Nach langem Suchen fand man das Tier in einem sumpfigen Dünenthale grasend. Man lockte den Stier durch ein rotes Tuch herbei, der starke Peter ergriff ihn bei den Hörnern,

---

*) Nach den Erzählungen anderer soll er sogar 24 Kinder mit seiner Ehefrau gezeuget haben; nach den Kirchenbüchern jedoch nur 12. Er war 1654 auf List geboren und starb daselbst 1718.

**) Die Römöer sollen damals rote Mützen und rote Jacken und die Sylterinnen rote Bien getragen haben.

und die Sage erzählt nicht bloß, daß er den Ochsen fest-
gehalten, sondern, daß er ihn herumgedreht und auf den
Rücken geworfen habe, damit die übrigen Lister dem wütenden
Tiere in aller Bequemlichkeit Fessel anlegen konnten.

Von diesem Zeitpunkte an, als nunmehr die Furcht vor
dem wilden Bullen der Lister-Dünen mit der Freiheit desselben verschwunden war, mehrten sich die Eierdiebe in dem
Gebiete Peters mit jedem Jahre. Immer frecher traten dieselben auf und verbitterten recht eigentlich dem Eierkönige
das Leben, so daß er wohl oft in vollem Ernste dem bösen
Stiere wiederum die Freiheit wünschte.

Eines Sommer-Nachmittags stand der Eierkönig Peter
gelehnt auf seinen Stab augenscheinlich in sehr trüber, ärger-
licher Stimmung und zwar in einem Dünenthale, welches
stellenweise mit Heide und allerlei Beeren tragendem Gesträpp
überwachsen und rings mit sonderbar gestalteten Sandhügeln,
von denen die meisten lange Dünengräser und Sandweiden
trugen, umgeben war. Er hatte an dem Morgen und Vor-
mittage alle seine Dünen und Dünenthäler durchsucht und
überall nur leere Vogelnester gefunden. Er hatte freilich
schon oft in seinem Dünenreiche Eierdiebe ertappt und sie
aus demselben verjagt, hatte sogar einmal mit 12 Römdern
zugleich gekämpft und sie alle zur Flucht genötigt; allein seitdem allerlei fremdes Fischervolk und verdächtiges Gesindel
sich an den Ufern und auf den Gewässern Lists umhertrieb,
waren die Mövennester leer geworden, ohne daß er seinen ge-
wohnten Tribut an Eiern bekommen hätte; ja die Möven selber
begannen bereits unter ihrem langgedehnten, melancholischen
Klageruf „Aau! Aau!" von ihrer geliebten Heimat, wo aller
Friede, alle Ordnung und Ruhe gewichen schienen, wegzuziehen.
Es ärgerte ihn vor allem, daß die Beraubung der Vogelnester
während der letzten Zeit stets im Geheimen, im Dunkel der
Nacht oder im Zwielicht und Nebel der Abend- und Morgen-
stunden geschah, so daß er die Thäter nicht einmal entdecken,
vielweniger sie bestrafen konnte. — Nachdem er in tiefes
Nachdenken versunken während mehrerer Stunden fast auf
einem Fleck zugebracht hatte, wurde jedoch ein Plan in ihm
reif, nach welchem er sich an den Eierdieben rächen wollte.

Er blieb bis gegen die Mitternacht in einer mit Weiden-
gebüsch und langem schilfartigen Grase bewachsenen Schlucht
der Dünen, in welcher bisher tiefe Stille geherrscht hatte.
Als er später bemerkte, daß die Möven bald hier, bald dort
in ihrer nächtlichen Ruhe gestört wurden, sie mit großem
Geschrei von ihren Nestern emporflogen, begab er sich an das
Meeresufer in der Erwartung, daß die Eierdiebe nunmehr
gelandet sein würden. Er fand während eines Marsches,
welchen er rings um die Dünenhalbinsel unternahm, an dem
Ufer derselben nicht weniger als 17 Böte oder Fahrzeuge
der Eierdiebe, alle von ihrer Mannschaft bereits verlassen,
zum Teil hoch auf den Strand hinaufgeschleppt. Vermöge
seiner großen Stärke schob er sie alle, nachdem er die Anker
derselben gelichtet hatte, ins Meer und ließ sie treiben. Darauf
ging er, zufrieden mit seiner Rache, welche er an seinen
Feinden geübt hatte, nach seiner Wohnung, um der Ruhe
zu pflegen.

An dem folgenden Tage, nachdem die Eierdiebe vergebens ihre Böte gesucht hatten, herrschte, wie die Chronik
sagt, eine heillose Unordnung in den Lister Dünen. Hier
schossen Vogelfeinde, nachdem sie den Vögeln die Eier genommen, zum großen Aerger des Eierkönigs Möven und
sogar Bergenten, diese fast zahmen, gleichsam heilig geachteten
Vögel, denen der Sylter nie nachstellt; dort hatte sich eine
Gruppe von Eierdieben in einem Dünenwinkel ringsum ein
angemachtes Feuer gelagert und verzehrte ihre gekochte Beute;
wiederum eine andere Gruppe stahl Lämmer von der Weide,
um sich aus deren Fleisch ein Mahl zu bereiten. Alle waren
voll Erbitterung auf den Eierkönig, dem sie mit Recht den
Verlust ihrer Böte zuschrieben, und schwuren ihm blutige
Rache. In dem Verlaufe des Tages hatten freilich einige
in der Nacht gelandete Eierdiebe nach langem Suchen ihre
Fahrzeuge am Ufer angespült wieder gefunden und waren
darauf weggesegelt, andere waren von vorübersegelnden Schiffen
auf- und mitgenommen worden; allein viele trieben sich an
dem ganzen Tage in den Lister Dünen umher, stahlen Eier,
schossen Vögel, schlachteten Schafe und Lämmer, zündeten hier
und dort das dürre Gestrüpp der Sandhügel an und ängstigten

in dem Grabe die armen Lister, daß selbst der Eierkönig mit
seinen älteren Söhnen erst gegen den Abend sich wieder in
die Dünen wagte, um seine Verlüste zu übersehen und die
noch immer rauchenden Feuerstellen der Eierdiebe zu löschen,
damit nicht ein gefährlicher Dünenbrand daraus entstände.
Erst in der darauf folgenden Nacht verloren sich die letzten
der erbosten Räuber von der Halbinsel.

Als Peter der Kleine spät in der Nacht von seiner
Inspektionstour wieder heimkehrte, fand er die daheim gebliebenen schwächeren Glieder seiner zahlreichen Familie in
großer Angst und Sorge eines kleinen vierjährigen Knaben
wegen, welcher seinem Vater, dem Eierkönige, in die Sandberge nachgelaufen und während der Dunkelheit der Nacht
noch nicht wieder heimgekehrt war. Es war natürlich, daß
Peter samt seinen rüstigen Kindern sofort wieder in die Dünen
zurückkehrte, ja, daß ganz List, wie die Chronik berichtet,
„auf die Beine kam," um den verlorenen Knaben, den Liebling aller. zu suchen. Die Furcht vor den Eierdieben war
plötzlich diesem lobenswerten Eifer zur Wiederfindung des
Kindes gewichen, und unverdrossen mühte man sich während
der ganzen Nacht ab, jeden noch so verborgenen Schlupfwinkel der Dünen zu untersuchen, um des Verlorenen wenn
möglich wieder habhaft zu werden. Man kehrte jedoch spät
am Morgen des folgenden Tages leider ohne denselben zurück,
und obgleich auch noch späterhin alle möglichen Nachforschungen
seinetwegen angestellt wurden: der Knabe fand sich nicht
wieder zur großen Trauer seiner Eltern und Geschwister.

Es war überdies in derselben Nacht, als der junge
Eierprinz verloren gegangen, auch das Boot des Eierkönigs,
welches in der Nähe seiner Wohnung am Ufer vor Anker gelegen hatte, verschwunden, und beide Verluste wurden in der
Folge als aus Rache von den bösen Eierdieben veranlaßt
gedeutet.

Jahre vergingen unterdes und linderten allmählich den
Schmerz der trauernden Eltern, nur eine unverkennbare
Neigung zur Schwermut blieb in dem Gemüte Peters zurück.
Peter der Kleine fand übrigens alle Sommer neue Ursachen,
sich über die vielen Eierdiebe, die seine Dünen besuchten und

in seinem Eiergebiete allerlei Unfug anrichteten, zu ärgern, sie zu bekämpfen und zu verjagen; allein er stieß die Böte derselben ohne Wissen und Willen der Eigentümer nie wieder ins Wasser. Er war aber mißtrauisch gegen jeden fremden Gewalthaber, schlug eines Tages einen jülschen Edelmann, der um einen ihm entlaufenen Leibeigenen zu suchen, in sein Dünengebiet eingedrungen war, wie einen Eierdieb mit tapferm Mute zurück.

Vierzehn Jahre nach dem oben erzählten Vorfalle stand der Eierkönig Peter an einem kalten, rauhen Frühlingstage wiederum gedankenvoll auf einer Düne. Er war merklich gealtert, doch immer noch ein rüstiger Mann. Seine Söhne waren nach und nach alle zur See weggefahren, mehrere derselben schon tot und auch die übrigen bisher nicht wieder zurückgekehrt; daher lebte er mit seiner Gattin und seinen unverheirateten Töchtern jetzt ziemlich einsam auf seiner Dünen- halbinsel. Diese Einsamkeit wurde ihm aber bei dem Ge- danken an seine mit dem Alter zunehmende Hilflosigkeit zur Abwehr der immer frecher werdenden Eierdiebe, die ihn freilich selten an Leibeskräften, aber nur gar zu oft an List und Gewandtheit übertrafen, recht unangenehm. Der Stier oder dessen Nachfolger wurde noch immer in Gefangenschaft gehalten; die Söhne waren, wie gesagt, entfernt auf dem Meere oder tot auf dem Meeresboden: daher sah er mit trübem Blicke der Zeit des Eierlegens der Möven und anderer Vögel, die nun wiederum herannahte, entgegen. Die bisher so häufig wehenden westlichen Stürme schienen freilich wie den Pflanzenwuchs so auch das Eierlegen und Brüten der See- und Sumpfvögel in diesem Jahre verzögern zu wollen, so daß der Eierkönig auch nicht einmal ein neugemachtes Mövennest viel weniger ein Mövenei bisher hatte entdecken können, obgleich die letzte Hälfte des sonst so eierreichen Mai- monats bereits herangekommen war; auch diese Umstände waren keineswegs geeignet, den Trübsinn des Mannes zu vermindern.

Auch an dem erwähnten Tage, an welchem Peter der Kleine von einer hohen Düne die große Sand- und Wasser- wüste, welche ihn umgab, überschaute, stürmte es heftig und

zwar aus Südwest. Wirbelnd stob der Flugsand von den
kahlen Dünengipfeln empor und lagerte sich wie ein Nebel
über die Thäler. Das bleiche Dünengras beugte sich zitternd
vor dem entfesselten Winde, der wie ein Wüterich über Meer
und Land daher zog. Einige der Seevögel hockten, Schutz
suchend, unter den Dünen- und Uferabhängen; andere jagten,
da sie am Fischfange auf dem Meere durch den Sturm gehindert wurden, neidisch einander die spärliche Beute, die sie
in den sumpfigen Dünenthälern fanden, unter großem Geschrei
ab. Jenseits des Dünengebirges im Westen der Insel schien
eine ganze Armee von haushohen, schaumbedeckten Meeres-
wogen im Anmarsch zu sein, den letzten Rest der wehrlosen
Inselscholle zu bewältigen und in den weiten Schoß der Nordsee hinunter zu reißen. Schauerlich klang durch das Geheul
des Sturmes der Donner der Brandung an dem westlichen
Strande des Eilandes, dem schwermütigen Eierkönige wie
feindliche Kanonade durch ein Grabgeläute. Unter solchen
Wahrzeichen und Umständen rückte die finstere schreckensvolle
Sturmnacht heran. Der Wind schien noch keineswegs seinen
höchsten Punkt erreicht zu haben; die Flut stieg noch fortwährend, obgleich sie schon längst ihre gewöhnliche Grenzen
überschritten hatte.

Unterdessen hatte das weitsichtige Auge des Dünen-
bewohners fern im Südwest auf dem Meere ein von dem
Sturm ereiltes Schiff erspäht. Die Wellen warfen es auf
und ab und führten es unaufhaltsam näher und näher, dem
Strande zu. In seinem Eifer, den in Gefahr schwebenden
Seefahrern wenn möglich Hilfe zu leisten, gab der Eierkönig
sich nicht Zeit, seine Dorfgenossen mündlich von dem zu erwartenden Schiffbruche zu unterrichten, sondern er band schnell
an einen Pfahl, welcher auf dem hohen Mellenberge stand,
einen Heidebüschel, ein allgemein bekanntes Zeichen, daß etwas
Ungewöhnliches in den Dünen oder auf dem Meere vor sich
gehe, und begab sich darauf nach dem westlichen Ufer der Halbinsel. — Als Peter daselbst ankam, hatte sich unterdes das
Schiff dem Strande bis auf ein halbes Dutzend Kabellängen*)

*) Eine Kabellänge ist die Länge eines Ankertaues, gewöhnlich
100 bis 120 Faden.

genähert und befand sich gerade in dem schmalen Fahrwasser
zwischen dem Salzsande und dem Listlande, welches die Land-
tiefe heißt, konnte folglich durch eine geschickte Leitung noch
vielleicht gerettet und in den sichern Hafen zu List geführt
werden. Sobald der Eierkönig diesen günstigen Umstand erkannte, suchte er durch einen schnellen Marsch längs dem Ufer
nach Norden zu und durch einige Schwenkungen, die er mit
seinem Hute machte, ken Schiffern Zeichen zu geben, in
welcher Richtung sie das Schiff zu lenken sich bemühen
möchten. Eine Zeitlang schien es, als ob man auf dem
Schiffe ihn verstanden hätte; man steuerte, so weil es der
Sturm und die Wellen erlaubten, nordwärts und wurde
dabei von der Strömung im Meere, welche in engen Gewässern stets längs dem Ufer gerichtet ist, bedeutend unter-
stützt. Als aber am Nordende der Fahrstraße, hart an der
Nordwestecke des Listlandes, die schwierigste Passage kam; als
vorne und seitwärts überall sich den Schiffenden Brandungen
entgegen stellten: da schien der Kommandant des Schiffes
plötzlich alle Besonnenheit zu verlieren. Das Schiff war in
diesem Augenblick kaum hundert Schritte von dem Ufer entfernt und wurde gerade von einer ungewöhnlich großen Welle
hoch empor gehoben; die untergehende Sonne, die freilich
während dieses Tages selten sichtbar gewesen war, warf bei
ihrem Scheiden noch einige trübe rote Strahlen auf die
schauerliche Szene und beleuchtete die weißen flatternden Locken
und das gebräunte Gesicht des auf der äußersten Nordwest-
spitze seines Dünengebietes jetzt stehenden Eierkönigs: da war
es, als ob dem Kapitän des Schiffes, der einen Augenblick
den allen, noch immer winkenden und rufenden Peter scharf
angeblickt halle, eine abergläubische Furcht ergriff, als ob eine
geheime böse Macht sich seiner bemeisterte. Er schrie wie
wahnsinnig: „Nein, dem Eierkönige übergeb' ich mich nicht;
der ist mein Feind! Weg, weg von ihm!" Er stieß in
wilder Hast den steuernden Matrosen vom Ruder und richtete
den Lauf des Schiffes auf die Riffe des Salzsandes. Einen
Augenblick später stieß das Schiff an; noch einmal bäumte
es sich wie ein sterbendes Pferd hoch empor; dann stürzte es
zerschellend abermals auf das harte Riff, und nur Trümmer

und ertrinkende Menschen kamen wieder zum Vorschein, trieben, von dem Strome erfaßt, an der Ecke, auf welcher der Greis stand, vorüber. in das von Westen hereinführende, breitere und tiefere Fahrwasser der Listertiefe, das sogenannte Mittel-galt, hinein. und verschwanden bald darauf den Blicken des ihnen mitleidig nachschauenden Eierkönigs. Nur eine der Leichen kam ihm nahe genug, daß er sie erfassen, sie aus dem Wasser hervorziehen und sie auf den trockenen Sandboden schleppen konnte. Peter stellte sofort Belebungsversuche mit dem Ertrunkenen, einem blonden Jünglinge, an, und siehe — sie gelangen. Zur großen Freude des braven Mannes schlug der Schiffbrüchige die Augen auf; ja nach einigem Verweilen fühlte er sich stark genug, um sich von dem Eierkönige nach dessen Hütte, die ihn gastlich aufnahm, führen zu lassen.

Während die Eierkönigin den Fremdling mit einem stärkenden Mahle erquickte und ihm ein warmes Nachtlager bereitete, stattete Peter der Kleine seinem Nachbarn, dem Strandvogten zu List, welcher das erwähnte, von Peter ge-gebene Zeichen auf der Düne nicht beachtet hatte und, der Sage nach, überhaupt nachlässig in seinem Berufe war, von dem Geschehenen Bericht ab. — Der pflichtvergessene Beamte wunderte sich nicht wenig über das während seiner Abwesenheit am Strande Vorgefallene; jedoch statt dem treuen Nachbar zu danken und das eigene Versehen zu erkennen, schalt er den Retter des Schiffbrüchigen einen unbefugten, ruhelosen Strandläufer, der durch seine ungeschickten Manöver das Schiff von einer nutzbringenden Strandung abgelenkt und auf das fatale Riff geführt habe. — Es that dem braven, uneigen-nützigen Eierkönige weh, sich so behandelt und verkannt zu sehen; jedoch er schwieg und ging wieder nach seiner Wohnung zurück.*)

Hier hatte sich unterdes eine Szene bereitet, an die er auch im Traume nicht gedacht. Es hatte sich nämlich der Schiffbrüchige entkleidet auf das ihm bereitete Lager gestreckt und war bereits eingeschlafen; da führte ein geheimer Herzens-

---

*) Die Wohnung des Lille Peer war ein langes, niedriges, höchst altertümliches Gebäude, welches an dem südlichen Abhange einer Anhöhe auf List lag und erst im Jahre 1845 abgebrochen wurde.

zug die sorgsame Hausmutter noch einmal mit ihrer brennenden Thranlampe an das Bett des Jünglings. Sie betrachtete ihn mit einem ihr unerklärlichen Gefühl von Wohlgefallen und Wohlwollen. Es war ihr, als ob eine Stimme ihr zuflüsterte: er ist dein verlorner Sohn, sieh ihn nur recht an. Sie bückte sich mit ihrer Lampe über ihn; da fiel ihr Blick auf einige Muttermale, die der Schlafende in der Herzgrube hatte. *) Es waren dieselben, die ihr vor 14 Jahren verschwundenes Kind gehabt. — In diesem Augenblicke des freudigen Wieder-findens und Wiedererkenneus ihres so lange verloren gewesenen, so schmerzlich vermißten Sohnes kehrte ihr Gatte von dem Besuche, den er beim Strandvoogten abgestattet, zurück.

Der Schläfer erwachte und wurde zu seiner Befremdung mit Liebkosungen von seiten der entzückten Hausmutter und mit Fragen von seiten des erstaunten Hausvaters wie bestürmt. Er erinnerte sich, seinen erteilten Antworten zufolge, daß er seine ersten Lebensjahre in einer Dünengegend verlebt habe, daß er einst seinem Vater in die Sandberge seiner Heimat nachgelaufen sei, sich aber dort verirrt habe und von einem fremden Manne, einem schwedischen Schiffer, der in den Dünen Eier gesammelt hatte, gefunden nnd weggeführt sei; nur mußte er nicht den Namen seines Geburtsortes noch den seiner Eltern anzugeben. Seit der Zeit habe er seinem Räuber, dem schwedischen Schiffer, der ein harter, gottloser Mann gewesen, auf seinem Schiffe dienen müssen, bis das Schiff, wie schon bekannt, gescheitert und dessen Mannschaft bis auf ihn, nämlich den Jüngling, ertrunken sei.

Die beglückten Eltern zweifelten nun nicht mehr daran, ihren einst verlorenen Sohn wiedergefunden zu haben. Die Eier- oder Brütezeit der Vögel wurde nunmehr eine Freudenzeit für die Familie. Peter hatte in seinem wiedergefundenen Sohne einen tüchtigen Gehilfen bei seinen Geschäften erhalten, so daß sogar die Eierbiebe, wie weiland vor dem bösen Elier, nicht wenig Respekt vor dem jungen rüstigen Mitregenten des Dünenreiches bekamen. Ueberdies wurde mit jedem folgenden Tage, wie die Chronik treulich berichtet, die Witterung schöner und wärmer.

---

*) Die Sage spricht sehr bestimmt von drei regelmäßigen Flecken, die der Gestrandete an der Brust gehabt habe.

Die fromme Elſe, die Frau des Eierkönigs, aber erkannte in dem ganzen erwähnten Strandungsfalle und den
damit verknüpften Umſtänden die waltende Hand Gottes, die
den Ungerechten mit Blindheit ſchlägt, ſo daß er in ſein
eigenes Verderben rennt; die dem Nachläſſigen das vor-
enthält, was er ohne Mühe haben möchte; die aber den un-
ſchuldig Leidenden errettet und den Betrübten und Sorgen-
vollen, wenn er ſeiner Pflicht treu bleibt, tröſtet und mit
ihrem Segen erfreut.

<hr>

11. Die Rantzauer auf Sylt.

An einem heitern Sommertage der erſten Jahre des
achtzehnten Jahrhunderts kam von Norden her auf ſchweren
Holzſchuhen, in leinener Jade, lederner Hoſe und mit unbe-
decktem Haupte ein ſtämmiger Wanderer in dem Flecken Hoyer
an. — Es war einer jener zahlreichen Jütländer, welche, dem
Drucke einer übermäßig ſtreng gehandhabten Leibeigenſchaft
zu entgehen, ohne Erlaubnis ihrer Gutsherren ihr Vaterland verließen. — Einen Augenblick ſpäter ſah man ihn
nach dem Meeresufer laufen, die plumpen Holzſchuhe in der
Hand tragend, und ſich auf der Fährſchuite nach der Inſel
Sylt einſchiffen.

Faſt um dieſelbe Zeit galoppierte, ebenfalls von Norden
kommend, ein ſtattlicher, breitſchultriger Reiter durch die
kotigen Straßen des Ortes. Er erkundigte ſich nach einem
ihm entlaufenen Leibeigenen, deſſen Spur er bisher verfolgt,
jetzt aber verloren hatte. Die Beſchreibung, welche er von
ihm machte, ſtimmte genau mit dem Aeußern des erwähnten
Wanderers überein. Ohne Bedenken zeigte man daher den
jütſchen Gutsherrn — denn ein ſolcher war der Reiter —
nach dem ſegelfertigen Fährmanne hinaus; doch riet man ihm
zugleich, ſich nicht zu viel von ſeinen Bemühungen, des entlaufenen Knechtes wieder habhaft zu werden, ſo lange derſelbe ſich unter den Frieſen befände, zu verſprechen. Der
Rat war indes bei dem ſtolzen Ariſtokraten übel angebracht.

— „Des Königs Gesetz und meine ererbten Gerechtsame gelten sowohl zu Wasser wie auf dem Lande!" — so ungefähr raisonnierte der Edelmann und sprengte nach dem Meere hinunter. Allein er kam zu spät; der Fährmann war eben abgesegelt und lehnte sich jetzt mit stoischem Gleichmut auf sein Ruder, nicht achtend der Zeichen und des Rufens, wodurch er vom Lande aus aufgefordert wurde, zurückzukehren und des vornehmen Mannes Befehle zu vernehmen. Schäumend vor Aerger und in allen skandinavischen Mundarten fluchend, warf der Jüte sein Pferd herum und ritt wieder in den Flecken zurück. Hier befahl er, ihm sofort ein Fahrzeug zu verschaffen, damit er dem Flüchtling nachsetzen könnte. Die Leutlein sahen ihn mit großen Augen an und meinten, das würde schwer halten. Endlich besann sich ein altes Mütterchen, daß im Flecken ein Schuster wohne, welcher ein Boot besäße und bei Gelegenheit als Schiffer agiere. Schnell wurde der Schuster herbeigeholt und ihm im Namen des Königs geboten, den Freiherrn Dittlef Rantzau nach Sylt zu fördern. Der Quasi-Schiffer entschloß sich um so viel bereitwilliger zu der Fahrt, da er sich neulich einen Kompaß, dessen Gebrauch er freilich nicht verstand, gekauft hatte, mit welchem vor der versammelten Menge zu prahlen, er die schöne Gelegenheit nicht versäumen wollte. (Früher hatte er sich eines auf ein Brett gezeichneten Sternes, welchen er Kompaß nannte, erfreut.) — Der Edelmann stieg ein und fort ging's. Die Seereise ging glücklich von statten und die Landung auf der freien Frieseninsel geschah abends 9 Uhr. Doch nun fehlte dem Ritter der Führer in dem fremden Lande. Alles schien hier tot und öde zu sein. — Die Landung war nämlich an der Nordspitze der Insel geschehen. Ohne Aufenthalt setzte daher der Edelmann seine Füße in Bewegung, dem Innern der Insel zu, traf aber nur Dünen, keine Häuser. Bald spürte er jedoch die Mahnungen seines lange schon fastenden Magens. Da ließ das Geschick ihn mehrere große Möveneier finden, von denen er sofort einige, roh wie sie waren, verzehrte, die übrigen aber in seine Rocktaschen versenkte. So gestärkt setzte er seinen Weg längs dem an Schiffen leeren, aber von Vögeln wimmelnden Königshafen fort, verfolgt von schreienden Möven und naseweisen Seeschwalben, die sich nicht genierten, ihn auf den Kopf zu hacken, wenn er unschuldigerweise ihren Nestern nahe kam. — „Verfluchtes Land ohne Kultur!" — schrie der Ritter, zog sein Schwert aus der Scheide, um damit den unverschämten Schwarm abzuwehren, als plötzlich ein stämmiger Kerl, in rauhen wollenen Kleidern, einen Knittel über den Kopf schwingend, hinter einem Mooshügel hervorsprang und auf den Edelmann zustürzte. Es war der Eierkönig Lille Peer, in dessen Gebiet der Däne ohne Erlaubnis eingedrungen war. Barsch und unhöflich wie die Eierkönige, die nur mit Eierdieben zu verkehren pflegten, gewöhnlich waren, redete der rohe Dünenbewohner den adeligen Herrn an. beschuldigte ihn geradezu, Eier gestohlen zu haben, nannte ihn seinen Arrestanten, und konnte seine Freude, endlich den Mann, der, wie er sich ausdrückte, schon wochenlang ihn und die armen Möven nächtlicher Weile in Unruhe versetzt hatte, gefangen zu haben, kaum mäßigen.

Ein arges Ungewitter begann in dem Innern des Edelmannes zu toben; doch bemühete er sich noch, die aufrührerischen Lebensgeister dem ungewöhnlich starken Sylter gegenüber zu zügeln, aber that mit vieler Gravität dem Eierkönig kund, daß er der Freiherr Christian Ditlef Rantzau, Besitzer der Grafschaft Löwenholm im Amte Randers, sei, und seine 18 ihm entlaufenen Leibeigenen, von welchen mindestens einer nach Sylt entkommen sei, suche.

Das gab freilich dem Eierkönige andere Ansichten von seinem Gefangenen; allein er behandelte ihn gleichwohl wie einen verdächtigen, auf verbotenem Grunde ertappten Herumstreicher, und war dreist genug, seine erste Anrede zu wiederholen, als er vertraulich die hochgewölbten Rocktaschen des Freiherrn befühlt hatte und den gelben Inhalt der Möveneier herausfließen sah.

Jetzt brach die Geduld des Edelmannes. Er hieb mit dem Schwerte nach dem derben unhöflichen Dünenbewohner und würde ihm den Kopf gespalten haben, wenn dieser ihm nicht zuvorgekommen wäre und ihm mit seinem wuchtigen Knittel das Schwert aus der Hand geschlagen und dasselbe weit in den Königshafen hinausgeschleudert hätte. — Als der

Ritter sich entwaffnet sah, kehrte er um und suchte dem gewaltigen Peter zu entfliehen. Dieser rief ihm nach: „Du Eierdieb und Menschenplager, wage Dich nicht wieder nach der freien Frieseninsel; hier gilt keine Adelsherrschaft noch Leibeigenschaft! Wer seine Zuflucht zu uns nimmt, der wird ein freier Mann unter den Friesen."

Der Freiherr fand das Boot des Schusters noch am Ellenbogen vor Anker liegend und segelte, als die Flut kam, ziemlich entmutigt nach dem Festlande zurück, das Herz voll Grimm und Aerger.

Sein entlaufener Leibeigener Sören Nielsen (auch Bille Sören genannt) war unterdes längst unweit List glücklich gelandet, hatte am Ufer eine schlafende Hirtin, eine liebliche Jungfrau, die Tochter des Eierkönigs, namens Karen, gefunden. Er hatte sich ahnungsvoll sofort gedacht: „Diese wird einst die Meine werden." — Er fuhr von nun an mit den Syltern zur See, lernte in Morsum die Steuermannskunde, gewann wirklich das Herz und (1713) die Hand der Jungfrau Karen, und wurde in der Folge ein glücklicher und geachteter Kapitän auf einem Flensburger Handelsschiffe. Er starb auf List 1779, 91 Jahre alt.

Die Nachkommen von den vielen Kindern des Lille Peer, des einstmaligen Eierkönigs und Besitzers der nördlichen Hälfte des Listlandes, sind sehr zahlreich, zählen nach Hunderten auf Sylt; von seiner Tochter Karen und ihrem Manne, dem einstmaligen Leibeigenen Bille Sören, lebten 1875 auf Sylt circa 150 Nachkommen. — Die Ursache, weshalb Bille Sören (mit 17 seiner Vettern zu gleicher Zeit) dem tyrannischen Gutsherrn entlief, bestand darin, daß der Edelmann, um seine kostbaren Pferde zu schonen, seine Leibeigenen vor seine Wagen und Pflüge spannen ließ. Das empörte die Leute und sie liefen alle davon. (Der Etatsrat Trap schilderte den Grafen Christian Ditlef Rantzau als einen unbesonnenen, übermütigen Menschen, der seine Untergebenen tyrannisierte, nannte ihn einen „Fasenlast.") Er war ein Enkel des Grafen Christian Rantzau, welcher im Jahre 1644 die Sylter und Dänen auf ihrem Zuge nach List, um die Schweden von dort zu vertreiben, anführte. Dessen Vater Geert Rantzau hatte

8*

1608 das Gut Giesingholm in Jütland, welches später Löwenholm genannt wurde, gekauft.

Es ist eigentümlich, daß einzelne Glieder der berühmten
holsteinischen Familie Rantzau einen so bedeutenden Einfluß
auf die Geschichte und Sage der Insel Sylt gehabt haben.
Als um 1536 die Reformation auf Sylt eingeführt
worden war, wurden die unter dem Namen Munkebohls-
ländereien bekannten Grundstücke Keitums, von welchen seit
1141 auf Befehl König Erich III. eine jährliche Abgabe von
10 ℳ an das Kloster zu Odensee entrichtet worden war, als
wären sie wirkliche Klostergüter, sequestriert, und dem derzeitigen mächtigen Minister und Feldherrn Johann Rantzau
von dem Könige Christian III. übergeben.

Nach dem Tode des Grafen Johann Rantzau erbte dessen
Sohn, der gelehrte Heinrich Rantzau, diese bedeutende Land-
masse, welche nun das „Rantzoven Bool" genannt und in drei
„Lansten" geteilt wurde.*) Heinrich Rantzau ließ nun um
1573 ein genaues Verzeichnis dieser Ländereien aufnehmen;
aus demselben geht hervor, daß den derzeitigen Eingesessenen
Keitums Peter Pawelsen 215 Ammersaat Aderland und
50 Lestall Wiesenland, Teide Bundes 214 Ammersaat Aderland und 48 Lestall Wiesenland und Tam Knuten 217 Ammersaat Aderland und 67 Lestall Wiesenland von dem „Rantzoven
Bool tho gebruckende" überlassen waren. — Nach 1649
scheinen die Syller Munkebohlen nicht mehr in dem Besitze
der Familie Rantzau gewesen zu sein; mindestens wurden sie
um 1706 als Staatseigentum bezeichnet und 1709 auf
mehrere Jahre öffentlich vermietet. Sie hatten bedeutende
Privilegien, waren von den gewöhnlichen Steuern frei und
zahlten nur eine besondere Rekognition zu den Abgaben der
Güter Kurbüll und Südergaarde auf dem Festlande Schleswigs.
Diese Ländereien konnten übrigens in der Folge von deren
Besitzern oder Nutznießern vererbt und verkauft werden wie
andere Grundstücke. Jedoch erst im Jahre 1867 wurden in
Betreff der Steuern und Abgaben die Munkebohlsbesitzer den
übrigen Landbesitzern Keitums gleich gestellt; sie sind jetzt

*) Heinrich Rantzau war der Vater des früher erwähnten Geert
Rantzau, der sich in Jütland angesiedelt hatte.

völlig freie Eigentümer ihrer Ländereien. Diese Verhältnisse datieren sich vom 1. April 1867 an, infolge einer Verfügung der jetzigen preußischen Regierung, durch welche auch wegen fortwährender Abspülung der Insel vom Meere die Steuerpflüge Sylts damals von 52 auf 32½ herabgesetzt wurden. — Die ganze Landschaft Sylt hatte 1870 nur noch einen Steuerwert von 260 822 Thlr. 16 Sgr. 7 Pf. Crt. Davon fielen auf Morsum 87 011 Thlr. 3 Sgr. 5 Pf.; auf Archsum 26 525 Thlr. 2 Sgr. 9 Pf.; auf Keitum 65 334 Thlr. 5 Sgr. 5 Pf. (darunter 6 570 Thlr. die Munkebohlen); auf Tinnum 24 204 Thlr. 3 Sgr. 7 Pf.; auf die Nordbörfer 24 501 Thlr. 2 Sgr. 8 Pf.; auf Westerland 33 024 Thlr. 22 Sgr. 3 Pf. und auf Rantum nur noch 222 Thlr. 6 Sgr. 6 Pf.

12. Das versunkene Schiff bei Hörnum.

Es war im Herbste des Jahres 1772 als in einem heftigen Sturme am 5. November ein großes dreimastiges Schiff, geführt von Kapitän Claas Unnys, auf eine Sandbank außen vor der Dünenhalbinsel Hörnum stieß und auf derselben festsitzen blieb. Es war mit 300 Lasten Roggen beladen, kam von Archangel und hätte nach Hamburg sollen. Die Schiffsleute übereilten sich nicht, wie so oft geschieht, bei ihrer Rettung, da ihr Schiff nicht sofort von den Wellen zertrümmert wurde, sondern landeten erst in der Nacht zwischen dem 7. und 8. November in ihren Böten glücklich auf Hörnum. Die Wellen brachen und bäumten sich unterdes, da der Sturm noch immer anhielt, fortwährend an dem riesigen Schiffsrumpfe und hüllten denselben wie in einem Schaumberg ein. Jedoch nicht lange widerstand das Schiff dem Wogendrange, es zerbrach in Trümmer und diese trieben bald darauf hierhin und dorthin, je nachdem diese oder jene Strömung sie erfaßte; die Ladung aber wurde zum großen Leidwesen der Friesen, die in ihren Marschen damals selten Brotkorn bauten, oft an demselben Mangel litten, in den weilen Schoß der Nordsee umhergestreut, ohne daß irgend ein Hungriger durch dieselbe erquickt werden konnte.

Am 23. November stürmte es wieder aus Westen und immer heftiger. Als die Nacht kam, suchte das Vieh Schutz in seinen Höhlen oder Ställen und die Menschen, selbst die Strandvögte, Obdach in ihren Wohnungen, denn das Wetter war gar schrecklich. Der Sturm heulte durch alle Fugen und Nähte, setzte Wasser- und Sandberge in Bewegung, die sich über die Felder und Dörfer zerstörend ergossen. Ab und zu fuhr durch das Gebrause des Sturmes und der Wellen jählings ein prasselnder Donnerschlag, und ein Blitzstrahl riß die dichten Luftmassen auseinander, erleuchtete auf Augenblicke die gräuliche Finsternis und ließ die Wirkungen des Sturmes erkennen; dann war wieder alles in das graue Dunkel der Nacht ge- hüllt; der Sturm raste wieder mit erneueter Kraft, jagte immer neue Wolken, neue Sand- und Wassermassen über das Land. In diesem Getümmel der Elemente geriet wiederum ein Schiff in die Nähe der Halbinsel Hörnum. Es war den Schiffenden unmöglich, der Wucht des Sturmes und der Wellen Widerstand zu leisten; willenlos wurden sie auf eine Sandbank geworfen. Ihr Schiff stieß sich leck und sank an der Seite der Sandbank nieder. Es waren Engländer, welche dieses Unglück getroffen; der Kapitän des Schiffes hieß Jonathan. Das Schiff war eine Brigg, war mit Lafen, Manchester u. a. Ellenwaren beladen, war am 21. November von England abgesegelt und nach Hamburg bestimmt. Unter- wegs hatte der Sturm dasselbe ereilt, von seinem Kurse weit nach Nordost verschlagen und an die friesischen Ufer geworfen. In dem Augenblicke des Anstoßens an die Sandbank hatte sich durch die heftige Erschütterung das Schiffsboot von dem Deck des Schiffes losgerissen und war ins Meer geschleudert worden. Drei Matrosen der Besatzung hatten in demselben Moment sich an dasselbe geklammert, waren mit demselben ins Meer gestürzt und hatten darauf eilig sich in dasselbe gerettet. Der nächste Augenblick fand sie bereits mehrere hundert Fuß von dem sinkenden Schiffe und ihren Kameraden entfernt. Diese ihre Schiffsgenossen samt dem Kapitän, im ganzen 7 Mann, gingen mit dem Schiffe zu Grunde. Die

drei im Boote befindlichen Schiffbrüchigen mußten sich selbst-
verständlich dem gräßlichen Spiele der Wellen gänzlich überlassen, hatten aber genug zu thun, um sich in dem Boote
und dasselbe aufrecht zu erhalten, ohne dasselbe lenken zu
können. Jedoch der Strand von Hörnum war zum Glück
nur eine viertel Meile entfernt, und ehe sie von dessen Nähe
eine Ahnung hatten, denn es war 7 Uhr abends, mithin,
wie schon oben erwähnt, finstere Nacht, warf eine ungeheure
Woge ihr Fahrzeug hoch auf einen Sandwall dieser Land-
zunge hinauf. Ebenso rasch und entschlossen, wie die drei
Seefahrer vor wenigen Augenblicken in das rettende Boot
sich begeben hatten, sprangen sie jetzt an das Ufer, wohl
wissend, daß dieselbe Welle, welche ihr Boot auf den Strand
geworfen hatte, bei deren Rücksturz dasselbe wieder in die
Brandung hinausführen würde. Sie tappten nun in der un-
bekannten Dünengegend nach einem menschenfreundlichen Retter
und Führer umher, jedoch vergebens; selbst nicht einmal eine
menschliche Wohnung war zu finden in der Einöde, und ihre
hilferufenden Stimmen verhallten ungehört im Gebrause des
Windes und der Brandung. Sie mußten naß und kalt, wie
sie waren, unter einem Sandberge, der sie mit seinem lockern
Inhalte zu überschütten drohte, Schutz suchen und die schreckliche Sturmnacht ohne Erquickung zubringen. Sie wähnten
an der holländischen Küste zu sein und hofften, am folgenden
Morgen sich zurecht oder hilfreiche Menschen zu finden; jedoch
sie fanden sich, als der ersehnte Tag anbrach, abermals mehr-
fach getäuscht. Ringsum erblickten sie Sand und Meer und
nichts als Sand und Meer. Sie suchten ihr Schiff oder die
Trümmer desselben auf dem Meere zu erspähen; allein keine
Spur von demselben war zu entdecken. Nach Norden zu schien
sich das Land, das sie getroffen, auszudehnen; daher wandten
sie sich in dieser Richtung landeinwärts, mußten jedoch mehrere
Stunden über unwegsame Sandberge und Dünenthäler wandern,
bis sie endlich am Fuße des Dünengebirges ein Dorf entdeckten, dessen Bewohner sie menschenfreundlich aufnahmen
und erquickten.

Unterdessen verbreitete sich die Kunde, daß ein Schiff mit
einer kostbaren Ladung in der Nähe der Halbinsel Hörnum

gesunken sei, wie ein Lauffeuer nicht bloß über die Insel
Sylt, sondern auch über alle nahe liegenden Inseln und Ufer,
und ein Wetteifer, ja eine wahre Wut entstand, hauptsächlich
unter den zunächst wohnenden Insulanern, die versunkenen
Schätze zu suchen und zu erbeuten, welche Begierde um so
größer war, je weniger der Verdruß über den totalen Untergang der erwähnten Kornladung von ihnen verschmerzt sein
mochte. Jeder, welcher irgend konnte, eilte nun nach den
Ufern und Schluchten der unheimlichen Laubzunge. Hier
lagerten sich in einem verborgenen Dünenwinkel Rantumer
Strandläufer und lauerten, bis ein Gegenstand an den Strand
gespült wurde, um ihn zu erhaschen; dort schlichen Westerlandföhrer an den Ufern Hörnums umher und spähten nach
Beute; zwischen den Sandbänken kreuzten in ihren leichten
Fahrzeugen waghalsige Amrumer und thaten ab und zu ver-
mittelst langer Haken (Dreghen) einen glücklichen Zug. Im
ganzen aber schien es, als ob das Meer diesmal wiederum
seine Beute behalten wollte, denn nur wenige der versunkenen
Schätze jenes verunglückten Schiffes kamen aus der Tiefe
wieder hervor. Allnächtlich fielen unterdes an den Ufern und
auf den Gewässern Hörnums die abenteuerlichsten Auftritte
vor, konnten unter solchen ungewöhnlichen Umständen und
Gemütsbewegungen eigentlich nicht ausbleiben. Man denke
sich nur die lange öde Halbinsel und die schauerlichen Schluchten
und Ufer, umgeben von dem sturmgepeitschten Meere, in den
langen Novembernächten mit habsüchtigen, abergläubischen,
einander mißtrauenden und ausweichenden Menschen angefüllt.
Aber auch Unfälle, ja wirkliche Unglücksfälle verschiedener Art
fielen dabei vor. Von einem Strandvogt, der die Amrumer
von dieser allgemeinen Jagd nach Treib- und Straubgütern
abzuhalten suchte, heißt es, daß er von diesen in die See geworfen wurde und sich nur mit genauer Not retten konnte.
Am Abende des 26. November fuhren zwei Einwohner aus
Braderup, namens Jens Hans Oven und Nickels Petersen
Klein, heimlich in einem Boote ab, um ebenfalls nach den
versunkenen Schätzen bei Hörnum zu angeln. In der Nacht,
als sie bereits unfern der Südspitze Sylts angekommen waren,
begann es wiederum heftig zu stürmen; ihr Boot schlug um,

und die beiden Fischer ertranken. Dieses Unglück veranlaßte einige Störung, ich möchte sagen eine Pause in dem selt- samen Streben, das versunkene Schiff und dessen Güter zu suchen; zumal da das Gerücht nunmehr entstand, daß jede Spur von dem Schiffe verschwunden sei, selbst die Amrumer dasselbe nicht mehr zu finden vermöchten. — Zu Anfange des Dezember verbreitete sich jedoch wiederum die Nachricht, daß die Masten samt der Takelage des nachgerade fabelhaft gewordenen Schiffes aus dem Meere hervorragten, der Rumpf desselben aber versunken läge. Der Schiffer Claas Sybrands aus Keitum hatte diese Entdeckung am 29. November ge- macht, das Schiff auf der Südseite von Brebsand unweit Hörnum und zwar auf 4 Faden Tiefe liegend gefunden; er hatte zum Beweise der Wahrheit seiner Aussage einen Teil der Takelage, namentlich zwei der Raaen des Schiffes, ab- geschnitten und mitgenommen. (Der Seefund gehörte damals nach einer alten Verordnung von 1667 bis auf ein Drittel dem Berger.) Sofort begann wiederum die Jagd nach dem versunkenen Schiffe und nach Tuch- und Manchesterballen, die man entweder aus dem Schiffswrack hervor zu angeln oder auf dem Wasser treibend, vielleicht am Strande angespült, zu finden hoffte. Selbst Blankeneser und Helgolander kamen mitten im Winter aus weiter Ferne her, um an dieser Jagd und an der Beute teilzunehmen und setzten ihre Bemühungen bis zur Mitte des Februar-Monats im folgenden Jahre fort. Jedoch das Schiff war und blieb versunken, wurde nicht wieder gefunden, und die abenteuerlichen Fahrten und Züge der Insel- und Uferbewohner nach den verschwundenen kost- baren Schiffsgütern, die so lange an den Küsten und in den Köpfen der Sylter gespukt, waren fast ohne Ausnahme er- folglos; so daß mein Gewährsmann, der Sylter Chronist Geite Peters, seinen Bericht über diesen rätselhaften Schiff- bruch und die Bemühungen seiner Landsleute, das versunkene Schiff wieder zu finden und dessen Ladung zu erbeuten, mit den dürren Worten schließt: „Haben all nichts gefischet.“

13. Der Amrumer Strandbieb.

Vorsicht und Gebuld sind die notwendigsten Eigenschaften eines Wattenschiffers, und es gibt schwerlich vorsichtigere und gebuldigeré Menschen, als diese Binnenlandsfahrer; *) dahingegen pflegen vorzugsweise List und Trägheit, aber auch in entscheidenden Augenblicken Mut und Entschlossenheit, den Strand- und Schlickläufern eigen zu sein. Das Leben dieser Freibeuter auf den Watten ist übrigens voller Abenteuer; doch kommen diese nicht mehr so häufig als früher vor. In früherer Zeit war Tade Boh Rink ein solcher berüchtigter Küstenbewohner, seine Hütte stand in einem Dünenthale und war zur Hälfte mit Sand bedeckt; seine Felder waren durch den Flugsand gänzlich verwüstet, daher war er zur Erhaltung seiner Familie auf den Strand und das Meer hingewiesen. Wochenlang konnte er jedoch in seiner Behausung auf der Bärenhaut liegen, die Zeit durch Schlafen, Rauchen, Kartenspielen, Essen, Trinken und Verdauen tötend, bis der Hunger oder ein Sturm ihn wieder hinaustrieb. Dann war er aber auch wie umgewandelt. Er spähete überall auf den Dünen, den Sandbänken und den Ufern nach Beute umher, namentlich nach Treib- und Strandgütern, die das Meer auswirft; wohin seine Füße ihn nicht zu tragen vermochten, dahin schiffte er in seinem flachgehenden Boote. Um den Strand- und Sandvögten nicht in die Hände zu fallen, machte er seine Raubzüge gewöhnlich während der Nacht. Einst war er nach einem, wie er zu sprechen pflegte, „räsonnabeln" Sturme an dem Ufer der langen Dünen-Halbinsel Hörnum gelandet, hatte dort die angespülten Leichname einer ertrunkenen Schiffsmannschaft geplündert und stand eben im Begriff, sich mit seiner gemachten Beute wieder zu entfernen, als er zu seinem Schrecken entdeckte, daß sein Boot vom Ufer losgerissen und weggetrieben war. Der Strandräuber besann sich einen Augenblick, wie er sich bei diesem Unfall zu benehmen habe;

---

*) Binnenlandsfahrer oder Wattenfischer sind diejenigen Seefahrer, welche in flachgehenden Fahrzeugen, in Ewern, Prahmen, Jachten und Böten den Verkehr zwischen den westlichen Inseln und dem Festlande hauptsächlich unterhalten.

dann unterſuchte er, ſo gut es der matte Schimmer der an-
brechenden Morgenröte geſtattete, die Gegend, und als er
niemanden in der Nähe bemerkte, verſcharrte er ſeine Beute
in einer verborgenen Dünenſchlucht, verwiſchte darauf ſehr
ſorgfältig ſeine Fußtritte auf dem Sande in der Nähe dieſer
Höhle und ſpazierte alsdann, unbeſchwert von Strandgut, wie
ein ehrſamer Schiffsmann, der eine Reiſe zurückgelegt, landeinwärts den bewohnten Gegenden der Inſel Sylt zu. Gegen
Abend desſelben Tages ſah man in der Wiebingharde, während
der Ebbe, von Sylt her einen Mann zu Fuß auf den Watten
herkommen. Derſelbe bemühte ſich, vor Eintritt der Flut die
öſtliche Lei zu überſchreiten; es gelang ihm jedoch nicht, er
mußte auf einer Sandbank bleiben. Die Wiebinger erwarteten
jetzt, ihn in der heranſtrömenden Flut verſchwinden zu ſehen;
allein ſtatt deſſen lief der Mann hin und her, ſchien emſig
bemüht zu ſein, die Erde aufzuwühlen, Tang, Muſcheln und
Steine zu ſammeln und einen Haufen daraus zu bilden.
Innerhalb einer halben Stunde erhob ſich auf dem Watt ein
kleiner Hügel, auf welchen ſich der wunderliche Reiſende hin-
ſtellte, als die Flut die übrigen Teile der Watten über-
ſchwemmt hatte. Unterdeſſen war die Nacht herangebrochen
und hatte den Beobachtungen der Wiebinger in Betreff des
Reiſenden ein Ziel geſetzt. Am folgenden Morgen ſahen die
zunächſt wohnenden Marſchleute freilich noch einmal über den
Deich nach dem Schlickläufer hinaus; allein der Mann war
verſchwunden. Statt deſſen bemerkten ſie im Schlick des Ufers
die wohlbekannten Fußſtapfen des Strandräubers Tade Boh
Rink landwärts gerichtet und machten zugleich die Entdeckung,
daß eines ihrer beſten Pferde von der Weide geſtohlen war.
Tade Boh Rink hatte unterdes auf dem geraubten Pferde
während der Nacht-Ebbe die gefährliche Wattenpaſſage zwiſchen
der Wiebingharde und Föhr zurückgelegt und ſtand jetzt auf
der nördlichſten Spitze der Inſel Föhr, die Gegend ringsum
überſchauend und prüfend. Da gewahrte er fern im Nord-
weſt auf den Watten bei Föhr einen dunkeln Gegenſtand.
Seine Züge erheiterten ſich; er ließ das geraubte Pferd los
und ledig laufen und ſetzte darauf ſeine Füße in Bewegung,
dem ſchwarzen Punkte auf dem Watt zu. Der Flutſtrom

führte ihm unterdes auf halbem Wege das Ziel seines Strebens entgegen. Es war sein von Hörnum weggetriebenes Boot, das er nach einem so langen Umwege über Sylt, Wiedingharde und Föhr genau an der Stelle wieder fand, wo er es nach seiner Berechnung finden mußte. Er stieg sofort hinein und schiffte, da er alles unbeschädigt und in der Ordnung, wie er es verlassen hatte, wieder antraf, in aller Stille nach Hörnum zurück, woselbst er, als der Abend gekommen war, abermals anterte. Nachdem er sein Boot sorgfältig befestigt hatte, näherte er sich mit Vorsicht dem Schlupfwinkel, in welchem er die geraubten Sachen der ertrunkenen Schiffsleute versteckt hatte. Er fand sie noch dort, grub sie aus dem Sande hervor und begab sich mit denselben sofort auf den Weg seinem Boote zu. Er hatte jedoch nur wenige Schritte gethan, als er in der Ferne am Ufer zwei sich ihm nähernde Männer erblickte. Die Dunkelheit ließ ihn freilich nicht erkennen, ob es Freunde oder Feinde wären; allein beladen mit seinem Raube und ermattet von den gehabten Mühseligkeiten und Entbehrungen wie er war, hatte er jedenfalls Ursache, ein Zusammentreffen mit den beiden Fremdlingen wenn möglich zu vermeiden. Der verschmitzte Räuber pflanzte deshalb schnell ein paar am Ufer gefundene Stangen in den Sand, behing sie mit einigen der geraubten Kleidungsstücke, trat darauf einige Schritte seitwärts und erwartete den Erfolg dieses Manövers. Die Wanderer am Ufer blieben stehen, als sie in der finstern Schlucht zwei menschliche Gestalten zu sehen wähnten, schienen offenbar zweifelhaft zu sein, ob sie ihren Weg fortsetzen wollten oder nicht. Tade Boh Rink, den günstigen Erfolg seiner List bemerkend, ahmte jetzt das Geknurre und Gebelle eines großen Hundes nach und vollendete dadurch die Täuschung der beiden nächtlichen Wanderer, von denen es mir ungewiß geblieben ist, ob sie ebenfalls Stranddiebe oder ob sie Strandwächter waren. Genug, sie zogen sich feige zurück und überließen die Beute dem „tollen Rink," wie er gewöhnlich genannt wurde. Dieser schiffte darauf ungefährdet mit dem geraubten Gute nach seiner Heimat, woselbst er sofort wieder nach aller Weise auf lange Zeit in Trägheit und Nichtsthun verfiel.

Im Herbſte eines Jahres hatten Not und Mangel der
Seinigen ihn wiederum einmal aus ſeiner Lethargie geweckt
und auf die Beine gebracht. Ueberdies hatte er vermöge ſeiner
großen Kunde von den möglichen und wahrſcheinlichen Un-
fällen, denen die Schiffer auf der Nordſee, namentlich vor
den Mündungen der Eider, Elbe und Weſer, bei ſtürmiſcher
Witterung ausgeſetzt ſind, berechnet, daß ſich in der Gegend
der äußern Sandbänke Nordfrieslands augenblicklich viele
Schiffe auf dem Meere finden, und die Mannſchaften derſelben
in allerlei Verlegenheiten ſein mußten. Darauf baute er
einen Plan, ſegelte in der Stille der Nacht wie gewöhnlich
von ſeiner Heimat ab und landete nach kurzer Fahrt an einer
großen Sandplatte im Weſten der Inſel Pellworm. Hier
lag das kleine Fahrzeug während mehrerer Tage ruhig vor
Anker. Der Schiffer war ſelten ſichtbar, machte höchſtens
ein paar Mal an jedem Tage mit läſſigen Schritten die
Runde auf der großen Watteninſel, ſcheinbar nach Robben
oder Muſcheln umherſpähend. Eines Abends ſpät gegen die
Mitternachtsſtunde, während Tade Boh Rink an der Sandbank kampierte, bemerkten die Bewohner der Halligen Hooge,
Norderoog und Süderoog an der weſtlichen Seite der großen
Kirchturm-Ruine auf Pellworm, und zwar hoch oben an der
Mauer, ein hellflackerndes Licht, welches weithin über die
Watten und das Meer leuchtete. Dieſelbe Erſcheinung wiederholte ſich in zwei folgenden, ſtürmiſchen Nächten, ohne daß
die Halligbewohner deren Bedeutung enträtſeln konnten, und
ohne daß die Bewohner Pellworms, obgleich das Licht faſt
die ganze Nacht an der Turmmauer flackerte, von der Erſcheinung eine Notiz zu nehmen ſchienen. Am Morgen nach
der dritten Nacht, während welcher das rätſelhafte Licht an
der Pellwormer Turmruine geleuchtet hatte, nahmen die benachbarten Inſelbewohner wahr, daß mehrere Schiffe auf den
Sandplatten im Weſten von Pellworm und den genannten
Halligen geſcheitert waren. Dieſe waren durch die falſche
Leuchte an dem Turme in der Nacht irre geführt worden,
die Beſatzung derſelben aber, weil es ihr an jeder fremden
Hilfe gebrach, war teils ertrunken, teils geflohen. Als die
Inſulaner nach den Schiffstrümmern hinausfuhren, um die

Reste derselben und die der Schiffsladungen zu bergen, segelte das erwähnte Boot des Tade Boh Rink wieder von dannen. Der Strandräuber hatte an drei aufeinander folgenden Abenden mit vieler List und Gewandtheit eine große Laterne an die weithin auf dem Meere sichtbare, am westlichen Rande der Insel Pellworm stehende Turmmauer hinaufpraktiziert und selbige in den ersten beiden Nächten vor dem Anbruch der Morgenröte wieder heruntergeholt, ohne von den Einwohnern Pellworms bemerkt zu werden; hatte die wertvollsten Schätze der durch die falsche Leuchte in die Falle gelockten Schiffe bereits gestohlen, als die übrigen benachbarten Insulaner, einige freilich in der edlen Absicht, Menschenleben und Eigentum zu retten, zu den gestrandeten Schiffen hinausfuhren, andere aber, ähnlich den Geiern und Raben, über die Schiffsgüter wie über eine herrenlose Beute herfielen, um sie unter sich nach dem Maße der Stärke, Habsucht und Entschlossenheit, die jeder besaß, zu verteilen, den später kommenden Strandbeamten höchstens einen Rest hinterlassend.

Mögen ähnliche rohe Szenen auch gottlob in unseren Gegenden immer seltener vorkommen, so bleiben doch noch andere große, der Moralität des Volkes nachteilige Uebelstände in betreff unseres Strandwesens übrig. Ich will nur daran erinnern, daß der arme Schiffbrüchige durchgängig jede menschliche Hilfe, die ihm zu teil wird, teuer bezahlen oder die Assekuranz betrügen muß. Das neue deutsche Strandgesetz möchte übrigens schwerlich den Strandunfug hierselbst vermindern.

14. Wie die Föhrer Stranddiebe bekehrt wurden.

In einer stürmischen Herbstnacht des 18. Jahrhunderts war ein holländisches Schiff auf Hörnum, der südlichen Halbinsel Sylts, gestrandet. Die Mannschaft war bis auf den Steuermann und einen Matrosen ertrunken und das Schiff zertrümmert. Die Ladung, welche aus Seiden- und Baumwollenwaren bestand, lag zerstreut auf dem Strande umher, wohin die Wellen sie zufällig geworfen hatten.

An dem Abende des folgenden Tages klärte sich das Wetter allmählich auf. Die ungeheure Wolkenkette, welche den Himmel in mehreren Tagen bedeckt hatte, war vorübergezogen, und hatte sich, einem mächtigen Gebirge ähnlich, an dem östlichen Horizont gelagert. Nur dunstiges Gewölk jagte noch von der See herauf, und die Sonne, welche am ganzen Tage nicht sichtbar gewesen war, belebte durch ihre letzten roten Strahlen die einsame Gegend. Dann sank sie hinter die hügelartigen Wogen des Meeres hinab, welche noch immer mit einem Getöse, das meilenweit gehört werden konnte, sich auf den Sand wälzten. Der Wind legte sich mehr und mehr, und eine jener schönen, dunstigen, mondhellen Nächten, welche eben so sehr, wie die westlichen Stürme, die nördlichen Küstenländer Europas charakterisieren, folgte dem stürmischen Tage.

Eine Stunde nach Sonnenuntergang stach von dem Teiche der Insel Föhr ein Fahrzeug in See; schnell glitt es über die Meerenge hinweg, welche Hörnum von Föhr scheidet, und kurze Zeit nachher ankerte es in der Bucht am Buder — einem hohen Sandberge auf Hörnum. — Fünf Männer stiegen aus demselben ans Land; zwei von ihnen trugen Gewehre, einer ein altmodisches Schlachtschwert und die übrigen tüchtige Knüppel. Alle waren breit und derb gebaut. Nur einer schien bejahrt und der Vater der übrigen zu sein; wenigstens hatten alle darin eine merkwürdige Aehnlichkeit mit einander, daß ihre Beine ungewöhnlich nach außen gebogen waren, und allen Andeutungen zufolge, die ich über ihre Abkunft einzuziehen Gelegenheit gehabt habe, gehörten sie zu jenem berühmten krummbeinigen Geschlechte, dessen Sprößlinge noch heutigentags auf den friesischen Inseln leben und sich als echte, rastlose Seefahrer auszeichnen.

Sie begaben sich längs dem kleinen Bache, durch welchen die Gewässer in Kressenjakobsdäl ihren Ausfluß ins Haff nehmen, in die Dünen hinein und setzten dann ihre Wanderung in nördlicher Richtung fort. Doch geschah es ohne viel Geräusch und so viel als möglich mit Vermeidung der Anhöhen, nach einem, wie es schien, früher besprochenen Plane. Die

Gesellschaft hatte schweigend einige Thäler durchschritten und
stand eben im Begriff, eine niedrige, vom Sturme zerrissene
Hügelreihe zu übersteigen, als der Vorderste das Stillschweigen
brach, indem er die übrigen auf einen auffallend weißen Fleck
unter dem grauen Abhange rechter Hand aufmerksam machte.
— „Eine Möve, die ihr Frühlingsnest nicht verlassen mag,"
belehrte ihn der Nächstfolgende und suchte durch eine unge-
duldige Bewegung mit der Hand den Vordermann wieder in
Gang zu bringen. Doch ein zischender Laut, wie das unter-
drückte Lachen eines sich Verstedenden, fesselte ihre Füße abermals an den wüsten, unheimlichen Platz, welcher der Auf-
enthaltsort eines sie beobachtenden Wesens zu sein schien.
Mit vorgehaltenen Waffen drangen indes die Männer nach
kurzer leiser Beratung auf ihrem Wege weiter fort, ohne sich
in der öden Wildnis mit der Untersuchung des sie beun-
ruhigenden Gegenstandes aufzuhalten.

Die Beklemmung, deren sich die sonst Beherzten bei dem
unerklärlichen Auftritt nicht halten erwehren können, war
längst in einer Unterredung über den eigentlichen Zweck ihrer
nächtlichen Reise untergegangen; als ein Geräusch im langen
schilfartigen Gestrüpp vor ihnen sie abermals stehen machte.
Die beiden Büchsenträger schlugen sogleich ihre Gewehre auf
die Stelle an, wo der verborgene Feind zu sein schien; allein
kaum waren ihre Schüsse gefallen, da gab ein schallendes Gelächter, von der entgegengesetzten Richtung her, den schlechten
Erfolg derselben zu erkennen. Die Abenteurer sahen sich
befremdet um; doch sie starrten in das graue Dunkel hinein,
welches die öde Gegend umhüllte, ohne etwas Lebendiges
zu gewahren. Es war, als ob der Ditjenbälmann oder ein
anderer Geist sich in die Thäler Hornums verirrt habe, um
sie zu necken. Sie durchsuchten aufs sorgfältigste, jedoch nicht
ohne Vorsicht, die ganze Umgegend, das Resultat aber war
unbefriedigend. Freilich wollte einer von ihnen eine flüchtige,
dunkle Menschengestalt auf einem der im Hintergrunde des
Thales sich erhebenden Berge gesehen haben; allein das luftige
Ding war schon verschwunden, ehe er Zeit bekam, es den
andern zu zeigen: so daß er selbst in Zweifel zog, ob ihm
nicht seine Phantasie einen Streich gespielt habe.

Endlich hatten sie wieder ein Thal zurückgelegt und wandten sich dann in westlicher Richtung durch eine enge Dünenschlucht dem Strande zu. Als die dunstige Fläche der Nordsee offen vor ihnen da lag, schlich der Anführer, nachdem er den andern einen Wink zu bleiben und sich ruhig zu verhalten gegeben hatte, allein weiter fort. Die düstern Schatten der Dünen entzogen ihn bald den ihm nachspähenden Augen seiner Kameraden. Noch sahen diese unverwandten Blickes nach der Richtung, wo sie ihn zuletzt gewahrt hatten und lauschten seinen Tritten, wenn er wieder erscheinen würde; als plötzlich der Schatten eines Menschen über ihre Köpfe hinweg auf die vor ihnen liegenden Hügel fiel. Bestürzt sahen sie sich um; allein Mensch und Schatten waren verschwunden. Seitwärts huschte unterdes ein gebücktes Wesen schnell und leise über den dunkeln Hintergrund der Schlucht und entschlüpfte dann hinter einen schroffen Vorsprung. — „Was war das?" fragte betroffen einer den andern; allein keiner konnte genügende Antwort geben. — Tiefe Stille herrschte ringsum; nichts als das immer schwächere Getöse der mehr und mehr sich beruhigenden Wellen war zu vernehmen. Ein kalter Seewind strich leise über den kahlen Sand des Ufers, bewegte sanft die langen, dürren Gräser der Hügel und führte allmählich ein flockiges Wolkennetz vom westlichen Horizont über die einsame Halbinsel herauf. Der Mond goß vom östlichen Himmel seine bleichen Strahlen auf die romantisch wilde Gegend herab und wies den Wanderern in der Ferne längs dem Ufer die angetriebenen Schiffsgüter, deren Besitz sie hergelockt hatte; allein den Führer ließ er sie nirgends erspähen.

Lange warteten sie vergebens auf seine Rückkehr, und die Besorgnis über sein Wegbleiben veranlaßte sie endlich, sich in zwei Parteien zu teilen, wovon die eine den Alten, — so nannten sie den Vater oder Anführer — aufsuchen, die andere ihn an Ort und Stelle erwarten sollte. Indes, noch ehe sie diesen Vorsatz ausführten, erhob sich über den Kamm des vor ihnen liegenden Hügels ein dunkles Etwas, und gleich darauf malten sich fast über ihnen die Umrisse eines Menschen an dem grauen Himmel ab. Der Mann

9

schien einen Augenblick gedankenvoll die Umgegend zu über-
blicken; dann winkte er der Gesellschaft mit der Hand, zu
ihm zu kommen, und schritt darauf wieder leise fort, woher
er gekommen war. Die Abenteurer zweifelten nun nicht,
den Anführer vor sich zu sehen, und brachen auf, ihm zur
eigentlichen Ausführung der nächtlichen Unternehmung, nämlich zur Wegnahme eines Teiles der kostbaren Strandgüter,
zu folgen. Rasch und sicher, doch schweigend schritt dieser
in einiger Entfernung voran, und die Kameraden eilten ihm
so schnell und geräuschlos nach, als es der lange Dünenhalm
und dessen noch längere Wurzelfasern, in denen sich ihre
Füße nur zu leicht verwickelten, erlaubten.

Nach einem viertelstündigen Marsche längs den Dünen
und zwar nordwärts bog der Anführer nach dem Meere hin,
wies dann stillschweigend seinen Leuten einige Ballen zur
Fortschaffung an, und diese luden das Bezeichnete in große
Quersäcke und dann auf den Rücken. Nachdem auch der Anführer sich eine unbeträchtliche Bürde aufgeladen hatte, schritt
er wieder eben so still, wie er gekommen war, nach den Dünen
zurück und gab wiederum den andern ein Zeichen mit der
Hand ihm zu folgen. Kaum hatte jedoch die Gesellschaft sich
in Bewegung gesetzt und mit dem geraubten Gute die Dünen
erreicht, als ein zweimaliger pfeifender Ton, gerade so, wie
sie ihn von ihrem Anführer zu hören gewohnt waren, von
dem Strande heraufklang. Sie blieben bestürzt stehen und
sahen sich um; allein der Anführer vorne winkte bringlicher
als zuvor und gab jetzt einen ähnlichen Ton, wie derjenige
war, welchen sie eben hinter sich gehört hatten, von sich. —
„Sonderbar!“ dachten die Jünglinge und schickten sich an,
weiter zu gehen; als abermals der rätselhafte Ton sich hinter
ihnen vernehmen ließ. Zugleich sahen sie im grauen Dunst
der Ferne einen Mann sich ihnen nähern. Der Gedanke —
„Wir sind ertappt und werden verfolgt!“ — gewann indes
Raum bei ihnen und jagte sie mit einer Schnelligkeit vorwärts, die ihnen wenig Zeit übrig ließ, Beobachtungen über
den Weg, wohin der Alte sie führte, anstellen zu können.

Je weiter sie aber kamen, desto rauher und unebener
wurde der Pfad, und desto mehr Vorsicht forderte er. Hier

mußte ein loderer Sandberg erklettert, dort ein jäher Abhang hinab gestiegen werden. Die geraubte Bürde drückte je länger desto stärker. Der Verfolger war ihnen auf den Fersen und vervielfachte sich zu Dutzenden in der Einbildungskraft der gehetzten Abenteurer. Wenn der Anführer jedoch stand gehalten hätte, sie würden gerne einen Augenblick geweilt und selbst den wachsamen Strandwächtern die Spitze geboten haben, um nur ihren erschöpften Gliedern einige Erholung zu verschaffen; allein der Führer eilte rastlos vorwärts, pfiff lauter als zuvor und winkte ihnen beständig, ihm zu folgen. Keuchend und bis zum Umfallen müde, hatten sie eben die letzte hohe Düne überstiegen, als ein Lichtstreif des Mondes, von Westen mit dem Winde kommend, ihnen den Verfolger auf dem Gipfel der eben überstiegenen Düne zeigte. So wie der Streifen vorüberzog, und einen Hügel nach dem andern beglänzte, schienen ringsum die Höhen überall belebt zu werden, und ein Gebell von Hunden tönte seitwärts daher. Jetzt schien kein Entkommen mit dem teuren Raube mehr möglich. Allein größer noch als ihr Schrecken war, wurde das Befremden der Strandbiebe, als der Strahl des Mondes auf einige naheliegende Erhöhungen fiel, und sie in denselben ein Dorf erkannten. — Ein Rudel großer, starker Hunde stürzte in diesem Augenblick von den Dünen herab und umringte klaffend und beißend die verzagenden Männer. Dann trat der Führer zu ihnen und — neues Wunder! — es war ein fremdes Gesicht, ein fremder Mann. Er gebot ihnen mit fester Stimme ihre Bürde abzuladen; dankte ihnen dann für ihre Mühe, ihm — dem Strandvogt von Rantum — einige Ballen Seidenwaren nach Hause getragen zu haben, warnte sie aber, sich je wieder auf Hörnum in der Absicht den Strand zu bestehlen, sehen zu lassen, und riet ihnen, aufs schnellste ihr Fahrzeug aufzusuchen und die Insel wieder zu verlassen, widrigenfalls er ihnen eine Begleitung — er zeigte auf die Hunde — mitgeben würde, wie sie sich keine wünschen möchten.

Beschämt und ärgerlich thaten die ungeübten Diebe, wie ihnen befohlen wurde; dann schlichen sie wie geprügelte Hunde knurrend und mit den Zähnen fletschend fort. Den wahren Anführer, welchen sie für einen verfolgenden Feind gehalten

halten, trafen sie auf der nächsten Düne. Die Lektion, mit
der sie über ihr unbedachtsames Verhalten von ihm bewill-
kommnet wurden, dauerte bis zu ihrer Landung auf der heimatlichen Insel und hatte den guten Erfolg, ihnen für die Zukunft
alle Lust zu ähnlichen Zügen zu benehmen.

15. Klaes Limbeck und die Sylter Riesen.

Klaes Limbeck war ein gewaltiger Mann in seiner Zeit.
Er hatte die Burgen auf Sylt und Föhr inne, brandschatzte
und plagte die Inselfriesen sehr. Er heiratete die Witwe
eines jütländischen Edelmannes und erhielt mit ihr große
Güter, unter andern das Schloß Törning in Nordschleswig.
Als Gutsbesitzer in Jütland sollte er dem König Waldemar IV.
huldigen; er verweigerte es aber und zog sich dadurch die
Feindschaft des Königs zu, so daß dieser ihn zu fangen trachtete
und ihn sogar, obgleich ohne Erfolg, in der Borgsumburg auf
Föhr belagerte. — Heimreich schreibt: „Wie ihn der König
daselbst verfolget und belagert gehabt, da wird zugleich die
Beschatzung der Fresen vorgegangen sein, davon alte Nachrichten sagen, daß König Waldemarus IV. A. C. 1374
am 9. Februar in diese Lande gekommen und habe alle also
beschatzet, daß ein jegliches volles Hauß hat müssen geben 60 fl.
oder 1 ℔ Englisch, und hat die Einwohner ihrer alten Privilegien beraubet." — Hans Kielholt scheint auch Klaes Limbeck
und dessen Anhang, sowie dessen Verfahren auf den Inseln
und dessen Streit mit dem Könige zu schildern, als er, freilich
sehr märchenhaft, schrieb: „Se sind ehre egen Herren gewesen
disses Landes.*) Wente da währen mank ehnen grote Resen
— de nöhmede man Kempers, wente se strideden vor se, dat
se vor ehren Fynden seker und befrediget wären, densülven
mußten se jarlick Schat und Tinse geben. — Item, hier up

*) Kielholt war der Sohn eines Predigers auf Sylt, schrieb
über die alten Zeiten dieser Insel, doch ohne Jahreszahlen anzu-
führen; er lebte wahrscheinlich um 1438, nach Dr. Clement früher.

bit Land sind 3 Borgen und Festingen gewesen, de dissen Resen tom Besittinge wären ingedahn, und sind genöhmet Arentzborg, Tinseborg, dar se jahrlid ehre Schat und Tinse gebracht. To dem was noch Rathsborg, dar se ehren Rath und Anschläge geholden hebben, und baven dat is noch by Heidum een Wachttoorn gewesen. Disse Festingen alle habben disse Resen inne, dat se dat Land beschütten scholden. Averst alse men höret davon, so hebben disse Resen grote övel Gewalt und Unrecht by dem Volk gedahn — dat musten de armen Lüden liden und nicht klagen, wenle se habben neene andere Herrschop als disse Resen. — — Tom lesten heft de Konink ut Dennemarken een von dissen Resen, welter is en kunstrike Dokter gewesen, to sick gefordert. Wenle des Koniges Dochter wäre mit eene inwendige Krankheit beladen, und geladet, so he ehr helpen konde, wolde ehm de Konink eene grote Summe Geldes verehren. Disse Dokter is darhen gereiset und heft des Koninks Dochter gesund gemaket, und heft it sick also begeven, dat de Konink heft dem Resen een grotes Geld verehret und ehm mit Ehten und Drinken ganz overflödig tracteret.*) — Averst in der Drunkenheit, wielen de Konink ehm nagefraget umme disses Land Sild, heft ehm disse Rese alle Gelegenheit davon utgelegt, darövcr de Konink ver-orsaket worde, sine besten Kriegeslüde mit Rüsting und Gewehr und mit Harnischen bekledet na dem Lande Sild tho schicken, datsülve intonehmen. De Kriegeslüde hebben sick in 2 Hupen gedeclet, een Deel van Westen mit Schepen, de ander van Osten tho Lande, dat se ja up eenen gewissen Dach mochten thosamen kamen, und alse nu de Fotegahnders sick hebben marken laten, hebben disse Resen ehnen tho gemöhte gekamen, also dat de Fotgängers sick bald in de Flucht hebben begeven. Averst de andern, so mit Schepen wären angekamen, hebben nicht gesümet und sind von achtern up se tho gekamen. Da konden se sick nicht länger wehren, sondern hebben sick alsobald fangen und binden laten, und se wurden ilick in den Wacht-toorn tho Heidum ingesettet und verwahret mit 200 von des

---

*) In Westfriesland gibt es eine ähnliche Sage, nach welcher ein friesischer Bauer so lange gepeitscht wird, bis er verspricht, die kranke Tochter des Königs Radbod zu Stabum zu kurieren.

Konints beſten Kriegslüden, bei bat man by dem Konink
gefraget, wat man darby dohn ſcholde. Darop be Konink alſo
orbelebe, man ſcholbe ſe mit dem Schwerte den Koppe af-
hauen laten unb im Felbe der Wüſten begraven. — So is
be Konints Vollmächtiger mit dem Scharprichter gekamen unb
ſind biſſe Reſen, ſo in Getall geweſen ſind 120, gerichtet
worden unb up der Heide begraven na bes Konints Befehl.*)
Darna wurbe dat ganze Landvolk unber bes Konints Gewalt
tho benende by Eibespflicht unb ehrer egene Gerechtigkeit af-
thoſtahn by Lives unb Levens Strafe bebwungen." —

16. Von ben Burgen auf Syll, Föhr und Amrum.

Im 14. Jahrhundert ließen einzelne bäniſche Ablige ſich
mit Teilen bes Nordfrieslandes belehnen unb verſuchten ben
bisher noch ungebeugten Nacken ber Nordfrieſen in das Joch
ber Leibeigenſchaft zu ſchmieden. Um aber möglichſt ſicher
zu verfahren, legten ſie Burgen in bem ſumpfigen, von feinb-
lich geſinnten Einwohnern freilich nur ſchwach bevölkerten
Lande an. Als ſolche Erbauer der Burgen auf Föhr unb
Syll werden Erich Riind, Walbemar Zappy unb Claes Limbeck
genannt. Erich Riind, ein Ebelmann aus Jütland, legte um
1360 bie Burg zu Blegsum auf Föhr an. Da er ben Grund,
auf welchem bie Burg errichtet wurde, laut noch vorhandenen
Kaufbriefes, von Eingeſeſſenen zu Blegsum unb Ütterſum
kaufte, ſo möchte bieſe Burg vielleicht bieſelbe ſein, welche
man ſpäter die Ütterſumer genannt hat. Walbemar Zappy
ober Walbemar Soep, ber Felbherr bes Königs Walbemar
Atterbag unb Schwager bes Erich Riind, hatte bie Horsbüll-
harber unb anbere benachbarte Frieſen um 1359, nachbem
ſie ſich wiber ben König empört, geſchlagen; ba ließ er zur

*) Man zeigt noch jetzt auf ber Keilumer Heibe bie Gräber
bieſer 120 „Kämper," bie ſogenannten „Lünggrever," unweit ber
Thinghügel.

Befestigung der Königlichen Macht in dem Nordfrieslande eine Burg in der Bökingharde und eine in dem seit der Pest von 1350 menschenleeren Dorfe Archsum auf Sylt anlegen. Die Sage erzählt, daß später ein Seeräuber in der Archsumburg, auch — vielleicht nach ihm — Arentzburg oder Arrerschloß genannt, gewohnt habe.*) Als Claes Limbek, ein schleswigscher Edelmann, kurz nach der Anlegung der ersten Burgen auf Föhr und Sylt mit Teilen der Außenlande belehnt worden war, soll er die Burg zu Tinnum auf Sylt, die zu Borgsum auf Föhr und nach der Meinung einiger auch die kleineren Burgen oder Warten zu Keitum, Rantum und auf Amrum errichtet haben. Diese kleineren Burgen dienten wohl hauptsächlich als Bindeglieder in dem Kranze oder richtiger Halbkreise von Burgen, welcher in den nordfriesischen Bergharden: Föhr, Amrum und Sylt oder der Oster-, Wester- und Nordwesterharde an dem innern Geestrande dieser drei damals ziemlich nahe verbundenen Inseln, wie es scheint recht planmäßig, angelegt worden war. Der Raum zwischen den genannten drei Inseln bestand damals aus einer tiefen, von breiten Strömen und andern Gewässern durchschnittenen Marsch, von welcher die an der Südseite Sylts und an der Nordseite Föhrs liegenden Marschflächen als Ueberreste anzusehen sind.

Die Archsumburg, von welcher noch Reste des Burgwalles ungefähr in der Mitte des jetzigen Dorfes Archsum bis 1860 übrig waren, lag auf der Südwestecke der Morsumer und Archsumer Landhöhe. Die Burg zu Keitum, Bredeburg genannt, lag auf dem hohen Ufer bei Keitum, fast auf der Südostecke der Geesthöhe, welche sich von hier an nord- und westwärts erstreckt. Diese Burg war ein mit einem Erdwall umgebener Turm, von Hans Kielholt Wachtturm genannt. Die letzten Spuren dieser Warte sind erst im 19. Jahrhundert

---

*) Die friesischen Burgen waren gewöhnlich nur hohe, ringförmige Erdwälle, die in Kriegszeiten und bei großen Ueberschwemmungen den Besitzern und Machthabern als Zuflucht dienten. Die Besitzer derselben pflegten in der Nähe der Burg ihre Wohnung oder ihren Gaard zu haben. Einige der Burgen und Gaarde möchten übrigens kaum fertig geworden oder bald wieder verlassen worden sein.

verwischt worden. Die Tinnumburg, auch Tinse- (Zinse-, Steuer-) Burg, von andern Limbecksburg geheißen, lag in einem Winkel der Sylter Marsch zwischen Tinnum und dem südlichen Westerland, fast eine halbe Meile westlicher als die Keitumburg und zwar an einem Gewässer, welches seinen Abfluß südlich nach den zwischen Sylt und Föhr fließenden Strömen gehabt haben soll. Die beinahe vollständig erhaltenen Erdwälle dieser Burg sind noch jetzt an drei Seiten mit Wasser umgeben, bilden eine ringförmige Erhöhung von ungefähr 1400 Fuß äußerem und 750 Fuß innerem Umfang und reich- lich 20 Fuß senkrechter Höhe. Die Rantumburg lag südlich von dem jetzigen Rantum, ungefähr eine Meile von der Tinnumburg entfernt und zwar an dem alten, von Sylt längs dem Hörnumer Landrücken über Amrum nach Föhr führenden Heerwege. Sie hatte den Namen Rathsburg, weil die Sylter und Föhrer Burgherren in derselben sich zu gemeinsamen Beratungen zu versammeln pflegten. Jetzt sind die Erdwälle derselben seit mehr als 100 Jahren mit Flugsand bedeckt und daher unkenntlich.

Die Burg auf Amrum, St. Annaburg genannt, von welcher eine hügelartige Erdhöhe übrig ist, lag an der Nord- ostecke der Amrumer Geesthöhe östlich von dem jetzigen Nord- dorfe daselbst. Die Burg zu Utterfum auf Föhr lag fast auf der äußersten Grenze der westlich oder südwestlich sich er- streckenden Föhringer Geest in der Gegend des Dorfes Utterfum. Die Burg bei Borgfum auf Westerlandföhr lag ungefähr eine halbe Meile östlicher als die Utterfumer und zwar in einem Winkel der Föhringer Marsch zwischen der Osterlandföhrer und der Westerlandföhrer Geest. Von derselben führte ehemals ein schiffbares Gewässer nordöstlich durch die Föhrer Marsch in die größere Tiefe zwischen Föhr und Sylt hinaus. Der noch vorhandene ringförmige Burgwall hat über 30 Fuß Höhe. Der Grund, auf welchem die Burg errichtet worden ist, soll einem Flächenraum von 7 Demat 130 ☐Ruten gleich sein.

Als nach mehrjähriger despotischer Herrschaft der Lim- becker und deren Anhänger in den nordfriesischen Außenlanden das Haupt derselben, Claes Limbeck, bei dem Könige Walbemar in Ungnade gefallen war, beschloß der König im Jahre 1374,

einen Kriegszug nach Friesland zu machen, teils zur Bestrafung
Limbecks, teils zur Eintreibung von Steuern, die seit vierzehn
Jahren rückständig waren. Ein Teil seiner Truppen kam von
Osten zu Fuße durch das damals nicht sehr breite und tiefe
Haff zwischen den Inseln und dem Festlande nach Sylt, während
ein anderer Teil von Westen zu Schiffe sich der Insel näherte.
Die Sylter Burgmänner gingen den von Osten zuerst angekommenen Königlichen Truppen entgegen, überzeugt, die ver-
lassene Burg im Notfalle leicht wieder erreichen zu können;
allein sie gerieten durch die ihnen unerwartet von Westen
nachkommende zweite Heeresabteilung der Königlichen Truppen
in die Klemme. Sie suchten sich freilich in der Eile zu ver-
schanzen, wurden aber, als es zum Kampfe kam, geschlagen
und zwar höchst wahrscheinlich auf einem Felde, welches im
Nordost der Tinnumburg liegt, noch jetzt mit einer Vertiefung,
nicht unähnlich einem breiten Schanzgraben, umgeben ist und
Königskamp genannt wird. Einhundertzwanzig derselben gerieten in die Gefangenschaft des Königlichen Heeres und
wurden vorläufig in den Wachtturm zu Keitum gesteckt,
bis das Urteil des Königs über sie eingeholt wurde. Diesem
zufolge wurden sie später auf der Heide zu Norden Keitums
hingerichtet und an einer Stelle, die noch jetzt „Lünggrewer"
heißt, begraben. — Der König hatte unterdes Claes Limbeck
selbst, welcher nach Föhr auf seine dortige Burg geflohen
war, aufgesucht und begann ihn daselbst zu belagern, hoffend
ihn durch Hunger zur Uebergabe zu zwingen. Er wurde
aber getäuscht, indem Limbeck zur Nachtzeit in einem kleinen
Boote längs dem damals von der Burg nordöstlich hinaus-
führenden Gewässer nach der Wiebingharde entkam. — Als
der König nunmehr überall im Nordfrieslande jeglichen Widerstand aufgehoben fand, nahm er den Friesen alle ihre früheren
Privilegien und zwang sie, ihm eine ungewöhnliche Steuer
zu entrichten. — Kurz nach dem Tode des Königs, welcher
schon im folgenden Jahre erfolgte, traten jedoch die Friesen,
der dänischen Herrschaft müde, eigenmächtig zu den Grafen
Heinrich und Claus von Holstein über und werden nicht ver-
säumt haben, als Bedingung ihres Uebertrittes ihre ehemaligen
Freiheiten und Gerechtsame sich wiederum zusichern zu lassen.

Nach diesem Uebertritte, zu welchem um 1377 die Böcking-
harder den übrigen Nordfriesen das Beispiel gegeben hatten,
säumten die Bewohner Sylts nicht länger, die verhaßten
Zeichen der Knechtschaft, die Burgen ihrer Insel, zu zerstören;
nur die Wälle derselben blieben teilweise stehen und dienten
später zur Schafweide, auch vielleicht einige als Zufluchtsstätten
bei Ueberschwemmungen. — Die Burg bei Borgsum diente
jedoch noch eine Zeitlang einem Vogte, namens Christian
Fresleßen, zur Wohnung und zum Schutze gegen die mit ihm
fast fortwährend in Fehde lebenden Westerlandföhrer. Nach
1420 scheint aber auch diese Burg nicht weiter ihrem eigentlichen Zwecke entsprechend benutzt worden zu sein.

17. Sagen und Erzählungen der Rantumer oder Hörnumer Dünenbewohner.

I.

Die Dünen und Kliffe Sylts bilden ein kleines Gebirgsland im Meere, welches die seltsamsten Hügelformen und
Hügelgruppen zeigt, mit den dazwischen liegenden Dörfern,
Feldern, Schluchten und Thälern eine höchst interessante Abwechselung enthält und mit dem dasselbe zunächst umgebenden
Meere ein wildschönes Ganzes ausmacht. Namentlich habe
ich in Stürmen nie etwas Wilderes und Großartigeres gesehen als das aufgeregte, schäumende Meer mit seinen haushohen Wellen, seinen noch höher sich bäumenden, dann wasser-
fallartig niederstürzenden, weitschallenden Brandungen, und
dazwischen die gespenstigen, nebelgrauen, durch die Wellen und
den Sturm tief aufgewühlten, rauchenden Sandberge, welche
nicht blos die Luft mit ihrem lockern Inhalte erfüllen, sondern
Massen desselben auf die Felder, in die Thäler und in das
Wasser schütten. Kommt nun die Nacht hinzu mit ihren
Schrecknissen, ihren Schiffbrüchen, ihren Abenteuern, ihren
Gespenstern und Sagen und ereilt uns in solcher Gegend,
so würde mancher freilich sie schauerlich finden; ich aber er-

kläre sie dann für romantisch wild, voll Poesie, Kraft und
Leben. — Herrscht aber Windstille und liebliche Frühlings-
luft, so gibt es gegenteils auch nichts Freundlicheres, als ein
frisch grünendes Dünenthal mit einem spiegelglatten Dünensee
in der Mitte, belebt von tausend singenden und schnatternden,
schwimmenden und flatternden Vögeln aller Art, von weidenden
und blödenden Schafen und Lämmern, von fröhlichen, Eier
suchenden oder Beeren pflückenden Kindern, und das Ganze
eingerahmt und geschützt von hohen, weißen oder grün be-
kränzten Hügeln. — Auf Hörnum fand ich aber die schönsten
Dünen und Dünenthäler.

Ju meinen Knabenjahren lauschte ich mit großer Begierde den Sagen und Erzählungen, namentlich der alten
Inge de Fries und Merret Siemons, welche man aber gewöhnlich Inken Nessen und Mei Siemlen nannte und welche
samt der noch älteren Mei Nanten in einer einsamen Hütte
mitten in einem Sumpfe am Fuße der Rantumer Dünen
wohnten. Wenn mein Vater, den man oft den Propst von
Hörnum nannte, an Sonnabend-Nachmittagen die Jugend
Rantums in den Katechismuslehren der christlichen Religion
examinierte*), dann lief ich unterdes nicht selten zu den eben-
genannten oder zu andern alten Weibern Rantums und
examinierte sie über altfriesische Sagen und Geschichten oder
horchte mit großer Aufmerksamkeit der Weisheit Steven Takens
zu Rantum, welcher von altshlter Landvögten abzustammen,
und von denselben viele merkwürdige Dokumente und Papiere
geerbt zu haben behauptete, welcher, obgleich er selber nicht
schreiben konnte, nur — wie man zu sagen pflegte — Kröten-
augen und Krähenfüße malte, dennoch stets zum Zeichen seiner
geistigen Thätigkeit und Genauigkeit eine Gänsefeder hinter
dem Ohre trug und sich sogar rühmte, daß er zuerst Ordnung
und Akkuratesse in Rantum eingeführt habe.**) Er war

---

*) Mein Vater war Schul- und Navigationslehrer in Wester-
land auf Sylt, ging aber an jedem Sonnabend-Nachmittage nach
dem eine Meile südlicher, auf Hörnum gelegenen kleinen Dorfe
Rantum, um die dortige Jugend zu unterrichten.
**) Rantum ist der einzige, von Menschen noch bewohnte kleine
Ort auf Hörnum. Früher gab es der Dörfer dort mehrere und

übrigens ein genügsamer und origineller Mann, der jedem
ohne Unterschied und ohne Ausschmückung zu sagen pflegte,
was er eben dachte, durch welchen mithin mancher bittere
Wahrheiten erfuhr. Als ich ihn das letzte Mal in Rantum
besuchte, war sein Haus in dem Grade mit Flugsand über-
schüttet, daß das westliche Ende desselben bereits in einer
Düne steckte und nur das östliche Ende noch sichtbar und vom
Sande frei war.

Da die untere Hälfte seiner Hausthür eben des Flug-
sandes wegen nicht mehr geöffnet werden konnte, so sprangen
wir Knaben über dieselbe in seine Wohnung hinunter. —
„Das ging gut," rief er uns entgegen — „könnt Ihr auch
wieder hinausspringen, Jungens?" — Wir versuchten es
sofort, da wir merkten, daß der Alte unwirsch war; allein
es gelang uns nur nach mehrfältigem Stolpern und Stoßen.
Nicht minder interessant war mir der seltsame Marten Knuten
von Amrum. Wenn er die Offenbarungen Johannes oder
die Entstehung der Erde, der Länder, Meere und Fluten erklärte, dann sperrten wir Kinder Augen und Ohren, Mund
und Nase auf, vergaßen gänzlich die Gegenwart und lebten
nur in der Vergangenheit und Zukunft. Am interessantesten
aber waren mir stets das wilde Wesen, sowie die abenteuerlichen Fahrten und Sagen der Maiten Niß Taten zu Rantum.
Sie war ein breitschulteriges, schwarzhaariges, höchst abge-
härtetes Mannweib, die Tochter des Strandvogts Niß Taten.
Sie kleidete sich und benahm sich wie ein Matrose der alten
Zeit, hatte aber dabei ein gutes, redliches Herz und ein
warmes Gefühl für das Wohl und Weh ihrer Mitmenschen,
aber einen Ueberfluß an Aberglauben, wie ich sonst selten
gefunden habe. — Wie wunderlich übrigens auch gewöhnlich
die Erzählungen dieser genannten alten Dünenbewohner und
Bewohnerinnen sein mochten, so war doch manchmal ein
schöner Zusammenhang und selbst ein tiefer poetischer oder
religiöser Sinn nicht selten in denselben zu erkennen.

Eines Abends saß ich mitten zwischen diesen alten,
mit Strickedrehen aus dem langen Dünengrase beschäftigten

größere; sie sind aber alle bis auf Rantum durch Sandflug und
Fluten untergegangen.

Rantumer in der einsamen Hütte im Sumpfe und hörte ihren Geschichten zu. *)

„Aae minj,“ — begann die alte Mei Aanken, deren Gedächtnis sehr schwach war. —

„Wer war es, der in der alten Kirche sich selber den Hals abschnitt?“ —

„Das war ein Kämper, ein starker Mann,“ — antwortete Maiken Riß Taken.

„Accurat, accurat! ein echter Rantumer,“ — sprach Steven.

„Nane morr,“ — entgegnete Mai Aanken. — „Er war kein Rantumer und auch kein Kämper, das weiß ich.“

„Er war ein Heide, wie Hans Kielholt schrieb,“ — erklärte jetzt die bedächtige und religiöse Inge de Fries.

„Nein,“ — antwortete Mei Siemken. — „Er war ein guter Christ und ein echter Friese aus alter Zeit; es war der alte, schwermütig gewordene Jens Lüng von List. Mein Urgroßvater stammte aus Ballum und dem hatte, als er jung war, eine alte Frau auf List dieses und vieles andere offenbaret. Als Jens Lüng auf List wohnte, kam einst (um 1362?) ein fürchterlicher Sturm und ein so hohes Wasser, daß ganz List unterging bis auf die Kirche und Jens Lüngs Haus, und daß alle Leute auf List ertranken bis auf Jens Lüng und eine Junggfrau, Mett oder Merret. (Seine Tochter Ellen und sein Sohn Jakob Lüng waren damals noch nicht geboren.) Obgleich sonst keine Menschen mehr auf List waren, so gingen doch Jens und Mett, die nun seine Frau wurde, Sonntags wie früher zur Kirche. Da kein Prediger und kein Küster erschien, denn auch diese waren ertrunken, **) so stimmte Jens einen Gesang an und Mett hielt ein Gebet. So lebten sie noch viele Jahre auf List in Gottesfurcht und Frieden. Als aber die Dänischen nun kamen und das ganze Listland haben wollten, und zwei Fanöer anfingen, sich Häuser zu bauen auf

---

*) Es ist seit Jahrhunderten das Stricktedrehen aus der Sandrodenpflanze eine Hauptbeschäftigung und ein Haupterwerb der Rantumer und Amrumer gewesen. Die Arbeit geschieht geräuschlos bloß mit den Händen, wobei denn Sagen u. dgl. erzählt werden.

**) Es scheint, daß alle seit der Pest von 1350 noch übrigen Prediger auf Sylt 1362 ertrunken wären.

Meelhörn und der Sand die Kirche zu verschütten begann,
da grämte sich Jens fast tot. Nein, sprach er, ich halte es
hier nicht länger aus. Er brach seine Hütte ab, belub damit
seinen großen Ewer und mit seinen übrigen Sachen, nahm
auch aus der alten, später ganz im Sande untergegangenen
Kirche auf Lift den Altar mit und segelte südwärts nach
Hörnum."*)

„Jaman!" — fiel Mei Nanken ihr jetzt in die Rede. —
„Da hat er ja den Altar aus der Kirche gestohlen." —

„Accurat!" — sprach Steven Taken. — „Er hätte nach
Artikel 47 des Landrechts geräbert werden sollen." —

„Pfui Steven!" — sprach Maiken Niß Taken. — „Hätte
er denn den heiligen Altar den Dänischen lassen oder ihn im
Sande untergehen lassen sollen? Ich hätte meiner Seele die
ganze Kirche mitgenommen." —

„Du wärest auch ohne Zweifel gut davon gekommen,
Maiken," — erwiderte Steven, — „besonders wenn Du den
Teufel zum Freunde und Gehilfen gehabt; denn mein Groß-
vater Seeliger, der Landvogt Steven Taken, nach dem ich
genannt bin, pflegte oft zu sagen: darüber steht nichts im
Landrecht, welche Strafe der haben soll, der ein ganzes Haus
oder Schiff oder eine Kirche oder ein ganzes Land stiehlt.
Also solche Diebe werden privilegiert sein."

Jnken Nessen wies ihn jedoch zurecht, indem sie sagte:
— „Du achtest wohl mehr auf Deines Großvaters und
anderer Menschen Gesetze, als auf Gottes. Weißt Du denn
nicht, daß in dem neunten Gebote Gottes steht: Du sollst
nicht begehren Deines Nächsten Haus — und in dem zehnten
Gebote hinzugefügt wird: alles andere, was sein ist? —
Vor Gott ist kein Dieb gerecht." —

„Ja, doch gewiß der Strandbieb," — fügte Maiken
hinzu und sah dabei Steven, dessen Ehrlichkeit und Accuratesse

---

*) Jens Lüng war der letzte altfriesische Bewohner des Lift-
landes. Sein ehemaliger Stavenplatz ist noch sichtbar, liegt in dem
sogenannten Jens-Lüngthal. Auch von den altfriesischen Dörfern
Blidum und Bargsum sind noch Spuren in den Listerdünen. Selbst
die alte Kirchstelle kennt man dort noch. Seit 1664 ist Lift wieder
in Besitz von Friesen.

am Strande nicht immer Stand hielt, schelmisch an; — „denn der Strandbieb findet und nimmt ja nur, was der rechtmäßige Eigentümer verloren hat und nicht wieder bekommt, und wenn der eine es nicht nimmt, so nimmt es ein anderer." — „Aae Gott! Wir sind allzumal Sünder und mangeln des Ruhmes, den wir haben sollten," — seufzte Mei Aanten.

Das Gespräch war jetzt bis zu einem Punkte vorgeschritten, wo die Moral der Rantumer und anderer Strand- und Dünenbewohner ein böses Loch hatte; nur die alte Mei Aanten, sonst die Einfältigste der Gesellschaft, schien jedoch diesen Mangel lebhaft zu fühlen. Auch die übrigen mochten indes erkennen, daß es am richtigsten sei, hier den Faden ihres kleinen Zwiespaltes abzubrechen. Mindestens fand die weltkluge Mei Siemken für gut, ihre Erzählung jetzt wieder anzufangen.

„Ob Jens Lüng damit, daß er den Altar der Lister Kirche abbrach und das Altarblatt nebst den Altargeräten mitnahm, als er von bannen zog, Unrecht gethan habe, weiß ich nicht. Aber es schien — mindestens für ihn und seine Familie — kein Segen mehr an dem alten Lister Altare zu sein. Er hatte im Sinne, sich in dem Warbünthal auf Hörnum an der Stätte, wo die alte Kapelle zu Warbün*) ehemals stand, ein Haus zu bauen und in dem Ostende seiner Wohnung zur Verehrung Gottes für sich und seine Frau und vielleicht auch für andere seinen Altar wieder aufzurichten. Jedoch, als er, um kein Aufsehen bei den Dänischen zu erregen, in der Nacht von List abgesegelt war und längs der Westseite der Insel südwärts steuerte, kam sein Schiff, während das Wasser gefallen war, in der Dunkelheit dem Strande bei Alt-Rantum etwas nahe und blieb da sitzen. Es würde übrigens dieser Umstand wahrscheinlich den Rantumern unbekannt und ohne Folgen geblieben sein, wenn nicht Jens Lüng einen Hahn am Bord gehabt, der durch sein Krähen in der frühen Morgenstunde die dem Strande zunächst

---

*) Der Name Warbün wird in Meiers Karten (angeblich von 1240) Warbin und Warbyn geschrieben. Die Sylter nennen den wahrscheinlich um 1300 untergegangenen Ort: Warbün, aber auch Warbing und sogar Warbus. Ein Thal nennen sie Dähl.

wohnenden Rantumer aus dem Schlafe geweckt hätte. Sie eilten, sobald sie das gestrandete Schiff bemerkten, an das Ufer und zu Jens an Bord, um ihm zu helfen, sein Schiff leichter und wieder flott zu machen. Sie wußten freilich nicht, ob sie die Sache für eine Strandung ansehen sollten, da sie dort keine Lichter noch Flutkälber als Vorspuk gesehen; doch wollten sie Jens überreden und sogar zwingen, seine Schiffsladung bei Rantum ans Land zu bringen.*) Allein Jens Lüng traute ihnen nicht, meinte, die Flut würde sein Schiff bald wieder flott machen; er war überdies ein großer, starker Mann und wehrte die Rantumer ab, so gut er konnte. Gleichwohl vermochte er nicht zu verhindern, daß sie seine kostbarsten Altargeräte, als silberne Leuchter, Kelche, Schalen und dergleichen samt seinem wachsamen, schön gefiederten Hahn stahlen. Die Rantumer hatten nie früher einen so schönen Vogel gesehen und freuten sich anfänglich sehr über ihn. Sie sollen damals zwei Kirchen (die Westerseekirche und die Ratsburgkapelle), aber in vielen Jahren keinen Prediger gehabt haben, lebten daher ungefähr wie die Heiden. Als nun der Hahn sie alle Morgen durch sein Geschrei zum frühen Aufstehen und zur Arbeit ermunterte, nannten sie ihn ihren Prediger; einige meinten sogar, daß er sie zum Glauben an Gott und zum Gebet aufforderte, indem er, wie sie wähnten, alle Augenblicke rief: „Kiel in be Höh, Höh!" — Manche von ihnen mögen wirklich durch das unvernünftige Tier auf bessere Gedanken, als sie früher hatten, gekommen sein; denn Gottes Mittel und Wege, uns Menschen zum Guten zu lenken, sind ja oft wunderbar. Viele aber, die im Bösen beharrten, haßten und verfolgten jetzt eben seiner vermeintlichen Mahnungen wegen den armen Hahn.

Unterdes war Jens Lüngs Schiff, als die Flut wiederkehrte, wirklich flott geworden; Jens war weiter südwärts und dann durch das Hörnumgatt in die Bucht am Buder gesegelt und hatte sich endlich unweit Großblie vor Anker

---

*) Nach den Regeln der abergläubigen Rantumer galten Lichter am Strande als Vorspuk für Strandungsfälle, die Flutkälber als Vorspuk für Ueberschwemmungen; Lichschnüten (Irrwische) als Vorspuk für Todesfälle usw.

gelegt.*) Jens Lüng begann nun ungeſtört, aber auch ohne
Hilfe, ſein Schiff auszuladen und ſein neues Haus im Warbünthal zu bauen. Er ſchmollte auf die Rantumer, wollte nichts
mehr mit ihnen zu thun haben, verſchmähte ihren Umgang
und rechnete es ihnen beſonders übel an, daß ſie, wie er
gehört, in der Weſterſeekirche ſtatt Gott zu dienen, ſpielten
und tanzten und aus den geweihten, ihm geraubten Gefäßen
Bier ſoffen. Im übrigen lebte er mehrere Jahre in Ruhe
und Frieden in ſeiner neuen Wohnung im Warbünthale,
diente Gott an ſeinem eigenen Altar nach ſeiner eigenen
Weiſe. Seine Frau gebar ihm hier zwei Kinder, einen Sohn,
welcher Jacob und eine Tochter, welche Ellen hieß. Alles
währet aber ſeine Zeit, und Jens Lüngs Ruhe und Glück
auf Hörnum währte nur kurze Zeit. — Der Papſt bekam
zu hören, daß die Rantumer und die meiſten Leute auf Sylt
ſo gottlos und heidniſch und daß keine chriſtlichen Prieſter
auf der Inſel wären; da ſchickte er Boten an den König von
Dänemark, daß derſelbe möchte das geiſtliche Regiment über
alle Kirchen auf Sylt in Ordnung bringen, der Papſt wolle
alsdann für jeden Altar der Kirchen einen Prediger ſenden.**)
Nun kam Jens Lüng daran zu benken: ich habe ja auch
einen Altar, die Päpſtlichen könnten mein Haus mir nehmen
und für ſich zu einer Kapelle oder Wohnung einrichten oder
die biebiſchen Rantumer, die ſelber keinen unbefleckten Altar
in ihren Kirchen mehr haben, könnten den meinigen mir
rauben wollen. Da er dieſen letztern nun am allerwenigſten
ſeinen teuren Altar gönnte, ſo beſchloß er, um allen Ver-
drießlichkeiten vorzubeugen, der Kirche zu Eidum, die nörb-
licher als die Weſterſeekirche lag und nur einen kleinen ſo-

---

*) Buber und Großvlie ſind beſonders hoch und öſtlich hervor-
ragende Dünen oder Dünenecken auf der Halbinſel Hörnum. Erſtere
iſt ſüblicher; an dem Fuße des Buber iſt eine gute Reede und war
ehemals ein kleiner, von Fiſchern und Seeräubern viel benutzter Haſen,
die Renne im Kreſſen Jacobsthale.

**) Hans Kielholt ſchrieb: „dat de Paveſt durch ſine Voll-
mächtigen geweſen is by den Königklich Maj. mit fründliker Beede,
dat he dat geiſtlike Regiment över alle Kerken möchte in een rechte
Orbninge bringen, und de Kerken inwien laten — welker Beede is
dem Paveſte georlauet.“

10

genannten Marienaltar halle, den seinigen zu schenken und in Zukunft an dem Gottesdienste in dieser freilich von seiner Wohnung etwas entfernten Kirche teilzunehmen.*) Seine Schenkung wurde vollzogen, und die Kirchen auf Sylt erhielten wieder christliche oder päpstliche Prediger, die Westerseekirche, die Eidumer, die Keitumer und die Morsumer jede zwei Prediger; außerdem soll, wie Hans Kielholt meldete, für die untergegangene kleine Kirche auf List oder vielleicht für die kleine dänische Kolonie daselbst ein Prediger und ebenso für die zweite kleinere Rantumkirche, die Kielholt die Ratsburgkirche nannte, auch damals ein Prediger gesendet worden sein. In den vielfältig entweihten und beschmutzten Kirchen mußten nun große Reinigungen und Veränderungen vorgenommen werden. Auf die Altäre stellte man die Bildnisse der Apostel, der Mutter Maria und irgend eines Heiligen oder Papstes und ließ sie neu anstreichen oder gar vergolden. Man machte sogar rohe Versuche, durch hölzerne oder vergoldete Bilder die dreieinige Gottheit selber darzustellen, und setzte diese mitten unter die übrigen Statuen auf die Altäre. Dann wurden die Altäre und Kirchen aufs neue geweihet und die letzteren jetzt erst mit Namen versehen.**) Das neugierige und abergläubige Volk aber wurde aufgefordert, künftig nicht bloß Gott und Jesum, sondern auch die Mutter Maria, die heiligen Apostel und andere Märtyrer, ja sogar deren Bildnisse anzubeten; widrigenfalls drohte man mit Verbannung, Fegefeuer und höllischen Strafen. Jens Lüng erfuhr übrigens wegen der einsamen Lage seines Hauses von allem diesem wenig. Gleichwohl war er gottesfürchtig und heilsbegierig wie früher und beschloß, an dem nächstkünftigen Sonntage dem neueingerichteten Gottesdienste in der Eidumkirche beizuwohnen.

Auf seinem Gange nach der Kirche mag er vielleicht auch

---

*) Eidum ist der alte Name von Westerland. Als Eidum um 1436 untergegangen war, bauten die übrig gebliebenen Einwohner das jetzige Westerland.

**) Die Westerseekirche wurde St. Peter, die Ratsburgkirche St. Maria, die Eidumkirche St. Nicolai, die Keitumkirche St. Severin und die Morsumkirche St. Martin genannt.

gedacht haben, daß ihm wegen seines Altars große Freude und
Ehre zu teil werden würde. Voller Sehnsucht nach Gott
und der Teilnahme an einer würdigen Gottesverehrung und
voller Erwartung dessen, was er sehen und hören werde, trat
er in die Kirche. — Allein, wie bitter wurde er getäuscht!
— Seinen Altar erkannte er nicht mehr; der war nicht allein
neu gemalt, sondern gänzlich verändert worden, hauptsächlich
durch zwei rohe Figuren, welche man auf das Mittelstück des
Altarblattes, Gott dem Vater und der Mutter Maria zur
Seite, gestellt hatte und als zwei dänische Heilige, nämlich:
St. Jürgen und St. Niels bezeichnete.*) Er glaubte vor
Aerger und Schande in die Tiefe versinken zu müssen, samt
seinem Altare. Als nun aber die bethörte Menge vor diesen
Bildern niederfiel und nach dem Beispiel und der Anweisung
der Priester bald die Mutter Maria, bald St. Jürgen und
bald den heiligen Niels anflehte und dabei allerlei wunderliche Zeremonien den Priestern nachmachte, — da war das
Maß des Entsetzens, der religiösen Entrüstung, welches den
frommen, schlichten Greis ergriffen hatte, voll. Als endlich
der, mitten unter der knieenden, im blinden Götzendienst versunkenen Menge, allein stehengebliebene Jens aufgefordert
wurde, ebenfalls seine Kniee zu beugen vor den Heiligen und
deren Bildern — da sprach er: „Lebend nicht!" — zog sein
Messer aus der Scheide, stieß es sich selber in die Brust und
stürzte mitten in der Kirche mit dem Rufe: „Lieber tot, als
Sklave der Priester!" — nieder.**)

Es entstand jetzt in unserer Gesellschaft ein tiefes, ernstes
Schweigen, welches mehrere Minuten anhielt, in welcher Zeit
mir die Thränen der Rührung über die Backen in den offen-
stehenden Mund rollten und welches Schweigen zuerst durch
Maiken gebrochen wurde, welche plötzlich ausrief: „Jens Lüng
that recht; ich hätte auch so gethan!" —

---

*) Vergleiche S. 14. Im Jahre 1856 wurden die Figuren
mit großen Kosten zum teil neu vergoldet.
**) H. Rielholt schrieb: „Wente — — — da is en olt Mann,
de en Helde gewesen, darmant in de Kerke gestahn und to gesehen,
de hefft sin egen Messe genahmen und sick sülvest de Kele utgestoken,
darum dat he sick nicht mit dem nien Gloven wolde beladen."

10*

„Jaman! Maiken," — entgegnete Mei Aanken. — „Ist das recht, sich selber das Leben zu nehmen und gar in der Kirche?" —

„Justement!" — sprach Steven, — „Jens Lüng that ohne Zweifel recht; denn es steht nichts von Selbstmord und gar in einer Kirche in dem alten Landrecht. Was nicht verboten ward, ist erlaubt; wie mein Großvater sagte. — Aber Mei Siemken, Du sprichst wie ein Buch; Deine Worte klingen, als ob sie aus Wißbye stammten." *)

Mei Siemken, die gern für eine Friesin und zwar Sylterin gelten wollte, wurde durch diese spöttische Bemerkung Steven's an ihren dänischen Geburtsort Wißbye auf dem Festlande im nördlichen Schleswig erinnert, schmollte daher auf Steven und wollte an diesem Abende nicht mehr erzählen.

Ich hielt unterdessen nicht auf, bald den einen, bald die andere zu fragen, was denn aus Jens Lüng's Frau und Kindern geworden sei, bis Inken Nessen mir willfahrte und Mei Siemken's Erzählung fortsetzte. **)

„Ich habe oft gehört, daß in den Dünen Süden von Riebelum eine alte fromme Frau, die Merret hieß, gewohnt und daß sie zwei Kinder, eine Tochter, die Ellen hieß und einen Sohn, der Jacob Lungsem oder Leierl genannt wurde, gehabt habe; allein ich habe nicht gewußt, daß sie die Frau des Jens Lüng von List gewesen, jetzt aber zweifle ich nicht daran. Es ist so schön, wenn man über die alten Geschichten unserer Vorfahren Licht und Gewißheit bekommt, und es freut mich, mein Söhnchen," — sie redete mich an, — „daß Du darnach strebst und die alten Geschichten gern hören magst; vergiß sie nur nicht, wenn Du groß wirst, sondern schreibe sie auf. Mit Rantum ist es bald vorbei, der Sand und das Wasser kommen uns immer näher, und wenn wir Rantumer dann alle tot sind, so sind wir auch vergessen, wenn dann

---

*) Ein Witz von Steven. Er wollte sagen: aus Witzdorf, Klugdorf. Merret Siemons kam übrigens als Kind nach Sylt, wurde hier erzogen und starb hier unverehelicht 95 Jahre alt.
**) Inken Nessen hieß nach dem Westerländer Toten-Verzeichnis von 1831 eigentlich (nach ihrem früh verstorbenen Manne) Inken Ridels Knuten Fries, war 1808 schon Witwe. —

nicht! Du ober sonst jemand erinnerst und aufschreibst, was
wir gethan und gesprochen und erlebt haben. Darum, mein
Söhnchen, lern' Du das Schreiben, was niemand von uns,
selbst nicht einmal Steven, wenn er auch eine Feder beim
Ohr trägt, versteht, Du sollst unser Geschichtsschreiber sein.
Hörst Du?"

Steven fühlte sich gekränkt, räusperte sich und sprach:
„Ich sollte nicht schreiben können? — Doch ich habe wich-
tigeres zu schreiben, als Lügen und Sagen und Altweiber-
geschwätz. Mein Großvater Seliger, nach dem ich genannt
bin, der Landvogt Steven Talen, pflegte zu sagen: Alle Bücher
sollten verbrannt werden, bis auf das Nordstrander Landrecht
und alles Bücher- und Chronikschreiben sollte verboten sein;
denn dergleichen verwirret nur die Leute und macht, daß sie
das Landrecht nicht mehr verstehen und achten und befolgen.
Der Junge wird ein Nichtsnutz werden, wenn er Eure
Weisheit lernt und diese samt allen Euren Dummheiten auf-
schreibt. Hör', Junge, wenn Du nicht das Landrecht studieren
willst, so merk' Dir diese Regel: das ist der beste Mann, der
gut schweigen kann."

„Ha, ha, ha!" — lachte Maiken und sprach: — „Ich
füge hinzu: Steven ist ein schlechter Mann, weil er garnicht
schweigen kann." —

„Ich für meine Person," — entgegnete Steven, — „habe
das Landrecht gründlich gelernt, brauche vor niemanden zu
schweigen. Gleichwohl achte ich den Grundsatz: ‚Vehl weten
unde wenig sagen,' welcher mit großen Buchstaben in der
Keitumkirche steht, hoch, und will ihn jetzt befolgen."*) —

Inge de Fries konnte nun ungestört erzählen und begann
wieder: „Die fromme Witwe im Warbünthal erzog ihre
Kinder, wenn gleich in Dürftigkeit, in Kummer und Sorgen,
so doch zur Gottesfurcht und Treue, zur Arbeitsamkeit und
Sparsamkeit. Sie betete alle Morgen und Abend und lehrte

---

*) In dem Quergange an der Haupteingangsthür der Ge-
meinde in der Kirche zu Keitum stand mit erhabener Schrift ein
altstylter Kernspruch eingeschnitten, nämlich: „Ein Meister is: Vehl
weten unde wenig sagen, nicht antwerden op alle Fragen." (Jetzt
in C. P. Hansen's Museum.)

ihre Kinder auch beten. Sie hatte eine Kuh und einige
Schafe, spann und strickte Wolle und machte Dachstricke aus
dem Dünenhalm gerade wie wir, hielt auch ihre Kinder an
zur Teilnahme an ihren Arbeiten und erzählte ihnen abends
bei der Thranlampe von dem, was von alters her Gott und
was die Menschen gethan, so wie wir ja auch eigentlich nur
von solchem sprechen sollen, um weiser und besser zu werden.
Ja, Gott stärke uns! — Ihre Tochter wuchs denn auch an
ihrer Seite auf wie ein junges Reis aus der Wurzel eines
edeln Stammes, wurde immer mehr das Ebenbild der Mutter.
Der Sohn aber war, wie es schien, ein wilder Zweig, war
ein schläfriger, träger und entweder nichtsthuender oder nach
dem eigenen Kopfe sich beschäftigender Junge, mit dem die
Mutter nichts rechtes und gutes anfangen konnte, ohne, daß
er sich ihr widersetzte oder dabei einschlief. Schickte sie ihn
nach der Kuh oder nach den Schafen, so mußte sie nach
einigen Stunden gewöhnlich selber ins Feld gehen, um ihn
zu suchen, und sehr oft fand sie ihn alsdann am Strande
oder an einer Pfütze, sich aus kleinen Holzstücken Schiffe
zurechtschnitzend und sie ins Wasser schiebend. Wollte sie ihn
durch Ermahnungen, durch Belehrungen oder durch Erzählungen zum Guten leiten, so schlief er ihr ein. Wollte
sie ihn strafen, so widersetzte er sich ihr sogar. Sie hatte
daher vielen Kummer über ihren Sohn, und man nannte ihn
auf ganz Hörnum seiner Trägheit wegen Jacob Leiert oder
Jacob Lungsem; keiner aber zweifelte, daß er ein Nichtsnütz
werden würde. Er sprach selten und lachte niemals, trieb
gewöhnlich müssig und für sich allein in den Dünen oder am
Strande umher oder lag irgendwo und schlief oder gaffte
gedankenlos den Himmel oder das Meer an. So wuchs er
heran und mit seinen Kräften wuchsen auch seine übeln Eigenschaften. Selbst der damalige Prediger in Rantum, Herr
Albert, dem die Witwe ihre Not mit dem Knaben geklagt,
vermochte ihn nicht zu ändern. Gott tröste alle Mütter, die
solche Söhne haben! Als Jacob größer wurde, stand er oft
mitten in der Nacht auf, ging ohne Wissen und Willen der
Mutter aus und kehrte erst gegen den Morgen zurück. Keiner
wußte, wo er war und was er machte. Nur wenn die Mutter

bisweilen am Morgen ein Gericht frischer Butten oder Sand-
spieren, einen toten Hasen oder Vogel in der Küche oder
frischen Feuerungsvorrat auf dem Herde fand, konnte sie
schließen, wo Jacob in der Nacht gewesen war. Dann schlief
er aber auch um so fester und länger am folgenden Tage.
Er spielte oft und gern mit einer kleinen weißen Katze, die
nicht eigentlich in das Haus seiner Mutter gehörte, sondern
von dem Dorfe Rantum bisweilen am Tage, doch öfter in
der Nacht herüberschlich nach Warbünthal, und, wie die
Schwester Ellen zu beobachten Gelegenheit fand, ihn auf seinen
nächtlichen Streifereien begleitete. Unterdes war Jacob völlig
erwachsen und wie sein Vater groß und stark geworden. aber
er setzte seine nächtlichen Wanderungen fort, schien sie sogar
auszudehnen, da er immer später zurückkehrte. Zuletzt blieb
er ganz aus, ohne daß jemand wußte, wo er stecken mochte.
Er setzte dadurch seine Mutter und Schwester in große Angst
und Sorge seinetwegen, so daß die letztere ihn überall auf
der Insel zu suchen begann. — In dieser Zeit ließen sich,
wie auch schon früher ab und zu, oft fremde Fischer, Strand-
und Seeräuber an der Südspitze der Halbinsel Hörnum und
in der Renne am Buder sehen; sie kamen jedoch selten nach
den Dörfern der Insel und hatten, soviel man wußte, bisher
keinem Sylter etwas zu leide gethan. Eines Tages nun,
als Ellen nach ihrem Bruder suchte, wagte sie sich auch nach
der Südspitze der Insel, in der Hoffnung, ihn dort zu finden.
Es war aber gerade damals ein schwedisches Seeräuberschiff
am Buder angekommen, ohne daß die Jungfrau es wußte.
Als nun die gottlosen Räuber das schöne Mädchen an der
Südspitze der Halbinsel gewahrten, wurden sie lüstern. Sie
stiegen gleich ans Land und liefen nach dem armen, unschuldigen Geschöpf, welches schüchtern wie ein gejagter Hase
bald sich unter einem Halmbüschel zu verbergen suchte, bald
weiter rannte nach der Landspitze zu. In ihrer Angst sah
Ellen sich um, ob kein anderer Weg zu entrinnen ihr übrig
war, denn sie stand schon an dem äußersten Ende der Insel;
allein es gab keinen mehr. Vor ihr das Meer, hinter ihr
die Räuber, die immer näher kamen und sie im nächsten
Augenblick umringen würden. Da dachte sie ohne Zweifel

an ihren Vater und sein Ende. Sie faßte sich schnell, befahl Gott ihre Seele, stürzte sich in die See und ertrank vor den Augen ihrer geilen, erbarmungslosen Verfolger. Das war das traurige Ende der tugendhaften Ellen, die lieber tot, als verführt oder die Sklavin der Räuber sein wollte. —

Nach diesem Verluste ihrer beiden Kinder glaubte die alte einsame Witwe sich zu Tode weinen und hungern zu müssen; denn sie war nach gerade so alt und schwach geworden, daß sie nicht mehr arbeiten und kaum mehr aus- und eingehen konnte. Jedoch, als sie ihre Gedanken nach dem erlebten Unglücke wieder etwas gesammelt hatte, setzte sie ihr Vertrauen, wie früher stets, auf Gott und begann wieder zu ihm zu beten um seine Hilfe und seinen Segen. Sie hoffte, der liebe Gott werde ihr gute Menschen zusenden, die sich ihrer erbarmen und sie in ihren letzten Tagen versorgen würden. Allein, Gottes Wege sind nicht unsere Wege; was sie gehofft hatte, geschah nicht. Wohl aber fand sich die kleine weiße Katze, welche unterdes groß und dick geworden war, wieder in ihrem Hause ein, schmeichelte ihr und streichelte sie und wich nicht mehr von ihrer Seite, wie oft sie dieselbe auch zu verscheuchen suchte. Nur wenn es Nacht wurde, die Alte zu Bette gegangen war und schlief, schlich sich die Katze weg, fing Vögel und Fische und trug diese der Witwe ins Haus; bisweilen schleppte sie auch Eier, die sie den Vögeln aus den Nestern und selbst Hasen, die sie den Jägern aus den Schlingen genommen hatte, herbei. Auf solche Weise ernährte das kluge und mitleidige Tier die alte, fromme Witwe im Warbünthale mehrere Jahre. Diese erkannte darin eine Fügung Gottes und dankte dem himmlischen Vater nun alle Tage für seine Gnade. Die Jäger und Fischer aber waren neidisch und erbittert auf die Katze, lauerten ihr auf und fingen sie zuletzt in einer Schlinge. Da wollte zum zweiten Male die Alte verzagen; jedoch barmherzige Rantumer fanden sie eines Tages halb verhungert und verpflegten sie nun bis zu ihrem Tode."

Es entstand jetzt wieder eine Pause in der Unterhaltung, die von Mei Nanken zuerst unterbrochen wurde. —

„Aa wat en Gruul!" — begann sie. — „Ich bin noch
so entsetzt über den Tod der armen Ellen, daß ich von dem,
was später erzählt wurde, nichts gehört habe."

„Da habt Ihr auch nichts verloren," — entgegnete
Maiken; — „denn was Inken von der Katze erzählte, soll
ganz anders verstanden werden. Inken's Kinder kommen geschmückt und getauft zur Welt. Meine Erzählungen sind, wie
der Pastor sagt, wilde Naturkinder, aber sie sind wahr und
unentstellt, gerade wie man in alten Zeiten dachte und sprach.
Maren Wullis — Ihr wißt ja, daß sie etwas mehr konnte,
als Brotessen und daß sie vor ein paar Jahren hier draußen
im Sumpfe ihren Tod fand — ich versichere Euch, ich habe
es selber gesehen, daß sie sich in einen Seehund verwandelt
hatte und vor einem Schiffe herschwamm, um dasselbe an den
Strand zu locken: — nun, diese glaubwürdige Frau erzählte
mir ein paar Tage vor ihrem Tode, als wir bei dunkler
Nacht mit einander von Westerland kamen und nach Rantum
gingen, was ich Euch über die Katze, von der Inken sprach,
und von Jacob Leiert und anderen mitteilen will. Maren
hatte es von meiner Großmutter Maren Talen, nach der ich
genannt bin, und welche auch die Kunst, Schiffe an den Strand
zu locken, verstand. Ich habe die Pantoffeln, mit welchen
meine Großmutter Stürme zu machen pflegte, nach ihr geerbt
und noch im Besitz; allein ich verstehe dieselben nicht wie sie
zu gebrauchen. Meine Großmutter aber soll die Geschichte,
die ich Euch erzählen will, gelesen haben aus einem alten
Hexenbuche, welches die berühmte Zauberin Anna Truels, die
auf Nordstrand verbrannt wurde,*) geschrieben hatte und
welches Buch meiner Großmutter von einer alten Bettlerin
aus Dunsum auf Föhr, welche wie früher so viele Föhringer
Hexen oft nach Sylt kamen, geliehen war. Das ist beim
Raben wal!"

Nach dieser Einleitung waren wir alle — vielleicht mit
Ausnahme von Inge de Fries, welche jetzt zu schmollen schien
— begierig, Maiken Niß Talen's Erzählung zu hören.
Maiken begann also: „Ich versichere Euch, es war keine Katze,

---

*) Sie soll um 1686 verbrannt worden sein.

die nach Jacob Lungsem lief, mit der er spielte, und die nachher seine Mutter, die alte Merret, versorgte, sondern" —

In diesem Augenblick entstand ein Geräusch draußen
unter den Fenstern der Stube, als ob eine wirkliche Katze
in großer Not wäre und in der Angst ihres Herzens er-
bärmlich miaute. Wir sahen alle natürlich sofort zum Fenster
hinaus, aber gewahrten nichts als die finstere Nacht und
ein, bald stille stehendes, bald auf dem Stumpfe umher-
schwankendes Licht.

„Uu de Loghterman!" — schrieen mehrere von uns. —
„Nein," — sprach Mailen, — „wenn man von deu Teufel
gesprochen hat, pflegt er nicht weit zu sein. Es ist Maren
Wullis Geist, der keine Ruhe findet und als Gespenst wieder-
kehrt, vielleicht um zu bezeugen, was ich Euch sagen wollte.
Sehet Ihr nicht, wie das Licht gerade von der Stelle im
Sumpfe, wo ihre Leiche vor drei Jahren gesunden wurde,
herkommt und sich nach diesem Hause bewegt?" —

Es entstand ein Augenblick peinlicher Erwartung und
abergläubiger Angst unter uns, die selbst Sleven nicht verbergen konnte. — Es löste sich jedoch bald das Rätsel. —
Mein Vater trat mit strenger Miene, eine brennende Laterne
in der Hand haltend, in die Stube. Die erschrockene Katze
des Hauses war schon vor ihm hereingeschlichen. Mein Vater
erinnerte uns alle daran, daß es gegen 10 Uhr in der Nacht,
mithin Bettzeit sei, und befahl mir, ihm sofort nach dem
heimatlichen Dorfe Westerland und nach Hause zu folgen.

II.

Es war mir nicht möglich, acht Tage oder bis zum
nächstfolgenden Sonnabend-Nachmittage, an welchem mein
Vater wieder zur Belehrung und Prüfung der Jugend nach
Rantum ging, zu warten, um ihn alsdann dahin zu begleiten;
sondern die Sehnsucht nach der versprochenen Erzählung
Mailens trieb mich an, bereits am nächstfolgenden Tage, also
am Sonntag-Nachmittage auf eigene Faust nach Rantum zu
gehen. Ich fand in der Hütte im Sumpfe, welche eigentlich
zwischen Westerland und Rantum, jedoch näher an Rantum

lag, wieder dieselbe Gesellschaft bis auf Steven Talen, der
sich an Sonntag-Abenden einen Rausch in Tinnum oder Westerland zu holen pflegte, vor. Nachdem die drei frömmeren
Hausbewohnerinnen ihren nachmittäglichen Gottesdienst beendigt hatten, begann Maiken zum zweiten Male ihre Erzählung.*)

„Die mitleidige Katze, von der uns gestern abend erzählt wurde, war meiner Seel eine Hexe, war ein schönes
Mädchen aus Rautum, welches jung schon die geheime Kunst,
sich in eine Katze oder in ein anderes Tier zu verwandeln
und den jungen Männern etwas anzuthun, gelernt hatte.
Sie spielte als Katze mit dem Knaben, dem langsamen Jacob,
aber weckte als Jungfrau — „sa'n Donner!" — das Feuer
in dem Jünglinge. Am Tage nur spielte sie die Rolle der
Katze, in der Nacht war sie früh schon die Braut Jacobs,
die ihn stets auf seinen nächtlichen Wanderungen am Strande
und in den Dünen, selbst wenn er Vögel und Fische fing
oder Strandgut sammelte, begleitete, aber auch ihn vor Gefahren warnte und beschützte.

Es gab aber damals so viele Hexen und Tröler auf
Sylt und besonders in den Dünen, daß die beiden Verliebten,
Jacob und Kressen — so hieß seine Braut — nicht lange
ihre nächtlichen Zusammenkünfte und Wanderungen unbemerkt
und ungestört fortsetzen konnten.**) Als ihr Geheimnis nun
bei den übrigen Hexen viel Geschwätz und Neid erregt hatte,
konnte sich Kressen vor dem Gespött und Gekicher der übrigen
kaum mehr sehen lassen. Jacob machte daher von jetzt an
manche nächtliche Tour allein, ohne die schüchtern gewordene,

---

*) Maiken wohnte, sowie auch Steven südlicher, in dem eigent-
lichen Dorfe Rantum, kam aber des Abends oft mit den übrigen
drei Weibern zusammen. Sie gebrauchte beim Erzählen selten Flüche
und Flickwörter wie viele andere Rantumer, sagte aber statt „be"
immer „da."

**) Ohne den Glauben an die Mächte der Finsternis predigen
oder erneuen zu wollen, muß ich dennoch mitteilen, was und wie die
Alten, die unter dem Einfluß des Aberglaubens standen, von Hexen
dachten und erzählten. In der Macht und Wirkung des Aberglaubens
auf die Gemüter der Vorfahren ist für den Geschichtsschreiber noch
ein reiches Gebiet der Forschung, ein Schlüssel vieler Erscheinungen.

viel verleumdete Braut mitnehmen zu können; aber er entbehrte nun auch den Schutz der liebenden und warnenden Fee, die ihn begleitet hatte; hatte daher jetzt manche Anfechtung, manche Versuchung, aber auch manche Neckerei und Verfolgung von andern verliebten Mädchen oder neidischen und boshaften Hexen zu erdulden, in denen er nicht immer gut bestand. Einst hatte er sich, wie es so oft auf seinen nächtlichen Streifereien geschah, verspätet, war gegen die Morgenstunde am Fuße einer Düne auf Hörnum eingeschlafen oder lag in Gedanken und Träumereien versunken, als eine neckische und schadenfrohe Hexe zu ihm trat und ihm lachend zurief: „Jacob, Jacob, lauf' nicht so!" — Jacob schlug die Augen auf und antwortete: „Ich laufe ja nicht." — „Ich sah Dich eben laufen," erwiderte die Hexe. „Wenn es denn nicht jetzt geschieht, so wird's gleich los gehen." — „Warum?" sprach Jacob. „Ich laufe niemals; ich mag nicht laufen." — „Auch nicht, wenn Kressen weint oder einen andern Freier hat?" fragte die Versucherin. — „Was geht's Dich an? Ich laufe doch nicht," war die Antwort. — „Auch nicht, wenn die Likendehler oder die Wagemänner kämen und Jacob fangen wollten?" sprach die Hexe. — „Nein, ich laufe vor niemand!" entgegnete Jacob. — „Aber Jacob fürchtet sich doch vor dem Teufel, wenn er ihn in sich hat und läuft vor sich selber?" fragte die Feindin. — „Ich fürchte keinen Teufel und will nicht laufen," antwortete Jacob. — „Jacob kann nicht laufen!" sprach jetzt die listige Nachtschwärmerin, ergriff seinen Stock und Hut und rannte mit denselben schnell den Berg hinan. — Jacob war jetzt an seiner schwachen Seite angefaßt, er besann sich keinen Augenblick, lief dem lachenden Mädchen nach, den Berg hinan, den Berg hinunter, und so noch viele Berge auf und ab, denn die heillose Hexe lief oder flog immer weiter und der einmal erhitzte Jüngling stürzte ihr blindlings nach, wohin sie eilte. — „Willst Du mich küssen?" rief endlich das tolle Mädchen, „weil Du mir so lange nachläufst." — „Ich will Dich schlagen, Du Teufels Weib!" stöhnte der atemlose Jüngling. — „Ha, ha, ha!" lachte die Hexe. „Ich habe ja Deinen Stock." — „Gib mir meinen Stock und Hut, Du Diebin!" schalt jetzt Jacob. —

„Da hole fie, Du heldenmütiger Mann!" fpottete die Un-
holdin und warf feinen Hut und Stock weit hinaus in die
Bucht am Buder, wo diefelben, fchnell vom Strom erfaßt,
auswärts trieben. Jacob ftampfte mit den Füßen und
fchäumte vor Wut, aber fchwamm nicht feinen verlornen
Gütern nach. — „Pfui! Jacob fürchtet fich vor dem Waffer,
er darf nicht zur See fahren, er muß zu Haufe bleiben bei
feiner Mutter und feiner Katze; Jacob hat keinen Hut und
Stock mehr; ha, ha, ha! Er muß nun ein Weibertuch um
den Kopf binden, und mit einer Schürze um den Leib fich
waffnen. — Ha, ha, ha! — Hör', liebe Schwefter Jacob, ich
will Dir einen Befen fchenken, dann reiten wir zufammen
zum nächtlichen Tanz nach dem Buder und nach dem Blocks-
berge. — Ha, ha, ha!" — So fpottete die heillofe Hexe auf
ihrem Rückfluge nach Norden des armen, tief gedemütigten,
aber zugleich tief erregten, in feinem innerften Wefen wie
umgefchaffenen Jacob noch lange. Es kam ihm vor, als ob
die Luft und alle Hügel ringsum widerhallten von dem
Hohnlachen, von dem fchändlichen „Ha, ha, ha!" der teuf-
lifchen Zauberin. Zurückkehren zu feiner Mutter und Schwefter
und feiner geliebten Braut ohne Hut und Stock, nachdem er
diefe auf fo fchmähliche Weife verloren hatte, zum Gefpött
werden für ganz Sylt — nein, das konnte er nicht über fich
gewinnen. Er mußte fort von der Heimat, das fühlte er
tief, nur das „Wie?" war ihm ein Rätfel. — Der Tag
graute unterdes, und als es heller Morgen wurde, fegelte,
mit dem Flutftrom kommend, ein Helgolander Fifcherfahrzeug
durch das Hörnumgatt in die Bucht hinein, an welcher
Jacob troftlos ftand. Als das Schiff Anker geworfen hatte,
rief der Schiffer dem langen Jacob zu: „Hör', Freund, ich
habe draußen beim Fifchen zwei meiner Gehilfen verloren;
Du fcheinft mir tüchtige Glieder zu haben, könnteft wohl für
zwei arbeiten; haft Du Luft, einen guten Schilling zu verdienen, fo will ich Dich mit meiner Jolle abholen; fonft wirft
Du mir auf Deiner Infel vielleicht einen andern tüchtigen
Kerl verfchaffen können?" — „Holt mich nur ab, ich will
mit Euch fahren," antwortete freudig Jacob. — Nach fünf
Minuten war er bereits an Bord. Als die Ebbe wieder

eintral, lichtete der Schiffer die Anter und segelte wieder ab.
— Jacob war nun Matrose und Heringsfischer und ein
tüchtiger Gehilfe seines Schiffers, der wohl mit ihm zufrieden
war und ihn reichlich belohnte.

Erst einige Jahre später scheint es auf Sylt allgemein
bekannt geworden zu sein, daß in der Gegend von Helgoland
so viele Heringe gefangen wurden, erst dann scheinen die
Sylter mit Allemann an dieser Fischerei Teil genommen zu
haben. Wie verwunderten sich aber alle, als sie ihren Landsmann Jacob Leiert schon vor ihnen auf Helgoland angekommen
und mit dem für die Sylter später so wichtig gewordenen
Heringsfang bereits beschäftigt fanden!*) Jacob Leiert ist
daher der erste Sylter Heringsfischer gewesen. Man sagte
deshalb später oft von ihm: Einmal in seinem Leben hat
Jacob Lungsem stark gelaufen und ist alsdann vor alle seine
Landsleute gekommen. Man sagt aber auch noch oft von
einem trägen Menschen: Jacob hat ihn ereilt!

Ehe es aber dahin kam, daß seine Landsleute ihm in
diesem neuen Erwerbszweige nachfolgten, war seine Schwester,
wie Inken erzählte, bereits gestorben und seine Braut, um
dem Gespött der bösen Leute zu entgehen, in der Gestalt
einer Katze zu seiner Mutter gezogen, hatte aber als treue
liebende Schwiegertochter für sie gesorgt, sie ernährt und ge-
pflegt; freilich in der Gestalt einer Katze stets am Tage;
wenn aber die Alte schlief, stets als emsige und sparsame
Haushälterin in der Gestalt einer schönen, blühenden Jungfrau. Ich weiß wohl, daß die alten Rantumer Sagen immer
nur von einer Katze sprechen, welche die letzte Bewohnerin
der südlich von Rantum auf dem eigentlichen Hörnum ehemals
gelegenen Dörfer oder einzelnen Wohnungen ernährt habe;
allein das alte Hexenbuch von Anna Truels auf Nordstrand
soll alles dieses, wie so vieles anderes, so erklärt haben, wie
ich es Euch erzähle. Das ist bei den Raben wahr!"**)

---

*) In der Folge nahmen die Sylter sogar einen Hering als
Wappen in ihrem Landessiegel an, wie dasselbe noch zeigt. Dieser
Heringsfang der Sylter und anderer Insulaner bei Helgoland begann
erst nach 1425.
**) Bi den Raawen! ist eine Beteuerung aus heidnischer Zeit,

„Ich muß mir indes erst eine Priese nehmen" (Maiken schnupfte stark) „zur Slärkung meines Gedächtnisses; denn jetzt kommt gerade etwas Schwieriges in meiner Erzählung vor. — Es war im Jahre — — — —. Nein, es hat nichts geholfen. — Es war im Jahre — — — —. Nein, es geht nicht! Mein Gedächnis ist von der Sorte, wie Hans Kielholts Gedächnis war, das konnte nur alle Sagen und Geschichten und allenfalls Tag und Datum, an welchem sie passiert waren, aber nie die Jahreszahlen erinnern. — Also, in einem Jahre, gerade in der Nacht vor dem Allerheiligen Tage, zu dessen Feier sich damals alle heiligen und scheinheiligen Eidumer und Rantumer gleich allen übrigen Katholiken freuten und rüsteten, geschah es nun, daß ein entsetzlicher Sturm und eine so hohe Flut kam, wie bei Menschendenken nicht gewesen war. Alle Deiche brachen durch, das Wasser drang fast in alle Häuser und zerstörte die meisten in ganz Rantum und Eidum. Viele hundert Menschen ertranken, besonders Weiber, Kinder und alte Leute. Die Dünen waren, wie die Alten sagten, ins Laufen gekommen und stoben über alle Wiesen und Weiden zwischen Rantum und Tinnum, so daß man nachher große Mühe hatte, um das fruchtbare Land wieder von dem Sande zu reinigen, den man in große Haufen und Wälle, welche man noch jetzt die „Söndiller" nennt, zusammen karren, schaufeln und fegen mußte. Die schöne, große Kirche von Alt-Rantum, die Westerseekirche, ging wie die meisten Häuser von Alt-Rantum in dieser Ueberschwemmung zu Grunde, nur die südlichsten und östlichsten Teile des Ortes samt der kleinen, sogenannten Marien- oder Ratsburgkirche blieben stehen. Von Eidum blieben nur nach: die Kirche, samt den nordöstlichsten Häusern dieses Kirchspiels, die jetzigen sogenannten Enden von Westerland.*) — So ging alle Herrlichkeit Rantums zum Blegum!" —

die noch bekannt und gebraucht ist. Es liegt übrigens ein Doppelsinn darin.

*) Aller Wahrscheinlichkeit nach ist diese furchtbare Ueberschwemmung im Jahre 1436 vorgefallen. Die Westerseekirche wird später nicht wieder erwähnt. Auch der Name des Kirchspiels Eidum verschwand damals und erst 1450 tritt statt desselben der Name Westerland auf. H. Kielholt schrieb kurz vor 1440: „Wente be schöne

„Als das Unglück geschehen war, wurde ohne Zweifel aus der Allerheiligen-Verehrung an dem Tage nichts. Jens Lüngs schroffer eigenmächtiger Tod hatte aber — wie mir scheint — dadurch, daß der liebe Gott die Ueberschwemmung kommen und die Heiligen-Verehrung hindern ließ, von dem Himmel selber eine Rechtfertigung erhalten." —

Diese Bemerkung machte Mei Siemken, die keinen Flecken an ihrem Liebling Jens Lüng und dessen Ehre dulden mochte. —

„Das glaub' ich nicht," — sprach Maiken und setzte nun ihre Erzählung fort. — „Als die von der Allerheiligen Flut übrig gebliebenen Rantumer sich etwas erholt hatten, sprachen sie natürlich auch davon, woher das Unglück gekommen sei, wer wohl den schrecklichen Sturm veranlaßt habe. Sie sahen rings um sich auf die Wasserwüste, auf die Häuser- und Kirchen-Trümmer, nach den fliegenden Wolken und Vögeln; allein nirgends konnten sie ein Zeichen entdecken, woran sie zu erkennen vermochten, woher der Sturm und das Unglück entstanden sei. Es war vor dem Unglück auch kein Komet oder Nordlicht gesehen worden. Während sie so standen und sich bedachten und besprachen über die Ursache ihrer schrecklichen Erlebnisse der vorigen Nacht, klang aus der Ferne ein Hohnlachen wie von einer großen Raubmöve in ihre Ohren. Sie sahen sich bestürzt noch einmal um und gewahrten auf dem hohen Walle der alten Rantum- oder Ratsburg einen großen schwarzen Hahn oder andern Vogel, der mit den Flügeln weit um sich schlug, aber doch nicht wegflog, der ab und zu entsetzlich krähte und dann wieder laut lachte. Jetzt gingen ihnen die Augen auf, wer ihnen ihr Unglück bereitet hatte. Die Klügsten unter ihnen er- innerten sich des Streites, den der erzkatholische Priester zu St. Marien, der an der kleinen Ratsburgkirche zu Rantum stand und ein arger Störenfried, ein wahrer Nellepenn war,

_____

Kerle, de min seel Vader habbe (sein Vater war, wie er in der Ueber-schrift seiner Antiquitäten bemerkte, Prediger an der Westerseekirche gewesen) ftribt nu daglich 2 Faden deep mit Water up den Mühren." — Ferner nennt er, als durch das salze Wasser untergegangene oder verdorbene Aeckerfelder dieser Gegend, nämlich: Boldernid, Fogerfeld, Klode-Wunge, Eydem Kley, Rosenfelde, Schönefeldt und Weetackern.

stets mit dem Herrn Alberl (dem Vater des Hans Kielholl), welcher an der großen Seekirche, die jetzt untergegangen war, Prediger gewesen, geführt, und des Neides, welchen der erstere, der keine Zuhörer hatte, gegen den allgemein geachteten und geliebten Herrn Alberl gehegt hatte, und alle Rantumer waren sich schnell darin einig, daß der schreckliche, hohnlachende, schwarze Vogel auf der Ratsburg niemand anders als der schadenfrohe Priester und daß er der Urheber ihres erlebten Unglücks sei. Er war auch längst in dem Verdacht, daß er Hexen- und Teufelskünste nicht bloß verstand, sondern im großen trieb. — Es that übrigens not, daß die Rantumer und freilich auch die Eidumer ihre geringen, ihnen noch gebliebenen Güter und Gaben zu sammeln und zur Abwendung noch größerer Uebel anzuwenden suchten, denn ihr Vieh war fast ohne Ausnahme ertrunken, ihre Vorräte und Geräte mit ihren Wohnungen verschwunden oder unbrauchbar geworden. Der kalte Winter stand vor der Thür und es fehlte ihnen fast an allem, um sich gegen seine Schrecknisse zu wehren. Es ging ihnen ungefähr wie den Schweinen am Troge. So lange sie Ueberfluß hatten, beneideten, schalten und bissen sie einander; als der Trog leer war, machten sie Frieden. Sie setzten jedoch am meisten Hoffnung auf die baldige glückliche Rückkehr ihrer abwesenden Söhne und Brüder, die seit dem Frühjahre mit dem Heringsfang bei Helgoland beschäftigt waren; sie hofften durch diese und deren im Sommer gefangene Fische oder verdiente Löhnungen mindestens vor dem Hungertode geschützt zu werden. Ehe diese aber anlangten, kamen zur Vollendung des Unglücks der Rantumer die schlimmsten der damaligen Gäste, die Likendehler, lauter schwedische und andere Seeräuber, bei Hörnum an. Der Sturm hatte deren Schiffe stark beschädigt und sie genötigt, die Reede am Buder aufzusuchen. Einige ihrer Schiffe waren glücklich binnen gekommen, andere aber waren bei Hörnum und Amrum auf den Strand geraten und in Stücke geschlagen. Manche der Seeräuber waren bei der Strandung ertrunken, viele aber am Leben geblieben, und die meisten derselben stürmten am folgenden Tage hungrig und nach Raub und Mord begierig, von Hörnum nach Rantum herauf. Was die

11

Wellen verschont hatten, das wurde nun in dem unglücklichen
Rantum eine Beute dieser gottlosen Räuber, und nicht viel
besser sollen sie in Eidum und Tinnum gehaust haben. In
Rantum suchten sie sogar unter den Trümmern der Westerseekirche das Blei des Daches und die Glocken des Turmes hervor und schleppten selbst diese schweren Sachen fort nach ihren
Schiffen.*) Als sie auf ihrem Rückzuge nach dem Buder das
einsame, wie durch ein Wunder in der Ueberschwemmung er-
haltene Haus im Warbünthale entdeckten, raubten sie, da sie
nichts Besseres dort fanden, aus demselben die schöne weiße
Katze, thaten dieselbe in einen Sack und schleppten sie, wie
sehr die alte blinde Merret auch bat und wie jämmerlich die
Katze auch miaute und sich gebärdete, ebenfalls mit sich fort
nach dem Buder.

Unterdessen hatten sich die Räuber mit ihrer Beute über-
laden und deshalb auf ihrem Rückwege sehr verspätet; es war
dunkle Nacht geworden, ehe sie den Ankerplatz am Buder erreichten. — Als sie aber dort ankamen, fanden sie zu ihrem
Schrecken eine große Menge Fischerfahrzeuge, teils in der Bucht
ankernd, teils in die innere Rinne hineinsegelnd, ihre Schiffe
aber, sowie die Ufer ringsum, mit Menschen, mit eben aus
der See angelangten Fischern besetzt. In der Dunkelheit der
Nacht konnten sie jedoch nicht sofort erkennen, ob die Neuangekommenen Freunde oder Feinde wären. Sie riefen daher
denselben das Losungswort der Likenbehler: „Gottes Freund,
aller Welt Feind!" entgegen.**) — Die Neuangekommenen

---

*) H. Kielholt schrieb über diese Beraubung der Trümmer der
Westerseekirche: „De Buren seggen, dat de fremden Schiplüde hebben
dat Dack, alle dat Bly und 3 schöne Klocken davon afgenahmen."

**) Nachdem die Vitaliner oder Likenbehler besonders durch die
Hamburger schon oft besiegt und die Gefangenen jedesmal auf dem
Grasbrool bei Hamburg enthauptet worden waren, glaubte man sie
ausgerottet zu haben, allein sie tauchten immer wieder auf. Um 1417
fing und köpfte man in Westfriesland 150 derselben und meinte, alle
wären nun tot: allein 1433 wurden noch 40 derselben in Hamburg
hingerichtet. — Nicht zu gedenken der vielen, die mit Claes Störtebeck
um 1402 auf dem Grasbrool waren geköpft worden. — Die 1433
in Hamburg gerichteten sollen Hörnumer gewesen sein, 74 an der
Zahl. Sie waren beschuldigt, ein Faß mit Nägeln gestohlen zu
haben.

antworteten anfänglich nicht, bis die Mehrzahl derselben gelandet war, und sie sich stark genug fühlten, dem Gesindel, dessen Schiffe sie sogleich als die der berüchtigten Likendehler oder Vitaliner erkannt und besetzt hatten, entgegen zu treten. Dann riefen die von dem Heringsfang zurückgekehrten Sylter — denn das waren die neuangekommenen Fischer — den Seeräubern das derzeitige Losungswort der seefahrenden und Fische fangenden Inselfriesen: „Wo ein Aas ist, da sammeln sich die Adler!" mit Allemann zu.

Nun wußten beide Parteien, woran sie waren. Die Likendehler erkannten aber auch, daß sie die Minderzahl und im Nachteil waren, wagten daher kein Gefecht mit den zahlreich gelandeten Syltern, sondern versenkten schnell die schwersten ihrer geraubten Güter ins Meer, ließen einen andern Teil derselben in einer Dünenschlucht zurück und traten darauf mit den wertvollsten ihrer Schätze eilig ihren Rückzug nach Norden längs den Hörnumer Dünen an. Die Sylter folgten ihnen nach, sobald sie ihre und der Feinde Schiffe gehörig verlotzt und mit Wachen versehen hatten. — Der Letzte der zurückgekehrten Sylter, welcher mit vielem Gelde ans Land stieg, war Jacob Leiert. Er konnte eben seines vielen Geldes und seiner langsamen Natur wegen den übrigen nicht folgen. Als er nun in der ihm wohlbekannten Gegend sich den Weg, durch eine Dünenschlucht gehend, etwas abkürzen wollte, fand er dort mehrere der zurückgelassenen Güter der Räuber, unter andern auch einen Sack, aus welchem leise wimmernde Töne, wie von einem weinenden Kinde hervorbrangen. Jacob öffnete den Sack und siehe — heraus kam seine geliebte, noch immer so blühend schöne Braut von ehemals. Er küßte und umarmte sie in herzlicher Liebe und auch Kressen erwiderte seine Liebe mit Innigkeit, denn sie war ihm unter vielen Anfechtungen stets treu geblieben. — Sie erzählte ihm nun, was mit ihr und seiner Mutter und mit Alt-Rautum und Eidum während seiner Abwesenheit vorgefallen war, und er teilte ihr auch in der Kürze seine Erlebnisse mit, daß er auf ehrliche Weise viel Geld verdient hätte und solches jetzt heimbrächte, um ihr und sein Glück damit zu begründen und der alten, frommen Mutter die letzten Tage ihres Lebens angenehm zu machen. Beide

11*

freuten sich recht herzlich des Wiedersehens und ihres künftigen
Glücks. Kressen half ihm nun seine schweren Geldsäcke tragen,
versprach ihm, sich nie wieder in eine Katze verwandeln oder
die Hexenkünste der Alten anwenden zu wollen und Beide
gingen nun Arm in Arm der Mutter und der Heimat im
Wardünthale zu. —

Die Übrigen beim Buder gelandeten Sylter Heringsfischer
waren unterdes teils vorausgeeilt, teils mochte ihre Sehnsucht
und Sorge in betreff ihrer lieben Angehörigen daheim, teils
ihr Eifer in der Verfolgung der Seeräuber sie zu ungewöhn-
licher Eile anspornen. Sie mußten jedoch mit Vorsicht und
Umsicht vorwärts schreiten und sich in den umwegsamen Dünen
verteilen, um nicht in der Finsternis und in der wilden,
hügeligen Gegend von den Feinden überlistet, umgangen und
von hinten angefallen zu werden, oder selbige nach ihren
Schiffen am Buder entkommen zu lassen. Einige Male hatten
sie wirklich deren Spuren bereits verloren und waren im
Begriff wieder umzukehren, um nötigenfalls ihre Schiffe zu
verteidigen, jedoch es kamen ihnen alsdann ein paar ihrer
mitgenommenen, gut abgerichteten Schiffshunde sehr zu statten,
indem dieselben entweder ihnen vorauseilten oder sie umkreisten.
Der Zug der Sylter war bereits am Puanklint *) angekommen,
und war jetzt unschlüssig, ob er weiter gehen oder umkehren
solle, da man keine Fußtritte, die nordwärts gerichtet waren,
mehr im Sande ringsum finden konnte. Man stand daher
einen Augenblick still, beratschlagte sich und lauschte, ob nicht
irgend ein Geräusch die Richtung und Entfernung der Feinde
verraten würde; jedoch kein Laut, als das monotone Getöse
der an der Westseite der Halbinsel auf den Strand rollenden
Wellen, war zu vernehmen. Plötzlich rannten indes unter
schrecklichem Geheul die vorausgeeilten Hunde von einer hohen
Düne herab und mischten sich mit unverkennbaren Zeichen
der Angst unter die Leute. Die Mutigsten der Sylter begannen sofort, den Gipfel des Berges, welchen soeben die
Hunde verlassen hatten, zu ersteigen, um die Ursache des

---

*) Puanklint ist wie der Buder und Großulie eine ins östliche
Haff hervorragende Düneneck und liegt zwischen diesen beiden auf
Hörnum.

Schredens der Hunde zu entdecken, allein sie fanden durchaus
nichts, was ihnen Aufklärung über die Sache zu geben vermochte. Die Sinne der Hunde mußten jedoch viel schärfer
als die ihren sein, denn bei jedem Hall, welchen die Gesellschaft machte, stimmten die Hunde wieder ihr Klagelied an.
Endlich, nachdem die Sylter mehrere Hügel und Hügelreihen
überstiegen hatten, gewahrten sie, was ihre Hunde längst ge-
wittert. In dem nordwestlichen Winkel des Warbünthales
bewegte sich ein Licht, umgeben von einer Menge düsterer
Gestalten, nach dem einsamen Hause der Witwe Merret Lüng.
Einen Augenblick schwand das Licht hinter dem Hause, dann
flackerte es einige Male hell auf und schien darauf erlöschen
zu wollen. Plötzlich aber breitete sich dasselbe über eine
große Fläche aus, und in weniger als zwei Minuten stand
das ganze Strohdach des Hauses in lichten Flammen. Die
düstern Gestalten zogen sich alsdann von ihrem teuflischen
Werke zurück und entwichen schnell in den Schatten einer
nahen Düne und durch eine Dünenschlucht weiter nach Norden.
Voll von dem Verlangen, der armen, alten, blinden
Witwe zu Hilfe zu kommen und wenn möglich sie von dem
schredlichen Feuertode zu erretten, stürzten jetzt alle im höchsten
Grade entrüsteten Fischer nach dem brennenden Hause. Die
schnellsten derselben kamen eben noch früh genug bei der
Brandstätte an, um, freilich mit eigener Lebensgefahr, die
alte fromme Merret, die von diesem Augenblick an bis zu
ihrem Tode bei allen Rantumern einer seltenen Liebe und
Verehrung genoß, aus der Feuersnot zu erretten. Die ältesten
der Fischer blieben bei der Witwe zurück und führten oder
trugen sie, als aus ihrer Wohnung nichts mehr zu retten
übrig war, den noch vorhandenen Hütten Rantums zu. Die
jüngeren derselben aber verdoppelten ihre Schritte, um in der
Verfolgung der Mordbrenner, der teuflischen Lilendehler, das
durch den Aufenthalt beim Brande Versäumte wieder ein-
zuholen.
Es war übrigens eine Kriegslist der Lilendehler gewesen, als sie, um einen tüchtigen Vorsprung vor ihren Ver-
folgern zu gewinnen, das Haus der Witwe im Warbünthale
in Brand steckten. Sie hatten berechnet, daß die Löschung

des Feuers die Sylter eine Zeitlang aufhalten und beschäftigen würde, und wie sie gedacht, geschah es auch. Die Sylter Fischer hatten noch nicht die vorspringende Dünenecke Großolie überschritten oder umgangen, als die Lilenbehler bereits bei den Ruinen der alten Ratsburg, welche jedoch nur in einigen Mauerresten und einem ziemlich hohen Erdwall bestanden, angelangt waren. Als sie sich der Burg näherten, gewahrten sie auf dem Walle derselben eine große schwarze Menschengestalt, die vor ihrer Menge nicht weichen zu wollen schien. Als sie an dem Fuße des Walles einen Augenblick verweilten, um von der Mühseligkeit ihrer Wanderung und des Schleppens und Tragens ihrer Bürde sich ein wenig zu erholen, rief die auf dem Walle noch immer stehen bleibende Gestalt zu ihrer großen Verwunderung mit einer seltsam krächzenden Stimme ihr eigenes Losungswort ihnen zu. — „Wer bist Du? Wie heißt Du?" fragten schnell die Schweden. — „Ich bin, wie ich sagte, Gottes Freund und der Welt Feind. Wie ich heiße, ist einerlei," antwortete der schwarze Mann, und fügte hinzu: „Ihr werdet verfolgt und seid müde, wie mir scheint; wollt Ihr ein Versteck für Euch oder Eure Schätze oder für beide, so kann ich Euch raten und helfen. Kommt nur zu mir herauf, vielleicht ist es hohe Zeit, daß Ihr Euch verberget, ehe Eure Verfolger kommen und Euch erschlagen." — Noch zögerten die Räuber, schienen dem freundlichen, aber dennoch so rätselhaften und unheimlichen Manne nicht recht zu trauen. — „Du gehörst nicht zu den Syltern, das merken wir an Deiner Sprache, aber warum bist Du ihnen feind?" sprach einer der Likenbehler. — „Stille!" rief der Schwarze. „Eure und meine Feinde nahen sich; kommt schnell herauf und verberget Euch." — Noch zögerten die Seeräuber. Einer derselben trat jedoch vor und fragte: „Warum antwortest Du uns nicht redlich auf unsere Fragen?" — Der Schwarze kam jetzt auch einen Schritt näher und sprach mit einer so leisen Stimme, als ihm möglich war: „Ich habe den Rantumern lange genug gepfiffen, aber sie wollten nicht tanzen nach meiner Pfeife; jetzt sollen sie büßen. Kommt schnell herauf, sonst ist's zu spät!" — Und wirklich, es war hohe Zeit, daß die Likenbehler sich verbargen, denn ihre Feinde, die Sylter Herings-

fischer kamen schon mit großem Geräusch um die Dünenecke
Kleinolie herum und konnten in zehn Minuten bei der Ratsburg sein. — Der Schwarze öffnete jetzt unter dem Gemäuer
durch Wegräumung eines großen platten Steines und einiger
kleineren einen Eingang zu einer großen gemauerten Keller-
öffnung, die weiland ben Limbeckern, als diese auf Sylt und
Föhr übel hausten und das friesische Volk zu unterdrücken
strebten, bei deren Versammlungen zur Ratsstube diente, von
welchem Umstande die sonst unbedeutende Burg eben den
Namen Ratsburg erhalten hat.*) Die Likendehler schlüpften
wirklich mit ihren Schätzen glücklich hinein in diese geheime
Höhlung des Burgwalles; der Schwarze legte die Steine
wieder auf die Oeffnung und blieb dann auf dem Burgwalle
stehen, die Ankunft der Sylter erwartend.

Diese stürmten unterdes mit großem Halloh heran, ihre
Hunde voran. Als sie sich der Ratsburg soweit genähert
hatten, daß sie die schwarze Gestalt auf dem Walle gewahrten,
rief dieselbe ihnen mit bekannter krächzender Stimme einige
lateinische Worte zu, die ich Euch nicht wiederholen kann,
welche die Rantumer aber oft in ihren Kirchen gehört, jedoch
nie verstanden hatten. Es entstand sofort ein Gemurmel
unter diesen, indem sie die schwarze Gestalt für den Priester
Georg Einerlei zur St. Marien in Rantum erkannten, und
durch allerlei witzige und gehässige, aber nur halblaut aus-
gesprochene Urteile und Redensarten die übrigen Sylter mit
dem Charakter dieses Mannes bekannt zu machen suchten.
— „Das ist der heilige Mann zu St. Marien, der alle
Sonntage in die leeren Stühle der Ratsburgkirche hineinruft:
„Du Mius (Katze), wo bist Du?"**) ber immer schilt auf
den Herrn Albert, den Prediger zu St. Peter, weil derselbe
verheiratet ist gegen des Papstes Verbot, und einen Sohn
hat, den er studieren läßt; derselbe Herr Georg, dem es sonst

---

*) Claes Limbeck und sein Anhang (wahrscheinlich Friesen) be-
saßen in den Uthlanden um 1370—74 eine Menge Burgen, zwei
auf Föhr, eine auf Amrum und vier auf Sylt, von welchen die Ratsburg auf Hörnum als die mittelste zu Versammlungen diente.
**) Eine friesische Verdrehung der kirchlichen Begrüßungsworte:
„Dominus vobiscum!" (Der Herr sei mit Euch!) aus katholischer
Zeit. Was das Volk nicht verstand, barüber witzelte es.

einerlei ist, ob die Menschen Recht oder Unrecht, Gutes oder Böses thun, wenn sie ihm nur Opfer bringen und nachts mit ihm spielen und trinken wollen." — So urteilte einer über ihn, ein anderer sprach: „Das ist der falsche habsüchtige Herr Gorrig, er sollte Herr Gierig heißen." — Ein Dritter witzelte über seinen Spottnamen Ekke Nekkepenn, meinte, derselbe bezeichnete seinen Charakter. Der Priester selber schien etwas von dem Mißtrauen und dem Widerwillen, welche die Sylter Fischer gegen ihn hegten und nicht verbergen konnten, zu merken. Er rief ihnen daher wiederholt mit großer Verstellung zu: „Seid willkommen zu Hause! Wo ein Aas ist, da sammeln sich die Adler! Seid herzlich willkommen, meine Freunde!" — „Wir danken, Herr Pastor!" antworteten die gutmütigen, gegen List und Betrug gewöhnlich schlecht bewaffneten Sylter. „Wo sind die Likenbehler, habt Ihr die nicht gesehen?" — „Ach ja," sprach der heuchlerische Pfaffe. „Ich, Euer Seelsorger, war Euch bis hierher entgegengegangen, um Euch bei Eurer Rückkehr nach der Heimat mit einem großen Unglück, welches uns getroffen, bekannt zu machen. Ich stand hier auf der Burg und sah von Süden einen Trupp Menschen sich nähern, glaubte also, daß Ihr es sein würdet, da die Dunkelheit mich hinderte, gleich zu unterscheiden, ob es Freunde oder Feinde wären. Ich rief ihnen also, wie Euch, mein Willkommen und meinen Segen und freilich auch Eure Losungsworte: „Wo ein Aas ist, da sammeln sich die Adler!" zu. — Kaum aber hatte ich diese letzten Worte ausgesprochen, als ein Pfeil auf mich abgeschossen wurde, der mein Kleid berührte und dem eine Menge Steine folgte, so daß ich fliehen und mich verbergen mußte. Ich rief die heilige Mutter um Schutz und Hilfe an, und ich habe es ganz gewiß ihr und der Finsternis zu verdanken, daß ich noch am Leben bin und dasselbe, welches ich beinahe in meiner Sorge und in meinem Diensteifer für Euch verloren hätte, auch künftig Eurem Wohle, Eurem Seelenheile weihen kann. — Die gottlosen Likenbehler, welche es ohne Zweifel waren, die mein Leben in solche Gefahr gebracht, sind alsdann weiter gezogen nach Norden zu, wohin? das kann ich Euch nicht sagen. Danket Gott und der heiligen

Jungfrau, daß die Heiden Euch und mich nicht erwürget haben. Denket nicht mehr an die Verfolgung der Räuber, sondern gehet heim und tröstet die Eurigen, die noch von dem großen Unglück, welches uns getroffen, übrig sind."

„Was ist geschehen, Herr Georg? — Von welchem Unglück sprecht Ihr?" fragten jetzt in großer Angst viele der Fischer. — „Ach, lieben Freunde und Brüder! Es liegt mir schwer auf dem Herzen, was ich Euch zu sagen habe," begann der Prediger. „Der allgerechte Gott hat lange mit Mißfallen bemerkt, daß Ihr und die Eurigen in der Verehrung der Heiligen und deren Bilder lässig geworden waret, und daß alle Belehrungen, Ermahnungen und Drohungen, die ich, sein demütiger und gläubiger Diener, an Euch und die Eurigen spendete, nichts gefürchtet hatten. Da beschloß der Herr in seinem gerechten Zorn, seine Zuchtrute über Euch zu schwingen. Er sandte seine grimmigen, strafenden Diener, die man nennt Sturm und Fluten, über unser ganzes Land, um dasselbe zu vernichten und zwar — bemerket es wohl! — gerade in der Nacht vor dem letzten Allerheiligen — ach, oft von Euch so unheilig gehaltenen — Tage. Ich flehte für Euch und die Eurigen zu der Mutter Maria und zu allen von Euch so oft und schwer beleidigten Heiligen, und — sie ließen sich bewegen, für Euch den Herrn des Himmels um Gnade zu bitten. Und siehe, in der frühen Morgenstunde des Allerheiligen-Tages zog der gnädige Gott seine Zuchtrute wieder von unserm Lande zurück, die Fluten verliefen sich. Aber fast das ganze Kirchspiel St. Peter, nämlich das ganze westliche Rantum samt der Westerseekirche, und fast das ganze Kirchspiel St. Nikolai oder Eidum sind durch die Wellen zerstört worden. Nur die kleine, so oft verschmähte und geringgeachtete Kirche St. Maria, die Ratsburgkirche mit Neu-Rantum, Niebelum und Stinum stehen noch. Von Eidum sind nur die Kirche und die sogenannten Enden übrig. Ihr sehet: Der Herr kennet die Seinen und weiß sie zu beschirmen in jeglicher Gefahr; aber die Spötter und Verächter seiner Heiligen, die Gottlosen zerschmettert er. Selbst der Priester zu St. Peter, der gegen Gottes Verbot im Ehestande lebende Albertus von Kiel, liegt totkrank danieder. — Jetzt gehet in Frieden!"

„Maiken, Du redeſt ja wie ein Prediger. Mein Gott, was hätte aus Dir werden können!" ſprach jetzt Mei Siemken.

„Ach was!" antwortete Maiken. „Ich habe in meiner Jugend, als die kleine Kirche in Rantum noch ſtand und mein Vater, welcher Strandvogt aber auch Küſter in Rantum war, noch lebte und faſt alle Sonntage in der Kirche ſingen und vorleſen mußte, ſo manche Predigt gehört und manche ſelbſt geleſen in alten Poſtillen, ja manche ſolche Strafpredigten wie Paſtor Georgs ſogar anhören müſſen von dem Paſtor zu Weſterland, als mein Vater geſtorben und Rantum wieder einmal durch das Waſſer und den Sand ſehr verwüſtet worden war; da iſt mir denn dergleichen geläufig geworden. Als aber die kleine Rantumkirche 1801 abgebrochen werden mußte, weil die Dünen ſich über dieſelbe wälzen wollten, da fand ich eines Morgens früh, ehe die Arbeiter kamen, in einem bisher zugemauerten Loche des Altars einige alte Papiere, die ich herausnahm und aus welchen ich zum Teil geleſen habe, was ich Euch über den Prieſter Georg und der Marien-kirche, ſowie über die Höhle in der Ratsburg und über die Likenbehler und anderes erzählte. Alles das iſt bei den Raben wahr!*) — Es wird übrigens nachgerade Zeit, daß Du, mein Söhnchen," ſie redete mich an, „nach Hauſe zu Deinen Eltern zurückkehrſt, damit ſie nicht Deinetwegen in Sorge geraten und Du am Ende eine Strafpredigt hören mußt, wie wir Rantumer ſo manche gehört haben, wenn wir Malheur gehabt. Ich will Dich, damit Du in der Dunkel-heit nicht irre gehſt, nach Hauſe begleiten und Dir unter-wegs noch einiges erzählen, hörſt Du? — Alſo komm, mein Söhnchen! Merret Siemons ſoll auch nicht länger Urſache haben, über meine Reden zu ſpotten. — Gute Nacht!" —

Als Maiken von ihrem bisherigen warmen Sitz am Ofen ſich erhoben und, um ſich mit mir auf den Weg nach Weſter-land zu begeben, der Geſellſchaft den Rücken zugekehrt hatte,

---

*) Maiken ſchien ab und zu das Bedürfnis zu fühlen, ihrer Erzählung eine Beteuerung hinzuzufügen. Ich kann es jedoch dem Leſer nicht wehren noch verargen, gerade dann an der lauteren Wahr-heit ihrer Rede zu zweifeln. Der Sage, als Sage, wird das aber keinen Abbruch thun.

schlug Merret Siemons ein großes Gelächter auf und sagte nicht ohne Bosheit: „Maiken hat hier heute abend eine Druckerei angelegt und wie es scheint, gute Geschäfte gemacht." — Wir sahen alle nach Maiken hin und erwarteten, daß ein schlimmes Wetter zwischen den beiden erhitzten und starkknochigen Weibern losbrechen würde, allein wir mußten alle laut auflachen, als wir Maikens breiten Rücken ansahen. Sie hatte den ganzen Abend mit dem Rücken sich gegen den warmen Ofen gelehnt. Der Ofen mußte aber sehr warm gewesen sein, denn alle erhabenen Figuren auf der Vorderplatte desselben hatten sich bräunlich schwarz abgedruckt oder eingebrannt auf ihr grobes weißleinenes Bosuntje — eine Art Ueberwurf oder Oberhemd, welches damals fast alle Sylterinnen samt einer weißen leinenen Schürze bei ihren täglichen Arbeiten trugen. — Wir lasen denn mit Erstaunen auf ihrem Rücken zu oberst ein großes lateinisches A und darunter die Jahreszahl 1081 (den Abdruck von 1801). Unterhalb der Jahreszahl grinste ein entsetzliches Gesicht, umgeben mit Schlangen, Sternen, Blumen und Flügeln statt der Haare, uns entgegen, und unter diesem Phantasiebilde erblickten wir ein wildes, zügellos laufendes Pferd. — Lauter Insignien, die zu Maikens Charakter und Geschichte zu passen schienen. — Als Maiken den Grund unseres Gelächters erfahren, lachte sie selber mit. Sie ging übrigens mit diesen Insignien auf dem Rücken fast ein ganzes Jahr. — Maiken hatte längst auf alle weibliche Schönheit und allen äußerlichen Schmuck Verzicht geleistet, es war ihr ziemlich gleichgültig, wie sie gekleidet ging — (sie trug über ihrer weiblichen Kleidung z. B. oft eine weite Matrosenjacke) —, und ob die Leute über ihre Takelage, wie sie gewöhnlich selber ihre Kleidung nannte, lachten; ja sie war fast unempfindlich gegen Wärme und Kälte, denn ich habe sie bei heißem Sommerwetter in einem dicken Schafspelz eingehüllt und ein halbes Jahr später im Schnee des Winters mit bloßen Füßen umher gehen sehen. Allein sie war keineswegs gleichgültig gegen die Urteile und namentlich gegen die ungerechten Urteile anderer über ihre geistigen Fähigkeiten und Beschäftigungen. Daher wurde sie schnell beruhigt über Merret Siemons spöttische Bemerkung in betreff ihrer Druderei, als dieselbe nur ihrem Rüden und ihrem Bosuntje galt.

Maiten und ich sagten nach diesem kleinen Zwischenakt zum zweiten Male „gute Nacht!" und trennten uns jetzt in Frieden von den drei Bewohnerinnen des einsamen Hauses im Sumpfe. Als wir das Haus verließen, schlugen wir sogleich einen schmalen, ähnlich einer Schlange sich durch die Dünen windenden Pfad ein. Wegen der bei Windstille und bededter Luft in der Novembernacht herrschenden großen Finsternis hatten wir jedoch nicht geringe Mühe demselben zu folgen. Erst als wir den westlichen Strand erreichten, wurde der Pfad ebener und leichter zu finden. Es gibt überhaupt kaum schönere, ebenere und selbst bei dunkler Nacht leichter zu findende Wege, als den breiten weißen Sandstreifen, welcher sich längs der ganzen Westküste Sylts zwischen dem dunkeln Meere und den grauen Dünen und Kliffen hinzieht. Nur bei Stürmen rollen die Wellen über den Strand bis an die Dünen.

Jetzt begann Maiten die versprochene Fortsetzung ihrer Erzählung. „Mein Söhnchen!" sprach sie. „Jetzt sind wir allein. Ich will es Dir daher gestehen, daß die Reden, welche der ehemalige Priester zu St. Marien an die Rantumer hielt, als Alt-Rantum untergegangen war und die Syller Herings-fischer ihn auf der Ratsburg trafen, vielleicht nicht ganz so gelautet haben, wie ich sie vortrug, denn ich hatte sie eigentlich schon vor acht Jahren auswendig gelernt; allein der Hauptsache nach stimmten sie mit meinen Worten, die Mei Siemkens Neid und Spott erregten, überein. Hüte Dich vor den Lügen, mein Söhnchen, aber hüte Dich auch, wenn das Gedächtnis aller Leute schwach wird, sie darum gleich für Lügner zu halten. — — Als die Rantumer und Eidumer und die andern Syller Heringsfischer die Hiobspost und Strafpredigt des boshaften Priesters angehört hatten, vergaßen sie vorläufig die Verfolgung der Litendehler, verließen sofort den falschen Mann und die Ratsburg und eilten den Stätten der Verwüstung und den noch erhaltenen Wohnstätten der lieben Heimat zu. Alle schwebten zwischen Furcht und Hoffnung in betreff der lieben Ihrigen, denn sie hatten Grund genug,

an der Wahrheit des von dem Priester Gesagten zu zweifeln.
— Nur die Hunde schienen in Beziehung auf die Verfolgung
und Aufsuchung der Lilenbehler und in betreff des Weiter-
ziehens anderer Meinung als die Fischer zu sein. Sie hatten
die Rede des Priesters ab und zu durch ihr respektwidriges
Geklaff und Geheul begleitet und selbst ein paar Mal unterbrochen. Jetzt, als die Fischer weiter eilten, umkreisten und
umschnüffelten sie noch immer den Burgwall, stimmten im
Chor ein Klagelied an und stürzten dann klaffend und beißend
auf den Priester, den sie nicht verlassen zu wollen entschlossen
schienen."

In diesem Augenblicke blieb Maiken stehen. Sie bog
sich etwas nach vorne hinüber, offenbar um einen in der
Ferne sichtbar werdenden Gegenstand besser zu erkennen. —
„Liegt dort auf dem Sande vor uns nicht ein Mensch?"
fragte sie mich. Es schien mir allerdings auch so. — „Oder
sollte es der alte Knecht" — ein altsylter Name des Teufels —
„sein, der mir immer nachstellt, wenn ich des Nachts beim
Strande gehe? — O, mein Söhnchen, ich habe auch meine
Feinde und Versucher; ich fluche nie, höchstens „bi den Raaven!"
rufe nie den Teufel an, dennoch habe ich namentlich schon
manche Anfechtung von dem, den man nicht allzu oft nennen
darf, erfahren. Er ist mir in allerlei Gestalten bereits erschienen, wer weiß, ob er nicht gerade jetzt eine neue List
ersonnen hat, um mich zu täuschen oder zu gewinnen?" —

Die frühere Erzählung Maikens, ihre kolossale Gestalt
und seltsame Kleidung, die unheimliche Gegend, die Dunkelheit der Nacht — alles dieses hatte bereits meine Phantasie
im hohen Grade erregt und beschäftigt. Jetzt kam die schreckliche Idee von der wahrscheinlichen Nähe des schlimmsten
aller Wesen hinzu. Es war mithin kein Wunder, daß meine
erhitzte Knabenphantasie gleich der ihrigen wild wurde, mir
die entsetzlichsten Dinge vormalte und mich mit Angst und
Schrecken erfüllte.

Maiken setzte indes, unbekümmert um meinen Seelen-
zustand, ihre Versicherungen von gehabten Versuchungen und
Erscheinungen des Teufels fort, indem sie sprach: „Eines
Abends spät kehrte ich von einer Tour nach Hörnum zurück.

In einer vor dem Winde geschützten Höhle im Klattigthale
verzehrte ich mein Abendbrot. Ich saß eben und wollte
meinen Brösel anzünden — Du mußt nämlich wissen, ich
rauchte früher gern nach dem Essen ein Pfeifchen Tabak,
obgleich das unter den Weibern sonst, wie Du weißt, nicht
geschieht. — Genug, ich saß eben und tickte mit dem Feuer-
stahl auf den Stein, da war es, als ob auf einmal das Gestrüpp rings um mich lebendig wurde. Ein schwarzer Vogel,
der wenigstens sechsmal so groß war, wie der größte Rabe,
kam fast unter meinen Füßen aus dem Halm hervor. Er
schlug mir mit seinen großen Flügeln meinen Brösel aus
dem Munde und die Zunderbose samt dem Stahl und Stein
aus der Hand und flog dann in die Höhe. Ich wurde
natürlich sehr erschreckt, griff unwillkürlich nach meiner Pfeife
und den übrigen verlorenen Sachen, erfaßte aber statt derselben unglücklicher Weise eine der Klauen des Ungetüms
und zerbrach sie demselben. Jetzt war die Wut des Tieres
oder Teufels ohne Grenzen. Ich mußte ohne Pfeife und
Pfeifengeschirr aus der Höhle fliehen. Der böse Feind, der
die Gestalt eines Vogels angenommen, hackte mich wiederholt
auf den Kopf mit seinem starken Schnabel, gab mir schreckliche Ohrfeigen mit seinen großen Flügeln und verfolgte mich
von dem Klattigthale bis zum Großölie, wo ich, um mich
seinem Zorne und seiner Macht zu entziehen, gleich Ellen
Lüng, beschloß, meinem Leben ein Ende zu machen und mich
ins Wasser zu stürzen. Ich lief weit ins östliche Haff hinaus,
allein es war zur Zeit der Ebbe und das Wasser eine halbe
Stunde vom Lande entfernt. Als ich eine Zeitlang im Schlick
des Haffs gelaufen, wurde ich müde, sah mich nach meinem
Verfolger um und konnte ihn zu meiner Freude nicht mehr
sehen. Ich kehrte also langsam zurück und kam dies Mal
noch gut davon. Ich habe aber seit der Zeit niemals wieder
geraucht in Uebereinstimmung mit einem Gelübbe, welches
ich auf meiner Flucht gethan. — Aber, mein Söhnchen, Du
zitterst ja, wovor ist Dir denn bange?" — „Ach, vor dem
Teufel," war meine Antwort. — „Nun, es könnte auch
Steven sein, der dort vor uns auf dem Sande liegt. Sei
nur nicht bange, ich will wohl vorangehen. — Steven pflegt

den Sonntag so zu feiern: Er geht oder fährt des Morgens früh von Rantum weg, ist der erste zum Gottesdienst in der Westerländer Kirche, singt und betet sehr eifrig während des Vormittags, ißt seinen Kohl zu Mittag bei irgend einem gastfreien Verwandten oder Freunde, bestellt am Nachmittage einige Gewerbe, gerät gegen den Abend in ein Wirtshaus, spielt dort Karten, raucht Tabak und trinkt reichlich viel Bier oder Branntwein, kommt dann sehr spät nach Hause oder bleibt irgendwo liegen unterwegs und schläft seinen Rausch aus. Ich denke, es wird ihm auch heute abend der Kopf etwas schwer geworden und er auf seinem Heimwege umgefallen sein. — Es könnte freilich der vor uns liegende Körper auch ein während der Flut angespülter Leichnam sein, indes, je näher wir ihm kommen, desto mehr scheint es mir wahrscheinlich, daß dem accuraten Manne, dem berühmten Rechtsgelehrten Steven Talen, wirklich etwas Menschliches zugestoßen ist. — Jetzt sehe ich deutlich, es ist Steven. Der arme Steven, er hat seinen Hut verloren und liegt auf dem Leibe. Wir müssen ihm auf die Beine helfen, vielleicht hat er sich hinreichend erholt, um jetzt vollends nach Hause gehen zu können. — Guten Abend, Steven! Was machst Du hier so spät? — Er schläft meiner Seel' fest!"

Maiken bückte sich, als sie die letzten Worte gesprochen, um den nicht antwortenden Nachbar aufzurichten. Sie hätte aber vom Schlage gerührt werden können, wenn sie eine schwächere Person gewesen wäre, denn der vermeintliche Steven war ein großer, auf den Sand gekrochener, schlafender See- hund. Als Maiken sich über den Robben bückte und ihn be- rührte, erwachte das Tier, fuhr erschreckt mit dem Kopfe in die Höhe und setzte sofort seine kurzen Beine in Bewegung, um nach dem Meere, in sein natürliches Element, zu ent- fliehen. Maiken erholte sich jedoch ebenso schnell von ihrem Schrecken, verlor überhaupt selten die Besinnung, sie warf sich auf den Rücken des wertvollen Seehundes, umklammerte seinen Hals mit ihren Händen und suchte seinen Lauf aufzu- halten oder ihn zu erwürgen. Als sie bemerkte, daß sie auf diese Weise ihre Absicht nicht erreichte, vielmehr das starke Tier sie zu beißen und abzuschütteln suchte und überdies auf seinem abschüssigen Wege nach dem Wasser rasche Fortschritte machte, rief die reitende Megäre mir zu, ich möge schnell einen großen Stein suchen und denselben ihr bringen oder den „Sallig," wie die Rantumer einen Robben nannten, damit tot schlagen. — Ich suchte in der Finsternis nach einem Steine, ehe ich jedoch einen passenden fand, war Maiken bereits auf dem Rücken des Seehundes in die Brandung hineingeritten. Sie kämpfte noch eine Zeitlang, ohne andere Waffen als ihre Fäuste zu gebrauchen, mit dem Robben auf dem äußern Sandriff des Strandes, mußte aber endlich den seltsamen Kampf aufgeben und das wertvolle Tier fahren lassen, da meine Unschlüssigkeit und Ungeschicklichkeit beim Bringen und bei der Handhabung des Steines nicht minder groß waren, wie mein Mißgeschick beim Finden desselben. Meine Freundin kehrte daher, naß und mürrisch von ihrem vergeblichen Seegefecht, ans Land zurück. — Maiken war gleichwohl edelmütig genug, mich nicht auf halbem Wege stehen zu lassen oder jetzt wieder nach Rantum umzukehren, sondern sie ergriff mich sofort wieder bei der Hand und führte mich weiter nach Norden auf meinem Heimwege. Mit ihrer Erzählung aber war es nichts mehr an diesem Abende. Ich fragte sie, wie es mit dem Priester und den Hunden auf der Burg gegangen, allein sie antwortete ganz kurz: „Der Priester hatte, was man nimmer zu Hause lassen sollte, wenn man ausgeht, einen tüchtigen Stock bei der Hand und schlug damit, wie wir hätten thun sollen bei dem Sallig, die Hunde tot!" — Ich wagte noch einmal eine Frage, die in der Folge freilich oft meine knabenhafte Phantasie beschäftigte, nämlich: „Was ist aus den Likenbehlern in der Höhle geworden?" — Maiken antwortete verdrießlich: „Ich weiß nicht. Wenn sie nicht wieder ausgelassen oder dort erstickt sind, so mögen sie noch da sitzen und warten auf ihre Erlösung." — Offenbar war Maiken unwirsch, wußte mehr, als sie augenblicklich sagen wollte. Wir gingen daher eine Zeitlang stille nebeneinander. — Die Seeräuber in der alten Ralsburg und der falsche Priester auf dem Burgwalle waren aber stets in meinen Gedanken und quälten mich nicht allein an dem Abende, sondern lange nachher, mit schrecklichen Bildern, besonders in

meinen Träumen. Einst war ich im Traume bis in das
Innerste der alten Burghöhle gedrungen. Ich fand jedoch
statt der Kellergewölbe die Mauern eines ganzen unterirdischen,
aber freilich sehr verfallenen Schlosses. Ich suchte in allen
Stuben und Winkeln der alten Burg nach den möglicherweise
versteinerten Resten der Limbecker und Likendehler; allein
überall grinsten mir nur Eulengesichter entgegen, hingen faden-
lange Spinngewebe von den Balken und Böden herunter oder
krochen ungeheure Kröten auf den Dielen und Tausendfüße
an den Wänden umher. Die mir so wichtig dünkenden
Rätsel wurden aber nicht gelöst. — Auf unserm Weiter-
marsche längs dem Strande nach Westerland war Maiken so
glücklich, einen passenden großen Stock zu finden, den sie mitnahm, um ihn, falls wir noch einen Seehund treffen möchten,
mit besserem Erfolg zu gebrauchen, als die unbewaffneten
Fäuste oder einen Stein. Es dauerte eben auch nicht lange,
als abermals ein dunkler Gegenstand, ähnlich dem früher gefundenen Robben, auf dem Straubwege vor uns lag. —
„Warte!" sprach Maiken, „da liegt meiner Seel' noch ein
Sallig; der soll mir nicht entlaufen." — Es war unterdes
die Finsternis, je näher die Mitternacht heranrückte, immer
größer geworden. — Als wir dem Seehunde nahe genug
waren, um ihn mit dem Stock zu erreichen, gab meine Be-
gleiterin ihm einen tüchtigen Schlag auf die Nase. Jedoch,
die Wirkung des Schlages war schlimm und hätte freilich
noch schlimmer werden können, bewies uns aber, daß wir
uns abermals getäuscht hatten. Maiken hatte keinen Robben,
sondern diesmal — Steven getroffen und geschlagen. Es
war, als ob der allerdings berauscht am Strande eingeschlafene
Mann durch den Schlag auf ein Mal völlig nüchtern geworden wäre. Er sprang urplötzlich auf die Beine, blutete
stark aus der Nase, schien aber nicht eben sehr zornig zu sein
über Maikens grobe Art, ihn aus dem Schlafe zu wecken.
Er sprach mit vieler Ruhe: „Maiken, Du solltest ein wenig
mehr Schick lernen. Solche Schläge wurden nach dem Landrecht mit 40 Mark gebüßt und die würdest Du wohl schwerlich haben bezahlen können." — Maikens Antwort war natürlich entschuldigend. Sie sagte, daß sie in der Dunkelheit

12

Steven für einen Sallig angesehen, bat ihn um Verzeihung und Steven ging nüchtern und ohne Groll zu hegen jetzt vollends nach Hause. —

Nach diesem zweiten kleinen Abenteuer war Maiken etwas weniger wortkarg als nach dem ersten. Sie sprach kurz nach Stevens Fortgang: „Ich glaube, der Nasenstüber und Aberlaß haben ihm keinen Schaden gethan. Steven ist eigentlich ein ganz guter Kerl, es ist nur schade, daß er so schwach ist. Ich habe so manche halbe Tonne Roggen von Westerland nach Rantum getragen, allein Steven ist nicht im stande, eine halbe Kanne Branntwein so weit zu tragen, ohne umzufallen. Als ich Hochzeit hatte mit Jens Andresen, der leider bald nachher wieder von mir ging und nie wieder kam, da sollte Steven, wie es damals Gebrauch war, mich auf den Brautwagen heben. Ich war ihm aber zu schwer, glitt ihm durch die etwas weiten und steifen Brautkleider hindurch und er setzte statt meiner meinen Siest*) und die übrige Takelage auf den Wagen, ließ mich aber im Hemde neben dem Wagen stehen. Es war sonst eine schöne Hochzeit. Es wurden auf derselben 23 Rochen, 10 Kabliauen, viel Grütze, viel Schinken und Kohl verzehrt und viel Bier und „Schweißstill" (ein Getränk, das aus Branntwein, Bier und Sirup bestand) getrunken. Es wurde drei Nächte hindurch getanzt, viel dabei gesungen und oft mit Flinten und Pistolen geschossen. Alle Nachbaren flaggten und waren fröhlich, und keiner bekam mehr Schweißstill und Prügel, als er auch vertragen konnte. Maren Wullis war Köchin bei der Hochzeit und hatte kein Salz gespart. Sie ließ den Bräutigam und sein Gefolge, als diese kamen, um mich zur Trauung abzuholen, erst lange vergeblich anklopfen, endlich öffnete sie die Thür und hielt, mit der Feuerzange in der einen und einem Besen in der andern Hand, dem Bräutigam und den Gästen eine schöne Rede, worin sie meine Tugenden und des Bräutigams Fehler schilderte, aber auch deutlich zu erkennen gab, daß zwischen mir und ihm ein zu großer Unter-

---

*) Einen schön bearbeiteten Schafpelz, wie er bis zu Anfange des 19. Jahrhunderts, als zur weiblichen Kleidung auf Sylt gehörig, in Gebrauch war.

schied sei und deshalb sie keinen Bestand der Ehe prophezeihen könne. — „Ihr seid irre gegangen," sprach sie, „hier ist keine passende Braut für Euch. Wann hört Ihr, daß der Rabe die Taube freit oder der Strontjäger die schöne Bergente oder der Stockfisch die Goldbutte? Nein, nein: der Ochse hält sich zur Kuh, der Seehund sich zur Seehündin und der Roche mit drei Schwänzen sich zu dem Rochen mit einem Schwanz. Ihr müßt weiter ziehen; Euresgleichen findet Ihr hier nicht." — — In diesem Augenblick stieß Maiten mit dem einen Fuß gegen einen weichen und ziemlich großen Gegenstand, der auf dem Treibwalle des Strandes lag, den wir aber seiner hellen Farbe wegen von dem Sande nicht hatten unterscheiden können. Maiten mochte den Gegenstand anfänglich wieder für einen Robben halten, allein bei näherer Untersuchung ergab es sich, daß der diesmalige Fund eine eng zusammengeschnürte Matratze war, in welcher ein oder einige schwere Körper oder Schätze eingeschlossen zu sein schienen. Das Ganze war vom Seewasser feucht und ohne Zweifel erst an demselben Abend von der Flut an den Strand gespült worden. Nachdem Maiten den wertvoll scheinenden Fund mehrere Male umgewälzt und mehrfällig mit der Nase sowohl als mit den Fingern geprüft hatte, sagte sie zu mir: „Höre, Junge! wir sind jetzt den südlichen Häusern Deines Heimatdorfes gegenüber. Ich will Dich nun durch die Dünen begleiten, dann wirst Du wohl allein nach Hause finden. Laufe nur nicht sobald wieder nach dem Strande und nach Rantum und sprich nur nicht von dem, was ich erzählt habe und von unsern Abenteuern am Strande. Wenn Du schweigen willst von wegen des Robben und von Sleven und der Matratze, so will ich Dir zum künftigen Sommer mehr erzählen von Priestern und Seeräubern, von Jacob Leiert und seiner Braut, die bald seine Frau wurde und von ihrem Sohne Pidder Lüng, und wenn ich tot bin, sollst Du alle meine Papiere nach mir erben." — Ich versprach natürlich alles, was sie verlangte und kam kurz darauf wohlbehalten zu Hause an, wo leider nicht blos eine scharfe Buß- und Strafpredigt meiner wartete, sondern mir eine sehr prosaische Züchtigung zu teil wurde, die mich für den ganzen nun folgenden Winter (1808/9) von meinen romantischen Ideen und meiner Sucht, ohne Erlaubnis meiner Eltern nach Rantum zu laufen und den Erzählungen der Maiken Niß Taken zuzuhören, heilte.

III.

Es gingen unterdes zweieinhalb Jahre darüber hinweg, ehe ich Gelegenheit fand, abermals meinen Freunden und Freundinnen in Rantum einen Besuch abzustatten und meiner Begierde nach Maikens Erzählungen wieder einige Befriedigung zu verschaffen. Der damals zwischen Dänemark und England bestehende Krieg, der den Inselfriesen und besonders den inselfriesischen Seefahrern so manche Unruhe und Störung veranlaßte, sollte sogar die Ursache zu dieser Verzögerung meiner nächstfolgenden Zusammenkunft mit meiner Freundin Maiken Niß Taken geben.

Die friesischen Insel- und Küstenbewohner waren kurz nach dem Anfange des damaligen dänisch-englischen Krieges militärisch geordnet worden und mußten als sogenannte Küstenmilizen ihre Ufer und Insel bewachen und im Notfalle gegen die Engländer selber verteidigen, bis ihnen später einige schleswigsche Jäger und dänische Kanonenboote zu Hilfe gesendet wurden. Von der Notwendigkeit dieser Hilfesendung für die kleinen friesischen Inseln schien jedoch die dänische Regierung erst überzeugt worden zu sein, als das nachfolgende Ereignis vorgefallen war.

Es war am 25. Mai des Jahres 1809, als des Nachmittags an allen Signalstangen der Insel Sylt große, schwarze Torfkörbe baumelten, lauter Zeichen für die Bewohner der Insel, daß sich feindliche Schiffe auf dem Meere zeigten und der Insel sich näherten. Es währte nicht lange, so hörte man Kanonenschüsse auf der See wechseln und konnte von den Dünen und Kliffen Sylts aus erkennen, daß zwei dänische Kaperschiffe von zwei größeren britischen Kriegsschiffen verfolgt, bei der Insel Schutz zu finden und an den westlichen Strand unweit Rantum zu laufen suchten. Die englischen Schiffe verfolgten die dänischen so lange, wie ihnen die geringe Tiefe unweit des Landes solches gestattete, dann setzten

fie ihre Boote aus, um durch biefe die dänifchen Kaper zu
übermältigen und diefelben zu vernichten ober zu entführen.
Es gelang ben Engländern biefer Plan in betreff des einen
füblich von Rantum auf Hörnum angelaufenen Kapers. Sie
entführten das Schiff, ehe die Sylter es hindern konnten.
Unterdes war die Sylter Küftenmiliz noch in der darauf
folgenden Nacht durch die Kirchengloden und burch fogenannte
Tuulhörner alarmiert worden, nach den Dünen zwifchen
Weflerland und Rantum marfchiert, hatte fich bort zur Ver-
leibigung der Infel und des zweiten dänifchen Kapers, eines
Luggerfchiffes, poftiert und wehrte, in Verbindung mit der
tapfern Mannfchaft diefes Schiffes, in mehreren folgenden
Tagen alle Landungs- und Raubverfuche der Engländer
glüdlich ab. Nach einem mehrtägigen erfolglofen Bombarbe-
ment zogen die Briten wieder feemärts fort, die Sylter aber
fpannten fich vor das gerettete Schiff und fchleppten dasfelbe
über die Dünen quer burch die Halbinfel Hörnum nach dem
öftlichen Ufer derfelben, wo es fpäter repariert und endlich
wieder in Flottwaffer gebracht wurde.
Alles biefes war in der Nähe des einfamen Haufes im
Sumpfe, wo fiels das Hauptaubitorium der Rantumer Sagenerzähler und Erzählerinnen gewefen war, vorgefallen, hatte
die Hütte und beren Bewohnerinnen vielfach gefährdet, die
nächtlichen Zufammentünfte der übrigen Rantumer in berfelben gehindert und mir die Befriedigung meiner Lieblings-
wünfche, wenn auch nicht unmöglich gemacht, fo doch in eine
ferne Zufunft gefchoben. — Die vielen fremden Seefahrer,
ich meine die bei Rantum gelandeten Kapergäfte, vertrieben
fich die Zeit unterdes burch Tänze und Spiele in bem fonft
fo ftillen Orte fo gut, wie es eben gehen wollte. Einige berfelben fchloffen in Rantum fogar ernfthafte Liebesverbindungen.
Die übrigen Folgen biefer kleinen Kriegsaffaire unmeit
der einfamen Hütte im Sumpfe waren, baß eine Kompagnie
fchleswigfcher Jäger von 92 Mann nach den weftlichen Dörfern
der Infel zur Bewachung und etwaigen Befchüßung der weftlichen Ufer Sylls noch im Sommer besfelben Jahres 1809
gelegt wurde, welche bort bis gegen Enbe des Jahres blieb,
— ferner, baß brei bänifche Kanonenboote bei Lift und mehrere

andere bei Husum, Föhr, Pellworm und Amrum stationiert
wurden zu ähnlichem Zweck und dort während mehrerer
Jahre blieben, daß die ganze Westerländer Jugend für die
übrige Dauer dieses Krieges sehr kriegerisch und patriotisch
gesinnt wurde, so daß man alle Tage die Knaben mit kleinen
hölzernen Gewehren umherlaufen und sich gegenseitig wacker
prügeln sah, daß meine altertümlichen und romantischen Neigungen und Ideen für ein ganzes Jahr in den Hintergrund
traten, den Ereignissen der Gegenwart Platz machten, —
endlich, als das Wichtigste, daß doch einer der in Rantum
gelandeten Kapergäste seiner dort gefundenen Braut treu blieb
und im Frühjahr des folgenden Jahres 1810 wieder nach
Sylt zurückkehrte, um sich in Rantum zu verheiraten und
künftig dort zu wohnen.

Die kriegerischen Erscheinungen, welche das Jahr 1809
den Inselfriesen gebracht, lebten noch in unsern Gemütern
und beherrschten dieselben, als das Jahr 1810 herankam und
durch verschiedene Umstände, die in seinem Gefolge waren,
wieder alte Freiheitsideen in den Friesen weckte, mit unsern
kriegerischen Ideen gleichsam vermischte. Erstens war der
Brotkorb den seefahrenden Inselfriesen durch die Stockung des
deutschen und dänischen Seehandels, durch die Kontinental-
sperre und die Elbsperre, durch die Verteuerung so vieler zum
Leben nötig erachteten Waren, sehr hoch gehängt worden.
Zweitens wurden die Inselfriesen eben deshalb genötigt, auf
andere ungewöhnliche Erwerbsquellen zu sinnen, um durch
dieselben sich und die Ihrigen vor Nahrungslosigkeit zu schützen,
und nicht alle waren zahm genug, sich auf die Wollenwaren-
Produktion, auf das Zacken- und Strumpfstricken zu legen
oder sich mit dem Ackerbau, der Viehzucht und der Küsten-
fischerei zu begnügen, sondern manche derselben begannen an
dem waghalsigen aber gewinnreichen Schmuggelhandel auf
Helgoland, welcher damals blühte, sich zu beteiligen. Drittens,
es wurden infolge des Krieges während des Jahres 1810
durch französische Kaper 1 Schoner und 2 größere drei-
mastige amerikanische Schiffe bei List hereingebracht, welche
lange bei Sylt liegen blieben, und die Ideen der freilich
buntgemischten, aber freiheitliebenden Mannschaften dieser

Schiffe waren nicht wenig ansteckend für die Sylter. — Wir Knaben, die im Jahre 1809 nur Kriegslieder gesungen hatten, stimmten daher jetzt zur Abwechselung: „Ein freies Leben führen wir" — oder: „Es ging ein Jäger jagen" — an, und machten nicht selten, als echte, unverdorbene Friesen, die stets Theorie und Praxis mit einander verbinden, Anwendung von unsern neu gewonnenen Ideen. So kam es denn, daß, als die Sylter Jugend in dieser Zeit eben mit großen Kriegs- und Freiheitsideen schwanger war, etwa 20 Westerländer Knaben an einem warmen Junitage des Jahres 1811 be- schlossen, sich von der Herrschaft der Eltern, Lehrer und Obrigkeit einmal zu emanzipieren und einen Zug nach unserm Sylter, altberühmten Lande der Freiheit, nämlich nach Hörnum, zu unternehmen, teils um einmal unbeaufsichtigt, in voller unbeschränkter Freiheit nach Herzenslust spielen und Vogel- eier, namentlich Möveneier, in den Sümpfen und auf den Dünen Hörnums suchen zu können, teils um einen von uns längst gehegten Wunsch, der aber jetzt zu einem, freilich noch heimlich gehaltenen, aber uns sehr wichtig dünkenden Plan gereift war und nichts Geringeres als die Rettung der alt- friesischen Freiheit, — nämlich des seit dem Ausbruche des damaligen Krieges verbotenen und unterdrückten Büttebrennens, betraf, zu realisieren. — Das Büttebrennen geschah früher immer auf dazu von alters her bestimmten, sogenannten heiligen oder Winjs- (Wedns) -Hügeln in der Nacht vor dem 22. Februar, dem berühmten Petristuhlfest oder dem Haupt- thing und Nationalfest der Sylter, und hatte in uralter heid- nischer Zeit eine religiöse Bedeutung, indem es ein Opferfest war, welches die abreisenden Seefahrer und Krieger dem Weda oder Woban weihten, wobei sie eine Menge Stroh, Teertonnen und andere Sachen verbrannten. Man rief übrigens noch nach der Einführung der Reformation bei dieser nächtlichen Feier stets den Weda an und bat ihn, daß er das Opfer nicht verschmähen wolle.*) Jedoch es war in neuester Zeit diese Feier in gedankenloses Spiel ausgeartet. Dieses

---

*) Die Rantumer suchten von alters her eine Ehre darin, unter allen Inselfriesen das größte Büttenfeuer zu brennen, bis sie einst — der Sage nach — von dem Teufel, der die Gestalt eines

Biilebrennen nun war der Sylter Jugend bei dem Ausbruch
des Krieges im Jahre 1807 verboten worden, wahrscheinlich
aus dem Grunde, damit nicht durch die vielen Feuer (welche,
sobald die Sylter Biiken brannten, alsdann auch auf den
übrigen benachbarten Inseln als Zeichen der Freundschaft und
Teilnahme oder der Uebereinstimmung mit den Syltern in
betreff der altfriesischen Gesetze, Sitten und Regeln, z. B.
für die Abreise der Seefahrer von der Heimat, angezündet
wurden) etwa feindliche Schiffe herbeigelockt oder dänische
Schiffe irre geleitet würden. Kein menschliches Gesetz, keine
Beschränkung unserer Freiheit schien uns aber widerwärtiger
zu sein, als gerade dieses Verbot, wodurch uns nun schon
in drei Jahren die schönste Freude geraubt worden war.
Kein Wunder also, daß wir Knaben in unserm Freiheitseifer
und in unserer kriegerischen Stimmung darauf verfielen,
etwas zu wagen und zu thun, um diese althergebrachte, uns
so wichtig, ja fast ehrwürdig und notwendig scheinende Freiheit des Biilebrennens zu erhalten, mithin unter den be-
stehenden Umständen selbige zu retten.

Wir zogen daher eines Nachmittages, bewaffnet mit
Stöcken, Taschenmessern und Feuersteinen, versehen mit Eier-
und Proviantkörben und beseelt von Gefühlen ähnlich den
Kreuzfahrern der alten Zeit, jedoch die meisten ohne Erlaubnis
ihrer Eltern, in die Hörnumer Dünen. Das Ziel unserer
Reise war der Buder auf dem südlichen Hörnum an der bekannten und berüchtigten Fischer- und Seeräuberbucht, und
unsere Absicht war, auf diesem hohen Sandberge der Obrigkeit zum Trotz, sobald der Abend kommen würde, ein ge-
waltiges Biilenfeuer, das über alle benachbarten Inseln
scheinen müßte, anzuzünden und die ganze Nacht zu unterhalten, alsdann aber am folgenden Tage alle Möveneier auf
Hörnum aufzusammeln und heim zu tragen, damit die Amrumer, auf welche wir wegen ihres Eiersammelns sehr erbittert waren, künftig keine mehr daselbst finden könnten.

Auf unserm Hinwege konnten wir es nicht lassen, bei
unsern Freundinnen in der oft erwähnten einsamen Hütte auf

Pudels angenommen und ihr bereits verbranntes Biilen immer
wieder anschürte, geäfft wurden.

einige Augenblicke einzukehren, zumal da einige von uns, der Hitze des Tages wegen, bereits sehr durstig waren. Wir trafen Mei Siemken allein zu Hause. Als wir uns in so großer Zahl hineindrängten und fast das ganze kleine Haus füllten, mochte ihr ahnen, daß wir etwas Verkehrtes im Sinne hatten, sie fragte uns deshalb: „Kinderkens, Kinderkens, was habt Ihr vor? wo wollt Ihr hin?" — Unsere Antwort war: „Wir wollen nach Hörnum, um Eier zu sammeln und wollen die Amrumer verjagen." — „Kinderkens, kehrt wieder um und geht nach Hause, ehe die Nacht kommt, — seht Ihr nicht, daß ein Gewitter heraufzieht?"

Die Schwächsten und Bängsten unter uns, die schon früher einige Unruhe über unser Unternehmen ohne Wissen und Willen der Eltern hatten laut werden lassen, etwa 7 oder 8 an der Zahl, ließen sich wirklich durch Mei Siemkens Ermahnung bewegen, jetzt wieder umzukehren. Wir andern, 12 an der Zahl, die pochenden Tapfern, stimmten aber das Lied an: „Ein freies Leben führen wir!" und gingen weiter. Vor uns im Süden wurde allerdings die Luft immer düsterer und an Dünsten voller, in Uebereinstimmung mit Mei Siemkens Prophezeihung, jedoch wir redeten uns ein, daß die Dunkelheit im Südost nur eine Folge von dem nahen Untergange der Sonne im Nordwest sei und marschierten rüstig immer weiter, dem vor uns liegenden weißen, in der dunklen Luft immer mehr hervortretenden Bubersande zu.

Am Fuße des Berges angekommen, begaben sich einige von uns nach dem nahen Strande, um trocken gewordenes Treibholz, mit welchem Brennmaterial der Strand auf Hörnum gewöhnlich reichlich versehen ist, für unser Vorhaben aufzulesen, wir andern blieben auf den Dünen und sammelten dort verwelktes Dünengras zu demselben Zweck. Wir schleppten alles, was wir fanden, mit großer Mühe auf den Gipfel des Buber und brachten dort in kurzer Zeit wirklich einen großen Haufen von Brennholz und Dünenhalm zusammen.

Als es völlig dunkel geworden war, zündeten wir unter großem Halloh unser Biiken an, obgleich der Donner bereits grollte und ferne Blitze den Himmel durchzuckten. Es galt uns für den Augenblick nur die Erreichung unserer Absicht,

und unſer Büken loderte wirklich hell und hoch auf zu
unſerer großen Befriedigung — alles andere war uns, den
Tapfern, damals gleichgültig. Es kümmerte uns nicht, daß
die geängſteten Möven und andere See- und Sumpfvögel
ſchreiend unſer Feuer umflatterten, noch, daß das auf Hörnum weidende Hornvieh über die ungewöhnliche Erſcheinung
auf dem Buber entſetzt, den Berg zu beſtürmen begann und
ſich wie verblendet und toll in das Feuer ſtürzte.

Da fuhr plötzlich ein entſetzlicher Blitzſtrahl von dem
erzürnten Himmel in das Feuer herab, ein betäubendes Ge-
praſſel, das lange in den Dünen wiederhallte, folgte unmittelbar darauf, faſt ebenſo plötzlich und ſchnell löſchte aber ein
gewaltiger Regenguß unſer ſchönes Büken aus, verſetzte uns
faſt augenblicklich in die tiefſte Finſternis und ſamt unſern
Kleidern in einen vom Waſſer triefenden Zuſtand.

Das war eine ſtarke Lektion für uns trotzige und hochmütige Knaben, recht geeignet, unſern kriegeriſchen Sinn zu
dämpfen und unſere freien, hochfliegenden Ideen herabzu-
ſtimmen! — Wir ſtürzten denn über Hals und Kopf den
Berg hinab und rannten mit nicht viel Ueberlegung, aber
voller Schrecken, heimwärts im fürchterlichen Wetter und in
der tiefen Finſternis, die nur ab und zu vom Blitze grell
unterbrochen wurde. — Jedoch der Weg war lang — vom
Buber bis Rantum allein zwei volle Stunden — und unſere
Beine waren ſchwach und bald ermüdet. Hier fiel einer vor
Mattigkeit um, dort blieb ein anderer in einem Sandſumpf
(Queckſand) ſtecken, und nur 10 von uns erreichten um Mitter-
nacht höchſt ermüdet und verkümmert das Dorf Rantum.
Die zwei von uns treulos Zurückgelaſſenen aber büßten
ihren Freiheitsrauſch noch zwei Stunden länger als wir in
den Hörnumer Dünen, dann kamen ſie endlich auch in
Rantum an.

Bei unſerer — der erſterwähnten zehn — Ankunft in
Rantum ratſchlagten wir nicht lange, wohin wir uns, um
Obdach und Schutz vor dem böſen Wetter zu finden, wenden
wollten. Wir waren uns ſchnell darüber einig, daß wir bei
unſerer Freundin Maiken Niß Taken anklopfen wollten, erwarteten am erſten und gewiſſeſten bei ihr Mitleid und

gaftfreie Aufnahme zu finden.*) Gedacht, gethan. Wir
klopften an und baten um Einlaß. Maiken öffnete die Thür,
allein sie redete uns hart an, schien durchaus nicht barm-
herzig zu sein.

„Jungens!" — sprach sie — „Ich habe Euer Wiiken
gesehen. Ich dachte es schon, als Ihr so hochmütig ‚Ein
freies Leben führen wir' unserm Dorfe vorbei sanget, daß
Ihr einen dummen Streich vorhattet. Da habt Ihr nun eine
Probe von dem freien Leben auf Hörnum, das Gott nicht
leiden mag. Seid Ihr künftig zufrieden, wenn Ihr es gut
habt bei Euern Eltern, lauft nicht wieder nach Hörnum, um
die Möveneier der Rantumer zu nehmen, gönnt uns das
wenige Gute, was der liebe Gott auf den Dünen wachsen
oder an den Strand treiben läßt auf Hörnum. Wollt Ihr
aber, nachdem der liebe Gott selber Euch gehindert und
gezüchtigt hat, eine Zuflucht bei mir finden, so müßt Ihr erst
das schöne Lied ‚Zufriedenheit ist mein Vergnügen' anstimmen."
— Wir wendeten freilich ein, daß wir das Lied nicht kannten,
daß wir sehr kalt und naß wären und baten wiederholt um
Einlaß, allein es half nichts. Maiken blieb hart und sagte:
„Wenn Ihr das Lied nicht kennt, so will ich es Euch lehren,
hört nur zu!" — Jetzt kannten wir, ohne es erst zu lernen,
das Lied und sangen es um die Mitternacht im Sturm und
Regen vor ihrer Thür. — Alsdann ließ sie uns ein.

Nunmehr war Maiken aber auch wie umgewandelt. Sie
wußte nicht, was sie uns zu Gefallen thun wollte, sie machte
ihren Ofen warm, trocknete unsere Kleider, kochte uns Kaffee
und erzählte uns, als wir gehörig aufgetaut, erquickt und
ermutigt waren, auf meine Bitte folgende Geschichte.

„Ihr Westerländer Jungen seht oft so hochmütig auf
uns Rantumer, wenn wir nach Eurem Dorfe kommen, wahrscheinlich deshalb, weil Westerland Euch so groß und reich,
Rantum aber so klein und arm zu sein dünkt, allein das
müßt Ihr wissen, sehr viele und meiner Seel'! die tüchtigsten
Westerländer stammen aus Rantum. Rantum aber war einst

---

*) Maiken wohnte nicht, wie bereits erwähnt, in der Hütte im
Sumpfe, sondern eine viertel Stunde südlicher in dem damaligen
kleinen Dorfe Rantum an dem östlichen Abhange einer Düne.

der größte Ort auf ganz Sylt, hatte zwei Kirchen und drei
Prediger. Das größte Dorf, welches zu Alt-Rantum gehörte,
in welchem die große, mit einem hohen Turme gezierte Westerseekirche, die zwei Prediger hatte, war, lag ehemals südwestlich
von dem jetzigen Rantum, da, wo jetzt das äußere Riff im
Meere ist und hieß das lange Dorf oder Groß-Rantum. Das
jetzige Klein- oder Neu-Rantum mit den später verschwundenen
Stinum und Niebelum lagen östlicher, waren aber zusammen
viel kleiner als das Langdorf und hatten eine kleinere Kirche
für sich, welche gewöhnlich die Ratsburgkirche, später die
Rantumkirche genannt wurde, an welcher nur ein Prediger
stand. Der letzte katholische Hauptprediger an der großen
Westerseekirche war der Herr Albert von Kiel. Er war aber
kein sonderlicher Papist, sondern ein guter Christ und reicher
Mann, war verheiratet und hatte einen Sohn, den er studieren
ließ, hatte so viel Land (Dienstland), daß seine Dienstboten
es kaum mit zwei Pflügen bearbeiten konnten. — Der damalige Prediger an der kleinen Ratsburgkirche, Herr Georg
Einerlei, war aber ein boshafter, erzpapistischer Priester, ein
großer Zauberer und Hexenmeister, der den Herrn Albert
immer beneidete und auf dessen Untergang und den seiner
Gemeinde spekulierte. — Einst machte er nun durch seine
Teufelskünste einen entsetzlichen Sturm. Der Strand raste
fürchterlich, die Flut brach durch alle Deiche und Ufer und
sogar durch die hohe Bank oder den Landrücken, worauf das
Langdorf lag. *) Alle Häuser daselbst wurden umgestürzt und
zerstört, die Westerseekirche sank zwei Faden in die Tiefe, und
fast alle Weiber, Kinder und alle Leute von Alt-Rantum
kamen um. Nur die Männer und Jünglinge, von welchen
die meisten den Sommer über bei dem Heringsfang gewesen
und noch nicht wieder zurückgekehrt waren, als das Unglück
kam, blieben fast alle am Leben. Auch der Prediger, Herr
Albert, war nicht in der Flut ertrunken, wohl aber hatte er

---

*) Hans Kielholt schrieb manches über den Reichtum seines
Vaters, dessen Tod, das Verhalten der päpstlichen Offizialen bei
dessen Nachlaß, sowie über den Untergang Alt-Rantums und Eibums.
Unter andern: „My wunderi wegen des Sandes, dat alhier am Ufer
des Waters so sic hüpig sehen let, grote Humpels alse Hou-Hope."
Es scheint, als ob früher dort keine Dünen gewesen.

burch biefelbe fich eine Krantheit zugezogen, bie ihm im fol-
genben Jahre ben Tob brachte. Als kurz barauf fein Sohn
Hans Kielholt von Leipzig, wo er ftubiert hatte, heimkehrte,
fanb er nicht allein, baß feine Heimat verwüftet unb fein
Vater geftorben war, fonbern auch, baß ber Priefter Georg
— wie es hieß für ben Papft — ben ganzen Nachlaß feines
Vaters fich zugeeignet hatte, fo baß Hans Kielholt nur noch
von ben Reichtümern feines Vaters eine Nachtmütze unb ein
Paar Hanbfchuhe vorfanb, mithin auch nicht mehr erbte.

Der böfe habfüchtige Priefter Georg, ben bie Rantumer
gewöhnlich Gorrig Likfuhl, auch wohl Ekke unb zum Spott,
Herr Gierig, nannten, hatte gebacht, bie übrig gebliebenen
Alt-Rantumer für feine kleine von ber Flut verfchont gebliebene Gemeinbe zu gewinnen. Als bie Alt-Rantumer aber
von feinen Hexenkünften unb Teufeleien überzeugt wurben,
inbem er z. B. bei ihrer Heimkehr eine Seeräuberbanbe, bie
letzten ber Likenbehler, um beren Schätze zu gewinnen, in
eine Höhle ber alten Ralsburg gelockt ober gebannt hatte,
ohne biefelben je wieber loszulaffen, unb als bie Alt-Rantumer
Heringsfifcher fogar nicht mehr zweifelten, baß er an bem
Untergange ihrer Heimat fchulb fei, ba wurben fie fehr erbittert auf ihn, wollten nichts mit ihm unb feiner Kirche
zu thun haben, fchwuren ihm ewige Feinbfchaft, zogen fo weit
hin nach Süben auf ber Halbinfel Hörnum, als fie kommen
konnten, bauten fich hier Erbhütten unb wohnten feit ber
Zeit an bem Hafen ober ber Renne bei bem Buber.*)

Da nur ein Frauenzimmer, nämlich Kreffen Jacobs, bie
Frau bes Jacob Lüng ober Jacob Lungfem, wie er auch genannt wurbe, mit ihnen nach bem Buber gezogen war, fo
nannten fie bas Thal, in welchem fie ihre Hütten errichteten,
nach ihr Kreffen Jacobsthal, wie basfelbe noch jetzt heißt.
Die alte Mutter bes Jacob Lüng foll aber in Neu-Rantum
geftorben fein, ehe biefe Anfiebelung ber Alt-Rantumer Fifcher
im Kreffen Jacobsthal vor fich ging.

---

*) Eigentlich hießen biefe Erb- ober Fifcherhütten bie Fifcher-
buben ober kürzer unb friefifch „be Buuber," wovon erft alsbann
ber hohe Sanbberg bort ben Namen Buber erhalten haben foll.

Obgleich die füdliche Hälfte Hörnums schon damals durch den Sandflug sehr verwüstet und zum Aderbau untauglich war, so schien es den Alt-Rantumern doch anfänglich an ihrem neuen Wohnorte recht wohl zu gehen und wohl zu gefallen, so lange sie im Frühling, Sommer und Herbst mit dem Fischfang beschäftigt waren und sich um nichts anderes bekümmerten. Sie fischten übrigens nicht bloß Heringe bei Helgoland, sondern zu gewissen Zeiten im Jahre auch Schellfische oder Wittlinge in der sogenannten Fischgrube im Westen von Sylt, Kabeljaue etwas näher am Lande, Rochel und Tebel am Ufer, Schollen auf den Watten und freilich auch im Meere, ja sie schlugen selbst im Winter mitunter Robben auf den Sandbänken, fingen Austern in den Wattströmen und Hasen in Schlingen auf den Dünen. — Als nun aber einst ein Winter kam, in welchem fast fortwährend Stürme herrschten, viele Schiffe bei Hörnum an den Strand geworfen und die Hörnumer Fischer vielfältig zu Strandräubereien versucht wurden — und als ein anderes Mal der Frost im Herbste sich sehr früh einstellte und die Fischer an ihrem Gewerbe hinderte, sie viele müssige Tage und Abende hatten — da blieben sie nicht länger die genügsamen und zufriedenen Menschen wie früher, da erwachten auch wieder alte Neigungen in ihnen, z. B. wie andere junge Leute nach den Mädchen zu laufen oder wie andere Männer sich zu verheiraten, — und ehe man es sich versah, da schwärmten bei Nacht und Nebel von Süden her hier einige und dort einige Hörnumer „Halfjunkengänger" nicht etwa bloß in den westlichen Dörfern Sylts umher, sondern selbst bis zu den entferntesten Wohnungen der Insel. Ueberdies klagte man bald über ihren Mutwillen und vielfachen Unfug, den sie bei nächtlicher Weile in den Dörfern getrieben hätten. Bald waren in einem Dorfe die Schornsteine zugestopft, bald die Thüren zugebunden, bald die Windfahnen umgeworfen oder gegen den Wind gestellt, bald die Wagen oder andere Geräte verschleppt, bald die Pferde von der Weide weggeführt und zu nächtlichen Ritten benutzt worden. Es wurde übrigens fast alles Unnütze, welches in der Nacht auf Sylt geschah, damals den Hörnumer Fischern oder Kressen Jacobs sogenannten Söhnen zugeschrieben, mochten fie es benn gethan haben ober nicht. Was bie Kampter Hunbe zerriſſen unb bie Morſumer Kälber beſchmußten, wurbe ihnen ebenſowohl in bie Schuhe geſchoben, wie bie loſen Streiche, welche bie Keitumer Kinber bes Abenbs ausübten. Es ging ihnen, wie es in ben altfyīter Sprichwörtern heißt unb wie Ihr Weſterlänber Jungen es auch erfahren könnt, wenn Ihr Euch nicht woļļet raten unb warnen laſſen. Die Alten ſagten: »Watt em önbrokket, dit mut em ütiit,«*) ober auch: »Suurt Rammer sen ek gud witt tö tauin.«**)

Freſſen Jacobs Söhne waren übrigens, wie es ſchien, ſtets luſtig unb freilich ſchlimm genug zu aļļem, was nichts taugte. Sie pflegten zu ſingen:

Frii es de Feskfang,
Fril es de Jagbt,
Frii es de Strönthgang,
Frii es de Naght,
Frii es de See, de wilde See,
En de Hörnemmer Rhee!

Hurrah fuar de Boy!
Heeth bi niin Löath,
Heeth bi dagh sin Moy,
Fesk en de Strönth,
Sin es de See, de moje See,
En de Hörnemmer Rhee!

Pröster sen knorrig,
Laghe jam üt!
Slimmer es Gorrig,
Slaa höm üp Snitt!
Ülls jert de See, de gaarelk See,
En de Hörnemmer Rhee!

Wir Kinber fühlten aļļerbings bas Rohe unb Unſittliche bieſes Geſanges, ſowie überhaupt bas Mangelhafte unb oft ſich Wiberſprechenbe in Maitens Moral, aļļein wir nahmen aļļes nach Kinber Weiſe leicht unb lachten heimlich barüber.

―――――

*) Was man einbrodt, bas muß man ausfreſſen.
**) Schwarze Böde ſinb nicht gut weiß zu waſchen.

Maiken setzte ihre Erzählung nunmehr fort: „Es kamen nicht selten den Hörnumer Nachtschwärmern bei ihren Streichen und deren Ausführung lodere Gesellen aus anderen Gegenden der Insel zu Hilfe, gerieten jedoch öfter noch mit ihnen in Streit und vermehrten dadurch den nächtlichen Lärm auf Sylt. Besonders war das letztere oft der Fall, als die verliebten Mädchen auf Sylt erkannten und erklärten, daß die lang beinigen Fischerjungen und Dünenläufer von Kressen Jacobs thal raschere und hübschere Kerle wären, als alle übrigen Sylter Halfjunkengänger." —

Jetzt war uns Knaben der Kamm wieder geschwollen; wir fingen daher an, bei diesen Worten unserer alten Freundin laut zu lachen.

„Na, lacht nur nicht, ihr nüchternen Kälber! Es ist bei den Raben wahr, was ich sage!" sprach beleibigt Maiken. „Die schönen Mädchen von Neu-Rantum, Stinum und Niebelum und die niedlichen Hexen von Duntsum auf Föhr suchten sogar Kressen Jacobs muntere und lecke Söhne in den Hörnumer Dünen auf, begegneten ihnen am Vlie, spazierten und plauderten mit ihnen in Rantum-Inge, tanzten mit ihnen auf der Burg und kosten und spielten besonders oft mit ihnen in der schönen Schlucht ‚Taatjemglaai,' welche Schlucht eben davon seit dieser Zeit den Namen ‚Küsselthal' führt. — Nun, was juckt Euch, Ihr Nasemeisen? Wenn Ihr lacht, so will ich meiner Seel' nicht länger erzählen," sprach erzürnt Maiken. Jetzt wurden wir ernst und still. — „Verheiraten aber konnte sich keiner der Hörnumer, daran war nicht zu denken. Sie hatten keine ordentlichen Wohnungen*) und Mobilien, kein Vieh, keine Gärten, keine Aecker und konnten sehr oft nur notdürftig sich selber ernähren im Winter und wieder ausrüsten im Frühjahr zum Fischfang. Es gebrach ihnen sogar zum größeren Teile an eigenen Fischerfahrzeugen, Fischerleinen, Boote und Netzen und anderen Geräten, weshalb viele derselben sich bei andern für Lohn zu arbeiten als Gehilfen oder Matrosen alljährlich

---

*) Ihre Hütten waren aus Gras- oder Erdsoden aufgeführt, hatten 12 bis 16 Fuß Länge und 6 bis 8 Fuß Breite. In der einen Ecke des Hauses war ein Feuerheerd, dabei in dem einen Ende die Thür, längs der einen Seite Schlaf- oder Lagerstätten.

verbingen mußten, am häufigsten auf Helgoländer Fischerfahrzeugen. Nur Jacob Lüng halte ein orbentliches Haus
im Kressen Jacobsthal und ein freilich altes, aber noch immer
starkes und brauchbares größeres Schiff, das er ohne Zweifel
von seinem Vater geerbt hatte. Auch halte er immer Geld
genug, um im Notfalle den übrigen Hörnumer Fischern damit
zu Hilfe zu kommen. Im übrigen lebte er still und ein-
gezogen mit seiner Frau in dem Dünenthal, ging seinen Geschäften als Fischer nach, sprach wenig und that zu Hause
und auf dem Lande — seiner Natur gemäß — nicht allzuviel,
kümmerte sich überhaupt selten um das Thun und Treiben
anderer Menschen und kam selten nach anderen Gegenden und
Dörfern der Insel. — Eines Jahres schenkte seine Frau ihm
einen kleinen Sohn, welchen er Peter taufen ließ, der aber
von seinen Landsleuten gewöhnlich Pib'b'er Lüng und später,
als er herangewachsen war, wegen der Länge seines Leibes
und seiner Glieder oft der lange Peter genannt wurde. —
Im übrigen gab es für den derzeitigen einzigen Prediger in
Rantum, nämlich den Herrn Einerlei, auf Hörnum, in dem
neuen Fischerorte am Buder, in vielen Jahren nichts zu thun
und keine Gebühren zu heben. Trauungen und Kindtaufen
kamen dort nicht vor und Beerdigungen pflegten im Meere
oder in der Stille auf alten Kirchhöfen in den Dünen zu
geschehen; zur Kirche und zum heiligen Abendmahl gingen
die Hörnumer Fischer nicht; Beichte und Ablaß, Heiligen-
und Bilderverehrung waren ihnen vollends zuwider; Fegefeuer
und Hölle schienen sie nicht zu fürchten; priesterliche Drohungen
und Bannflüche aber verlachten sie. Kurz, sie lebten so ziemlich
wie die Heiden. Als der Priester Georg durch Drohungen
und Bannsprüche nichts bei ihnen ausrichtete, versuchte er
durch Schmeicheleien mindestens einige Opfer und Zehnten
von ihnen zu gewinnen. Gegen glatte Worte schienen aber
die rohen Fischer unbewaffnet zu sein. Als der habsüchtige
Priester nun wiederholt sie aufforderte, ihm statt der Geld-
gebühren einen Teil ihrer gefangenen Fische zukommen zu
lassen, konnten sie, wie es schien, nicht länger widerstehen
und versprachen, ihm zu willfahren.

Eines Tages nun kam einer der Fischer mit einem

13

großen schweren Sack auf dem Rücken zu Herrn Georg, zu ihm sagend, daß er von seinen Kameraden, den Hörnumer Fischern, grüßen und dem Herrn Pastor einen Teil ihres neulichen Rochenfanges bringen solle. Der Priester wurde froh, gab dem Bringer einen Trinkpfennig und nahm den Sack in Empfang. Er öffnete denselben, nachdem der Bringer sich schnell wieder entfernt hatte. Allein — wie wurde er getäuscht und erbittert! — Der Sack enthielt lauter „Rochelprotter" (Stacheln von Giftrochen, welche Fische damals sehr häufig bei Hörnum gefangen wurden). Das hatte er den Hörnumern nicht zugetraut. Sein Ingrimm gegen dieselben war nun grenzenlos. Er sah ein, in Güte sei eben so wenig wie durch Drohungen etwas bei den Fischern auszurichten. Er verklagte nun die gottlose Herde, deren Hirte er sein solle, bei dem Papst in Rom und als dessen Befehle und Bannflüche auch nichts wirkten bei den Halsstarrigen, so wendete er sich an den König von Dänemark mit der Bitte, Vögte zu senden, um die unbußfertigen Fischer und Strandräuber auf Sylt zu bändigen. Und siehe — seine Bitte wurde wirklich erfüllt. Es waren indes auch schon zu dieser Zeit in Eiderstedt, auf Nordstrand und Föhr Land- und Strandvögte angestellt worden, aber man hatte bisher noch nicht an das abgelegene Sylt gedacht und am allerwenigsten daran, daß in Rantum ein Strandvogt sein müßte. Auf solche Weise bekamen die Sylter zuerst Vögte.*) Ob der erste Strandvogt in Rantum nun, wie so viele spätere, Niß geheißen hat, weiß ich nicht, und eben so wenig, wer der erste Landvogt auf Sylt gewesen, denn es ist sehr lange her, aber es heißt von den ersten Vögten, daß die Leute und besonders die Hörnumer Fischer nichts nach ihnen fragten, ihnen nicht gehorchen wollten. Der alte Pastor Gorrig aber verklagte jetzt die ungehorsamen Hörnumer bei dem Amtmann

*) Es ist keine sichere Nachricht darüber und ist nicht wahrscheinlich, daß in den sogenannten Siebenharden der Uthlande schon vor 1460 Staller und Vögte gewohnt haben, mindestens nicht auf Sylt. Eiderstedt aber hatte schon 1370 einen Staller, der Owe Hering hieß, und bekam 1444 Strandvögte. Westerlandföhr hatte schon 1388 einen dänischen Vogt, der Frellesson hieß. Christian I. hob den Siebenhardenbund um 1460 auf und setzte Vögte ein.

in Tondern. Es war aber damals ein tyrannischer Amtmann daselbst, welcher Henning Pogwisch hieß. Dieser Mann
plagte die Bauern schrecklich, wenn einer nicht Steuern bezahlen konnte oder wollte, so viele wie er verlangte, so ließ
er ihm Nase und Ohren abschneiden. Dieser Amtmann hatte
aber mehrere Söhne, die alle an Grausamkeit und Hochmut
dem Vater ähnlich waren. Einer derselben wurde nun mit
einigen Fußknechten und dem Henker von Tondern nach Sylt
gesandt, um die Hörnumer Fischer zu bestrafen und den Sylter
Vögten, sowie dem Prediger zu Rantum bei den Einwohnern
Respekt zu verschaffen.

IV.

Ich will Euch jedoch zuvor etwas von Pibber Lüng,
dem Sohne des Jacob Lüng, erzählen. Als er noch klein
und jung war, hatten die Fischer ihn oft zum Besten, um
ihren Spaß mit ihm zu haben, und um sich in müssigen
Stunden die Zeit zu vertreiben. Sie logen ihm im Scherz
dann allerlei vor, was der kleine unschuldige Petje anfänglich
glaubte. Wenn er es nun zuletzt entdeckte, daß sie ihm etwas
weis gemacht hatten, lachten sie ihn noch dazu aus. Dadurch
wurde der Junge aber mißtrauisch und glaubte niemand
mehr, außer seinen Eltern. — Eines Tages hatte er sich
ziemlich weit von der Wohnung seiner Eltern entfernt. Er
lag in einem Dünenthale und pflückte sogenannte Hunger-
blumen, um damit zu spielen. Da trat von hinten leise eine
kleine Dünenhexe, ein neckisches Mädchen aus Neu-Rantum,
zu ihm und hielt ihm ihre Hände vor die Augen, daß er
nichts sehen konnte. Petje schrie laut auf und kratzte die
Hände der Dirne. Da zog diese die Hände zurück und Petje
konnte wieder sehen. — „Deine Blumen sind häßlich, die Du
gepflückt hast," sprach die Hexe. — „Nein," antwortete zornig
Pibber, „sie sind schön." — „Aber sie riechen häßlich," sprach
sie. — „Nein, sie riechen schön," antwortete er. — „Petje,
wie bist Du noch so klein und schwach," sprach die Versucherin. — „Nein," rief der trotzige Peter, „ich bin groß
und stark." — „Aber Du bist böse!" — „Nein, ich bin nicht
böse." — „Wenn Du nicht böse bist, so komm her und gehorche
13*

mir." — „Ich will nicht." — „Aber Petje komm doch, ich
will Dich waschen, Du bist schmutzig." — „Nein, ich bin
nicht schmutzig, ich will nicht gewaschen sein." — „Nun Petje,
darf ich denn nicht Deine Nase rein machen?" — „Nein!" —
„Willst Du nicht meinen Korb tragen, Du eigensinniger
Junge?" — „Nein, ich will nicht, ich bin nicht eigensinnig."
— „Will Petje denn gar nicht hören?" — „Nein, ich will
nicht hören!" — „Auch nicht gut werden?" — „Nein, ich
will nicht gut werden!" —

In solcher Schule wuchs Peter auf. Die lügenden
Fischer hatten ihn mißtrauisch, die neckenden Dirnen oder
Hexen hatten ihn eigensinnig gemacht. — Er war so widerspenstig und hartnäckig geworden, daß er niemals ‚Ja,‘ sondern
immer ‚Nein‘ sagte zu allem, was man von ihm verlangte
oder erbat. Nur gegen seine Mutter, gegen ein weinendes
Kind, gegen die seufzende und darbende Armut, gegen den
Jammer und das Elend der Menschen konnte er nicht ‚Nein‘
sagen, da war es, als ob ihm das Herz vor Mitleid brechen
und als ob er sich für die Leidenden aufopfern müßte. Er
war unterdes groß und stark geworden, half bereits beim
Fischfang, lief aber nicht mit den übrigen, nachgerade in
Sünden und sinnlichen Genüssen grau gewordenen Fischern
nach den Mädchen, oder um tolle Streiche in der Nacht aus-
zuüben, umher, sondern ging gewöhnlich für sich allein in den
Dünen auf Hörnum. Eines Abends bei hellem Mondschein
und mildem Wetter stand er einsam auf der Slätte, wo das
Haus seines Großvaters im Warbünthal einst gewesen, in
Gedanken vertieft. Es war um die Zeit, als der Priester
Georg besonders ingrimmig gegen die Hörnumer wütete, als
er veranlaßt hatte, daß die Vögte gekommen waren, welche
die alten Freiheiten und Rechte der Sylter zu unterdrücken
strebten. Da kam es ihm vor, als ob eine händeringende,
weinende Gestalt auf dem Herdsteine des alten, verbrannten
Hauses saß. Je länger er die Gestalt anschaute, desto be-
stimmtere Züge nahm sie an, desto mehr überzeugte er sich,
daß er ein wirkliches Wesen vor sich sah. — „Wer bist Du?"
fragte er endlich. — „Ich bin die Stavenhüllerin. Wo fromme,
freie Menschen gewohnt haben, da bewache ich die Ställe,

wo sie geweilt, damit der Ort nicht durch Lug und Trug, durch Unrecht und Unterdrückung entweiht werde. O, daß Jens Lüng noch lebte in dieser Zeit!" — „Warum?" sprach Peter. „Jens Lüng war mein Großvater." — „Ach," sprach das händeringende Weib, „möchtest Du ihm ähnlich sein, zu wehren mit festem männlichem Sinn dem Greuel der Verwüstung, der über Friesland immer mehr hereinbricht, und zu retten von den Tugenden und Freiheiten der Vorfahren, was noch zu retten ist, oder, wenn Du nicht siegen kannst, wie ich fürchte, im Kampfe unterzugehen nach alter Weise; denn: Lewwer duad, üs Slaaw!"*) — Peter schwur, tief erschüttert: „Ja, lewwer duad, üs Slaaw! Ich will in die Fußstapfen meines Großvaters treten, so gut ich's kann und verstehe, so wahr mir Gott helfe!" — Darauf verschwand die Fee, die edle Slavenhüterin,**) welche wir Rantumer das Slabemwüste nennen, die aber später immer seltener den Menschen auf Hörnum erschienen ist. Es ist, als ob jetzt ein Fluch auf Hörnum ruht. Gott schütze uns alle! — Damals gingen unterdes Jahre hin und änderten nichts. Eines Tages aber hatte Peter, der jetzt schon gegen 26 Jahre zählte, für seine alte Mutter, die wie sein alter Vater besonders gern Grünkohl aß, obgleich dieses Küchengewächs auf Hörnum nicht gedeihen wollte, eine große Tracht Kohl von Westerland, wo die Familie gute Freunde hatte, geholt und auf seinem Rücken heimgetragen, den Eltern zu Liebe. Die Mutter hatte den Kohl am folgenden Tage gekocht und alle drei freuten sich auf das Gericht, saßen eben rings um den Tisch, um sich in Frieden den herrlichen Kohl wohlschmecken zu lassen. Da öffnete sich die Thür ihres Hauses und es trat ein vornehmer junger Mann in kostbarer Kleidung in die Stube. In seinem Gefolge waren der alte falsche Pastor Georg, der Landvogt der Insel und der Strandvogt von Rantum.***)

———

*) Lieber tot, als Sklave.

**) Einige meinen, sie sei der Geist der tugendhaften Ellen, der Tochter von Jens Lüng, gewesen, die sich selber ins Wasser stürzte, um ihre Unschuld zu retten.

***) Obgleich die Namen dieser, wie so vieler anderer inselfriesischen Vögte aus alter Zeit, nicht mehr bekannt sind, so weiß man doch, daß

Der vornehme Herr grüßte nicht, sondern sagte: „Wohnt hier das Gesindel, welches Gott und der hohen Obrigkeit trotzt?" — Die alte Kressen ließ vor Schreck den Löffel fallen, Peter zerbrach den seinigen vor Wut und knirschte mit den Zähnen. — Nachdem der langsame alte Jacob sich besonnen, antwortete er: „Wir sind kein gottloses Gesindel, sind ehrliche Fischerleute und niemand etwas schuldig. Wer seid Ihr aber, der Ihr in das Haus eines freien Friesen einzubringen wagt, wie es scheint, nicht in guter Absicht?" — „Wer ich bin, alter Trotzkopf, das will ich Dir gleich zeigen. Ich bin hierher gesandt im Namen Sr. Majestät des Königs Christian I. und meines Herrn Vaters, des Amtmanns Henning Pogwisch in Tondern, um Euch Eures Ungehorsams wegen zu strafen und alles andere trotzige und hochmütige Gesindel hier auf Sylt zu bändigen. Ihr scheint hier noch keine Ahnung davon zu haben, welche Gewalt die Obrigkeit besitzt, noch wie Ihr als Unterthanen Euch gegen sie zu verhalten habt. Das will ich Euch lehren, Ihr freien friesischen Kohlfresser, die Ihr Abgaben mit Rochenstacheln zu bezahlen Euch erfrecht."*) — Georg schien tief gerührt zu sein über diese Worte und setzte feierlich hinzu: „Was der Diener Gottes lehrt und die hohe Obrigkeit thut, ist alles recht und alles gut!" — Dem jungen Pogwisch überkam bei diesen Worten eine starke Anwandlung zum Husten und zugleich eine unwiderstehliche Neigung, seinem Spott und einer hochmütigen Laune Luft zu machen. Er spuckte in dieser unglücklichen Aufwallung in die Kohlschüssel der Friesen. — Da war die Geduld des jungen, bisher stille gebliebenen Pidder Lüng zu Ende. Er stand auf glühend vor Zorn, alle Glieder zitterten ihm. Er rief: „Wer in den Kohl spuckt, soll ihn fressen!" — erfaßte mit riesiger Kraft den Nacken des jungen Pogwisch und drückte

bis zu den neuesten Zeiten alle Strand- und Bauervögte und fast alle Landvögte eingeborene Friesen waren und aus den angesehensten Eingesessenen gewählt wurden.

*) Ich muß hier bemerken, daß diese Geschichte, wie freilich so viele andere Sagen, nicht immer einerlei oder von allen gleichartig erzählt wird. Ueber sittliche und namentlich politisch üble Dinge schweigen die Alten gewöhnlich ganz.

ihm das Gesicht in den heißen Kohl, bis der junge Tyrann erstickte. *)

„Um Gott. was machst Du?" schrie Herr Georg. — Jacob Lüng und seine Frau erblaßten. — Die beiden Vögte nahmen feige die Flucht. — Jetzt erst wurde es draußen lebendig. Die mitgekommenen Fußknechte, Henker und Diener hatten, während das eben Erzählte in dem Hause des Jacob Lüng vorgefallen war, sich über die hölzernen, galgenähnlichen Gerüste der Fischer, an welchem die Rochen und andere Fische zum Trocknen aufgehängt waren, lustig gemacht, hatten spottend gesagt: „Seht, da sind die Galgen für die Strandräuber schon fertig!" — und hatten die ungestalteten, übelriechenden Rochen bereits niedergerissen, um den Fischern Platz zu machen. — Doch diese waren noch nicht gefangen und nicht gemeint, sich von einer Handvoll Landsknechte gutwillig greifen und hängen zu lassen. Einer der Fischer rief: „Sie wollen wieder Abgaben haben. Wartet nur: wir bezahlen mit Rochenstacheln!" — Die Fischer schnitten eiligst einer Menge ihrer Rochen die stacheligen Schwänze ab, und mit diesen gefährlichen Waffen fielen sie über die Knechte des Amtmannes her, hieben ihnen die Köpfe und Rücken wund und jagten sie in die Flucht. Jetzt kamen die Vögte und der Priester aus dem Hause des Jacob Lüng und zwar erstere in großer Angst. — „Seid Ihr blind, oder könnt Ihr sehen?" riefen die tollen Fischer den Vögten zu. „Wir sind blind und geschlagen, wir sehen nichts!" antworteten die feigen Vögte. — „Ich verfluche Euch in die Hölle, Ihr Heiden!" schrie der Priester. — „Aha," riefen die Fischer, „da ist der Herr Gierig auch, den müssen wir blind machen. Nein, wir wollen ihm die Zehnten geben von den Rochenschwänzen. Hört, seid nicht karg gegen ihn, gebt ihm reichlich!" So schrieen die erbosten Fischer einander zu und hieben dermaßen auf den falschen Priester mit ihren Rochenschwänzen, daß die giftigen Stacheln ihm die Haut von den Knochen rissen, zum Teil in dem Fleisch stecken blieben, und der unglückliche Georg nur mit genauer Not

---

*) Vielleicht hat das bekannte noch oft gebrauchte Sylter Sprichwort: — „Diar ön de Kual spüttet, skell en sallef ottit!" — von dieser Handlung des langen Peter seinen Ursprung erhalten.

lebenbig nach Rantum zurückkehrte, aber balb barauf an seinen Wunben starb. So ging es bamals, bei ben Raben, auf Hörnum! *)

Nach biesem Spektakel, biesem Aufruhr auf Hörnum, wurde es bort eine Zeitlang sehr still. Die Leiche bes jungen Pogwisch wurde, nachbem sie abgewaschen war, von ben Hörnumern halbwegs nach Rantum gebracht, woselbst bie Diener bes Amtmannes sie abholten unb von ba in ber Meinung, baß ber junge Herr, weil er keine Verwunbungen an seinem Körper hatte, vor Zorn an einem Schlagflusse gestorben sei, nach Tonbern heimführten. Doch scheint bas Gerücht von bem Morbe besselben ungeachtet ber Verschwiegenheit ber beiben Vögte — welche, wie man sagte, zwei alte echte eingeborne Schlafmützen gewesen wären -- bennoch bekannt geworben zu sein. Denn Pibber Lüng konnte sich später in vielen Jahren nicht wieber auf Sylt sehen lassen, fuhr mit ben eifrigsten Tumultuanten in bem Ewer seines Vaters von Hörnum weg auf bie See unb in bie Frembe, so baß man in vielen Jahren nichts wieber von ihm hörte. Viele anbere ber Fischer folgten ihm nach, minbestens hieß es so. In ber Frembe unb auf ber See gesellten sich übrigens allerlei anbere biebische unb flüchtige Leute zu ihnen, besonbers viele von Norbstranb unb Husum, wo ebenfalls bamals ein Aufstanb gewesen war.**) Diese vielen Menschen trieben sich benn Jahre lang umher, balb als Fischer, balb als Seeräuber, balb als Stranbbiebe. Sie ließen sich später wieber öfters auf

---

*) „Bei ben Raben" sollte in Maitens Munbe ihre höchste Beteuerung sein; es liegt aber zugleich eine Bezeichnung ber heibnisch gesinnten Hörnumer barin.

**) Die Einwohner ber Insel Norbstranb unb ber Stabt Husum, sowie ber Lanbschaft Stapelholm hatten bereits um 1478 einen Aufstanb gegen ben König Christian I., ber ein sehr verschwenberischer Fürst war, ganze Lanbteile an gewissenlose Abelige, bie ihm Gelb geliehen, verpfänbet hatte, gemacht. Der Aufstanb wurbe freilich gebämpft, brach aber von neuem aus auf Anreizung bes eigenen Bruders bes Königs. Der König zog aber gegen bie Aufrührer, ließ mehrere hinrichten, unter anberen ben Staller Eblef Knutzen von Norbstranb, um 1472. Gerharb, ber Bruber bes Königs, aber unb viele Friesen nahmen bie Flucht unb wurben Seeräuber.

Amrum und Hörnum sehen, schienen aber Helgoland ganz
besonders als ihre Zuflucht zu betrachten und zu benutzen.

Als der böse Amtmann erfuhr, wie es seinem Sohne und
seinen Dienern auf Sylt ergangen, wurde er sehr traurig, aber
nicht weniger zornig. Er ließ nun alle Fußknechte, Soldaten
und andere Diener von dem ganzen Amte zusammen kommen
und sandte sie mit den strengsten Befehlen, die Hörnumer
Fischer und Strandbiebe tot oder lebendig nach Tondern zu
bringen, wieder nach Sylt. Jedoch als dieselben auf Sylt
ankamen, waren Pibber Lüng und alle andern schuldigen
Fischer bereits auf das Meer entflohen. Nur einige alte,
schwache Leute, und unter denselben auch Jacob Lüng und
seine Frau, waren noch auf Hörnum. Als diese durch
Rantumer erfuhren, daß die Knechte des Amtmannes und
viele andere Diener und Soldaten wieder gekommen wären,
nm die Hörnumer Aufrührer zu fangen, mußten auch sie sich
zur Flucht rüsten, jedoch Jacob Lüng wollte nicht. — Seine
Frau sagte zu ihm: „Wenn die Dänischen die Schuldigen
nicht finden, so werden sie die Unschuldigen mitnehmen und
büßen lassen, wir müssen fliehen."*) — „Ich mag nicht fliehen,
ich laufe vor niemand," antwortete Jacob. — „Aber, lieber
Mann, sie werden Dir das Leben nehmen," sprach Kressen.
— „Nun, laß sie, ich bin alt genug zum Sterben," war die
Antwort. — Als die Frau sah, daß ihr Mann unbeweglich
blieb, ging sie hinaus, um mit den Nachbarn zu sprechen.
Gegen abend kehrte sie wieder heim zu ihrem Manne. Als
es dunkel geworden war, zündete sie ihre Lampe an, legte
alle ihre Kleider und notwendigsten Sachen bereit wie zur
Flucht, sprach aber nicht mehr mit ihrem Manne davon.
Kaum war sie fertig mit diesem Geschäft, da wurde heftig
an die Hausthür geklopft. Kressen blies schnell die Lampe

*) Die Inselfriesen pflegten alle nichtfriesische Bewohner des
Herzogtums Schleswig gleich den Jütländern und Seeländern
„Dänische" zu nennen. Die Sylterinnen hatten von alters die
seltsame Meinung: Wenn vornehme Dänen oder dänische Beamte,
z. B. der Amtmann von Tondern, nach Sylt kommen, dann gibt
es ein Unglück, mindestens einen Sturm und hohe Flut. Sie wollten
daher ihr Gras nicht mähen, ehe die Fremden wieder fort waren,
damit ihnen nicht ihr Heu durch die Flut verloren ginge.

aus und ging nach der Thür, um aufzumachen. Die herein-
tretenden Männer sprachen dänisch, harte und rauhe Worte,
welche die beiden Eheleute nur teilweise verstanden. Die
rauhen Fremdlinge nahmen jetzt mit leichter Mühe den alten,
langsamen Jacob gefangen, banden ihm die Hände und führten
ihn samt seiner widerstrebenden, ihre bereit gelegten Sachen
mitnehmen zu wollen, entschlossenen Frau aus dem Hause
fort. — Die Gesellschaft wanderte schweigend durch die Dünen
nach dem Meere und dann längs dem westlichen Strande
nordwärts in der sehr finstern Nacht. Als sie ungefähr drei
Stunden gegangen, stiegen alle, noch immer schweigend, wieder
über die Dünen in das Innere dieses kleinen Gebirges. Sie
waren jedoch in einer, dem alten stumpfsinnigen Jacob wild-
fremden Gegend. Mitten in einem wilden, ziemlich verborgenen Dünenkessel standen die Reste eines alten, im Sande
halbbegrabenen Hauses. Man klopfte hier an. Ein kleiner
buckliger Mann, den die Begleiter oder Entführer des alten
Ehepaares in der Sylter Sprache anredeten und den sie Bua
nannten, öffnete leise die Thür, ließ alle ein und schloß die
Thür eilig wieder zu.
Am folgenden Morgen früh stürmten die tondernschen
Häscher und Knechte des Amtmannes nach Hörnum, fanden
aber das Nest leer. Sie zerstörten das Haus des Jacob
Lüng, nachdem sie dasselbe, sowie freilich auch die übrigen
Hütten der Hörnumer, die aber nicht viel zum Besten gehabt,
geplündert hatten. Darauf begannen sie alle Dörfer, Schluchten
und andere verborgene Stätten der Insel, selbst viele einzelne
Wohnungen zu durchsuchen, um die Uebelthäter zu fangen,
forderten auch alle wohlgesinnten Sylter auf, ihnen zur Erreichung dieser Absicht zu Hilfe zu kommen. Es waren aber
keine ihnen wohlgesinnte Sylter zu finden, als der Priester
Georg, dieser lag jedoch im Sterben, er konnte ihnen nichts mehr
nützen. Jetzt wollte man die Sylter zwingen zu solcher Hilfe-
leistung, allein diese waren und blieben widerspenstig, rührten
sich nicht zur Teilnahme an solchem widerwärtigen Geschäft,
schienen eher geneigt zu sein, allesamt die Rochenschwänze
in die Hand zu nehmen, um dieselben gleich den Hörnumern
zu gebrauchen und die regiersüchtigen Fremblinge zu verjagen.

Unterdessen kamen für die Dienstleute des Amtmannes, ehe sie auf Sylt den Zweck ihrer Sendung erreichen konnten, schlimme Nachrichten vom Festlande. Als die tondernschen Geest- und Marschharden des Festlandes von den dienstbaren Geistern des tyrannischen Amtmannes entblößt waren, begannen die Bauern auch dort trotzig zu werden, wollten keine Steuern mehr bezahlen und machten Miene nach Tondern zu gehen, um den bösen Amtmann zu erschlagen. Jedoch der König Christian I., der den Unfrieden merkte und die Grausamkeiten des Amtmanns Pogwisch und dessen Söhne nicht länger dulden wollte, kam den Bauern zuvor, ließ den Amtmann absetzen und samt dessen Söhnen gänzlich aus seinem Reiche vertreiben.*)

Infolge davon wurden die Sylter unerwartet von den ihnen sehr lästig gewordenen Fußknechten und Soldaten erlöst, mußten aber von dieser Zeit an, zur Strafe wegen jenes einstmaligen Mißbrauchs der Rochenschwänze und Rochenstacheln auf Hörnum, in Zukunft alle Jahre eine besondere Steuer, die sogenannte Rochensteuer ("Rochelschatt") bezahlen bis auf den heutigen Tag. — Man konnte eine Zeitlang nicht erraten, wo die auf Sylt zurückgebliebenen Hörnumer verborgen waren, allein als die Gefahr vorüber war, kamen sie wieder zum Vorschein und da zeigte es sich, daß sie eine Zuflucht gefunden hatten bei einem Manne, welcher Pua hieß und einsam in dem noch jetzt bekannten Dünenthal, welches nach ihm "Puanslöven" heißt, südwestlich von dem jetzigen Westerland in der Gegend des alten Eidums wohnte, dessen Haus in der Flut, welche Alt-Rantum und Eidum zerstörte, übrig geblieben war. — Die meisten dieser Alt-Hörnumer Fischer scheinen aber in der Folge wieder ihre alte Heimat am Buder aufgesucht und bewohnt zu haben, doch blieben auch einige in den westlichen und mittleren Dörfern Sylts und siedelten sich da an.

--- --- ---

*) Der Amtmann Henning Pogwisch zu Tondern wurde 1479 abgesetzt und von dem Könige Christian I vertrieben.

V.

Von einem Manne, von welchem es hieß, daß dessen Schornstein stets gegen den Wind geraucht habe, will ich Euch zum Schluß noch einiges erzählen, sowie von dessen Enkel. „In Puanstöven, und zwar in einer engen Dünenschlucht, lag wie gesagt ehemals ein altes Haus, gegen Südwest und Nordost gekehrt,*) aber geschützt durch die Dünen vor allen Winden, daß jeder Wind zuerst über das Haus wegwehte, dann beim Zurückprall von der gegenüberliegenden Dünen- wand das Haus traf und mithin der Rauch des Schornsteins immer gegen den Wind, z. B. bei Westwind nach Westen, trieb. Das Haus wurde von einem Manne bewohnt, der Pua Buhn hieß, und eben so ungewöhnlich wie der Rauch seines Schornsteins sich verhielt.**) Er bezahlte freilich pünktlich seine Steuern und Abgaben, sonst aber lebte er ganz für sich, kümmerte sich um die Priester und Vögte und deren Anordnungen eben so wenig, wie um die übrigen Leute und deren Sitten und Rechte. Der Mann that freilich niemand ein Unrecht, oder einen Schaden unmittelbar, allein er ge- horchte auch niemand; er war aber ein Hehler der Diebe und besonders der Strandbiebe, er spottete sogar über die Vögte und Priester, über alle ehrlichen Leute und deren Ge- horsam, deren Gottesdienst und deren sonstiges ehrbares Ver- halten. — Pua hatte eine hübsche Tochter, aber man sagte von ihr, sie sei nie getauft worden, habe keinen Namen er- halten. Man nannte sie nur Mooder oder Modder (Mutter), selbst der wunderliche Vater nannte sie, da ihre Mutter bei ihrer Geburt gestorben war, zur Erinnerung an dieselbe stets nur Modder.

Einst waren viele schlechte Leute auf Sylt gelandet. Sie waren braun von Farbe, machten Musik, wahrsagten und

---

*) Zu Anfange des 19. Jahrhunderts kamen die Grundsteine dieses ehemaligen Alteibumer Hauses in Puanstöven und andere Reste desselben, nachdem die Dünen, von Westen sich bewegend, über die- selben geschritten waren, am westlichen Strande der Insel wieder zum Vorschein.

**) Er mochte ein Sohn oder Enkel von dem buckligen Pua, dessen schon in der Geschichte von Jacob Lüng oder Lelert erwähnt worden, gewesen sein.

flickten alle Kessel, aber sie bettelten und stahlen auch, besonders in solchen Häusern, wo sie keine Männer trafen.
Man nannte sie Taters. Sie reinigten den ganzen Syller
Strand von allen angespülten, nicht schon früher geborgenen
Gütern. Sie handelten und tauschten gern mit den Rantumern
und den Fischern auf Hörnum, sollen aber ihr Hauptquartier
bei dem alten wunderlichen Pua gehabt haben. Diese Leute
wiederholten in der Folge fast alle Jahre ihre Besuche auf
Sylt, ohne daß man im Anfange gewahr wurde, wo sie
eigentlich ihren Aufenthalt oder ihre Schlupfwinkel hatten,
bis eines späten Winterabends die schöne Mobber einen
braunen Knaben gebar, dessen Geburt die Diebshöhle verriet.
Der Junge wurde Paul Mobers oder Pua Mobbers genannt. — Als er heranwuchs, zeigte er früh die Gewandtheit, List und die diebischen Eigenschaften seines väterlichen
Stammes, allein er glich nicht minder an störrischem und
rechthaberischem Wesen seinem Großvater. Vor allem offenbarte er seine Verwandtschaft mit diesem durch seine Spott-
sucht. Er konnte es nicht lassen, alle Leute, die er traf und
nicht selten sogar seinen Großvater, zu necken und zu ver-
höhnen. Es war natürlich, je größer und je ähnlicher er
dem alten Pua wurde, desto unleidlicher wurde er auch demselben. — Als nun die noch immer so hübsche Mobber einen
armen aber gutmütigen Fischer aus Rantum, namens Nickels
Christians, geheiratet hatte, jagte eines Tages der alte Pua
den jungen spottsüchtigen Enkel auch fort und verbot ihm,
je wieder in sein Haus in Puanstöven zurückzukehren. —
Pua Mobbers hatte daher von dieser Zeit an seine Heimat
in dem Hause seines Stiefvaters zu Rantum. Jedoch er
trieb sich gewöhnlich an anderen Orten auf der Insel umher,
nach eigener Laune, haschend nach Kurzweil und Leckereien.
Er mischte sich überall unter die Leute, führte die Einfältigen
an, war naseweis gegen die Klugen, lachte über die Be-
trogenen und spottete sogar der Unglücklichen. Wurde er von
jemand wegen eines Streiches ertappt und gezüchtigt, so
wies er die Zähne, streckte die Zunge aus dem Munde und
schwur auch wohl blutige Rache. So wuchs Pua Mobbers
heran, ein echter Sohn der Freiheit und der Wildnis, der

niemand gehorchte, nach niemand etwas fragte. Keiner offenen Thür ging er vorbei, ohne mindestens seine Nase hineinzustecken; kein Hühner- und Bergentenloch war ihm zu eng, daß er nicht hineinkriechen und es ausleeren konnte. Meinten die Jäger einen Hasen oder Vogel gefangen oder geschossen zu haben, so hatte Pua Mobbers denselben nicht selten bereits erwischt, ehe sie ihrer Beute habhaft werden konnten; eben so ging es gar oft den Fischern. Bei Strandungsfällen war er der flinkste Berger, aber auch der gefährlichste Dieb. Wenn und wo man ihn suchte, fand man ihn nicht, wenn man ihn aber nicht erwartete, war er da. Je größer er wurde, desto weiter dehnte er seine Streifereien und Schalksstreiche aus. Bald fuhr er mit seinem Pflegevater auf den Fischfang aus, bald schiffte er in dessen Boote allein auf den Watten und an den Ufern der Insel umher, oder wagte sich nach den benachbarten Inseln, nach Föhr, Amrum und selbst nach Röm und den Halligen. Ueberall trieb er Kurzweil, hatte die Leute zum besten, naschte und stahl und war wieder fort, wenn man ihn fangen und strafen wollte. Die Strandvögte aber hatten am meisten Plage und Aergernis durch ihn. Einst war in der Nähe von Hörnum ein holländisches Schiff zu Grunde gegangen. Viele Gegenstände des Schiffes und der Ladung desselben wurden nun dort an den Strand gespült, unter andern auch eine Menge holländischer Käse. Die Fischer auf Hörnum, die Amrumer, die Rantumer und natürlich auch Pua Mobbers sammelten aber fleißig die angespülten Käse und anderen Sachen, nur der Strandvogt von Rantum kam wie gewöhnlich zuletzt und erhielt am wenigsten. Auch die Föhringer gingen diesmal leer aus und beneideten die übrigen Strandläufer auf Hörnum gar sehr. Eines abends traf Pua Mobbers zwei neidische und habsüchtige aber höchst einfältige Föhrer, an der Ostseite auf Hörnum in einem Boote eben angekommen. Sie waren treuherzig genug, Pua Mobbers zu fragen, wo man die holländischen Käse suchen und finden könne. Der Schalk antwortete: „Am Ufer sind keine mehr, einige könnt Ihr auf dem Warf des Strandvogts finden und in der Nacht leicht wegnehmen, andere treiben im Haff umher. Seht da im Nordost taucht eben ein schöner roter aus dem

Wasser hervor. Wollt Ihr den haben, so müßt Ihr geschwind sein." — Die Föhringer sprangen sofort wieder in ihr Boot, stießen ab und ruderten eiligst ins Haff, dem aufgehenden Vollmond nach. — Ueber diese Fopperei und Einfalt der beiden Föhringer entstanden die Sprichwörter oder Redens= arten: »Grip jens oeder de Muun!« und »Hi röxl eeder de Muun üs de Förring, en meent dat et en hollönds Aasl wiar.«

Als Pua von Hörnum zurückkehrte, begegnete ihm der Strandvogt von Rantum. Dieser schalt ihn einen Strandbieb, untersuchte seine Taschen und als er nichts Verdächtiges fand, ließ er ihn mit der Mahnung gehen, sich nie wieder am Strande sehen zu lassen. Das verdroß den Schalk und er beschloß, sich sobald als thunlich an dem Strandvogt deshalb zu rächen. Als er vollends ins Dorf zurückgekehrt war, be= merkte er, daß eine alte geizige Nachbarin, die ihm, wenn er hungrig gewesen, nie ein Stückchen Sped oder Brot gegönnt hatte, ihre überjährigen Schinken zum Trocknen an die Mauer ihres Hauses gehängt und, als es Nacht geworden, dieselben wieder einzuhängen vergessen hatte. Er nahm sie alle, bis auf einen, von der Mauer leise weg und trug sie nach dem Strande, woselbst er sie hin und her in dem Treibwalle niederlegte, als ob sie daselbst von der Nachtflut angespült wären. Er hatte berechnet, wenn der Strandvogt von seiner Exkursion nach Hörnum zurückkehrte, würde er die Schinken finden und sie als Strandgut ansehen und bergen. Dann würde derselbe aber mit der geizigen Nachbarin einen Prozeß bekommen und selber als Dieb berüchtigt werden. So wie er gedacht hatte, geschah es auch. Ja, eines morgens fand man gar einen großen Strohwisch, mit dem Rock und Hut des Strandvogts angethan, an einer Windfahne wie einen Dieb aufgehängt, zum Spott für den Strandvogten.

Ein Bauer, welcher in dem nordwestlichen Hause, dem sogenannten Frebbens Hause, in dem kleinen Dorfe Wenning= stedt wohnte und wahrscheinlich Frebb oder Fröbbe hieß, hatte viel Land in der Rantumer Wiese (Rantuminge) und die Ge= wohnheit, wenn sein Heu alles wohl gemäht und ins Haus geborgen war, denen, die dabei geholfen, einen Ernteschmaus zu geben.*) Eines Jahres hatten seine Wiesen ihm viel Heu geliefert. Viele Rantumer, unter andern auch Pua Mobbers, hatten nun bei seinen Feldarbeiten geholfen, aber auch einige jütländische Arbeiter, die schon damals zur Zeit der Ernte nicht selten nach den friesischen Gegenden kamen, um sich hier etwas zu verdienen. Die Sylter und namentlich die Nord-börfer und Hörnumer Arbeiter waren aber damals nicht wenig neibisch und erbittert auf die fremden dänischen Tagelöhner und Dienstboten, die nach Sylt kamen und den Eingebornen den Verdienst schmälerten. Es gab daher oft Zwistigkeiten zwischen den dänischen und friesischen Landarbeitern von alters her, besonders wenn die Dänen anmaßend auftraten, oder zu Trunk und Streit geneigt waren. — Unter den zu Pua Mobbers Zeiten, kurz vor 1600, nach Friesland gekommenen Jütländern waren zwei sehr habsüchtige und naseweise Brüder, welche Sören und Niels Kygi Rand von den Friesen genannt wurden. Sie scheinen ihre Zunamen „Kygi Rand" von dem Umstande erhalten zu haben, daß sie die üble Gewohnheit hatten, überall wohin sie kamen, in die Küchen zu gehen und in anderer Leute Töpfe zu gucken, auch wohl aus denselben den Rahm oder das Fetteste und Beste wegzulecken.**) Niels Kygi Rand ging nach Nordstrand, fand Aufnahme und Arbeit in dem dortigen Kirchspiele Ilgrof, indem die beiden, mit ihren bisherigen friesischen Arbeitern nicht zufriedenen Bauern Jens Sieverfen und Nickels Laurenfen sich seiner annahmen und ihm eine Wohnung daselbst verschafften. Allein die Un-verschämtheit dieses Dänen muß sehr groß und die Geduld der damaligen Stranderfriesen mit naseweisen Fremden sehr klein gewesen sein, denn man verklagte ihn wegen seiner Näschereien in den Küchen der Nordstrander bei dem dortigen Rat (Landes- oder Volksgericht) und dieser verurteilte ihn

*) Das jetzige Dorf Wenningstedt gehört zu den sogenannten Nordbörfern auf Sylt, liegt eine halbe Stunde nördlich von Wester-land. Es hat seinen Namen nach der 1362 untergegangenen Stadt Wendingstedt am Friesenhafen. Dieser Ort lag circa eine viertel Meile südwestlich von dem jetzigen Wenningstedt, jetzt im Meere.
**) Heimreich erzählt davon unter andern: „Ein Däne, Niels Kygi Rand genannt, darum, daß er, wenn er in ein Haus gekommen, am ersten nach der Küche gegangen und nach der Wime gesehen."

darüber zum Tobe.*) — Sein Bruder Sören kam mit ähnlichen Eigenschaften nach Sylt; die Sylter pflegten denselben
gewöhnlich „Sören Kiek in be Pott" zu nennen. Er scheint
überdies trunk- und streitsüchtig gewesen zu sein. Jedenfalls
Sören war wie Pua Mobbers bei dem Bauer Frebb zu
Wenningstebt in Arbeit gewesen und zum Erntefest geladen.
Die Festlichkeiten pflegten aber auf Sylt mit Tanz, jedoch auch
nicht selten in alten Zeiten mit Schlägereien zu endigen. So
geschah es denn, daß als jene Erntemahlzeit beendigt war
und die meisten der munter gewordeten Gäste sich bereits des
Abends bei dem Sylter Nationaltanz belustigten, zuletzt eine
entsetzliche Prügelei zwischen den friesischen und dänischen
Arbeitern entstand. Die Veranlassung dazu gaben Pua
Mobbers und Sören Kygi Rand.

Es fiel dem unruhigen und leckern Pua ein, als der
Abend gekommen war, einmal nach der Küche zu schleichen,
ob nicht dort noch einige, von der Mahlzeit übrig gebliebene
Brocken zu erhaschen wären. Als er daselbst ankam, fand er
die Küche leer, aber die Kellerthür offen. Er schlich leise
näher, bückte sich und sah in den Keller hinunter. Hier gewahrte er Sören vor einer Bier- oder Branntwein-Tonne
knieend, sich einen überflüssigen Trunk eigenmächtig nehmend.
Sofort schlich er ebenso leise, wie er gekommen war, wieder
zu der Tanzgesellschaft zurück, offenbarte dem Hauswirt und
den übrigen Syltern, wie er gesehen, daß ein Dieb im Keller
sei und die Tonnen ausleere. Man lief augenblicklich nach
dem Keller und fand wirklich Sören Kiek in be Pott, wie
Pua Mobbers gesagt, beschäftigt. Der Dieb wurde von dem
jähzornigen Wirt und den erhitzten Syltern etwas unsanft
aus dem Keller transportiert, während Pua Mobbers die
übrigen Dänen anstachelle, ihren Landsmann nicht im Stich
zu lassen, ihn zu verteidigen. Nachdem er auf beiden Seiten
das Feuer geschürt, entstand denn, wie gesagt, eine fürchter-

---

*) Er soll wirklich, wie Heimreich schrieb, am 13. März 1648
erhenkt worden sein. Die beiden genannten Bauern aber mußten
die Gerichtskosten bezahlen, „andern zum Abscheu, daß sie sich vor
dergleichen Landstreichern, die sich hieselbst ohne Beweis wollen nieder-
lassen, mögen hüten."

14

liche Prügelei zwischen den anwesenden Syltern und Dänen.
Der Hauswirt, ein harthändiger Friese vom alten Schlage,
hämmerte so lange mit seinen groben Fäusten auf den Schädel
des armen durstigen halbbetrunkenen Sören, bis derselbe, platt
geschlagen, sich nimmer wieder erhob, und der unglückliche
Däne seinen Geist aufgab. Die übrigen Dänen wurden von
den Sylter Arbeitern in die Flucht geschlagen unter dem
Hohnlachen und Händeklatschen des an dem Kampfe sonst nicht
teil nehmenden feigen Spötters und Friedenstörers Pua.

Als der jähzornige Frebb zur Besinnung kam und die
heillosen Folgen des Streites, namentlich den Tod des dänischen
Arbeiters erkannte, waren sein Entsetzen und sein Schmerz
über das Geschehene nicht minder groß, wie vorher sein Zorn
und Kampfesmut gewesen. Er floh aus seinem Hause und
man suchte ihn an den folgenden Tagen überall vergebens;
es hieß, er wäre von der Insel und damit den Händen der
Justiz — die übrigens in solchen Fällen auf den friesischen
Inseln sehr lässig zu sein pflegte — entkommen. Seine Gattin
mußte nun statt seiner die gewöhnliche Mannbuße wegen des
Totschlages bezahlen, zu dem Ende einen großen Teil des
zum Hause bisher gehörenden Landes verkaufen und in der
Folge sich und ihre unerzogenen Kinder durch die Arbeit ihrer
Hände mühselig ernähren. Der entwichene Mörder aber
wurde bei der Beerdigung des Erschlagenen nach aller Weise
dreimal verbannet, indem, statt der ebenfalls entflohenen
Freunde des Sören, die Obrigkeit unter dem Racheruf: „Wrael!"
dreimal mit dem Schwert auf den Sarg schlug.*)

Jahre vergingen unterdes, ohne daß man von dem unglücklichen Totschläger etwas hörte. Fast schien sein Name
und seine That vergessen zu sein, als das Gerücht entstand,
die fromme, bisher unbescholtene Ose, die Frau des entwichenen
Mörders, sei schwanger. Das mußte nicht nur in dem einsamen Dörfchen, sondern auf der ganzen Insel Aufsehen erregen, und die Leute zerbrachen sich die Köpfe darüber, wer

---

*) Die Verbannung war ein altheidnischer Gebrauch, geschah
öffentlich bei der Beerdigung des Erschlagenen dreimal und kam noch
1689 auf Sylt vor. Man verpflichtete sich dabei zur Rache und
meinte, dem Toten dadurch Ruhe zu verschaffen.

wohl der Freier der unglücklichen Frau sein möchte. Die Neugierigsten gönnten sich eher keine Ruhe, als bis sie die Sache entdeckt hatten.

Da fand es sich denn, daß der Totschläger Fredd gar-nicht von der Insel weggewesen war, sondern sich seit jenem unglücklichen Erntefest in einer Höhle der Wenningstedter Dünen verborgen gehalten hatte und daselbst von seiner treuen Gattin 10 Jahre lang erhalten worden war.

Seine langjährige Büßung und die Art und Weise seiner Erhaltung beschwichtigten jede bittere Erinnerung an das einst Geschehene und freudig wurde der Wiederfundene von allen, die ihn früher als redlichen Mann gekannt hatten, in die menschliche Gesellschaft abermals aufgenommen.

Zum Andenken an die eheliche Treue der Gattin dieses einstmaligen Wenningstedters und an ihre aufopfernde Liebe, mit der sie alle die erwähnten Mißverhältnisse und Unglücks-fälle ertragen und überwunden und Mann und Kinder ernährt hatte, heißt das Dünenthal, in welchem ihr Mann verborgen gewesen, bis auf diesen Tag das Osethal.

Pua Modders trieb sich unterdessen überall friedenstörend und schadenfroh umher, spielte dabei sogar bisweilen die Rolle des Scheinheiligen. Einst war er in der Kirche auf Westerland-föhr und schien sehr andächtig die Predigt anzuhören, während seine Hände, von Erwachsenen ungesehen, beschäftigt waren, die vor und bei ihm sitzenden Kinder zu kneipen und zu kitzeln, um sie zum Lachen und Schreien zu nötigen. Es entstand wirklich ein solches Gelächter und Gequik während des Gottes-dienstes in der Kirche, daß der Prediger in seiner Rede gestört wurde und ein hartes Wort gegen die Kinder fallen ließ. Darüber verklagten die beteiligten eitelen und rachsüchtigen Eltern den Prediger vor dem Konsistorio in Ripen und hielten nicht auf, ihn zu hassen und zu verfolgen, bis er abgesetzt wurde. *)

---

*) Dieses Unrecht widerfuhr dem Prediger Hermann König, welcher von 1599 bis 1608 Hauptpastor zu St. Laurentii auf Föhr war. Er wurde 1608 durch ein öffentliches Urteil in Ripen seines Amtes entsetzt wegen solcher nichtigen Ursachen, nach Richardus Petri Bericht.

Von Föhr segelte er in dem Boote seines Stiefvaters nach Nordstrand, woselbst damals zum ersten Male ein Jahrmarkt und zwar zu Rörbeck gehalten wurde (im Herbst 1607). Unterwegs hatte er eine Krähe gefangen und dieselbe lebend an die Spitze seines Mastes gebunden. Die arme gefesselte Krähe lockte aber durch ihr Angstgeschrei eine Menge teilnehmender Verwandten herbei, die alle mit großem Gekrächze das kleine Fahrzeug umflatterten, während Pua Mobbers die Schlüt hinaufsegelte nach dem Markte am Rörbecker Siel. *)

Es erregte daher der Nantumer Bootschiffer bei seiner Ankunft und seinem Aufenthalt zu Rörbeck nicht wenig Aufsehen. Als er an das Land gestiegen war und sein Boot befestigt hatte, wandte er sich nach einem alten, weitläufigen Gebäude auf dem Deiche, welches ehemals als Thing- oder Gerichtshaus gedient hatte, jetzt aber als Wirtshaus galt. Er fand dort eine Menge Gäste, mehrenteils wohlhabende und trunkliebende friesische Bauern vor. Sie begrüßten sich gegenseitig und namentlich die Neuankommenden nach alter Weise mit dem Wunsche: »Waes Hial!« oder: »Gotts Freed!« und bekamen zur Antwort: »Din Hial!« oder: »Toonk Juu!« — Der Wirt, ein viereckiger Bauer aber freundlicher Mann, redete seine Gäste als »frie, freeske Buermannen« und als »redlike, biderve Boyne« an, hieß sie alle willkommen und lud sie zum Sitzen und Trinken ein, sprechend: »Rüm Hart!« und: »Drink Hial!« —

Fast zu gleicher Zeit mit Pua Mobbers und dessen Gefolge nahte sich dem neuen Marktplatze ein von Ochsen gezogener Wagen auf dem Moordeiche von Westen kommend.**) Ein Schwarm mutwilliger Kinder und fremden Gesindels folgte und umringte den Wagen, schreiend: „Buh, Buh!" —

---

*) Die Schlüt oder Schlui war ein Wattstrom an der Nord- und Westseite von Alt-Nordstrand, zwischen dieser Insel und den Halligen: Habel, Gröde, Butwehl, Nordmarsch, Hooge und Norderoog. Die Schlüt floß südwestlich in die Hever, hatte aber viele Nebenleien.

**) Der Moordeich war längst der Mitte der Insel Nordstrand von Buphever bis Lieth erbaut, von Nordwest nach Südost gerichtet. Rörbeck lag an der Nordseite der Insel, doch nicht unmittelbar an dem Moordeich. Der Moordeich wurde bereits durch die Fluten von 1612 und 1615 zertrümmert.

Zum Unglück hieß der alte, weißhaarige Besitzer und Lenker des Wagens Buß Ochsen; er nahm daher das Geschrei der Straßenbuben für eine Beschimpfung und hieb tapfer mit der Peitsche unter sein neckisches Gefolge, welches endlich auseinander stob und nach dem Siel oder Hafen rannte. — Zornig und scheltend trat alsdann Buß Ochsen in die Wirtsstube. — „Nein, es ist zu arg,“ rief er, „was man in seinen alten Tagen erleben muß! Hier in diesem Hause habe ich geholfen, das neue Nordstrander Landrecht zu führen, hier hab' ich als Ratmann so manches „Urtel“ gefället, bis ich mit so vielen andern anno 1593 ohne Grund und Recht abgesetzt wurde, und jetzt soll unser einer, wenn er sich der alten freien friesischen Thingstätte naht, sich beschimpfen lassen von allerlei fremdem Bettelvolk. Es mag wohl wahr sein, was der gelehrte Jacob auf seinem Sterbebette gesagt, daß das alte Nordstrand zum Untergange reif sei; es riecht hier, wie mich dünkt, bereits recht moderig.“ *)

Pua Mobbers wähnte, daß das letzte Wort des alten verdrießlichen Ratmannes mit den langen weißen Haaren auf ihn Bezug hätte, wollte daher den letzten Satz des alten Mannes verbessern und rief deshalb: „Jawohl, es stinkt hier wiberig!“

Kaum hatte er jedoch diese Worte gesprochen, da erhielt er von seinem Nebenmanne am Wirtshaustische eine fürchterliche Maulschelle, so daß er unter den Tisch taumelte. — „Das war von Bahne Wiederich, dem Besitzer von Norderoog, der tüchtig schlägt und trinkt, aber nimmer stinkt.“ — Diese Erläuterung gab ein langer, rauflustiger Mann mit eisernen Fäusten, derselbe, welcher dem Sylter die Ohrfeige erteilt hatte. — Pua Mobbers sah seinen Gegner grimmig an, aber schlich sich leise hinweg, da er einen Kampf mit dem langen starken Kerl nicht zu bestehen wagte. **)

---

*) Der gelehrte Jacob starb an der Pest 1599. — Körbed und der größte Teil der alten großen Insel Nordstrand gingen in der Ueberschwemmung am 11. Oktober 1634 zu Grunde. — Buß Ochsen war Besitzer von Süderoog. — Um 1593 wurde die Zahl der Harden auf Nordstrand von 5 auf 3, die der Ratmänner von 60 auf 48 reduziert.

**) Man sagte nachher, Pua Mobbers habe sich auf dem Körbeder Markt nichts weiter, als eine tüchtige, ihm sehr nötige Maulschelle geholt.

Er ging wieder nach seinem Schiffe im Siel und fand
dasselbe nicht bloß von flatternden Krähen, sondern auch von
diebischen und schreienden Marktbuben, von tartarischen, jüdischen,
dänischen und friesischen Knaben umringt, ja gar besetzt. Nur
mit vieler Mühe gelang es ihm, einen Teil des Gesindels zu
verdrängen und an den Bord seines Fahrzeuges zu gelangen.
Die frechsten des zudringlichen Haufens waren halbnackte
Zigeuner-Burschen, braune, langfingerige Jungen, die über
seine geringen Fisch- und anderen Vorräte hergefallen waren
und sich auf keine Weise von ihm verscheuchen ließen.

Pua Mobbers machte endlich gute Miene zum bösen Spiel.
— Es reifte zugleich ein Racheplan in ihm. — Er machte
plötzlich seine Landtaue los, zog sein Segel in die Höhe und
steuerte zum Hafen hinaus. Als seine hungrigen Gäste solches
bemerkten, wollten sie wieder an's Land, jedoch Pua schiffte
längs der Schlüt westwärts zwischen Nordstrand und den Halligen weiter und immer weiter, ohne auf das Geschrei und die
Bitten seiner Gefangenen zu achten, bis, kurz nach Sonnenuntergang, er an dem Ufer von Norderoog, der äußersten
westlichsten Hallig, anlangte. Jetzt zeigte er seiner diebischen
Schiffsgesellschaft auf einem hohen Warf das einzige Haus der
Hallig, nämlich das seines Beleidigers Bahne Wieberig,
sprechend: „Der Mann, der dort wohnt, ist reich und nicht
zu Hause; dort werdet Ihr finden alles, was Ihr Euch
wünschet; eilet dahin, ehe es Nacht wird." —

Die Buben ließen sich das nicht zweimal sagen, liefen
an's Land und nach der Halligwohnung, wo sie übel hausten,
bis der Besitzer nach acht Tagen wieder heimkehrte, sie züchtigte
und nach Pellworm transportierte.

Unterdessen hatten sich die übrigen der im Markt zu
Rörbeck anwesenden Zigeuner, mehrenteils Eltern der entführten Kinder, über die Insel Nordstrand verbreitet und
waren bis zu dem westlichsten Kirchspiel der großen Insel,
bis nach Pellworm, gekommen, ihre Kinder suchend, — als
sie dieselben wirklich hier wieder fanden. Ihre Freude war
natürlich groß, überdies gefiel dem hungrigen Gesindel das
reiche Land. Es musizierte, bettelte und stahl nun die ganze
Bande so lange auf Pellworm, bis der Winter sich einstellte

und sie an der Rückkehr nach dem Festlande hinderte. — Es mußten daher die viel geplagten Pellwormer ihre räuberischen Gäste fast ein halbes Jahr füttern und beherbergen, ehe sie derselben wieder los wurden.*)

Pua Mobbers aber war voller Schadenfreude unterdes längst wieder nach Kantum heimgekehrt.

Eines Tages hatte Pua Mobbers das Vergnügen, die Westerlandsjütter zu foppen. Es war am ersten April, als er des Morgens früh einem blödsinnigen Hirten den Auftrag gab, eilig zum Strandvogt Jung Erk Mannis in Westerland zu laufen und demselben, aber sonst niemand, zu sagen, es wäre in der Nacht eine Geldkiste an den Strand gespült und in Stücke geschlagen worden. Der Pinsel erzählte, wie zu erwarten war, jedem seine Neuigkeit und innerhalb einer Stunde war halb Westerland bereits auf den Beinen und auf dem Wege nach dem Strande, um an der Beute wenn möglich teilzunehmen.

Einst war es Mode geworden, daß alle Männer auf den westlichen Inseln an Sonn- und Festtagen rote Jacken trugen, nur Paul Mobbers hatte keine rote Jacke. Man neckte ihn, der sonst jedermann zum Besten hatte, deshalb, fragte ihn, warum er denn keine rote Jacke habe. — „Ich will keine haben," antwortete er. — „Ach hört," hieß es dann, „Paul Mobbers will keine rote Jacke haben, weil er keine bekommen kann."**) — Die Sache ärgerte den Schalk, denn wie langfingrig er auch war, so hatte er doch nie auf lange Zeit Geld in der Hand oder in der Tasche, war und blieb ein armer Schlucker, der keine rote Jacke bezahlen konnte. Man hatte ihm also nur die Wahrheit gesagt. Es war aber das erste Mal in seinem Leben, daß er sich recht getroffen und beschämt fühlte. Er beschloß daher, sein Glück anderwärts zu

---

*) Heimreich erzählt von dem 1608 erfolgten Abzuge der Tartaren von Pellworm überdies folgendes: „und (haben) beim Abzuge ein altes Weib, so nicht länger vermochte mit ihnen fortzureisen, an dem alten Kirchhofe in Pellworm lebendig begraben."

**) Diese Redensart ist noch allgemein bekannt auf Sylt, ist ein lehrreiches Sprichwort für alle Ungenügsamen geworden und heißt: „Pua Modders wilth niin ruad Knappesii haa, om dat hi niinen so kilth."

suchen, reiste jedoch nicht wie die übrigen Sylter, wenn sie solches im Sinne hatten, südwärts, sondern nordwärts und kam nach der Insel Röm.

Hier fand er indes leider dieselbe Mode, wegen welcher er von Sylt geflohen war. Ueberdies fand er dort das ganze Inselvölkchen in großer Bewegung. Nach einer, freilich allgemein erzählten, aber sehr närrischen und unglaublichen Sage hätten die Römöer sich damals über ihre Kirche — bekanntlich gibt es nur eine auf der Insel Röm — gestritten, und zwar nicht etwa über einen Neubau oder eine Reparatur, sondern über eine Versetzung derselben um einige Ellen nach Süden. Das ganze Römöer Volk war versammelt, damit ein jeder seine Meinung und seine etwaigen Vorschläge in dieser allgemeinen Kirchspiels- oder Landessache aussprechen könnte; allein je mehr Leute zusammen kamen, je mehr Meinungen geäußert wurden, desto weniger konnte man sich einig werden. Da trat, gerade als der Streit am hitzigsten war und in eine großartige Prügelei ausarten wollte, also zur rechten Zeit, ein Fremdling in einer blauen Jacke auf — nämlich Pua Mobbers von Sylt, der unmöglich länger schweigen konnte — und sprach: „Ihr wollt Eure Kirche südwärts rücken, wohlan, tretet alle an die Nordseite derselben, stoßt und drückt mit aller Kraft gegen die Kirche, so muß dieselbe, die von wenigen Menschen gebaut ist, der vereinten Macht so vieler weichen. Damit wir aber merken, wann die Kirche auf den gewünschten Platz gekommen ist, so lege einer von Euch seine rote Jacke an die Südseite der Kirche, zwei Ellen von der Mauer entfernt. Wenn die Jacke nicht mehr sichtbar ist, wird die Kirche stehen, wo sie stehen soll." — Dieser Rat fand bei dem Römöer Volke einen ungeteilten Beifall, besonders deshalb, weil er von einem Fremdling kam, und weil das Volk soeben die Erfahrung gemacht, daß es sich nicht selber zu raten vermochte. Die ganze Inselbevölkerung lief nun nach der Norderseite der Kirche, schob und stieß unter Vergießung vielen Schweißes mit unerhörter Kraftanstrengung gegen die Kirche, und der kluge Ratgeber Paul Mobbers ging ab und zu nach der Südseite, um nachzusehen, ob die hingelegte Jacke noch sichtbar wäre. Nach einigen

Stunden, während welcher sich das Volk Kopf und Rücken, Hände und Füße wund gestoßen und geschoben hatte, lehrte Paul Mobbers wieder zurück zu den Römöern und erklärte, daß die Jade nicht mehr sichtbar wäre und die Kirche stände, wo sie stehen sollte.

Da stürzten alle, der rasenden Arbeit müde, nach der südlichen Seite der Kirche. Die Jade war wirklich nicht mehr sichtbar, also stand die Kirche, wo sie stehen sollte.

Pua Mobbers hatte jedoch den Römöern zu viel Dummheit zugetraut, als er frech genug war, am folgenden Sonntage die gestohlene Jade anzuziehen.

Alle sagten: „Er hat uns betrogen!" — und der Schalk mußte wieder nach seiner Heimatsinsel entfliehen. — Jedoch hier war das Gerücht von seinem Streich, den er auf Röm verübt, schon vor ihm angekommen. Er hängte daher auf dem Heimwege die rote Jade, damit sie ihn nicht verraten möchte, an einen Brunnenpfahl der Kamper Marsch. Eine Kuh geriet aber über die rote Jade in Wut — Kühe und Puter können bekanntlich die rote Farbe nicht leiden. — Kurz, die toll gewordene Kuh rannte wiederholt mit den Hörnern gegen die rote Jade und den Pfahl, bis dieselben in den Brunnen fielen. Ein Kamper hatte dieses aus der Ferne angesehen, glaubte, daß der heillose Schalk selber umgekommen sei und brachte die fröhliche Nachricht von dem Tode des verhaßten Pua Mobbers in sein Dorf und über die Insel. Die Freude über den vermeintlichen Tod des Spötters war so groß und allgemein auf Sylt, daß, als der erwähnte phantasiereiche Kamper gar ein Lied darüber dichtete, in kurzer Zeit alle Sylter, bis auf die Rantumer, die es besser wußten, sangen:

„Ing en Dung
De Klokken gung,
Hokken es duad?
Pua Modders es duad,
Hur kam hi tö Duad!
Di unster Suad,
De brokket Kü jü stat höm duad."

Die Kamper aber fanden es ekelhaft, aus dem Brunnen, in welchem sie den toten Körper des Pua Mobbers noch immer wähnten, weil sie dessen auf Röm gestohlene rote Jacke im Brunnen treiben sahen, künftig Wasser zu schöpfen. Da sie nun wegen der hohen Lage ihres Dorfes in demselben keine Brunnen hatten, noch zu machen verstanden, so begannen sie im Norden ihres Dorfes auf dem Abhange der Kamper Höhen einen neuen Brunnen zu graben.*)

Jedoch Pua Mobbers lebte noch, nur ungewöhnlich still. Er brütete aber im Geheimen auf Rache wegen der Schmach, welche ihm die Kamper angethan. Zuerst ließ er das Gerücht verbreiten, es sei jetzt jedermann erlaubt, sich für dessen Pferde mit den nötigen Klaven (einer Art hölzernen Geschirrs) aus dem Gehölz der Kamper, dem sogenannten Klavenbusch, zu versehen. Sofort liefen die Braberuper, Tinnumer, Keitumer und andere nach dem Kamper Busch, um sich neue Klaven für ihr Pferdegeschirr zu verschaffen. Die Kamper ärgerten sich natürlich über die Sache und da sie den andern Syltern nicht ihre Krummhölzer gönnten, so ruinierten sie lieber selber ihren Wald, der bisher die Schlucht, welche von ihrem Dorfe südöstlich bis zur Wuldemarsch und bis zu ihrem alten Brunnen reichte, gefüllt hatte.**) — Als das Frühjahr kam und ihr neuer Brunnen bereits eine Tiefe von 40 bis 50 Fuß erreicht hatte, bekamen sie aber größeren Aerger als je zuvor. Ihre Fischgärten (Fischzäune) und Bergentenlöcher wurden, nicht etwa wie früher, oft bestohlen, sondern von boshaften Händen allnächtlich beschädigt und manche selbst zerstört. Sie waren außer sich vor Zorn, und die Männer des Dorfes beschlossen, fortan alle Nächte ringsum ihr Dorf Wache zu halten, um den Uebelthäter zu bestrafen; ihre Weiber aber am Tage künftig allein arbeiten zu lassen. Wenn jemand in der Nacht etwas Verdächtiges bemerken würde, so sollte er

*) Das Dorf Kampen ist eines der drei Norddörfer auf Sylt, liegt auf einer ca. 80 bis 90 Fuß hohen festen Landhöhe und hatte bis zum Jahre 1847 keinen ordentlichen Brunnen, nur altertümliche Cisternen oder Regenwasser-Behälter, daher oft Wassermangel.

**) Der Kamper Klavenbusch oder Wald soll hauptsächlich aus dem Weißdorn (Crataegus) bestanden haben.

sofort das bekannte Geheul anstimmen, mit welchem die Sylter Seefahrer die Seehunde zu begrüßen pflegen, wenn sie dieselben auf Flottwasser antreffen. — Alle übrigen sollten alsdann antworten und dem zuerst Heulenden folgen oder zu Hilfe kommen. Das alles wurde verabredet unter den erhitzten Kampern. Es vergingen unterdes mehrere Nächte und alles blieb still.

Die Kamper begannen bereits sich zu beruhigen, als einst in einer finstern Nacht in dem letzten Rest des alten Klavenbusches ein Geheul ertönte. *) Die wachsamen Männer beantworteten sofort das Geheul und liefen nach dem Busch. Hier fanden sie jedoch niemand, glaubten also sich geirrt zu haben. Da ertönte das verabredete Geheul im Westen des Dorfes bei den Bergentenlöchern in den Heidehügeln. Jetzt liefen die Kamper dorthin. Hier bemerkten sie eine dunkle heulende Gestalt nordwärts eilend. Nun ging die Jagd der Kamper erst los. Alle stürzten in blinder Wut augenblicklich nach Norden, dem Voranlaufenden nach; dieser aber lief spornstreichs dem neuen Brunnenloche, einer großen, weiten Cisterne, zu. Als er bei der Tiefe ankam, sprang er hinein oder hinüber und verschwand den Blicken der Nacheilenden. Diese sprangen ebenfalls auf die Absätze der Seitenwände und in das finstere Loch hinab, vermeinend, die Uebelthäter da unten zu finden. Der Vordermann, der übrigens niemand anders als der rachsüchtige Pua Wobbers war, stieg unterdes an der anderen Seite der Grube wieder aus derselben hervor, stand jetzt oben und stampfte mit dem Fuße auf die lose Erde. Da löste sich ein Teil der Erdwand, stürzte in den Brunnen und verschüttete alle darin befindlichen Männer des Dorfes, sechzehn an der Zahl. — Dem boshaften Urheber dieses Unglücks konnte man freilich in der Folge seine That nicht beweisen, allein man nannte ihn später nur den Todmacher und zweifelte nicht an seiner Schuld. — Der niemals fertig gewordene Brunnen, von welchem noch heutigen Tags ein 16 bis 20 Fuß tiefes Loch sichtbar ist, hieß aber fortan

---

*) Ein kleiner Rest des alten Kamper Klavenbusches ist noch vorhanden.

Muurblühl oder das Mordloch und ist noch unter diesem Namen bekannt.

Pua Modders soll seit der Zeit sehr ernst geworden sein, fand aber keine Ruhe mehr auf Erden, bis er samt seinem Stiefvater im Haff zwischen Sylt und Föhr ertrank (1610?). Seine Landsleute sagten alsdann: »De Kreeken floog wegh me Pua Modders sin Kutt.« Sie meinten aber ohne Zweifel damit: Sein spottsüchtiger Geist oder seine Geißel verschwand von der Insel bei dem Abzug der Krähen im Frühjahre. — Das war das traurige Ende eines Mannes, von welchem man, wie von seinem Großvater zu sagen pflegte, daß dessen Schornstein stets gegen den Wind geraucht habe, ohne daß man jedoch Ursache hatte, anzunehmen, daß diese Männer gleich Pidder Lüng den altfriesischen Wahlspruch gekannt und befolgt hätten.

Maiken beschloß ihre Erzählung mit der Vermahnung, uns nie mehr Ungehorsam oder Trotz gegen Gott, unsere Eltern und Lehrer, noch gegen die hohe Obrigkeit zu erlauben, damit es uns nicht wie den Fischern auf Hörnum ergehe und wir von dem Vaterlande und den lieben Eltern flüchten oder bestraft und mit Schimpf und Schande wie Pua Modders beladen werden mußten. Gleichwohl meinte sie, dürften wir einander in der Not und, wenn wir groß und stark würden, im Kampfe gegen die Feinde unseres Landes niemals verlassen oder untreu werden. Wir versprachen ihr dieses alles, dankten ihr für gastliche Aufnahme und für ihre Erzählung und sagten ihr Lebewohl. Das Unwetter war längst vorüber.

VI.

Mein Vater verbot mir jetzt strenge, je wieder nach Rantum zu den alten Sagen-Erzählerinnen zu laufen, so daß ich in der Folge nie wieder Gelegenheit fand, eine vollständige Fortsetzung und Beendigung der Erzählung, die ich in Rantum gehört hatte, von wirklichen Rantumern zu empfangen. Nur ab und zu, wenn ich Maiken auf der Straße in Westerland traf, sprach ich sie um einige Aufklärungen über die Hörnumer und besonders über die Familie Lüng und deren fernere

Schicksale an, allein ich erhielt immer nur Bruchstücke ohne
Zusammenhang. Ueberdies nahmen Maikens Gedanken und
Erinnerungen bereits stark ab, so daß mir nicht viel Hoffnung
übrig blieb, je den Schluß ihrer interessanten Geschichte zu
erfahren.

Nur das erinnere ich, daß Maiken eines Tages mir
sagte, Jacob Lüng und seine Frau wären eines natürlichen
Todes in Rantum gestorben; ersterer, nachdem er, freilich
ohne eigentlich krank zu sein, mehrere Jahre stets zu Bett
gelegen habe. Maiken Niß Taken oder Maiken Jens Andresen
starb selber den 28. September 1828. — Neun Jahre später
fand man die letzte ihrer alten Nachbarinnen Maiken Peter
Buhn tot in deren Hütte. Sie hatte lieber tot hungern und
frieren wollen, als irgend jemand und namentlich der Armen-
kasse zur Last zu fallen.

Das Dorf Rantum ging damals schon rasch seinem Ende
entgegen, hatte nur noch 13 Häuser, die alle über kurz oder
lang wegen der immer näher rückenden Dünen abgebrochen
werden mußten. Bereits im Jahre 1821 verschwand das
letztere der älteren Häuser in Rantum. Mehrere derselben
wurden südöstlicher in der Gegend des alten Stinums wieder
aufgebaut, manche Familie zog aber, wie so viele früher, nach
Westerland. Im Jahre 1777 hatte Rantum noch 26 Häuser
gehabt und zu Anfang des 18. Jahrhunderts noch 40, nach
einer Charte und Angabe von Henning Rinken. Jetzt im
19. Jahrhundert scheint es, ehe das Jahrhundert zu Ende
geht, gänzlich aussterben oder verschwinden zu wollen, denn
nur sechs Häuser sind dort übrig, fast die ganze zahlreiche
Familie Lassen ist bereits nach Westerland und eine andere,
dem alten Taken-Stamme angehörige, ist nach den Nordbörfern
übergesiedelt.

Das jetzige Kirchspiel Westerland besteht daher aus Ab-
kömmlingen der alten Eidumer und Rantumer. Wie früher
bereits erwähnt, sind die sogenannten Enden, die südwest-
lichsten Dorfteile Westerlands, die ältesten Teile des Kirchspiels
und ohne Zweifel die nordöstlichsten Reste des alten Eidums,
denn die sogenannten Hebigen sind ein nordöstlicher neuer
Aufbau des Kirchspiels.

In diesen sogenannten Enden lebte daher noch manche Tradition aus alter Zeit, als ich ein Knabe war, und ich fand wirklich einige Jahre später eines Abends hier Gelegenheit, eine Art Fortsetzung und Beschluß zu Maikens Erzählung zu hören.

Unter meinen Schul- und Spielkameraden aus dieser Gegend Westerlands war ein Knabe, fast so alt wie ich, auch an Sinn für die alten heimatlichen Sagen und Geschichten mir völlig gleich. Sein Name war Manne oder Meinert. Sein Vater und seine Großmutter waren aber gleichsam lebendige Archive, voller Erinnerungen aus der Vorzeit Sylts, und beide erzählten gern. Der Vater war ein Seefahrer, wurde später Schiffskapitän, sein Name war Nickels Mannis, oder, wie er sich gewöhnlich schrieb: Cornelis Meinerts.*) Dessen Vorfahren hatten ungefähr seit dreihundert Jahren das alte, lange, niedrige Haus bewohnt, in welchem ich meinen Freund Manne in den langen Herbst- und Winterabenden oft besuchte. Die nächsten Nachbarn des Nickels Mannis waren ebenfalls Seefahrer, nämlich die Schiffskapitäne Buß Haulfen Proll und Erk Erken Hahn; jedoch es schrieb sich der erstere stets Boy Hinrichsen Prott und der andere Dirk Dirksen Hahn. Alle drei waren in ihren rüstigen Jahren joviale Männer, doch hatte Hahn bereits seine Seefahrten aufgegeben, lebte von seinen Zinsen gemütlich zu Hause. Diese drei Männer saßen eines Abends, jeder mit einer Kreidepfeife im Munde, in der Wohnstube des Nickels Mannis auf der Bank unter den Fenstern der Stube. Die strickenden Weiber saßen rings um den Tisch, auf welchem die Lampe stand und ein spärliches Licht verbreitete. Mein Freund und ich saßen in der Ofenecke auf der kleinen Ofenbank und horchten begierig den Erzählungen der Männer und der alten Großmutter Dürken Haiken Prott, gewöhnlich von uns Bootj genannt.**)

*) Es ist etwas Eigentümliches aber Allgemeines auf Sylt, daß jeder Eingeborene außer seinem Tauf- und Stammnamen noch einen einheimischen Syller Namen von seinen Landsleuten erhält.
**) Der Aberglaube war übrigens schon im Verschwinden bei diesen Leuten. Ich erinnere nur, von Bootj eine Hexengeschichte gehört zu haben, nämlich die allgemein bekannte von der falschen Braut oder Hexe aus Eidum. (Siehe Seite 66.)

„Nachbar Hahntje," begann der freimütige Prott, „woher möchte doch wohl Deine Familie den Stammnamen Hahn erhalten haben?" — „Das will ich Dir sagen," antwortete Hahn. „Mein Großvater, Meinert Petersen Hahn, wollte seinen Bruder Lorenz Petersen Hahn, den Vater Deiner Großmutter, nicht im Stich lassen, als derselbe von den Helgoländer Heringsfischern, die Lorenz durch sein Krähen, gleich einem Hahn, des Morgens zum frühen Aufstehen veranlassen wollte, den Spottnamen Hahn erhalten hatte, sondern alles, auch den Spoll, brüderlich mit ihm teilen. Nun bin ich leider der einzige übrig gebliebene Mann, aus den an Weibern so zahlreichen Nachkommen, der weiland fünf Gebrüder Hahn, so daß ich mich jetzt allein mit dem Spottnamen herumtrage, gleichsam für die Sünden Deines Urgroßvaters allein büßen muß. Ist das nicht lächerlich? Ha, ha, ha!" — Alle stimmten mit ein in das Gelächter des muntern aber witzigen Hahn. Jedoch Prott fühlte, daß er durch Hahns Antwort in die Linie mit den Weibern gestellt sei, daher erwiderte er ebenso witzig: „Der alte Hahnstamm muß nicht viel getaugt haben, weil er zu seinem Wachstum und seiner Fortpflanzung so vieler fremder kräftiger Pfropfreiser bedurfte, wie z. B. des an Männern so zahlreichen Geschlechtes Prott." — Jetzt wurde natürlich wieder gelacht. — „Wir stammen ohne Zweifel aber alle von Grethje Schrabbel ab, der Großmutter der fünf Gebrüder Hahn, welche als Kind in einer Wiege einst bei Rantum an den Strand gespült sein soll, Nickels Mannis auch," sprach Hahn.*) — „Nein," entgegnete Mannis, „meine Frau wohl, aber ich nicht. Ich gehöre zu denen, die den alten Hahnstamm erhalten und verbessern müssen. Ha, ha, ha! Mein Familienstamm ist ein echter alter Westerländer oder Eidumer Stamm. Vor mir haben mindestens schon sieben meiner Vorfahren auf diesem alten Familienslaven in Osterende gewohnt. Der sechste meiner Vorfahren hieß Jung Erk Mannis, er war um 1592 Strand-

---

*) Die fünf Gebrüder Hahn hießen: Lorenz, Meinert, Andreas, Cornelis und Jan; sie wurden aber gewöhnlich von Sylter Landsleuten: Larens, Manne, Andrees, Reggels und Jens Grethen genannt, nach ihrer Großmutter Greth Schrabbel.

und Kirchspielvogt in Westerland und hatte eine Eigentums-
mühle in Bundisgung, die aber abgebrochen werden mußte,
als die jetzige königliche Roggenmühle für Westerland und
Tinnum gebaut wurde. Jung Erk Mannis stammte aber
ab von Erk Mannis, welcher dieses Haus gebaut hat, welcher
aber nicht der Vater, sondern der Großvater oder Urgroßvater
von Jung Erk Mannis gewesen sein soll. Die alten Eidumer
scheinen aber, eben wie die jetzigen Westerländer, gewöhnlich
hergehalten und gebüßt zu haben, wenn der Brotkorb der
Rantumer leer war. Schon ehe die Rantumer Hähne und
Protter — eigentlich sollte ich gesagt haben Rochelprotter —
nach Westerland übersiedelten, kam einst ein Schwarm hungriger,
auf eine bessere Teilung der Westerländer Güter besessener
Leute von Rantum oder Hörnum her, nahm, was man nicht
gutwillig geben wollte, und acht derselben luden sich auch bei
meinem Stammvater, dem Strandvogt Erk Mannis, zu Gaste.
Erk Mannis war aber ein kluger und tapferer Mann, er
machte die zudringlichen Frömblinge betrunken und nahm sie
durch Hilfe seiner Freunde, der zahlreichen Männer aus der
Familie Fröbben in Tinnum, gefangen. Sieben der räuberischen Hörnumer wurden später auf dem Galgenhügel bei
Keitum hingerichtet, den achten aber ließ man wieder laufen,
da er noch sehr jung, nur ein Knabe war. Allein dieser
rächte als ein echter Räuberlehrling den Tod seiner Kameraden
dadurch, daß er in der Nacht das Haus meines Stammvaters
Erk Mannis in Brand steckte und abbrennen ließ. Darauf
baute Erk Mannis an einer etwas höheren Stelle das Haus,
welches mir jetzt gehört und worin ich mit meiner Familie
noch jetzt wohne. Das alles wird nach meiner Kalkulation
um 1518 oder 1520 geschehen sein."

Das soeben Vorgetragene mußte natürlich erörtert und
besprochen werden. Hahn erwiderte also: „Ich nehme an,
Nachbar Nickels, daß Deine ganze Erzählung nur eine Kalkulation oder ein Scherz war, sonst müßte ich im Ernst
protestieren dagegen, daß Du die fünf, freilich in Rantum
geborenen, Gebrüder Hahn, die sich später in Westerland an-
siedelten, mit Hörnumer oder andern Strand- oder Seeräubern
in Parallele stellst. Die Gebrüder Hahn waren alle nicht

bloß tüchtige Walfischfänger, sondern sehr ehrenwerte, grönländische Kommandeure, die alle selber ihre Häuser in Westerland bauten und zu dem Wohlstande dieses Kirchspiels viel
beitrugen." — Darauf begann Proll: „Und ich protestiere
wirklich im Ernst dagegen, daß der verwegene Nachkomme
eines Alt-Eidumer Strandläufers meinen väterlichen Stamm-
baum in den Verdacht bringen möchte, als ob derselbe seine
Wurzeln in Rantum oder auf Hörnum hätte, da es doch bekannt ist, daß das edle Geschlecht der Proller aus Keitum,
der berühmten Hauptstadt der Insel, stammt." — Jetzt begann ich, der ich an Maiten Niß Tatens Erzählung von den
Hörnumern und deren Kampf mit den Rochenschwänzen und
Rochenstacheln zu denken kam, auf der Ofenbank zu kichern. —
„Wer lacht da hinter dem Ofen, wenn alte Leute sprechen?"
sprach Proll zürnend. — Mein Freund Manne schwieg, wollte
mich nicht verraten, daher mußte ich selber antworten. Ich
rief: „Christian Zappen," weil ich unter diesem Namen nur
bekannt war. — „Du langohriger Heedböör (Hedigbuer,
Heidebauer), glaubst Du es besser zu wissen als ich, woher
die Proller stammen?" fragte Buß Haulken. — Ich antwortete mit großem Selbstgefühl: „Ja, das glaube ich." —
Jetzt nahm jedoch die alte Bootj meine Partei und sagte:
„Aae mort! Der Junge kann recht haben. Die Proller
sollen ursprünglich von Hörnum herstammen. Sie waren
Rochelfischer, die einen Aufstand gemacht und tapfer für ihre
Freiheit gekämpft hatten, aber eine Zeitlang deshalb von der
Insel flüchten mußten. Als später einige der Fischer wieder
heimkehrten, soll sich einer derselben in Keitum niedergelassen
und dort den Spottnamen Proll erhalten haben, weil er mit
einem stacheligen Rochenschwanz einen Priester totgeschlagen
hatte in dem Aufruhr der Hörnumer, und weil er einst mit
einem Sack voll Rochelproller hatte Abgaben bezahlen wollen.
Seine Nachkommen sollen aber zahlreich geworden sein und
den Spottnamen Proll als Familiennamen angenommen
haben." — „Na, das läßt sich hören!" sprach jetzt der
launige Proll. „Dafür dank ich Euch, Bootj! Also mein
Stammvater ist mindestens ein tapferer Mann, ein Freiheitskämpfer, gewiß ein echter Friese vom alten Schlage gewesen.

Na, das läßt sich hören! Wußtest Du das auch, Junge, als
Du lachtest?" — Ich antwortete wieder: „Ja." — „Na,
dann erzähle Du uns 'mal, was Du von der Geschichte weißt,
so etwas mag ich hören. Das ist ganz etwas anderes, Priester
totschlagen mit Rochelschwänzen, als wenn Hahntje rühmt von
seinen Hähnen, daß sie Wallfische gefangen, oder Nickels
Mannis pocht von der Tapferkeit und Klugheit seiner Vorfahren, wenn sie vielleicht einige hungrige Freiheitskämpfer betrunken gemacht und an den Galgen gebracht haben. Ha, ha, ha!
Das ist köstlich! Na Junge, fang' nur an." —

Ich erzählte nun, was ich von Maiken gehört hatte über
den falschen, habsüchtigen Priester, über die Hörnumer Fischer
und ihren Kampf mit den Rochenschwänzen, ihre Flucht und
Rückkehr, ihren Tanz mit den Hexen und deren Rache, vor
allem aber von der Familie Lüng. Als ich die Geschichte
vom langen Peter erzählte, wie er den übermütigen Sohn
des tyrannischen Amtmannes Bogwisch, als derselbe in die
Kohlschüssel der Familie Lüng gespuckt, in Uebereinstimmung
mit dem altsylter Sprichwort: »Diar ön de Kual spüttet, skell
en saalef ofiit« erstickt habe, entstand ein förmlicher Sturm
von Freude und Gelächter, von Lob über Pibber Lüng und
dessen That unter den Anwesenden, der nicht enden zu wollen
schien. — Endlich unterbrach Proll diese Szene, indem er
sprach: „Hör' Junge, Du hast Deine Sachen gut gemacht,
das war eine köstliche Geschichte. — wenn es nicht so schlechte
Zeiten wären, so würde ich Dir für Deine Erzählung eine
Mark Hamburger Banko zum Petritage geben, allein jetzt
mußt Du mit einer Reichsbank-Mark vorlieb nehmen."*) —

„Hör', Nachbar Prottje," begann jetzt Nickels Mannes,
„wenn Du so spendabel eine Sage über Deinen einstmaligen,
mindestens geistig Verwandten Pibber Lüng bezahlst, so kann
ich hoffentlich auch noch heute abend einige Reichsbank-Mark
bei Dir verdienen, denn ich habe in mehreren alten Büchern
von ihm gelesen." — „Das kommt alles darauf an, Nachbar,

*) Eine Reichsbank-Mark galt 5 ß Courant, eine Hamburger
Banco-Mark aber 20 ß Courant damals. — Der Petritag wird am
22. Februar durch Kuchenessen, Tanzen und Spielen gefeiert und ist
ein Nationalfesttag auf Sylt.

wie Du Deine Sachen machst," entgegnete Prott. „Wenn
Du allzuviel nebenbei pochst von der Solidität Deiner Vorfahren und wie sie hier 300 Jahre gesessen haben auf einem
Fleck, um ihr Geld zu zählen und zu knurren über die hungrigen
und räuberischen Kantumer oder Hörnumer, oder gar darauf
zu spekulieren, wie sie solche arme Teufel an den Galgen
brächten, dann gebe ich nicht einen Reichsbank-Schilling für
Deine Erzählung. Machst Du aber Dein Bestes oder Kalkül
gleich anfänglich gut und steuerst mit Pidder Lüng hoch hinauf, bis Du ihn in Reihe und Glied mit Wilhelm Tell oder
Paul Jonas gestellt hast, ja dann wäre ich im stande, Dir
— wenn nur die Zeiten nicht gar zu schlecht wären — für
Deine Geschichte einen ganzen Reichsbank-Thaler zu geben.
Na, Nachbar Nickels, fang' nur an und mach' Deine Sachen
ebenso gut wie der großohrige Schelm hinter dem Ofen." —
    Nickels Mannes begann jetzt seine Erzählung. — „Nach-
bar Buh, Du brauchst keine Sorge zu haben, daß ich Deinen
Stammverwandten, den langen Peter von Hörnum, verkleinern
werde. Ich will nur erzählen, was ich von ihm gehört und
gelesen habe, und Dir dann bis Du bezahlst, einen Thaler
ins Debet schreiben. Ihr wißt, daß ich augenblicklich der
längste Mann bin „büt Brö" (außerhalb der Brücke, welche
die Hedigen mit den Enden Westerlands verbindet), daß ich
meine vollen 6 Fuß von den Sohlen bis zum Scheitel messe,
allein Pidder Lüng soll noch einen Fuß länger gewesen sein,
als die längsten Männer in ganz Friesland und Holland damals waren." — „Hör', Nachbar Nickels, das Pochen scheint
Dir angeboren zu sein," fiel Prott ihm in die Rede. „Wenn
Du beibleibst, den langen Peter mit Dir selber zu vergleichen,
so verdienst Du keinen Bankschilling bei mir, Du solltest lieber
Hahn oder mich zum Maßstab nehmen, um nach uns die
Eigenschaften des großen Hörnumers zu beurteilen, das wäre
schicklicher. Ha, ha, ha!" — „Nun wohl!" antwortete Nickels.
„Der lange Peter war noch reichlich einen Fuß länger als
sein Verwandter Buh Haulten und fast so dick, wie Nachbar
Hahn. Er war aber viel stärker und tüchtiger, als alle beide
zusammen, denn er hat einmal fünfzehn Sachsen von der
gröbsten Sorte, die ihn gefangen nehmen wollten, wie es in

der oſtfrieſiſchen Chronik heißt, mit ſeinem ungeheuren Schlacht-
ſchwert überwunden und erlegt. Er machte ſich nämlich nie
ſo gemein, gleich den übrigen Hörnumern mit Rochelſchwänzen
zu kämpfen und ſchwache Prieſter tot zu ſchlagen, ſondern er
kämpfte gegen wirkliche Gewalthaber, zumal gegen alle Unterbrücker der Freiheiten und Rechte der Frieſen. Konnte er
nichts in Nordfriesland ausrichten, ſo ſegelte er nach Oſt-
oder Weſtfriesland und focht dort für das Volk. Man hat
nie von ihm gehört, daß er gleich den übrigen Hörnumern,
den Prollleuten, um die Mitternacht nach den Mädchen oder
am Strande nach Beute umhergelaufen; wohl aber heißt es
von ihm, daß er ſich der alten Rantumburg oder Ratsburg
bemächtigt, dieſelbe aufs neue befeſtigt und bei der Gelegenheit viele Schätze, welche wahrſcheinlich die Limbecker oder
andere Land- oder Seeräuber dort vergraben hatten, gefunden
und erbeutet habe. Wann dieſes geſchehen iſt, kann ich nicht
mit Beſtimmtheit angeben. Es ſcheint aber, daß er — falls
es wahr iſt, was der Junge hinter dem Ofen ſoeben von der
Erſtickung des jungen Pogwiſch in der Kohlſchüſſel erzählte
— um 1479 von Sylt entflohen und erſt nach der Hin-
richtung der 74 Hörnumer bei Hamburg (im Jahre 1488)
etwa um 1490 zurückgekehrt ſei und das Kommando auf
Hörnum übernommen habe.

Man muß ſich, um ernſthaft über die damaligen Zuſtände zu ſprechen, denken, daß die ehemalige geordnete Volksmacht, die republikaniſche Geſetzgebung und Selbſtverwaltung
der Frieſen, ſchon ſeit 1360 ſtark unterwühlt worden waren,
da Könige und Fürſten nicht allein, ſondern auch Adelige und
Geiſtliche mehr als je früher bemüht waren, das frieſiſche
Volk zu bevormunden und deſſen Rechte und Freiheiten zu
unterbrücken. Im folgenden Jahrhundert kamen unglückliche
Kriege und leicht bewältigte Volkserhebungen, ſowie Vögte,
welche die Könige und Fürſten als ihre Stellvertreter im
Frieslande anſtellten, um ihre Macht daſelbſt zu befeſtigen,
hinzu, verbeſſerten aber wahrlich nicht die Zuſtände des
Volkes. Die Volksmacht war gebrochen, aber eine wohl-
geordnete fürſtliche oder königliche Macht war noch nicht an
die Stelle der erſteren getreten, mindeſtens nicht im Nord-

frieslande. Die größeren freien friefifchen Volksverbindungen
und Volksverfammlungen, fowohl die der fieben Seelande im
Südfrieslande als die der fieben Harden im Nordfrieslande
hatten aufgehört, die südfriefifchen bereits um 1360, die nord-
friefifchen um 1460. Jedoch das Volk kämpfte noch immer
hier wie dort mit großer Hartnäckigkeit, freilich vereinzelt,
mit weniger Uebereinstimmung und Einigkeit und oft ohne
viele Klugheit, aber mit einem Mute, der eines beffern Er-
folges wert gewefen wäre, für die Wiederherftellung der alt-
friefifchen Freiheit. Das Volk lebte mithin in einer unglücklichen Uebergangsperiode. Geordnete Zuftände waren nicht
vorhanden, die Gewalt herrfchte ftatt des Rechts. — Es
konnte nicht ausbleiben, daß bei diefen Kämpfen einzelne im
Volke fich dabei Dinge erlaubten, welche ganz wie die Gewalt-
thaten der Unterbrücker des Volkes beurteilt wurden und beurteilt werden mußten. Namentlich machten die Oftfriefen
mehrfällig die Erfahrung, daß, wenn fie, geleitet von einem
tapfern Volksmann, eine fremde fürftliche oder andere Macht
überwunden hatten, fie alsdann eine Beute ihres bisherigen
Anführers wurden, mithin ihre alte echtfriefifche Volksfreiheit
nimmer wieder erlangten. Aehnliches gefchah auch, wenngleich
im kleineren Maße, in Nordfriesland. Das Land hatte einmal wieder feine Herrfchaft nur gewechfelt, und Volk und
Tyrann kehrten endlich abermals ihre Waffen gegen einander,
bis wieder ein folcher Wechfel eintrat oder das Volk, des
ewigen Kampfes müde, vielleicht in fich felber zerfallen, zer-
fplittert und dadurch fchwach geworden, nachgab und fich die
Dinge und Herrfchaften gefallen ließ, wie fie eben kamen.
Die zähen, freiheitsliebenden Friefen gelangten aber nur fehr
träge und langfam, erft nach einem mehrhundertjährigen
Kampfe und Widerstreben, in einen folchen Zuftand der Er-
gebung und der Unthänigkeit gegen eine abfolute oder Einzel-
herrfchaft, haben bis auf den heutigen Tag jedoch noch manche
ihrer alten republikanifchen Formen und Regeln gerettet, obgleich man in der Hauptfache ihnen allmählich, wie man zu
fagen pflegt, die republikanifche Haut über die Ohren gezogen
hat. So ift es gegangen in Südfriesland und in Nordfriesland. Das Traurigfte dabei ift, daß das friefifche Volk wie

durch das Meer und die Politik so auch in sich selber, durch eigenen Unfrieden, zerrissen ist, daß es, wie es scheint, nie einen recht innigen nationalen Zusammenhang gehabt hat, so daß der Ostfriese kaum weiß, daß es ein Nordfriesland gibt, daß der Eiderstedter sich schämt, ein Friese zu heißen, der Sylter den Wiedinger kaum als ebenbürtig ansieht, der Föhrer nicht den Pellwormer als Landsmann erkennt und der Mohringer nicht selten mit seinen nächsten Nachbarn habert.

Die Freiheit und Einigkeit aller Friesen soll aber das hohe Ziel gewesen sein, welches sich der lange Peter von Hörnum gestellt hatte. Freilich entsprachen die Mittel, welche er zur Erreichung seiner Absicht wählte und welche ihm zu Gebote standen, nicht einem solchen schönen Ziele. Es waren überdies der Hindernisse und Feinde, mit welchen zu kämpfen und welche zu überwinden er unternahm, zu viele und zu mächtige, als daß der Erfolg seiner Bestrebungen hätte ein günstiger werden können. Gleichwohl hat er nicht umsonst gelebt. Er hat so manchen Tyrannen zittern gemacht, und hat der Welt und namentlich seinem Volke gezeigt, wie viel der Einzelne wert ist und wirken kann, wenn er nur den Mut und den Willen dazu hat, sein Ziel fest im Auge behält und sich selbst und seinen Grundsätzen treu bleibt; aber auch wie Großes das tüchtige Friesenvolk hätte erreichen können, wenn es sich stets einig gewesen wäre, und mit ähnlichem Selbstvertrauen, ähnlicher Konsequenz nach gleichem hohen Ziele wie Pidder Lüng getrachtet hätte. Er hat es seinen Landsleuten gezeigt, wie das zerstörende und sie trennende Meer auch eine Zuflucht, eine Quelle von Macht und Reichtum und selbst ein Mittel zur Wiedervereinigung der Getrennten werden kann. Er hat es auch in seiner engern Heimat durch seinen letzten entschlossenen Schritt, der wie es schien, nun einmal notwendig gewordenen fürstlichen und Vogtsmacht Gelegenheit gegeben, sich rascher als sonst zu entwickeln und festzustellen, mithin den Zustand der regellosen Gewalt aufzuheben."

So ungefähr sprach der sehr gescheute Cornelis Meinerts, als er nur erst sich und seine Zuhörer zu einer ernsthaften Erwägung der einstmaligen Dinge und Zustände und nament-

lich der Geschichte des großen Hörnumer Fischers und Seeräubers oder Seehelden und Freiheitskämpen Pidder Lüng
gestimmt hatte. Alle horchten jetzt schweigend, mit Achtung
und großem Ernst seinen Worten.

Meinerts fuhr dann fort: „Was nun das Spezielle von
Pidder Lüngs Geschichte betrifft, so ist darüber eigentlich nicht
viel bekannt und aufbewahrt worden. Als er, wahrscheinlich
um 1490, zuerst wieder nach langer Abwesenheit nach seiner
Heimatsinsel zurückgekehrt war, galt er noch immer, selbst bei
vielen seiner Landsleute, für einen verdächtigen Flüchtling,
für einen sich selbst verbannenden Verbrecher. Er fühlte
sich daher durchaus nicht sicher auf Sylt und konnte sich auf
dem Festlande nicht sehen lassen, obgleich der tyrannische
Amtmann Pogwisch längst vertrieben war. Zu seinem und
seiner Genossen (der noch übrigen Hörnumer Fischer und als
See- und Strandräuber sonst Verdächtigen) Schutz hatte er
die alte Rantumburg aufs neue befestigen lassen. Als er bei
der Gelegenheit einer Menge vergraben gewesener Schätze
habhaft geworden war, hatte er die Mittel in Händen, für
sich und seine ihm jetzt sehr ergebenen Kameraden besser als
früher zu sorgen, ihre Schiffe teils verbessern, teils neue an-
schaffen zu lassen und dadurch den Grund zu einer Flotte zu
legen, mit welcher er alle Feinde der Friesen und deren
Freiheit zu bekämpfen gedachte. Er sammelte schnell und
leicht eine Menge ihm als Flüchtlinge oder als Landsleute
oder an Gesinnungen verwandte Menschen rings um sich und
bemannte durch dieselben seine Schiffe. Als ersten Offizier
nach sich auf seiner Flotte ernannte er einen gewissen Wiard
aus Ostfriesland. Er machte seine Leute bekannt mit seinen
Plänen, wie er sich berufen fühle, ein Hersteller und Rächer
der Einheit und der Freiheit seines friesischen Volkes namentlich auf dem Meere zu sein, wie er daher alle Schiffe der
ringsum wohnenden Völker, Fürsten und Städte, welche die
Friesen zu unterjochen oder zu besteuern strebten, zu bekriegen,
zu beschädigen und wenn er könne, wegzunehmen oder zu
zerstören willens sei; verhehlte ihnen aber auch nicht, daß sie
von jetzt an gewissermaßen vogelfrei wären, daß das Meer
nunmehr ihre wahre Heimat und ihr Acker sei, auf welchem

fie allein wohnen, pflügen und ernten könnten; daß aber, sobald sie wieder das Festland betreten würden, Galgen und
Rad ihrer warteten. Zur beständigen Erinnerung an diese
seine Mitteilungen und an ihre Versprechungen, sowie besonders an die Aussicht auf Galgen und Rad, welche ihrer
warteten, wenn sie ihrem Anführer und dessen Grundsätzen
untreu werden sollten, ließ er jedem seiner Offiziere und
Schiffsleute auf dessen Kleidern an der einen Seite das
Zeichen eines Galgens und an der andern das Zeichen eines
Rades festnähen. So ausgerüstet fuhr der lange Peter mit
seiner Flotte und seiner Mannschaft auf die See hinaus.

Die Helgolander Bucht oder der südöstliche Winkel der
Nordsee, die Mündungen der Elbe, Weser, Eider und Jahde,
die holländischen und dänischen Küsten waren die Hauptschau-
plätze der Thaten dieser Freibeuter, welche viele Jahre hindurch diese Gegenden des Meeres beunruhigten. Sie kämpften
übrigens nicht allein mit den Kriegsschiffen der Dänen, Holländer und Hansestädte, wo sie dieselben trafen, sondern sie
plünderten auch die friedlichen Handelsschiffe und Fischer-
Fahrzeuge dieser Nationen und hielten Nachlese, wenn zwischen
andern streitenden Mächten auf der Nordsee ein Seegefecht
stattgefunden oder ein Sturm unter den segelnden Schiffen
aufgeräumt hatte. Ihre Zufluchtstätten und Schlupfwinkel
in Zeiten der Not waren die Sandbänke, Dünen und kleinen
Inseln der Nordsee an den schleswigschen, deutschen und holländischen Küsten. Ihre Hauptsammelplätze waren aber Helgoland und der alte Freihafen auf Hörnum, woselbst sie auch
Winter-Quartier zu halten pflegten.

Sie waren ergrimmt auf die Hamburger, weil diese so
oft die Freibeuter auf der Nordsee gezüchtigt und besonders
weil sie ohne Beweis und Recht im Jahre 1488 jene 74
Hörnumer, von denen ich früher erwähnt, auf dem Grasbrook
hingerichtet hatten. Sie haßten und verfolgten hauptsächlich
deshalb die Bremer, weil die bremischen Bischöfe und Bürger
von alters her der Freiheit und dem Wohlstande der Friesen
und namentlich der Ostfriesen hinderlich gewesen waren. Sie
waren den Holländern gram nicht bloß, weil diese schon lange
darnach trachteten, Westfriesland von dem übrigen Südfries-

lande loszureißen und mit Holland zu verbinden, sondern auch, weil sie die Holländer als friesische Renegaten ansahen. Ueberdies erregten die reichbeladenen Handelsschiffe der Holländer noch öfter als die Bremer und Hamburger den Neid und die Habsucht der friesischen Seeräuber. Mit den Dänen und der dänischen Regierung, mit den schleswigschen Herzögen, Amtmännern und Vögten oder Stallern hatten sie aber eine lange Rechnung zu schlichten. Sie waren nicht bloß erbittert darüber, daß der Siebenhardenbund aufgehoben, Nordfriesland also noch mehr als früher (durch die Abtrennung von Wester- landföhr, Amrum und List von den Uthlanden) politisch zer- rissen und schwach geworden war; daß die freie Gesetzgebung der Friesen gefährdet worden war, dadurch, daß man den Eiderfriesen 1444 ein Strandgesetz aufgedrungen hatte, welches man auch auf Nordstrand, Föhr und Sylt einzuführen strebte; daß man durch königliche und seit 1490, nach der ersten Teilung der Herzogtümer, durch fürstliche Beamte Nordfries- land zu regieren, mithin dort die Volksmacht und Freiheit zu unterdrücken suchte; sondern auch besonders darüber, daß man bisher so viele ungebildete, habsüchtige, grausame oder schwache und nachlässige Beamte im Frieslande eingesetzt und ähnliche erzpäpstliche, aber nach der Meinung des Volkes un- würdige Priester dort geduldet hatte, durch welcher Leute Verhalten doch eigentlich die Volksaufstände in Eiderstedt um 1445 und 1461, auf Nordstrand und in Husum um 1468 und 1472, auf Sylt und in der Tondern'schen Marsch um 1479 entstanden waren. Endlich war man erbittert über die vielen Hinrichtungen freiheitsliebender Männer aus Eiderstedt und Nordstrand; über das Verbot, Waffen zu tragen, von 1446, welches so viele Friesen eben friedlos und flüchtig ge- macht; über neue und verhaßte Steuern, wie z. B. die Re- bellensteuer der Husumer und die Rochensteuer der Sylter.

Das Glück schien dem gewaltigen Freiheitskämpen Peter von Hörnum ungeachtet seiner vielen Feinde, mit denen er Händel suchte und fand, und die er mehrenteils, weil er sie gewöhnlich plötzlich und vereinzelt angriff, besiegte oder deren Schiffe wegnahm, plünderte oder zerstörte, günstig zu sein. Den höchsten Gipfel seines Rufes scheint er jedoch erst nach

den Streitigkeiten, welche zwischen den Dänen, Friesen, Dith-
marschern, Hamburgern, Bremern und Stabern um 1496
und 1498 wegen Helgoland bestanden, erreicht zu haben.
Wegen seiner Kühnheit, persönlichen Stärke und Tapferkeit,
sowie der Menge seiner ihm folgenden Kampf- und Raub-
genossen fand der furchtbare Seeheld selten einen nachhaltigen
oder bedeutenden Widerstand. Je höher nun sein Glücksstern
stieg, desto größer wurde auch sein Mut und Stolz. In
seinem Hochmute pflegte er wohl oft sich selber zu nennen:

„Der Dänen Verhörer,
Der Bremer Vertörer,
Der Holländer Krüz und Beleger,
Der Hamborger Bedreger."

Seine Flotte erlitt indessen in kurzer Zeit mehrfältig
durch Stürme und in Seegefechten bedeutende Verluste, denn
es hatte sein bisheriges Glück ihn nicht bloß übermütig,
sondern auch sicher und sorglos gemacht. Als nun einst nach
einem großen Verlust an Schiffen, Mannschaft und Vorräten
der lange Peter mit den Resten seiner Macht bei Hörnum
hereinkam und am Buder landete, fand er dort vieles eigenmächtig verändert. Als er nach seiner Burg gehen wollte,
fand er seine Schanze sogar zerstört. Er ging nach Rantum
und erkundigte sich, wer es gewagt habe, in seiner Abwesenheit solche Veränderungen auf Hörnum vorzunehmen. Man
nannte ihm den Strandvogt Erk Mannis zu Westerland und
die übrigen Land-, Strand- und Bauervögte der Insel. Da
gingen ihm die Augen auf, daß jetzt oder nie auf Sylt die
Macht der Vögte gebrochen werden, daß er mit seinen eigenen
Landsleuten einen Kampf bestehen müsse. Er sammelte daher
seine besten und treuesten Leute, marschierte nach Westerland,
ließ hier seine Mannschaft plündern und ging selber mit
7 Mann zu Erk Mannis ins Haus, um ihn zu bestrafen
wegen dessen, was er auf Hörnum zu thun gewagt hatte.
Der Strandvogt war aber, wie schon gesagt, ein kluger und
entschlossener Mann. Er stellte sich freundlich gegen die Ein-
bringenden, lud sie zu Tische und bewirtete sie mit dem Besten,
welches seine Küche und sein Keller enthielten. Jedesmal,
wenn Pidder Lüng wegen der Burg zu sprechen anfangen

wollte, holte Erk Mannis wieder frischen Vorrat aus dem
Keller und setzte eine Flasche noch bessern Weines vor seinen
Gast auf den Tisch. Dieser trank daher samt seinen Leuten,
bis sie alle betrunken auf der Diele lagen. Der Strandvogt
aber ließ nun eilig alle seine Nachbarn samt allen übrigen
waffenfähigen Einwohnern von Westerland und Tinnum zu-
sammenrufen, schlug durch deren Hilfe die mehrenteils einzeln
in den Dörfern umherstreifenden und plündernden Räuber
in die Flucht.

Nachdem die Mehrzahl der Räuber verjagt war, wandte
man sich nach der Wohnung des Strandvogts, indem man
nunmehr mit dem betrunkenen Hauptmann und dem Rest
der Bande leicht fertig zu werden hoffte. Man hatte sich
jedoch getäuscht. Der lange Peter erholte sich schnell von
seinem Rausche, als er Gefahr bemerkte. Da die Möglich-
keit zur Flucht mit seinen Genossen ihm abgeschnitten war,
so verrammelte er die Thüren des Hauses aufs beste und beschloß, sein Leben so lange als möglich zu verteidigen und
so teuer als möglich hinzugeben. Die das Haus bestürmende
Menge versuchte unterdes die Thüren aufzubrechen, um sich
der Räuber zu bemächtigen. Als es nicht gelingen wollte,
stieg man auf das Dach und bahnte sich durch dasselbe
einen Weg zu dem langen Peter und seinen Genossen.
Diese wurden dann endlich nach einem verzweifelten Widerstande von der Menge überwältigt und alle gefangen genommen.

Die gefangenen Krieger und Räuber wurden alsdann
vor das Gericht des Syller Rates gestellt. Dieses sprach
— freilich mit Widerstreben, wie es heißt — jedoch nach
dem alten friesischen Gesetz das Todesurteil über den
Freiheitshelden und Seeräuber Pidder Lüng und dessen
Genossen aus, und nach einigen Tagen wurde der lange
Peter samt sechs seiner Mitschuldigen wirklich auf dem
Galgenhügel der Heide bei Munkmarsch aufgeknüpft, den
achten der gefangenen Räuber, einen Knaben, ließ man aber
seiner Jugend wegen laufen. Daß derselbe später aus Rache
gegen meinen Stammvater Erk Mannis das Haus desselben

abbrannnte, habe ich schon anfänglich, wie freilich mehreres andere, erwähnt."

Das war also das traurige Ende des feurigen Jünglings, der einst geschworen, in die Fußstapfen seines Großvaters Jens Lüng zu treten und lieber tot als Sklave zu sein!

Norsumkliff auf Sylt.

Anhang.

Verzeichnis von C. P. Hansen's ethnographischer Sammlung.

1. Steinsachen.

a. Alte Waffen aus Feuerstein. 18 vollständige, meistens geschliffene Steinkeile; 6 unvollständige Steinkeile, 1 meiselartig an dem einen Ende und spitz an dem andern Ende geschliffener Stein. 2 krumme, nicht geschliffene, nur behauene Opfermesser, das eine auf Amrum gefunden. 8 Lanzenspitzen, nur behauen und nicht alle vollständig. 1 löffelartig geformter Stein. 2 Stiele von Lanzenspitzen. 4 Pfeilspitzen. 22 unbestimmt geformte, mehrenteils unvollendete Steinwaffen und Sachen, alle auf Sylt gefunden, manche aus Grabhügeln stammend.

b. Alte Steinsachen aus einer grauen, körnigen Steinart. 1 Streitaxt mit einem gebohrten Loche. 2 unvollständige Streithämmer, einer ohne Loch. 1 steinerner, geschliffener Stiel eines Gerätes. 15 kugelartig bearbeitete Steine, sogenannte Schleudersteine und Kornquetscher. 6 verschiedenartig geformte Schleif- und Wetzsteine, meistens Sandsteine. 2 Stäbe mit Loch.

c. Verschiedene andere alte, in dieser Gegend gefundene Stein- und Thonsachen. 2 Steine mit Runen ähnlichen Eindrücken oder Schriftzeichen. 1 Stein mit eingehauenem Bilde des Halbmondes. 1 Stein wie ein Apfel bearbeitet. 2 Steine, menschliche Figuren darstellend, einer in dem östlichsten der Thinghügel ausgegraben, der andere, unvollständige, bei Braderup gefunden. 2 runde Spindelsteine mit Löchern in der Mitte, der eine auf Föhr, der andere auf Sylt gefunden. 1 Mühlenstein-artig geformter, schöner Granitstein, bearbeitet, 16 Fuß tief bei Keitum gefunden, 2 Fuß im Durchmesser haltend. 1 würfelartig geschnittener Talkstein mit 20 regelmäßigen Löchern an der einen und 4 an der andern Seite, auf Föhr gefunden. 1 Thonlöffel mit Löchern für den Stiel. Mehrere Netzbeschwerer von gebranntem Thon, kreisartig geformt, bei der Sandkuhle in Keitum gefunden. Der Deckel eines steinernen Sarges vom Kirchhof zu Keitum. Ein steinernes, 8 Fuß hohes Denkmal für Uwe Jens Lornsen, auf meine Kosten 1874 am Ende meines Hauses errichtet. 4 alte, besetzte Graburnen mit Knochenresten, brel aus einem der Tiebringhügel bei Kampen, eine aus dem Rath-hügel bei Westerland stammend. 1 alter Kessel von gebranntem Thon mit Henkel, in einem alten Deich gefunden. 1 marmornes Gefäß mit schönen Zieraten aus der altsylter Landvogtei (der Familie Talen) stammend. Viele Bruchstücke oder Scherben von Urnen, zum Teil von sehr schöner Arbeit. 1 Bernsteinperle aus einem Grabhügel bei Westerland. 1 steinernes Schwert, 20 Zoll lang, roh bearbeitet aus Granit, gefunden in einem Grabkeller am Strande bei Alt-Eidum. 1 Menschenfigur aus Bernstein. Mehrere aus Gyps und Stein.

d. Steinsachen aus fernen Gegenden, mehrenteils durch Seefahrer nach Sylt gebracht, zum Teil neueren Ursprungs. 1 neu-seeländischer, beilartig sehr schön geschliffener Stein, aus Nephrit be-stehend. 1 chinesischer Götze aus Speckstein. 2 chinesische Türme (Pagoden). 2 chinesische Dosen (alles aus Speckstein schön gearbeitet). 2 tungusische Amulette, eins einen Affen darstellend. 2 sibirische Edelsteine. 5 brasilianische Achate, in Oberstein am Rhein geschliffen. 6 lasiartige Steine, in Gibraltar geschliffen, darunter ein besonders schöner als Einfassung zu einem Bilde von Gibraltar. 1 Stocknopf von Jaspis. 2 marmorne Leuchter aus Italien. 1 marmorner Fuß einer Vase. 2 chinesische Gefäße, eins aus Porzellan. 1 alte hol-ländische Blumenvase. 2 belgische Gefäße mit erhabenen Figuren. 9 steinerne Menschenfiguren aus England. 1 korbähnlich geflochtene steinerne Schüssel. 1 antiker Topf (Wasserguß) mit schönen Ver-zierungen, wahrscheinlich römischen Ursprungs. 1 Stein, neun Löwen vorstellend, auf welche eine Kugel fällt. 1 kleiner chinesischer Thee-topf. 1 porzellanene chinesische Kumme. 1 chinesische weibliche Figur aus Stein. Mehrere alte steinerne und thönerne Töpfe und Krüge, darunter ein großer Wasserkrug, aus der Levante stammend. 1 thönerne Nachbildung eines auf dem Moriumkliff gefundenen bronzenen Götzen-bildes. 1 aus Steinsalz in Wieliska gemachtes Christusbild am Kreuze. Verschiedene schöne Sachen aus Perlmutter.

2. Beinsachen.

1 zahnähnlicher Knochen, an dem einen Ende scharf geschliffen. 2 elfenbeinerne Messergriffe mit sehr alten allegorischen Menschenbildern und Schnitzereien, einer unter der Archsumburg ausgegraben. 1 Röhre mit Schraubengängen oben und unten, mit sehr schöner Schnitzarbeit, Drachen, Vögel und Schmetterlinge darstellend, wie es scheint chinesische Arbeit. 1 Stock aus einem Haifischrückgrat gemacht und mit einer Krücke von einem Wallferdzahn. 1 Dose aus Schildpat. 1 chinesisches Besteck von Schildpat mit elfenbeinernen Eßstäbchen. 1 schiffähnliche Zu-sammenlegung, aus Fischschuppen, Wirbeln und Gräten bestehend. Mehrere elfenbeinerne Zieraten an einem Uhrgehäuse, Christus am Kreuze, ein Linienschiff und Odin mit zwei Raben auf den Schultern vorstellend, grönländische Arbeit (?) 1 Horngriff eines alten Dolches. 1 elfenbeinerner Griff eines dänischen Marinedegens. 1 altes russisches

Nähkästchen von Elfenbein. 1 altes Ochsen- oder Büffelhorn mit Schnitzarbeit, aus Brasilien stammend. Die obere Hälfte eines Menschenschädels, auf dem Felde in der Wiedingharde unter der Erde gefunden. Der Unterkiefer eines Menschen mit sieben Zähnen aus dem Bohlenhügel bei Keitum. 2 Bruchstücke von dem Schädel des Königs Bröns aus dem Brönshügel bei Lampen. Einige kleine Menschen- und Vogelknochen aus einem Grabe in der Mauer der Kirche zu Keitum.

3. Glassachen.

1 Bruchstück einer alten gläsernen Urne von grünlicher Farbe. 2 alte dunkelgrüne, sogenannte Glättsteine. 1 altes Spitzglas (ein sogenannter Römer). 1 altes buntbemaltes Bierglas. 1 alte Wasserflasche mit geschliffenen Figuren. 1 Fläschchen, eine Menschenfigur (die Minerva) darstellend. 1 kleiner alter Zuckernapf von buntem Glase. 1 altes venetianisches Glas oder Gefäß mit schönen geschliffenen Zieraten, jetzt mit Menschenknochen und Knochensplittern aus Grabhügeln gefüllt. 2 buntbemalte alte Fensterscheiben, die eine mit dem Bilde eines Bier trinkenden Mannes, die andere ein altes holländisches Schiff mit der Unterschrift „Bunde Petersen tho linum 1614" enthaltend. 1 schmale Glasscheibe mit der Inschrift „Jürgen Petersen Schmidt von Keitum ob Silt 1712." 1 kleines, schönes, gläsernes Schonerschiff in einem Glaskasten, neuere Arbeit. 1 blaue Glasperle aus einem Grabhügel. 1 ovalrundes, braungelbes Glasstück aus der Sandgrube bei Keitum mit der erhabenen Figur eines ausschlagenden Pferdes darauf. Viele verschiedenartig geformte, benutzte und zusammengestellte Lampengläser neueren Ursprungs. 2 blaue, gläserne Salzgefäße mit silberner Einfassung (alt). 1 kleine, alte, süddeutsche Base mit 2 Henkeln.

4. Metallsachen.

1 Bonner Goldgulden mit einer Petrusfigur, auf Hörnum gefunden, aus dem 14. oder 15. Jahrhundert. 1 silberne Medaille der schlesw.-holst. patriotischen Gesellschaft vom 29. Sept. 1812, die mein Vater 1815 von derselben erhielt. 1 dänische, viereckige, silberne Schaumünze aus Christian V. Zeit, mit dessen Bildnis unter dem ebräischen Jehovah auf der einen Seite und einem Kriegselephanten mit Turm und Bogenschützen auf dem Rücken auf der andern Seite. 1 alte, silberne, inwendig vergoldete Dose mit schönen Arabesten darauf. 1 alte, messingene, holländische Dose mit Inschriften und Kalendern und der Jahreszahl 1482 darauf. 1 bronzene Medaille, die ich 1889 von der Altonaer Industrie-Ausstellung erhielt. 1 alte, silberne Schaumünze mit Figuren und den Inschriften: Amor vincit omnia und Manus Manum Lavat. 1 silberne, alte Riechdose in Herzform. 1 alter, silberner Haken. 1 ostindisches Fiplerschloß. 1 alte, silberne Münze mit arabischen Schriftzeichen und Figuren. 2 kleine, japanische Münzen, eine goldene und eine silberne. 1 alte, kupferne Denkmünze zur Erinnerung an die ostfriesische Fürstin Eberhardina Sophia geb. Prinzessin von Oetingen, geboren den 18. August 1666,

verehelicht 1685 mit dem ostfriesischen Fürsten Christian Eberhard, gest. den 30. Oktbr. 1700. 1 neusilberne Schaumünze, den Kölner Dom darstellend. 2 nachgemachte Goldreifen, die Originale aus den Krochhügeln bei Kampen stammend. 1 kupferne Schaumünze zur Erinnerung an die 11. Versammlung der deutschen Land- und Forstwirte in Kiel vom Jahre 1847. 1 kleine, kupferne Denkmünze an die Schlacht bei Eckernförde den 5. April 1849. 1 kupferne Denkmünze der Stadt Hannover zur 50jährigen Jubelfeier der Schlacht bei Waterloo den 18. Juni 1815. 1 große, kupferne, schwedische „Ör" von 1677. 4 Stück kupferne, chinesische Münzen. 10 Stück sehr alter, silberner und kupferner Münzen mit undeutlichen, unerklärten Zeichen. 25 Stück minder alt scheinende, aber mir unbekannte Münzen ohne Jahreszahlen. 11 Stück dänischer Silbermünzen aus dem 17. Jahrhundert. 43 Stück mehrenteils kupferner Münzen aus verschiedenen europäischen Staaten des 18. Jahrhunderts. 8 Stück mehrenteils russischer Kupfermünzen des 19. Jahrhunderts. 1 runde, silberne Tuchschnalle mit Granaten. 1 alter, silberner Weiberschmuck mit geschliffenen Glasperlen. 1 Paar alte, kupferne, einst vergoldet gewesene Halsknöpfe. 1 kleine, alte, bronzene Nadel in einer bronzenen Scheibe. 1 alter, bronzener Schildbuckel (?) mit mythologischen Figuren, wahrscheinlich römischen Ursprungs. 1 bronzener, symbolischer Armring aus dem Kathoog. 1 bronzener Dolch ebendaher. 1 schöner, bronzener Schwertknopf aus dem Wiilshoog. 1 großes, bronzenes Schwert aus dem Bröbbehoog (Eigentum der Erben des weiland Von Michel Boysen in Westerland). 1 bronzener Meißel aus dem Tröshoog. 1 bronzener Streithammer ohne Zieraten und Stielloch aus Morsum. 3 bronzene Nägel von verschiedener Form. 2 abgebrochene, bronzene Dolchspitzen. 1 kleine, bronzene Schraube. Mehrere Bruchstücke von alten, bronzenen Schnallen. 1 runde, bronzene Verzierung, vielleicht ein Schildbuckel. 1 Stück roher, unbearbeiteter Bronze. 1 große, achteckige, messingene Schüssel (vielleicht Taufbecken) mit allegorischen Figuren, wahrscheinlich holländische Arbeit. 1 runder, messingener Deckel von einem alten Bettwärmer mit der Figur eines alten Niederländers. 1 sehr schöner, messingener Oktant, gemacht 1762 von Jens Nickelsen auf Föhr. 3 alte, messingene Kronen (einst Möbelverzierungen). Mehrere andere alte, messingene Haus- und Möbelverzierungen. 1 am Strande gefundenes Bettschaft mit den Buchstaben A A O. 1 messingener Fingerring mit einer silbernen Platte, worauf die Buchstaben I H S stehen, wahrscheinlich aus katholischer Zeit. 1 stählerner Siegelring mit einem Kleeblatt auf der Platte, in welchen drei Blättchen die Kardinaltugenden der Christen, „Glaube, Liebe, Hoffnung," sichtbar sind. 1 alter, eiserner Dolch, zweischneidig mit Horngriff. 1 altes Messer von Eisen mit einem hübsch verzierten, hölzernen Griff und der Zahl 608. 1 Paradedegen meines Schwiegervaters, des dänischen Marine-Leutnants Erich Magnussen. 2 Kupfertafeln meines Vaters, die eine für seinen „Calender auf das Neunzehnte Jahrhundert nach der astronomiechen Zeitrechnung." die andere für seine „Tabelle über den täglichen Auf- und Niedergang der Sonne von 54 bis 55 Graden N. Breite." 1 Thürklinke von Essen aus der alten, 1801 abgebrochenen Kirche zu Nantum. 1 Thranlampe aus Eisen, wie sie in alter Zeit auf Sylt gebräuchlich war. 1 eiserner Ager mit vier Spitzen und Widerhaken zum Fange großer Seetiere. 1 alter, eiserner Hänge-leuchter aus einem altsylter Tanzpesel. 1 alter, zinnerner Bierkrug mit Deckel. 1 alter, bleierner Leuchter von schöner Arbeit. Diverse eiserne und bleierne Kugeln, auch Spitzkugeln ꝛc., in und bei Sebastopol nach den dortigen Gefechten gesammelt von einem Sylter Seefahrer. 1 Malaienbolch (Kries) mit hölzerner Scheide. Verschiedene eiserne Fischergeräte. 1 bronzenes Bild der Minerva, auf Föhr gefunden. 1 messingener Altarleuchter der Keitumkirche und 1 alte Feuerkieke (beide Erl P. Jansen gehörend). 1 eiserne Sichel aus einem der Bramhügel. 1 Kugelschieber auf Kriegsschiffen. 1 Nachbildung eines in den Dünen gefundenen Pfeifenkratzers. (Geschenk von Professor Handelmann-Kiel.)

5. Holzsachen.

1 alter Hausaltar oder Heiligenschrank, wahrscheinlich aus Pastor Rhan oder Crupplus Zeit, dem 17. Jahrhundert, vielleicht noch älter. 1 alter Schrank aus dem Nachlaß des Lille Peer oder des Festebauern Peter Hansen auf List, des Stammvaters meiner Frau auf mütter-licher Seite, aus dem 17. Jahrhundert. 1 alter Stuhl im Rokoko-stil aus derselben Zeit und Familie. 1 Stuhl aus dem Nachlaß der Königin Carolina Mathilde, die in Celle starb. 1 Schatzkästchen mit schöner Schnitzarbeit der Else Bleiken von List von 1766. 1 Brautkästchen, aus einem Stück Holz schön geschnitzt, sehr alt. 1 weibliche Figur, aus Eichenholz geschmackvoll geschnitzt (von Röm herstammend). 1 Uhrgehäuse, aus feinem Holz und Elfenbein mit allegorischen Figuren geschnitzt (grönländische Arbeit). 2 kleine, alte Tische von feinem Holz und schöner Arbeit. 1 alter, eichener Tisch von gröberer Arbeit. 1 Brunnenpfahl von Alt-Eibum. 1 alter, eichener Lehnstuhl. 1 altes Behältnis für Steuermanns-Gerätschaften des weiland Ebe Erlen oder Albert Dirks aus Keitum von 1736. 1 alte Wandverzierung mit dem geschnitzten Bilde des Meerweibchens „Ran" von Ebe Peters aus Keitum. 1 Lesepult desselben Mannes. 1 alter Spiegel mit vergoldeten Figuren. 1 alte Schatulle des Kapt. Bleike Peters weiland in Keitum. 2 alte, schön geschnitzte Mangel-bretter, das eine aus Archsum von 1726, das andere aus Keitum von 1766 stammend. 1 neueres Mangelbrett, von einem Rormann künst-lich geschnitzt. 1 sehr alte, hölzerne Dose mit einem Schiebedeckel und geschnitzten Figuren von 1 Pferde, 1 Hunde, 3 Hähnen und 3 Raben. 1 kleine, sehr schön gedrechselte Dose von Kokusnuß. 1 chinesische Dose von Bambusrohr mit schön geschnitzten Figuren. 1 mexikanisches Trinkgefäß, aus einer Kalibasse geschnitzt. Diverse Bogen und Pfeile und andere Waffen der Indianer von Nordwest-amerika (Eigentum des Kapt. S. Woegens in Hamburg). 1 chinesischer

16

Göße aus Kampferholz. 1 alter Erbstock meines Großvaters Peter Hansen aus Ebenholz, der Knopf durch silberne und Perlmutter-Platten verziert. 1 Familienmonument mit den Namen und Sterbejahren meiner Familienglieder, von meinem Vater begründet. Verschiedene trigonometrische Instrumente von meinem Vater gemacht, z. B. 1 doppelte Trigonometrieskale, 1 Güntherskale, mehrere Plainskalen, Erdkugeln, Winkelmaße ꝛc. 1 normaler Lese- oder Schulmeisterstab aus Eckernförde. Mehrere Gefäße und Schalen aus Kokusnuß ꝛc., gedrechselt von Fr. Möller. 1 alte, holländische Tabaksdose von verschiedenen Holzarten, rund gedrechselt. 1 russisches Kästchen mit eingelegten Verzierungen von Stroh oder Spänen. 1 runde, ostindische Dose, von Spänen oder dergleichen geflochten, 1 viereckiges Körbchen. 1 Papuaschürze aus Neuholland, von Bast künstlich geflochten. 2 Leisten mit Inschriften von 1668 aus der Keitumkirche. 2 südamerikanische Trinkgefäße. 1 Aufsatz zu dem Schrank von Lille Peer mit schöner Schnitzarbeit, aus Eiderstedt stammend. 1 Rock der Indianer in Bolivia. 1 Mantel von den Südsee-Inseln. 1 schön geschnitzte Schale aus Java und 1 aus Südamerika. 1 Hinduspfeife. 1 japanesischer Schirm. 1 Streitkeule von den Fidschi-Inseln. 1 Dose von Nordamerika, 1 kleines, hölzernes Schwert, am roten Kliff gefunden. Alle Holzverzierungen an Schränken ꝛc.

6. Gewebte und lederne Sachen.

1 chinesischer Mannsschuh. 1 Paar chinesische Damenschuhe. Einige Reste von gefilzten und gewebten, wollenen Kleidungsstücken der Fischer und Seeräuber, die einst am Buder auf Hörnum gehaust. 1 Karben oder Brustbekleidung einer alten Sylterin. 1 Paar russische buntwollene Beinlinge oder obere Strumpfhälften. 2 kleine, lederne Beutel oder Behälter für Opium aus Japan. 1 Bruchstück von der Flagge des Linienschiffes Christian VIII., das 1849 bei Eckernförde in die Luft flog. 1 gewebtes wollenes Bruchstück aus dem kleinen Brönshoog.

7. Bilder und alte Schriften.

Die Abnahme Christi vom Kreuze und die Grablegung, Oelbilder nach Rubens (?). Die Gefangennehmung Jesu, alter Kupferstich. Eine Kaffeegesellschaft, in Oel (niederländisch?). Viele alte Bilder (Holzschnitte und Kupferstiche) von alten dänischen, mehrenteils holsteinischen Königen, von den Heidenbekehrern Bonifacius, Luitger, Ansgarius, Eilbert, Poppo u. a. m., von den heidnischen Göttern Odin, Thor, Weda, Forseta usw., von Hügel- und Moorfunden auf Sylt, bei Mögeltondern, auf Föhr, in Angeln und Dithmarschen, von altfriesischen Trachten, Wappen und Hausmarken, von alten schleswig-holsteinischen Bauernhäusern und Biehrassen, von berühmten Männern aus vielen Ländern, z. B. Heinrich Ranzau, 1598 gemacht. Ferner Bücher und Schriften von Snorro Sturleson, Saxo, Kielholt, Arnkiel, Heimreich, Dankwerth, Holberg, Cruppius, der altsylter Landvögte Neocorus, Westphalen ꝛc.

Inhalts-Verzeichnis.

Druck von H. Lühr & Dircks in Garding.

www.ingramcontent.com/pod-product-compliance
Lightning Source LLC
Chambersburg PA
CBHW020557030726
47497CB00007B/1985